O quinto frasco

MICHAEL PALMER
Autor *best-seller* do *The New York Times*

O quinto frasco

Por trás do argumento da razão, injustiças são cometidas

TRADUÇÃO
ALEXANDRE MARTINS

Título original: *The Fifth Vial*
Copyright © 2007 by Michael Palmer

Todos os direitos reservados. Nenhuma parte desta obra pode ser reproduzida ou transmitida por qualquer forma ou meio eletrônico ou mecânico, inclusive fotocópia, gravação ou sistema de armazenagem e recuperação de informação, sem a permissão escrita do editor.

Direção editorial
Soraia Luana Reis

Editora
Luciana Paixão

Editores assistentes
Thiago Mlaker
Deborah Quintal

Assistência editorial
Elisa Martins

Preparação de texto
Maria Beatriz Branquinho da Costa

Revisão
Isney Savoy
Hebe Ester Lucas

Capa, criação e produção gráfica
Thiago Sousa

Assistentes de criação
Marcos Gubiotti
Juliana Ida

Imagem de capa: Fotosearch 2009

CIP-Brasil. Catalogação-na-fonte
Sindicato Nacional dos Editores de Livros, RJ

P198q   Palmer, Michael, 1942-
       O quinto frasco / Michael Palmer; tradução Alexandre Martins. - São Paulo: Prumo, 2009.

       Tradução de: The fifth vial
       ISBN 978-85-7927-027-7

       1. Estudantes de medicina - Ficção. 2. Pesquisa médica - Ficção. 3. Transplante de órgãos, tecidos, etc. - Ficção. 4. Ficção americana. I. Martins, Alexandre. II. Título.

                                                                              CDD: 813
09-3698.   CDU: 821.111(73)-3

Direitos de edição para o Brasil: Editora Prumo Ltda.
Rua Júlio Diniz, 56 – 5º andar – São Paulo/SP – CEP 04547-090
Tel: (11) 3729-0244 – Fax: (11) 3045-4100
E-mail: contato@editoraprumo.com.br
Site: www.editoraprumo.com.br

Para Zoe May Palmer, Benjamin Miles Palmer e Clemma Rose
Prince: que vocês cresçam em um mundo cheio de paz.
E, como sempre, para Luke.

Agradecimentos

Os amigos, parentes e recursos relacionados nesta página não aparecem em ordem de importância... exceto os dois primeiros.

Jane Berkey, fundadora da Jane Rotrosen Agency, tem sido a força por trás de minha produção literária há mais de vinte e cinco anos.

Jennifer Enderlin, minha editora na St. Martin's Press, pastoreou *O quinto frasco* ao longo de toda a sua criação, evolução e publicação, sem perder de vista minha concepção do livro.

Obrigado também a:

Sally Richardson, Matthew Shear, George Witte, Matt Baldacci e todos os outros na St. Martin's Press.

Don Cleary, Peggy Gordijn e a turma da agência.

Eileen Hutton, Michael Snodgrass e sua equipe na Brilliance Audio.

Matt Palmer, Daniel James Palmer e Luke Palmer. Seria legal se um dia todos nós nos encontrássemos na lista da *Times*.

Aos drs. Joe Antin e Geoff Sherwood, aos leitores Robin Broady, Mimi Santini-Ritt, à dra. Julie Bellet, ao investigador particular Rob Diaz e à bombeira Cindi Moore.

A Bill Hinchberger, da BrazilMax.com, "o guia chique do Brasil", e ao humorista Alexandre Raposo.

À professora Nancy Scheper-Hughes, fundadora da Organs Watch e diretora do programa de antropologia médica da Universidade da Califórnia, em Berkeley.

A vários especialistas em doações de órgãos, que pediram para permanecer anônimos.

A Bill Wilson, de East Dorset, Vermont, e ao dr. Bob Smith, de Akron, Ohio. Imagino que vocês saibam por que estão sendo incluídos aqui.

Prólogo

O começo é a parte mais importante de qualquer trabalho.

Platão, *A república*, Livro II

Agora fique quieto. Não vai doer nada.
Essas foram as únicas palavras que Lonnie Durkin ouviu em horas. *Não vai doer nada.*
Vincent sempre dizia a mesma coisa antes de enfiar a agulha no braço de Lonnie e tirar sangue.
Vincent mentia. As agulhas não machucavam muito, mas machucavam.
— Me leve para casa! Por favor, me leve para casa! Por favor, por favor, por favor.
Lonnie saltou da cama, envolveu com os dedos a grade de metal e chutou o portão trancado. Ele sabia o que era um pesadelo. Sua mãe havia explicado a ele o que era um sonho ruim quando ele era menino e começara a acordar toda noite gritando. Mas podia ver que a jaula não era um pesadelo.
A jaula era real.
— Por favor!
Naquele momento, o furgão fez uma curva repentina que o arremessou contra a parede, batendo com a cabeça e o ombro. Ele gritou, caiu e se arrastou de volta para a cama.
O *trailer* era uma casa sobre rodas, como tio Gus e tia Diane tinham. Mas em vez de uma jaula atrás, o deles tinha um quarto bonito, uma cama grande e alguns armários. Cinco anos antes, no décimo sexto aniversário de Lonnie, eles o levaram

de furgão a Yellowstone e o deixaram dormir naquela cama todas as noites durante a viagem. A cama na jaula era pequena demais para ele, e o colchão era duro demais. Ao lado da cama havia uma cadeira, um jarro de água em um suporte na parede e alguns copos de papel. Na cadeira havia uma revista chamada *MAD*, que tinha um monte de desenhos estranhos, mas palavras demais para ele ler. E finalmente havia o botão para a tevê presa na parede do lado de fora da jaula. Era tudo.

Lonnie não conseguia parar de pensar em seu pai e sua mãe, e nos homens que trabalhavam na fazenda. Os caras sabiam como ele gostava de M&Ms, e sempre tinham alguns quando ele ia ao campo para visitá-los e algumas vezes ajudá-los.

— Me deixem ir embora! Por favor, não me machuquem! Eu só quero ir embora!

Três dos lados da jaula eram as paredes do *trailer*. O quarto era a grade, feita de cerca de galinheiro, como no cercado atrás do celeiro, em casa. Ele tomava toda a abertura para o fundo do *trailer*, e tinha um portão com cadeado do lado de fora. Havia uma lâmpada no teto fora da jaula, mas nenhuma janela. Além da grade ficava o banheiro, e depois uma porta sanfonada bloqueando a passagem até onde estavam Vincent e Connie.

Frustrado, Lonnie se levantou e chutou a grade. Ele calculava que estava na jaula havia três dias, talvez quatro. O *trailer* estivera em movimento quase o tempo todo.

Ele não estava exatamente com frio, mas se sentia assim — com frio, assustado e sozinho.

— Por favor! Por favor, me levem para casa!

Ele tinha quase perdido a voz.

Exceto pelas agulhas, quando lhe davam uma injeção ou tiravam sangue, nem Vincent nem Connie o tinham machucado até então, mas Lonnie podia dizer que tampouco gostavam dele. Eles olhavam para ele exatamente como o sr. e a sra. Wilcox, da casa na estrada para a fazenda, e uma vez, quando estava no banheiro, ouviu Vincent o chamando de maldito retardado.

— Me deixem ir! Eu quero ir para casa! Por favor, por favor! Isso não é justo!

O *trailer* diminuiu de velocidade e estacionou. Um pouco depois Vincent abriu a porta depois do banheiro. Era um homem grande com cabelo amarelo cacheado — não era gordo como Lonnie, apenas grande. Tinha uma tatuagem de navio de guerra em cada braço, bem acima do pulso. No início, Vincent tinha sido muito legal com ele. Connie também. Eles tinham emparelhado o *trailer* com Lonnie, que caminhava para o centro de recuperação, e perguntado como chegar à fazenda. Tinham dito que eram primos de sua mãe. De outra forma, ele nunca teria entrado no *trailer* com eles. Sua mãe o havia alertado sobre os perigos de andar com estranhos. Mas eles não eram estranhos. Eram primos, que sabiam seu nome, o de seu pai e o de sua mãe, só que nunca tinham ido à fazenda.

Com as mãos na cintura, Vincent ficou de pé junto à porta do banheiro. Lonnie percebeu que estava com raiva antes mesmo que ele abrisse a boca.

— O que eu falei sobre gritos?

— Pa-para não gritar.

— Então por que está gritando?

— Eu-eu estou assustado.

Mesmo sem querer, Lonnie sentiu seus olhos se enchendo de lágrimas. No outro dia mesmo sua mãe tinha dito que estava orgulhosa por ele não chorar tanto. E agora lá estava ele, quase chorando de novo.

— Eu disse que você não tinha por que ter medo. Mais um dia e a gente solta você.

— Pro-promete?

— Tudo bem, prometo. Mas se você berrar de novo ou nos der algum problema, esquece a promessa, e tiro o controle remoto da tevê.

— A tevê não funciona direito mesmo.

— Como é que é?

— Nada. Nada.

— Chega de barulho. Falando sério.

Vincent girou nos calcanhares antes que Lonnie pudesse dizer mais alguma coisa. Depois de enxugar os olhos com as costas da mão, Lonnie se enrolou no cobertor e levantou os joelhos, de frente para a parede dos fundos. *Mais um dia e a gente solta você.* A promessa de Vincent ficou girando em sua cabeça. Devia ter feito ele dar a palavra de honra. *Mais um dia...* Durante algum tempo as lágrimas correram, mesmo com ele tentando impedir. Depois, lentamente, os soluços de Lonnie deram lugar a um sono agitado.

Quando ele acordou o *trailer* tinha parado. O ombro doía no ponto em que tinha batido, e também havia um galo dolorido acima do olho. Ele rolou lentamente, sabendo que tinha de ir logo ao banheiro fazer xixi. Uma mulher estava em pé do lado de fora da cerca, olhando para ele. Estava usando o tipo de roupa azul de hospital que os médicos que operaram a hérnia dele usavam, e por cima um jaleco branco. O cabelo estava preso atrás e coberto com um gorro de papel azul descartável de hospital. Vincent estava atrás dela, batendo na mão com um pequeno taco preto. A porta atrás dele estava fechada.

— Oi, Lonnie — disse a mulher, ajeitando os óculos e olhando para baixo, para ele. — Sou a dra. Prouty. Vincent ou Connie disseram que eu viria?

Lonnie tentou dizer que não com a cabeça.

— Tudo bem, não precisa ter medo. Vou tirar sua temperatura embaixo da língua e examinar você como os médicos fazem. Você entende?

Dessa vez Lonnie anuiu. Apesar da voz baixa e da pele macia da médica, havia algo nela que parecia impedir que ele falasse. Uma coisa fria.

— Bom. Agora, eu quero sua palavra de que se eu abrir esse portão e entrar aí com você, você vai cooperar... *Cooperar*, Lonnie. Sabe o que a palavra significa? Lonnie, me responda.

— Eu... sei.

— Bom.

A dra. Prouty anuiu para Vincent, que destrancou o portão e o abriu, o tempo todo mantendo o bastão à vista de Lonnie.

— Tudo bem, Lonnie — disse a dra. Prouty. — Agora darei uma injeção em você, e depois vou examiná-lo. Primeiro quero que você tire as roupas e vista esse avental com as cordas nas costas. Entende?

— Preciso fazer xixi.

— Tudo bem. Vincent acompanha você, e depois o ajuda a mudar de roupa. Mas primeiro vou dar a injeção.

— Depois eu posso fazer xixi?

— Depois você pode — disse a dra. Prouty, um pouco impaciente.

Lonnie só se mexeu um pouquinho quando a agulha foi enfiada em seu braço. Depois foi para o minúsculo banheiro e fez xixi. Quando terminou, Vincent o levou pelo braço de volta à jaula para colocar o avental. Mesmo com aquilo, ele se sentia nu. O medo que estava crescendo nele apertou seu peito como um cinto. A dra. Prouty voltou da frente do *trailer*, fechando a porta atrás dela. Enquanto ela o examinava, ele começou a sentir as pálpebras ficarem pesadas.

O quinto frasco

— Ele está apagando — ouviu a dra. Prouty dizer. — Vamos levá-lo para a frente enquanto ele ainda consegue segurar o próprio peso.

Vincent o ajudou a se levantar. Então a dra. Prouty abriu a porta. Era a primeira vez que Lonnie ia para a frente do *trailer* desde o dia em que ele parara ao seu lado. As coisas tinham mudado completamente lá. Uma lâmpada redonda brilhante tinha sido presa no teto, e embaixo havia uma cama estreita com um lençol verde. Do lado da cama estava um médico alto, usando uma máscara azul sobre o nariz e a boca.

— Coloque-o lá enquanto eu me preparo — disse a dra. Prouty.

Lonnie olhou na direção da voz e viu que ela também estava de máscara. Ele se sentiu desequilibrado, quase incapaz de ficar em pé. Vincent o ajudou a deitar na cama de barriga para baixo, e colocou uma correia nas suas costas. Um lençol foi colocado em cima dele. Então o médico alto colocou uma agulha em seu braço e a deixou lá. Os olhos de Lonnie se fecharam e recusaram a abrir. O medo desapareceu.

— Agora, Lonnie — disse o médico alto —, vou colocar uma máscara de respiração especial em seu rosto... Perfeito. Certo, apenas respire. Para dentro e para fora. Não vai doer nada.

— O corpo é de um homem branco, bem alimentado, na faixa dos vinte anos de idade. Mede 1,75 metro e pesa 89 quilos. Cabelos castanhos, olhos azuis. Sem tatuagens ou...

O patologista Stanley Woyczek usou um pedal e um microfone suspenso para ditar enquanto trabalhava. Ele estava em seu segundo período como médico-legista do distrito 19 da Flórida, que incluía os condados de St. Lucie, Martin, Indian River e Okeechobee, todos a norte e a oeste de West Palm Beach. Ele adorava as complexidades e os quebra-cabeças que faziam parte de seu trabalho, mas ainda não estava completamente imune à tragédia humana. Os casos com frequência permaneciam semanas com ele, quando não anos. Ele não tinha dúvida de que aquele seria um desses. Um homem jovem, sem identificação, saíra em disparada de um bosque de árvores para um trecho pouco habitado da rodovia 70, onde foi atingido por um caminhão. O motorista da carreta achava que estava a 105 por hora quando o homem apareceu de repente, saído do nada, bem na frente de seus faróis. Woyczek raciocinou que felizmente a dor do impacto não teria durado mais do que um ou dois segundos.

Já tinham chegado os resultados dos exames preliminares de álcool, drogas ou violência, e eram negativos. Supondo que exames toxicológicos mais aprofundados também não revelariam nada, provavelmente ainda restariam duas grandes perguntas depois que a autópsia fosse concluída: quem? E por quê?

— Há uma cicatriz bem curada sobre o canal inguinal esquerdo, provavelmente de uma cirurgia para correção de hérnia. Uma laceração de 17 centímetros e fratura múltipla do crânio acima da orelha esquerda, e um corte vertical de 30 centímetros de comprimento no lado esquerdo do peito, através do qual pode ser visto um trecho rompido da aorta.

Woyczek acenou para que sua assistente virasse a vítima. Eles o fizeram com cuidado.

— Na parte posterior há uma profunda abrasão na escápula direita, mas nenhuma outra...

O quinto frasco

O patologista parou de falar e olhou para a parte de cima da nádega do homem, bem acima do quadril direito... E depois para uma área idêntica do lado esquerdo.

— Chantelle, o que isso parece a você?

A assistente estudou as duas áreas.

— Suturas — disse ela.

— Não há dúvida alguma.

— Não, dr. Woyczek. Há seis de cada lado, talvez mais.

— Bem, eu farei um exame microscópico em algumas delas para determinar o tempo, mas os pontos são recentes. Tenho certeza disso. Acho que encontramos alguma coisa.

Ele recuou e tirou suas luvas.

— Tome conta daqui por uns dois minutos, Chantelle. Eu quero que os detetives venham aqui. Posso estar errado, mas duvido. Em algum momento ontem, ou no máximo anteontem, nosso desconhecido fez uma doação para transplante de medula óssea.

1

O partidário, quando se envolve em uma disputa, não se importa com o que há de certo na questão, está apenas ansioso para convencer os ouvintes de suas próprias afirmações.

Platão, *Fédon*

— Vá em frente e o suture, srta. Reis.

Natalie olhou para o corte na testa de Darren Jones, que passava por cima da sobrancelha e descia pela bochecha. Até aquele momento o maior corte de faca que ela vira tinha sido um que ela fizera em seu próprio dedo, por acidente. O tratamento tinha sido dois band-aids. Ela se obrigou a não olhar nos olhos de Cliff Renfro, o residente sênior de cirurgia encarregado da emergência, e o seguiu para o corredor.

Em seus três anos e um mês de estudante de medicina ela suturara incontáveis travesseiros, diversas variedades de frutas, alguns animais empalhados esfarrapados e, recentemente, no que ela considerara muito perigoso, o traseiro de seus jeans preferidos. A ordem de Renfro não fazia muito sentido. Ela estava apenas em seu segundo dia de rotativo na emergência do Metropolitan Hospital de Boston, e embora Renfro tivesse verificado sua capacidade de fazer diagnósticos em vários pacientes, ele ainda tinha de vê-la suturar.

— Dr. Renfro, eu... ahn... talvez eu devesse acertar as coisas com o senhor antes de...

— Não é necessário. Quando terminar, receite um antibiótico a ele. Qualquer um. Eu assino.

O quinto frasco

O residente deu as costas e partiu antes que ela pudesse responder. Sua colega de turma e amiga Veronica Kelly, que já tinha terminado seu rotativo no Metropolitan, contara que Renfro estava no último ano antes de se tornar cirurgião-residente-chefe do White Memorial, a nau capitânia dos muitos hospitais universitários da faculdade de medicina. Após anos de formação, ele tinha o ar de quem já tinha visto de tudo e estava farto do que considerava a população de pacientes de baixo nível do Metro.

— Renfro é inteligente e muito competente, e pegará os casos de trauma mais difíceis. Mas ele não poderia ligar menos para os casos de rotina — disse Veronica.

Ele aparentemente considerava rotina um adolescente negro que tinha perdido uma guerra de gangues. Natalie hesitou do lado de fora do quarto do garoto, pensando no que aconteceria caso ela fosse atrás de Renfro e pedisse a ele uma demonstração de suas habilidades.

— Você está bem, Nat?

A enfermeira, uma veterana com muitos anos de emergência e uma voz áspera, tinha dado uma parte da orientação aos estudantes no dia anterior, incluindo a tradição de que em um lugar sem recursos como o Metro, quase toda a equipe usava os prenomes. O dela era Bev — Bev Richardson.

— Eu pedi este rotativo porque ouvi falar que os estudantes fazem muitos procedimentos, mas suturar o rosto de um garoto em meu segundo dia é um pouco mais do que eu esperava.

— Você nunca fez uma sutura?

— Em nada vivo, a não ser algumas laranjas infelizes.

Bev suspirou.

— Cliff é um senhor médico, mas às vezes é um pouco imaturo, e pode ser duro com as pessoas. A verdade é que não acho que ele se importe muito com nossa clientela.

— Bem, eu me importo — disse Natalie, evitando uma ladainha sobre as muitas vezes na vida em que tinha sido carregada, arrastada ou levada de cadeira de rodas para aquela mesma emergência.

— Nós gostamos de ter aqui pessoas que se importam. Os pacientes já enfrentam dureza demais em todos os outros lugares. O hospital deles deveria ser uma espécie de santuário.

— Concordo com isso. Bem, Goldenberg me contou que ouviu dizer que serei aceita na residência de cirurgia do White Memorial. Talvez o dr. Renfro tenha ouvido a mesma coisa e esteja apenas me testando.

— Ou talvez sinta que você não é como ele, e queira ver se fugirá do desafio.

— Ele não seria o primeiro — retrucou Natalie, trincando os dentes e revisando mentalmente as páginas dos textos de cirurgia plástica que relera uma semana antes de seu rotativo.

— Você é a corredora, não?

A pergunta não surpreendeu Natalie nem um pouco. Seu trágico acidente durante as seletivas para os Jogos Olímpicos fora notícia nos jornais locais e nacionais, e capa da *Sports Illustrated*. Desde o dia em que começara na faculdade de medicina como uma caloura de trinta e dois anos de idade as pessoas sabiam quem era ela.

— Passado — disse, com a resposta seca pedindo mudança de assunto.

— Acha que pode dar um jeito no rosto do garoto?

— Pelo menos ele terá alguém que se importa lidando com ele, se é que isso significa algo.

— Significa muito — disse Bev. — Vai lá. Vou pegar para você uns fios de náilon para suturar. Embora a maioria não seja, nós partimos do princípio de que todos que estão sangrando são

O quinto frasco

HIV-positivo, então é melhor usar uma touca e uma máscara de plástico. Se achar que você está fazendo alguma coisa errada eu pigarreio e você pode sair para conversarmos. Mantenha os dedos longe da agulha. Nós simples com os instrumentos, nós duplos por cima com três milímetros de distância. Não aperte demais a ponto de forçar as beiradas da pele, e não raspe a sobrancelha dele, porque ela nunca voltará a crescer direito.

— Obrigada.

— Bem-vinda à emergência — disse Bev.

— Tá fazendo um bom trabalho, doutora?

Natalie ergueu os olhos para Bev Richardson, que anuiu orgulhosamente que estava. Desde o momento em que Nat anestesiara as bordas da pele, Darren Jones falava sem parar. Nervoso, achava ela. Se ele soubesse que não era o único. O procedimento tinha demorado aproximadamente o triplo do que o levaria algum dia, e Natalie ainda estava na sobrancelha e testa, faltando a bochecha, mas o conserto parecia bastante decente.

— É, estou fazendo um bom trabalho — respondeu, serenamente.

— Vou ficar com uma cicatriz?

— Sempre que a pele é cortada fica uma cicatriz.

— As mulheres gostam de cicatrizes. Elas são misteriosas. Além disso, eu sou durão, então, por que não anunciar? Certo, doutora?

— Você me parece bastante inteligente. Inteligência é mais importante que dureza.

— Caras durões como eu assustam você?

— O cara que cortou você provavelmente me assustaria — disse Natalie, sorrindo por trás da máscara. — Você ainda está na escola?

— Tenho mais um ano, mas larguei.
— Devia pensar em voltar.
— Sem chance — disse Darren, rindo. — Você não entende dessas coisas, doutora, mas no lugar de onde eu venho o que conta é ser durão.

Natalie sorriu novamente. Em uma disputa entre aquele garoto e ela para ver quem era mais durão, ela ganharia com uma mão nas costas. Ela lembrou a si mesma de que não tinha sido a primeira pessoa que sugerira para ela própria que voltasse para a escola que a levara à Edith Newhouse Academy for Girls, nem mesmo a segunda. Mas em algum momento, graças àqueles que tinham tentado antes, alguém finalmente conseguiu derrubar as muralhas de sua dureza.

— Dureza é nadar contra a corrente e ter a coragem de ser diferente — disse ela, encerrando a última sutura. — Dureza é entender que esta é a única vida que você terá, portanto é bom que você faça dela o melhor que puder.

— Vou manter isso na mente, doutora — disse o adolescente, com pouca sinceridade.

Natalie olhou por cima do ombro para Bev, que levantou os polegares para sua técnica e pronunciou as palavras "faixas estéreis", apontando para os pacotes de faixas de papel que ela colocara na bandeja de instrumentos. Após desajeitadamente transformar várias faixas em bolas inúteis, Natalie descobriu como cortá-las e colocá-las sobre a incisão para reduzir a cicatriz diminuindo a tensão na linha da sutura.

— Cinco dias — disse Bev fazendo mímica e esticando uma mão aberta.

— Esses curativos provavelmente sairão em cinco dias — disse Natalie, grata pela margem embutida na palavra "provavelmente", pelo menos por ora.

O quinto frasco

— Você tem alma, doutora. Dá pra sacar — disse Darren.

Natalie tirou a máscara e as luvas. Mais um marco, pensou. Era uma enorme vantagem ter trinta e cinco anos de idade e ser estudante de medicina — especialmente com sua experiência de vida. As decisões eram mais fáceis para ela do que para a maioria de seus colegas, muitos dos quais eram uma década mais jovens, ou, em alguns poucos casos, ainda mais. Com frequência sua perspectiva era mais refinada; a confiança em suas convicções, mais forte.

— Não se venda barato, cara — retrucou.

— Fique aí, Darren — disse Bev. — Tenho uma antitetânica, algumas instruções e alguns remédios para você.

— Remédio para dor? — perguntou Darren, esperançoso.

— Lamento, antibióticos.

— Ei, você disse que é durão — disse Natalie, indo para a porta. — Durões não precisam de remédios vagabundos para dor.

Ela fez suas anotações no posto das enfermeiras, se sentindo muito satisfeita com o modo como agira sob pressão. Renfro fizera o desafio e partira, mas ela se mostrara mais do que à altura. Ela quebrara os recordes colegiais, universitários e nacionais na pista, e estivera a um maldito passo da equipe olímpica. Ao longo do caminho tivera que lidar com muitos Cliff Renfro, acostumados a alimentar seus egos com a insegurança dos outros. Bem, ela ainda era a mesma mulher que correra os 1.500 metros em 4:08:3. Que esse Cliff Renfro específico continuasse tentando. Ela não se curvara a nenhum dos outros, e também não seria intimidada por ele.

Bev surgiu perto de seu cotovelo.

— Saralee acabou de sair da sala quatro. Sabe o que é isso?

— Sim, para os alcoólatras.

— E outros — acrescentou Bev. — Os pacientes são mandados para lá quando estão particularmente... ahn... imundos.

— Eu sei, trabalhei um pouco lá ontem. Não estava tão mal.

— Bem, aparentemente a emergência ficou um pouco sem quadros enquanto você estava suturando, e houve um alerta na outra ala. Assim, para sua grande infelicidade, Cliff está tomando conta da sala quatro. Ele quer que você assuma lá assim que acabar.

— Já acabei.

— Bom. Você cuidou bem daquele garoto, Nat. Acho que o White Memorial fez uma boa escolha. Você dará uma boa médica.

— Aquele hospital pode ser o melhor dos melhores, mas ainda está uma década ou mais atrasado no que diz respeito a aceitar mulheres em seus programas de cirurgia.

— Ouvi dizer. Bem, como disse, você será ótima. Aceite isso de alguém que viu todos eles irem e virem.

Naquele instante, elas se viraram na direção do som de um tumulto que ouviam no corredor.

— Estou dizendo, doutor, você está enganado! Há algo errado comigo. Algo ruim. Bem aqui, atrás do olho! Não estou suportando a dor!

Um homem estava sendo tirado da sala quatro por um enfermeiro. Mesmo à distância era possível ver que ele era qualificado para estar ali. Grisalho e acabado, ele estava na casa dos quarenta anos de idade, ou talvez cinquenta, supôs Natalie. Usava um blusão em frangalhos, calça de sarja manchada e tênis sem cadarços. Um boné ensebado do Red Sox com a pala abaixada não conseguia esconder os tristes olhos vazios.

O quinto frasco

Com as mãos na cintura, Cliff Renfro surgiu na porta da sala e deu uma olhada na direção de onde estavam Natalie e Bev antes de dirigir-se ao homem.

— O que há de errado com você, Charlie, é que precisa parar de beber. Sugiro que você vá para o Pine Street Inn e peça que o levem ao chuveiro. Eles provavelmente também têm roupas para você.

— Doutor, por favor. É sério. Vejo luzes cintilando neste olho e a dor está me matando. Está ficando tudo preto.

Claramente mais irritado do que palavras poderiam demonstrar, Renfro ignorou o homem e desceu o corredor pisando firme, passando por onde as duas mulheres estavam de pé.

— Você tem de se mover mais rápido aqui, *dra*. Reis — disse, pausando apenas o suficiente para isso. — Agora, por favor, assuma a quatro. Eu vou me lavar e talvez fazer uma fumigação — murmurou.

Natalie identificou um rápido brilho de raiva e frustração nos olhos do paciente antes que ele se virasse e permitisse que o enfermeiro o conduzisse em direção à sala de espera e, a seguir, para a rua.

— Aposto que Renfro sequer o examinou — sussurrou Natalie.

— É possível, mas ele normalmente...

— Há alguma coisa muito errada com aquele homem, eu sei disso. Dor terrível, luzes cintilantes, perda de visão. Eu acabei de concluir seis semanas de neurologia. O cara tem um tumor, ou talvez um aneurisma roto, quem sabe um abscesso cerebral. Essas pessoas lidam com dor e desconforto todos os dias. Se esses sintomas são ruins o bastante para fazê-lo se arrastar até aqui, têm alguma importância. Renfro pediu algum exame?

— Não sei, mas não acho...

— Ouça, Bev, quero examinar o cara e depois fazer uma tomografia. Você pode dar um jeito?

— Posso, mas não acho que seja uma boa...

— E alguns exames de sangue. Um hemograma completo e sorologia. Tenho de alcançá-lo antes que vá embora. Acredite, se ele fosse um empresário bem-vestido no White Memorial, estaria fazendo uma tomografia agora mesmo.

— Talvez, mas...

Antes que Bev pudesse concluir a frase, Natalie tinha partido. Ela verificou a sala de espera, e então passou correndo pelas portas, saindo para a avenida Washington. O homem estava a dez metros, se arrastando lentamente para o centro da cidade.

— Charlie, espere!

O mendigo se virou. Seus olhos estavam injetados, mas ele manteve a cabeça erguida e olhou nos olhos dela, talvez desafiadoramente.

— O que é? — rosnou.

— Sou... a dra. Reis. Quero examinar você um pouco mais e talvez fazer um teste ou dois.

— Então você acredita em mim?

Natalie pegou seu braço e o conduziu gentilmente de volta à emergência.

— Acredito em você — disse.

Bev Richardson estava esperando do lado de dentro com uma cadeira de rodas.

— A sala seis está vazia — disse, em tom conspiratório. — Rápido. Não tenho ideia de onde Renfro está. O laboratório está a caminho. Com sorte podemos tirar seu sangue e levá-lo para a tomografia sem que ninguém veja.

O QUINTO FRASCO

Natalie ajudou o homem a tirar as roupas e vestir um avental azul. Renfro estava certo quanto a uma coisa, pensou Natalie: Charlie realmente fedia. Ela fez um exame neurológico simples, que revelou claras anormalidades em força, movimento ocular, coordenação mão/olho e ao caminhar, todas elas podendo ser provocadas por tumor cerebral, abscesso ou vaso sanguíneo rompido.

Um técnico tinha acabado de tirar o sangue de Charlie quando Bev entrou na sala empurrando uma maca.

— Mexi alguns pauzinhos. Eles estão esperando por ele na tomografia — disse.

— Ele tem algumas óbvias anormalidades neurológicas. Vou levá-lo para lá e depois vou trabalhar na sala quatro.

— Eu limpo aqui.

Natalie empurrou a maca para o corredor.

— Obrigado, Bev, eu volto lo...

— Que diabos está acontecendo aqui?

Cliff Renfro, lívido, disparou do posto das enfermeiras em direção a ela.

— Acredito que há algo muito errado com esse homem. Talvez um tumor ou um aneurisma rompido — disse Natalie.

— Então você foi atrás dele depois que o dispensei?

A voz de Renfro se elevara a ponto de fazer com que equipe e pacientes parassem e olhassem. Várias pessoas saíram das salas de exame, e várias outras do posto das enfermeiras.

Natalie se manteve firme.

— Eu queria fazer a coisa certa. Ele tem alguns sintomas neurológicos.

— Bem, isso não é a coisa certa. Os sintomas, assim como tudo mais nele, são provocados por álcool. Sabe, ouvi de muitas pessoas que você era arrogante e teimosa demais para ser uma boa médica. Só porque você teve quinze minutos de fama não significa que possa entrar aqui e agir como se fosse encarregada pelo lugar.

— E só porque você não quer sujar o seu jaleco não significa que possa se livrar de pacientes como este homem — retrucou Natalie.

Bev Richardson rapidamente se colocou entre os dois combatentes.

— A culpa é minha, Cliff — disse ela. — *Eu* estava preocupada com este homem, e achei que seria uma boa oportunidade de aprendizado para...

— Isso é absurdo e você sabe. Não a proteja.

Ele se deslocou para a esquerda para ver Natalie claramente.

— Não há lugar na medicina para alguém tão egocêntrico e vaidoso como você, Reis.

Natalie trincou os dentes. Ela estava furiosa por ser criticada publicamente, e ansiosa para que todas as testemunhas soubessem que os preconceitos de Renfro o tinham levado a fazer um trabalho inadequado na avaliação daquele miserável.

— Pelo menos eu me preocupo o suficiente com pessoas como Charlie para fazer uma avaliação completa dele.

— Cinco anos como médico me tornaram perfeitamente capaz de decidir o que é uma avaliação completa e o que não é. Eu vou garantir que todos na faculdade de medicina saibam sobre você e o que aconteceu aqui.

— Bem, acho que antes você deveria ver o que a tomografia desse homem revela.

O olhar de Renfro poderia ter derretido um bloco de gelo. Ele olhou como se fosse dizer mais alguma coisa, e a seguir se virou e foi andando duro até a radiografia. Dois minutos muito tensos depois, um técnico de tomografia apareceu e levou Charlie. Natalie suspirou de alívio.

— Ufa. Eu estava certa de que ele suspenderia o teste por despeito — disse, e seguiu com Bev para o posto das enfermeiras.

A enfermeira experiente olhou para ela e balançou a cabeça.

— Lamento não ter conseguido acalmá-lo. Provavelmente havia um jeito melhor de fazer isso — disse.

— Renfro poderia ter admitido que estava errado — disse Natalie. — O fato de que ele foi em frente com a tomografia revela muito. Quando descobrirem um tumor atrás do olho do pobre Charlie, ele ficará grato por eu ter salvado sua pele.

Tumor, abscesso, aneurisma perfurado. Em sua cabeça Natalie já antecipava as reações de Renfro e da equipe quando sua abordagem do paciente se mostrasse correta. Com sorte, o que quer que o pobre homem tivesse poderia ser operado. Ela pensou em como seu orientador, o cirurgião Doug Berenger, reagiria ao saber de sua atitude. Quando estava na metade do curso básico em Harvard, bem antes do incidente que arrebentara seu tendão de Aquiles, ele a procurara e oferecera uma vaga em seu laboratório — um trabalho que ainda fazia. Depois reunira a melhor equipe de medicina esportiva para cuidar de sua recuperação, e ainda falara com ela sobre ir para a faculdade de medicina.

Berenger, talvez o cirurgião de transplantes cardíacos de maior destaque em Boston, se não no país, já falava sobre uma bolsa em seu departamento para quando ela terminasse seu treinamento cirúrgico. Ele tinha um lema emoldurado pendurado na parede atrás de sua escrivaninha: ACREDITE EM SI MESMO. Ele ficaria muito orgulhoso de como tinha acreditado em si mesma e mantido sua posição frente ao massacre injustificado de Renfro, especialmente quando o diagnóstico de Charlie fosse conhecido.

Natalie foi para a sala quatro e atendeu os três pacientes que esperavam lá. Seu pulso continuava acelerado, em parte por consequência da amarga discussão com Renfro, em parte pela expectativa de receber em pouco tempo os resultados do laboratório e da tomografia do paciente. Finalmente, através da porta da sala quatro, ela viu Renfro passar, empurrando Charlie em sua maca. Um envelope de radiografias de papel manilha estava enfiado sob o colchão fino. Alguns momentos depois o residente chamou seu nome.

— Dra. Reis, equipe — disse ele, bem alto –, todos poderiam vir aqui, por favor?

Um grupo de talvez doze pessoas foi silenciosamente para o corredor. Renfro esperou até que parecesse não faltar ninguém, e continuou, segurando o envelope com a tomografia para dar ênfase.

— Todos vocês estavam aqui há pouco, quando aconteceu a, ahn... discussão sobre cuidados ao paciente entre a srta. Reis e eu. Bem, tenho todos os resultados dos exames em nosso paciente. Gostaria de informar a vocês que não há nada de anormal em nenhum deles. *Nada.* Charlie está aqui apenas por causa do que eu disse que ele tinha, somente o que ele sempre tem, srta. Reis: induzida por álcool. Ele tinha 190 g de álcool no sangue quando chegou, e não acho que esteja menor agora, já que conseguiu pegar a garrafa de vinho Thunderbird no bolso de seu casaco na sacola. Bev, por favor, dispense este homem pela segunda vez. Esteja certa de preencher um relatório sobre o incidente.

— Srta. Reis, vá para casa. Não quero nunca mais vê-la na minha emergência.

2

Até que os filósofos sejam reis... as cidades nunca descansarão de suas iniquidades, não, nem a raça humana.

Platão, *A república*, Livro V

O início da tarde certamente era um dos melhores momentos para fazer compras no mercado Whole Foods. Natalie não tinha como saber disso até aquele dia. Com a lista de compras da mãe em uma das mãos e a sua na outra, ela subiu e desceu os corredores vazios sem nenhuma pressa. Tinham se passado três horas desde que tinha sido chutada da emergência do Metropolitan Hospital por Cliff Renfro, e pelo menos por um instante ela tinha mais tempo do que coisas a fazer.

No dia seguinte ela marcaria um encontro com seu orientador, e talvez com Doug Berenger, e as coisas seriam resolvidas. Não era como se alguém tivesse se machucado. Comparado com um hemostato sendo deixado em um abdômen, um erro de medicação letal ou uma amputação da perna errada, os acontecimentos na emergência foram bobagens sem importância. Se ela era culpada de algo, e realmente não acreditava ser, havia sido um crime sem vítima. Como Bev Richardson tinha dito, embora Renfro tivesse uma longa formação, ainda era imaturo. Por ora ele e Natalie estavam fadados a ser inimigos, pelo menos até ela ter a chance de provar a ele como era uma médica dedicada, concentrada e cuidadosa. Na pior das hipóteses, teria de concluir seu rotativo de emergência em outro lugar. Na melhor hipótese, após um ou dois dias para esfriar a cabeça, talvez os dois pudessem se encontrar e consertar as coisas, e com sua promessa de que não voltaria a repetir o que fizera, poderia retomar o treinamento no ponto em que parara.

Os produtos que Natalie escolheu para si eram os mais frescos e saudáveis. Os mercados Whole Food, conhecidos por seus vegetais e pescados, eram os únicos onde fazia compras. As horas ridículas na faculdade de medicina eram inevitáveis, mas em sua alma ela ainda era uma atleta. Ela se exercitava o máximo possível, frequentemente, absurdamente cedo ou tarde. Seu tendão de Aquiles recuperado a impedia de sequer chegar perto dos tempos de nível mundial que um dia tinham sido rotina, mas à medida que envelhecia, antecipava o dia em que seus tempos para diversas distâncias em sua faixa etária seriam competitivos, talvez integrando os líderes. Metas. Sempre metas. Ter metas, buscar atingi-las, reinventá-las — juntamente com o cuidado que ela dispensava ao corpo, nunca ficar sem metas bem definidas era seu segredo para o sucesso na faculdade e nos esportes.

Ela fez uma careta ao olhar para a lista de sua mãe, ditada a ela na noite anterior pelo telefone. Filé, batatas fritas congeladas, enrolados de pecã, sorvete Cherry Garcia, barras de cereais, cachorro-quente (e pãezinhos doces), leite integral, chantili, Pringles... metade dos itens o Whole Foods sequer se dignava a oferecer. Hermina Reis era complicada — amada por tantos, ainda assim tão descuidada consigo e seu corpo quanto Natalie era meticulosa. Uma preocupação maior para Natalie era, contudo, Jenny, sua sobrinha. Hermina era responsável pela maioria das refeições da garota. Com isso em mente, ela acrescentou à encomenda da mãe um pouco de brócolis, inhame, queijo e salada.

O QUINTO FRASCO

No final da lista Natalie relutantemente escrevera *Winstons — um pacote.* Depois escrevera uma anotação para si: *opcional.* Ela riu com tristeza. No que sabia ser um gesto inútil de protesto, ela se recusar a comprar os cigarros da mãe. Não importava. Hermina tinha carro, e não hesitava em deixar Jenny em casa por espaços curtos de tempo. Ademais, havia outros que a mulher podia chamar, muitos outros, que conheciam um laço inquebrável quando viam um. Eles também sabiam que se havia uma justificativa para o fumo, era a morte de um filho. Hermina estaria ligada a seus Winstons até o dia de sua morte, mais do que provavelmente nas mãos de seus amados cilindros cancerígenos.

Natalie passou uma meia hora relaxada escolhendo suas frutas e vegetais. Com a enorme oferta do verão, ela ficava especialmente feliz de se preocupar com essas coisas, particularmente naquele dia, tendo à disposição algumas horas de liberdade inesperada. Ela realmente tinha de se esforçar para ser mais tolerante com pessoas como Renfro, pensava enquanto apertava um melão, batia nele e o sacudia para ver se estava maduro. A primeira coisa que faria pela manhã seria tudo que fosse necessário para ajeitar as coisas com ele.

O Whole Foods era responsável demais para vender cigarros, portanto, depois de colocar oito sacolas plásticas de compras em seu Subaru, Natalie deu uma corridinha até a farmácia do outro lado da rua. Não seria um problema chegar à casa de sua mãe antes do combinado. A época em que Hermina conhecia os detalhes de sua vida e de seus horários passara havia muito, de modo que não faria mais do que perguntas habituais sobre por que ela não estava na emergência. Nem havia muita chance de que Hermina tivesse saído. Tendo de cuidar de Jenny, ela tendia a ficar perto de casa quando a garota não estava na escola.

Dorchester, uma valente comunidade que envelhecia rapidamente, ao sul da cidade, ficava a poucos quilômetros do gracioso apartamento de Natalie em Brookline seguindo pela rodovia 203, mas sociológica e demograficamente as duas cidades eram muito distantes. Ainda restavam pequenos bolsões de casas elegantes e bem cuidadas em Dorchester, mas eram ilhas em um mar de pobreza, imigrantes, drogas e, com frequência, violência. Natalie parou junto ao meio-fio e abriu o porta-malas em frente a um descascado sobrado de madeira cinza com um pequeno gramado sujo e uma varanda inclinada na frente. Ela saíra de casa pouco depois de sua mãe se mudar para lá, mas sua irmã mais nova Elena, na época com oito anos de idade, tinha sido criada ali, e vivido ali até o acidente – quando não estava em desintoxicação ou reabilitação.

Natalie duvidava que houvesse alguém em Dorchester que não soubesse que Hermina Reis mantinha a chave de sua casa em um vaso de plantas secas junto à porta.

"Há uma vantagem em não ter nada para ser roubado", gostava de dizer sua mãe.

Como sempre, o cheiro forte de cigarro e guimbas atacou Natalie no momento em que abriu a porta.

— Inspeção de saúde, livrem-se das guimbas! — gritou ela, seguindo pelo corredor e entrando na cozinha com cinco sacolas ao mesmo tempo.

Como sempre, a casa estava perfeitamente arrumada e limpa, incluindo o cinzeiro Fenway Park de décadas de Hermina, que ela esvaziava e lavava ritualmente após cada dois ou três cigarros.

— Mamãe?

Hermina normalmente ficava à mesa da cozinha, com uma

O QUINTO FRASCO

xícara de café pela metade, uma caixa de *waffles* de baunilha, seus Winstons, o cinzeiro e um livro de palavras cruzadas do *New York Times* de domingo. De fato, todos os apetrechos estavam a postos, mas não a mulher em si. Natalie pousou as compras no chão e foi apressada para o quarto da mãe.

— Mamãe? — chamou ela novamente.

— Está tirando um cochilo — gritou Jenny.

Natalie seguiu a voz da sobrinha até seu quarto exageradamente feminino — cortinas de renda, paredes cor-de-rosa. Jenny, vestindo shorts e um suéter esportivo largo, estava sentada em sua cadeira de rodas, um livro colocado no equipamento que tornava mais fácil para ela virar as páginas. As braçadeiras de tornozelo que permitiam a ela andar com bengalas estavam no chão, junto à cama. O diagnóstico oficial de Jenny era de leve paralisia cerebral, mas Elena tinha usado drogas, bebido e fumado durante toda a gravidez, e agora que Natalie sabia o que era síndrome de alcoolismo fetal, esse diagnóstico estava em primeiro lugar em sua lista de possíveis causas para a invalidez da menina.

— Oi, querida — disse Natalie, beijando-a na testa. — O que está havendo?

— Hoje é dia dos funcionários, não teve aula.

Jenny tinha a pele cremosa e o grande sorriso cativante de sua mãe.

— Vovó estava acordada até agora com as palavras cruzadas, acabou de ir para a cama.

— Se eu algum dia pegar você com um cigarro...

— Deixe-me tentar, deixe-me tentar desta vez. Você vai torcer meus dois lábios.

— Eu de fato gosto do som disso. O que você está lendo?

— *O morro dos ventos uivantes*. Já leu?

— Há algum tempo. Acho que adorei, mas também acho que tive alguma dificuldade em acompanhar. Você não está tendo problemas com o modo como a ação se desloca o tempo todo?

— Ah, não. É muito romântico. Eu adoraria ir um dia visitar os pântanos caso ainda estejam lá.

— Ah, ainda estão lá. Iremos. Prometo — disse Natalie, indo para onde sua sobrinha deficiente não pudesse ver a tristeza em seus olhos. — Jenny, você torna todas as pessoas ao seu redor melhores, inclusive a mim.

— O que isso quer dizer?

— Nada sério demais. Ouça, quer ir comigo e me ajudar a acordar a vovó?

— Não, obrigada. Quero ler um pouco mais. Heathcliff não é muito legal com as pessoas.

— Pelo que me lembro, quando ele era jovem as pessoas também não eram legais com ele.

— É um círculo vicioso.

— Exatamente. Tem certeza de que você tem dez anos?

— Quase onze.

Hermina, usando seu vestido estampado de ficar em casa, tinha adormecido na cama. Um cigarro, queimado até o filtro, ainda soltava fumaça em um pires na mesa de cabeceira. A cozinha ainda era seu lugar preferido, mas cada vez mais nos últimos meses era essa a cena que Natalie encontrava — fosse no quarto ou no sofá da sala. Os cigarros estavam tomando a porção que lhes cabia nos níveis de oxigênio e estamina de sua mãe. Em pouco tempo um tanque de oxigênio verde em um carrinho a estaria acompanhando para onde quer que fosse.

— Oi — disse Natalie, sacudindo a mulher gentilmente.

Hermina esfregou os olhos e então se ergueu sobre o cotovelo.

— Eu a esperava mais tarde — disse, ainda sonolenta.

O quinto frasco

Natalie se preocupou com seu sono anormalmente pesado quando ela tinha estado desperta o bastante para acender um cigarro que ainda estava queimando. Aos cinquenta e quatro anos de idade, aquela mulher um dia vibrante e encantadoramente bela envelhecia rapidamente, e sua pele se tornava mais escura a cada trago. Sua cor de cacau era muito mais escura do que a de Natalie — compreensível, já que o pai de Natalie, quem quer que realmente fosse, era branco —, mas ao contrário de sua pele deteriorada, os grandes olhos castanho-claros de Hermina eram brincalhões, inteligentes, fascinantes e praticamente idênticos aos de Natalie.

— Mãe, você tem de parar de fumar aqui — disse Natalie, ajudando-a a levantar e ir para a cozinha.

— Eu quase não faço mais isso.

— Deu para notar.

— Você não é atraente quando fica cínica.

Hermina era cabo-verdiana. Havia sido trazida para os Estados Unidos pelos pais com a idade de Jenny e ainda tinha um forte sotaque português. Ela se formara no secundário aos dezenove anos e se tornara enfermeira licenciada, com planos de ingressar em uma faculdade de enfermagem. Então foi mãe solteira pela primeira vez.

— Jenny parece bem.

— Ela está indo bem.

— Isso é bom.

Houve um rápido silêncio incômodo. Para Hermina, Jenny *era* Elena, e não importava quantas reabilitações tivessem acabado com a filha número dois, não importava a que velocidade a polícia tivesse dito que ela dirigia quando atravessou a cancela que impedia que os carros atravessassem a linha do trem enquanto o mesmo passava. Hermina sempre achara que ela tinha sido vítima de fatores externos.

A filha número um, que fugira de casa aos quinze anos, era outra história. Se Hermina Reis sabia fazer algo era guardar ressentimento, e naquela casa Elena ainda era e sempre seria a filha predileta. As compras de mercado, os cheques mensais, os troféus, o diploma de Harvard, e, em pouco tempo, o da faculdade de medicina ainda não compensavam a dor que Natalie causara à mãe.

— Me ajude aqui — disse Hermina, pegando seu lápis e voltando sua atenção para as palavras cruzadas na sua frente.

— Palavra de nove letras para nervosa?

— Nenhuma ideia. Eu nunca fico nervosa. Mãe, é maravilhoso o modo como você cuida de Jenny, mas tente não fumar quando ela estiver em casa. O fumo passivo não é diferente do fumo ativo no que diz respeito a...

— O que há com você? Parece tensa.

Havia muitas pessoas, entre elas Natalie e sua falecida irmã, que viam o impressionante instinto de Hermina como feitiçaria.

— Estou bem — respondeu, colocando as compras de lado. — Só estou cansada.

— Não deu certo entre você e aquele médico com quem estava saindo?

— Rick e eu ainda estamos bem.

— Deixe-me adivinhar. Ele queria um relacionamento sério, mas você simplesmente não o ama.

Feitiçaria.

— As exigências da residência em cirurgia que estou prestes a começar dificultam estar disponível para alguém.

— E quanto àquele Terry que você trouxe para jantar? Ele é muito simpático e muito bonito.

— Ele também é muito gay. Por isso gosto tanto dele. Ele não quer de mim nada além de amizade e companhia. Nunca há nenhum papo sobre compromisso e levar nosso relacionamento a outro nível. Mãe, acredite, praticamente todos os meus amigos casados ou que vivem com alguém são infelizes por causa disso uma boa parte do tempo. Só tentar fazer o relacionamento dar certo consome noventa por cento da energia deles. Hoje em dia o amor é temporário e o casamento, nada natural, é produto de executivos de agências de publicidade da Madison Square e de produtores de televisão.

— Filha, eu sei que há muito tempo você deixou de me ouvir, mas você precisa sair dessa concha dura e deixar o amor entrar, ou será uma mulher muito infeliz.

Deixar o amor entrar. Natalie se conteve para não se precipitar ou, pior, rir em voz alta. Com duas filhas nascidas de namorados diferentes, há muito desaparecidos, Hermina Reis não era exatamente a garota-propaganda do verdadeiro amor. No caso dela, pelo menos do ponto de vista de Natalie, a beleza física se revelou um inimigo mortal. Mas sua persistente ideia de romance, sua confiança nos homens e seu inabalável entusiasmo pela vida eram tão inescrutáveis quanto sua incapacidade de largar os Winstons.

— Neste exato instante eu não tenho tempo para ser infeliz.

— Tem certeza de que está bem?

— Estou legal. Por que continua insistindo nisso?

— Nenhuma razão. Algumas vezes, quando eu ia te assistir correndo, antes da corrida, você ficava de um jeito engraçado; um modo desajeitado, desconfortável. Quase sempre que isso acontecia, você não corria bem e perdia. Você está fazendo isso um pouco aqui.

— Bem, não há nada, mãe, confie em mim.

Naquele momento o celular de Natalie tocou. O identificador mostrou um número que ela não reconheceu.

— Alô?
— Natalie Reis?
— Sim.
— Aqui é o decano Goldenberg.

Natalie ficou tensa, então caminhou para a entrada, longe dos ouvidos da mãe.

— Sim?
— Natalie, estava pensando se você estaria livre para vir ao meu escritório para discutirmos o incidente desta manhã no Metropolitan Hospital.
— Posso estar aí em vinte ou vinte e cinco minutos.
— Está ótimo. Por favor, telefone para minha secretária quando você estiver a dez minutos daqui.
— Ce-certo.

Goldenberg esperou Natalie pegar um lápis, e então deu a ela o telefone da faculdade de medicina e seu ramal. Durante toda a conversa ela tentou sem sucesso identificar algo na voz dele, e estava angustiada com a necessidade de ter detalhes de por que estava sendo convocada. Ao longo dos anos, o dr. Sam Goldenberg dissera muitas vezes como tinha sido fã de suas corridas e também de seu desempenho como estudante de medicina. O que quer que estivesse acontecendo, eles poderiam dar um jeito. Ela estava certa disso.

— Problemas? — perguntou Hermina quando ela voltou à cozinha.
— Nada muito grave. Apenas alguns problemas com minha agenda na faculdade. Mas tenho de ir. Desculpe.
— Tudo bem.
— Depois eu volto para ver vocês duas.
— Seria ótimo. Cuide-se.
— Você também, mãe. Jenny, depois eu volto.

O quinto frasco

— Te amo, tia Nat.
— Também te amo, querida.
— Apavorada — disse Hermina.
— Como?
— Aquele sinônimo de nove letras para nervosa. É "apavorada".

A adolescência de Natalie foi escrita em uma série de publicações. Suas violentas lutas nas ruas de Boston terminaram após quase um ano, quando funcionários de uma agência chamada Bridge Over Troubled Waters conseguiram convencê-la e à Edith Newhouse School for Girls de Cambridge de que era potencialmente uma boa associação. Depois foram necessários muitos meses na instituição antes que uma difícil trégua com os professores e administradores permitisse a ela descobrir seu talento para as pistas — e para o sucesso acadêmico. Três anos e meio depois, ela ingressou em Harvard.

Após se formar na faculdade, além de treinar e correr, Natalie trabalhou no laboratório do dr. Doug Berenger, na época – e continua sendo – um grande incentivador dela e das pistas de Harvard. Quando se lesou nas seletivas olímpicas, ela tinha seu nome como coautora de uma dúzia de trabalhos de pesquisza realizados com o cirurgião cardíaco e sua equipe. Também tinha feito todos os cursos necessários para admissão na faculdade de medicina. Cedo ou tarde ela provavelmente teria se candidatado, mas a pisada acidental em seu tendão de Aquiles dada pela mulher que corria em segundo lugar definitivamente acelerou as coisas.

Desde que Natalie ingressara na faculdade de medicina o dr. Sam Goldenberg era o decano. Endocrinologista, era um homem tão gentil e preocupado **quanto** brilhante — claramente dedicado ao princípio de **que ingressar** na escola de medicina deveria ser mais difícil e estressante do que permanecer nela.

Como Goldenberg pedira, Natalie ligou para seu escritório quando faltavam dez minutos para que ela chegasse. Ela estava então sentada em sua confortável sala de espera, tentando formular frases em que pudesse destacar que ninguém se ferira com os testes que pedira, mas que compreendia que havia um modo melhor de lidar com a situação. Ela só queria resolver os problemas com Cliff Renfro e voltar ao trabalho.

Ela estava lá havia alguns minutos quando Goldenberg apareceu, apertou sua mão de uma forma atipicamente fria, a agradeceu por ser tão rápida e a acompanhou ao seu escritório. De pé junto às cadeiras da mesa de conferências, com os semblantes sérios e perturbados, estavam seus maiores aliados na equipe da faculdade, Doug Berenger e Terry Millwood, e sua amiga Veronica Kelly, rechonchuda, extremamente brilhante e frequentemente ainda menos tolerante que a própria Natalie com professores pomposos e presunçosos.

O súbito arrepio que percorreu a espinha de Natalie não tinha nada a ver com a temperatura do escritório. Os dois cirurgiões apertaram sua mão formalmente. Veronica, com quem ela viajara para o Havaí e uma vez à Europa, sorriu, tensa, e anuiu. As duas tinham desfrutado juntas de Boston o máximo que podiam duas estudantes de medicina ocupadas, e o namorado corretor de Veronica era o responsável por dar um jeito em Natalie sempre que sua resistência caía abaixo de "Estou legal, realmente". Goldenberg fez um gesto para que todos se sentassem e assumiu seu lugar à mesa. A expectativa que Natalie tinha de encantar o decano e fazer todos os reparos possíveis a Cliff Renfro começou a desaparecer.

O quinto frasco

— Srta. Reis – Goldenberg começou –, quero que leia as declarações autenticadas apresentadas a meu escritório, a meu pedido, pelo dr. Clifford Renfro e a srta. Beverly Richardson, a enfermeira presente no momento do incidente desta manhã. A seguir perguntarei se seu relato difere substancialmente dos deles.

Ainda atônita com o modo como as coisas aconteciam tão rápida e rigidamente, Natalie leu as declarações. Afora uma palavra ou outra, ambas eram coerentes e acuradas. Bev Richardson fez de tudo para explicar qual era a disposição de espírito de Natalie no momento. Contudo, ela também descrevera quase literalmente o choque com Renfro. No papel as declarações eram frias e prejudiciais. Natalie começou a ser tomada pelo medo, e por um instante veio à sua mente a palavra de nove letras nas palavras cruzadas de sua mãe.

— Ambos são substancialmente acurados, mas não acho que eles reflitam a motivação por trás do que eu tentava fazer — tentou ela.

— Nat — disse Berenger —, garanto que compreendemos que não houve maldade alguma em seus motivos.

Sentado ao lado de Berenger, Millwood anuiu.

— Ficaria mais do que feliz em admitir que o que fiz foi errado e me desculpar com o dr. Renfro.

— Temo que não seja assim tão simples, srta. Reis — disse Goldenberg. — O dr. Schmidt, que, como você sabe, é o chefe de cirurgia do dr. Renfro, insistiu em que você não é apropriada ao perfil de uma médica e exigiu que seja expulsa da faculdade de medicina.

As palavras foram como uma punhalada no peito de Natalie.

— Não acredito nisso. Minhas notas foram as mais altas e pelo que sei meu trabalho clínico tem sido bom.

— Na verdade — disse Goldenberg —, embora nunca tenha sido relatado nada negativo em relação ao seu trabalho com os pacientes, houve várias queixas sugerindo uma consistente falta de respeito à autoridade, intolerância com alguns dos seus residentes e até mesmo alguns dos colegas de turma, e uma arrogância que um membro do corpo docente sugeriu que poderia ser fonte de graves problemas no futuro.

— Não posso acreditar — repetiu Natalie. — Meu único incidente com um colega de turma do qual tenho conhecimento foi quando me recusei a trabalhar com ele porque estava brincando com partes de corpos no laboratório de anatomia.

— Desculpe-me por interromper, decano, mas sinto que tenho de apoiar Natalie neste caso — disse Veronica. — Quando o dr. Millwood ligou e me contou o que estava acontecendo, pedi que ele verificasse se eu poderia comparecer. Agradeço por ter permitido. O estudante do qual Natalie fala foi totalmente inadequado, e mereceu a reação dela. Natalie e eu somos amigas muito próximas desde antes de ingressarmos na faculdade. Eu queria assegurar que soubessem como ela é estimada e respeitada por quase todos os alunos, homens *e* mulheres, e quão difícil o dr. Renfro pode ser às vezes. Ele e eu tivemos mais de um choque durante o meu rotativo.

— Mas você não acabou sendo denunciada a mim — disse Goldenberg.

— Não, não fui — disse Veronica, claramente desanimada.

— Obrigado, srta. Kelly.

Millwood disse:

— Nat, você não parou para pensar sobre o problema que estava causando quando trouxe de volta um paciente que um residente sênior tinha dispensado, sem sequer consultá-lo?

Natalie balançou a cabeça.

O quinto frasco

— Agora sei que errei, mas estava chateada com o dr. Renfro, e só pensava no paciente, um pobre e velho bêbado que eu achava que estava sendo colocado para fora do hospital sem uma avaliação completa de seu problema.

Millwood se virou para Goldenberg, assim como Berenger. Natalie viu seu futuro se desenrolar em uma conversa triangular não explicitada, lutando contra o desejo impulsivo de simplesmente dizer: "Ah, quem se importa? Eu vou embora". Veronica, provavelmente notando isso, de repente ergueu a mão pedindo calma. Finalmente, Goldenberg anuiu que tinha chegado a uma decisão, e se voltou para Natalie.

— Srta. Reis, há vários membros do corpo docente, incluindo seus dois maiores defensores aqui, que escreveram avaliações brilhantes sobre seu potencial para ser uma médica excepcional. Também apreciei o esforço que sua amiga, a srta. Kelly, fez para estar aqui hoje, bem como tudo o que ela tinha a dizer. Tenho conhecimento de que você está sendo avaliada para integrar a sociedade médica honorária Alpha Omega Alpha. Posso garantir a você que isso não acontecerá. Você é uma pessoa incomum, com muitas grandes qualidades, mas há uma característica sua, chame-se a isso dureza ou arrogância, que não contribuirá em nada para fazer de você o tipo de médico que queremos formar nesta faculdade. Com a ajuda de seus defensores aqui, decidi que a expulsão é uma punição severa demais para o que você fez, mas não por muito. A partir de hoje, você está suspensa por quatro meses. Caso não haja novos incidentes depois disso, você se formará com a turma seguinte à sua. Diferentemente de uma ação legal, não há mecanismos para que esta decisão seja reconsiderada. Alguma pergunta?

— Minha residência?

— Nat, analisaremos suas possibilidades depois — disse Berenger. — Posso dizer que sua vaga no programa de cirurgia do White Memorial será preenchida por outra pessoa.

— Deus do céu. E quanto a meu trabalho em seu laboratório?

Berenger teve a aprovação tácita de Goldenberg antes de responder.

— Você ainda pode trabalhar para mim, e até participar de seminários e quaisquer outras conferências que deseje.

— Tomar esta decisão não agrada a nenhum de nós — disse Goldenberg.

— A mim parece dura demais — disse Natalie friamente, mais perto de um surto de cólera do que de cair em lágrimas.

— É possível, é possível. Mas foi o destino que você escolheu para si mesma.

— Diga-me uma coisa, decano Goldenberg: ainda estaríamos sentados aqui caso a tomografia que pedi daquele pobre homem tivesse revelado um grande coágulo pressionando seu cérebro?

À sua frente, Terry revirou os olhos e suspirou. Veronica balançou a cabeça.

Sam Goldenberg parecia quase preparado para a pergunta. Ele olhou para alguns papéis à sua frente, e a seguir para ela.

— Como parte da questão aqui é seu ataque à avaliação clínica do dr. Renfro, sinto a necessidade de lembrar a você que não havia um coágulo. A tomografia na qual você apostou sua carreira na faculdade de medicina estava normal, srta. Reis. Absolutamente normal.

Por quase dez segundos depois que a última passagem da sonata para violino em fá de Beethoven ecoou pelo Queen

O quinto frasco

Elizabeth Hall, fez-se um silêncio absoluto. Então, de uma só vez, a plateia explodiu, se levantando, afogando o eco da última nota com gritos e aplausos.

— Bravo!

— Hurra!

— *Wunderbar!*

A bela de dezessete anos, embalando seu Stradivarius de duzentos e noventa anos como se fosse um recém-nascido, brilhava enquanto olhava para a multidão. Ela parecia pequena demais para o palco, mas todos que conheciam música, e formavam a maioria daqueles no salão, sabiam que ela era um titã. Seu acompanhante fez uma reverência e deixou o palco, de modo que ela pudesse receber a recompensa pela apresentação — o momento que muitos tinham sentido que nunca aconteceria.

Sentado no centro da décima fila, um indiano, resplandecente em seu *smoking*, continuou a aplaudir enquanto se virava para seu companheiro mais alto.

— Então?

— Estou muito orgulhoso dela, e muito orgulhoso de nós — disse o outro homem, elegante e de maxilar quadrado. — O corte em seu peito mal cicatrizou, e aí está ela.

— Bonito. Simplesmente bonito. Acho que nunca tinha ouvido a sonata "Primavera" tocada com mais sentimento ou brilhantismo técnico.

Como era a política dos Guardiães, os homens nunca falavam em público os nomes uns dos outros, e mesmo em suas frequentes teleconferências usavam apenas pseudônimos gregos, que cada um dos membros tinha de decorar.

Os aplausos frenéticos continuaram, e a jovem virtuose, fadada a encantar o mundo por décadas, recebeu uma cortinada após a outra.

— As rosas que ela está carregando são nossas — disse o indiano.

— Um belo toque.

— Concordo, obrigado. Sabe, é impressionante o que a pequena adição de um novo coração e novos pulmões ao corpo certo é capaz de fazer.

3

A vida não estudada não merece ser vivida.

Platão, *Apologia*

Apanhado.

Ben Callahan colocou a pilha de fotos 5x7 impressas em papel brilhante na escrivaninha, jogou dois comprimidos de antiácido Zantac no fundo da garganta e os engoliu com sua terceira xícara de café da manhã. *Outra bosta de começo de um dia de bosta.* Talvez fosse hora de dar uma chance ao seu amigável vizinho, um consultor de carreiras. Do lado de fora, uma gelada chuva vertical batia contra a sujeira da janela do escritório. No dia anterior a temperatura chegara a 38,5°C, com uma umidade de, digamos, mil. E naquele dia, 19°C e caindo um pé-d'água. Verão em Chicago. É insuperável.

Ben espalhou as fotos pela mesa em duas filas. Deus, algumas vezes ele detestava ganhar a vida daquele jeito. Ele detestaria mesmo se a vida que ele *estava* ganhando fosse algo substancial, o que certamente não era. Bem, pelo menos Katherine de Souci ficaria feliz. Ela exigira que Ben "apanhasse o desgraçado", e naquele momento Robert de Souci de fato tinha sido apanhado, embora não exatamente do modo como Katherine esperava.

E daí se Robert era atuante nos conselhos de uma dúzia de fundações de caridade ou mais? E daí se ele, por tudo que Ben pudera verificar, era um grande pai e um diretor-executivo iluminado de uma corporação? Katherine, que Ben passara a ver como uma espécie de mistura de Lizzie Borden* com sua ex-esposa, suspeitava de infidelidade, e naquele momento, graças ao excelente detetive particular — um senhor vigia — Benjamin Michael Callahan, ela tinha sua prova. E em breve ela teria os zilhões do acordo e a cabeça impressionantemente bela de seu marido em uma bandeja de prata.

Só havia dois problemas.

A amante secreta de Robert era um "ele", não a "ela" que Katherine esperava, e o significativo outro na questão era um homem que Ben conhecia bastante. Caleb Johnson, um pilar da comunidade negra, era provavelmente o melhor, mais justo e mais inteligente juiz criminal da região. Era possível que o juiz pudesse sobreviver a esse enorme escândalo, mas não sem uma significativa diminuição de sua influência na Justiça e por todo o país. E aquele era um homem que conquistara e merecia toda a influência que tinha.

Ben usou o polegar para brincar com uma pilha de contas não abertas. O cheque de Katherine de Souci faria todas elas desaparecerem como David Copperfield, deixando até dinheiro para comprar alguma coisa.

Ele deslizou as fotos de volta para o envelope de papel manilha e se preparou para telefonar para Katherine. Quem, afinal, se importava com as consequências? Ele tinha recebido um trabalho, aceitara, gastara o adiantamento e a maior parte das diárias, tinha feito o serviço. Caso encerrado.

Sua carreira reconhecidamente tinha sido uma espécie de erro de cálculo de sua parte, mas quando ele a escolhera estava verdadeiramente excitado por se tornar um detetive nos moldes de seus heróis da ficção — cavaleiros andantes como

---

* Lizzi Borden (1860-1927) foi levada a julgamento em 1982 pelo duplo homicídio a machadadas de seu pai e sua madrasta. Absolvida por falta de provas, Borden ficou conhecida devido ao não esclarecimento dos assassinatos e à grande repercussão do caso na época.

O QUINTO FRASCO

Mike Hammer, Travis McGee e Jim Rockford. Ele sabia que antes teria de começar devagar, aceitando qualquer caso. Infelizmente, esses casos — caçar fugitivos da condicional, esposas namoradoras e caloteiros de um tipo ou outro — continuaram a ser sua principal fonte de renda, e, com poucas exceções, nunca tinham chegado perto de alguma nobreza. Nenhuma única misteriosa e encantadora dama perturbada no pacote.

Naquele momento ele estava prestes a pegar uma pilha de dinheiro de alguém de quem não gostava e, em troca, arruinar a vida de dois homens que ele respeitava.

De Souci e Johnson deveriam ter sido mais discretos, tentou justificar. Havia todas aquelas instituições de caridade sem recursos e todos aqueles garotos afro-americanos em busca de modelos que contavam com eles. Eles deveriam ter refletido um pouco mais. Havia formas pelas quais os caras podiam permanecer indetectáveis, ou pelo menos *mais* escondidos, mas por qualquer que tenha sido o motivo, talvez apenas a cegueira do amor, eles tinham escolhido não fazer isso.

Agora havia fotos.

Ben pegou o telefone, discou o número de Katherine, e como de hábito passou pela secretária particular para falar com ela.

— Tem algo para mim? — perguntou a colunável, sem sequer se dignar a dizer alô.

A voz dela era irritante ao telefone. Ben imaginou seu rosto perfeitamente moldado — tão orgulhoso, tão empinado, tão arrogante. Em uma vida tão aborrecidamente cheia de posses, privilégio e vitórias, ele descobrira a prova que a faria ganhar o dia. *Katherine de Souci, aproxime-se! Você é uma vencedora e será a próxima em* The Price Is Right!*

---

* Programa de tevê norte-americano em que os participantes tentam adivinhar os preços de determinados produtos em troca de prêmios. (N. T.)

Durante vários instantes só houve silêncio.

— Bem? — insistiu ela.

— Ahn... na verdade, não tenho nada, sra. De Souci. Nada. Acho que seu marido está limpo.

— Mas...

— E a verdade é que acho que não posso tomar mais o seu dinheiro. Se quiser insistir nisso, recomendo que encontre outra pessoa.

— Mas...

— Adeus, sra. De Souci.

Por favor, tome mais cuidado, juiz. A esposa de Robert é vingativa, escreveu ele em um pedaço de papel em branco. Então assinou como *um amigo,* colocou-o junto às fotos, endereçou o envelope ao juiz sem remetente, classificou-o como **PESSOAL E CONFIDENCIAL** e o deixou de lado até sair para o que passaria por um almoço. Ele decidiu que só por garantia mandaria como carta registrada. Do lado de fora, a chuva continuava a encharcar a cidade. Em alguns minutos qualquer brilho que Ben pudesse ter sentido por desapontar de forma tão gloriosa Katherine de Souci dera lugar a seu estado habitual de indiferença e tédio. Era difícil acreditar que uma vida um dia marcada por entusiasmo e um espírito de aventura se reduzira àquilo. Era ainda mais difícil acreditar que ele realmente não ligava.

O telefone tocou cinco ou seis vezes antes que ele percebesse e atendesse.

— Alô?

— Sr. Ben Callahan? — perguntou uma voz feminina.

— Sim.

— O detetive?

— Sim. Quem fala?

O QUINTO FRASCO

— Estou telefonando do escritório da professora Alice Gustafson.
— Certo.
— Departamento de Antropologia da Universidade de Chicago?
— Certo.
— Sr. Callahan, o senhor tinha um encontro marcado com a professora Gustafson para quinze minutos atrás.
— Eu o quê?

Ben vasculhou os papéis em sua mesa até achar sua agenda, que, de forma otimista, tinha uma página inteira para cada dia do ano. O nome Alice Gustafson, um endereço, o telefone do escritório e o horário de quinze minutos antes estavam escritos com seu rabisco irregular na página do dia. Abaixo do horário havia duas palavras: Guarda de Órgãos. Só então ele se lembrou de ter recebido o telefonema, há cerca de uma semana, de uma secretária que não estava exatamente excitada sobre a maravilhosa oportunidade que era para ele o trabalho.

Ele concordara com o encontro sem se dar ao trabalho de dizer à mulher que ainda não tinha a menor ideia de sobre o que era. E ele aparentemente o perdera. Após quatro ou cinco anos na faculdade, e um período como professor de estudos sociais do secundário, ele jogara os dados e decidira levar a vida como detetive particular. Parecia então que era o momento de alguma outra coisa. Talvez descobrisse que era mais bem talhado para uma vida atrás de uma carrocinha de cachorro-quente, ou que sua verdadeira vocação era a de treinador de animais.

— Eu... eu lamento. Apareceu algo e me atrasei — disse.
— Imagino que sim — retrucou a mulher. — Bem, a professora Gustafson diz que, caso queira remarcar o encontro, ela poderá recebê-lo hoje às 13 horas.

Ben coçou a sombra marrom-avermelhada de barba por fazer que parecia estar surgindo cada vez mais cedo e ficou olhando para as palavras em sua agenda. Guarda de Órgãos. Nada ainda. Ele realmente tinha de começar a prestar mais atenção.

— Esse encontro — pediu ele — você pode me refrescar a memória?

Mesmo ao telefone ele pôde ouvir a mulher bufar.

— Você respondeu a um anúncio que colocamos nos jornais há cerca de um ano, solicitando serviços para a Guarda de Órgãos. Na época nós informamos a todos que responderam que estávamos formando um banco de dados de investigadores para futuros trabalhos. O senhor nos encorajou a incluir o seu.

Isso é besteira, pensou Ben. Ele não conseguia se lembrar da última vez em que tinha encorajado alguém a fazer algo.

— Então, a entrevista é sobre?

Outro bufo.

— Sr. Callahan, acredito que a professora Gustafson tem serviço para o senhor.

— E dinheiro para pagar por ele?

— Acredito que sim. Então, o veremos às 13 horas?

Ben puxou o teclado e fez uma busca na internet pela Guarda de Órgãos, antes de se lembrar que seu serviço tinha sido cortado pelo motivo habitual. Bem, pelo menos aquele não parecia outro caso de vigilância e flagrante de infidelidade. Depois de Katherine de Souci, ele poderia nunca mais ter um desses.

— Treze horas — Ben se ouviu dizer. — Estarei aí.

Ben estava certo de que tinha um guarda-chuva em algum lugar, mas nunca o usava. Ele desistiu após verificar o armário de sua pequena sala de espera vazia. Um táxi era

O QUINTO FRASCO

uma possibilidade, mas uma possibilidade cara, e um dos últimos vestígios de seus anos de professor era um sobretudo decente. De cabeça baixa, vestindo um casaco com cinto e um boné dos Cubs, ele caminhou doze quarteirões sob uma chuva pesada, se escondendo em portarias para ter um alívio a cada um ou dois minutos. Haskell Hall, na rua 59, era um grande e poderoso prédio de pedra com aberturas profundas sustentando um pátio arborizado.

ALICE T. GUSTAFSON, PH.D.
ANTROPOLOGIA MÉDICA

Era o que dizia uma pequena placa de latão gravada ao lado da porta de seu escritório no terceiro andar. Abaixo dela, uma placa menor, com letras gravadas mecanicamente em branco sobre plástico preto, dizia GUARDA INTERNACIONAL DE ÓRGÃOS. A porta estava trancada. Ben bateu de leve, e depois com um pouco mais de força.

Estava tudo bem, pensou ele. Naquele momento o que ele realmente precisava era se aconchegar em seu apartamento com o gato Pincus e descobrir o que queria fazer da sua vida, se é que ele realmente queria fazer algo. Que tal vendas? Todo mundo precisa de um Mazda ou de um aspirador de pó. Ele se preparou para bater novamente, mas então pensou *Dane-se*, e se virou para sair. Uma mulher de braços cruzados estava de pé a três metros e meio, o avaliando. Sua camisa xadrez de mangas compridas estava colocada para dentro de calças de sarja grossa apertadas na cintura fina com um cinto de couro grosso com uma grande fivela de prata. Tinha cerca de sessenta anos de idade, com óculos de armação dourada, um rosto estreito e inteligente de professora e cabelos escuros, grisalhos, presos em um pequeno rabo de cavalo. A avaliação que Ben fez da mulher, especialmente depois de três semanas de Katherine de Souci, foi definitivamente positiva.

— Sr. Callahan, sou a professora Alice Gustafson. Lamento tê-lo assustado — disse ela.

— Só um pouco. Acho que simplesmente perdi a parte felina de minha habilidade profissional.

Ben apertou a mão pequena que, era tristemente fácil constatar, tinha nos nós dos dedos o firme inchaço de artrite crônica.

— Anos caminhando por lugares onde eu não queria perturbar as pessoas ou assustar a vida selvagem me deram uma movimentação bastante suave — minimizou ela, abrindo o escritório com uma chave e — observou Bem — alguma dificuldade.

O espaço era surpreendentemente amplo, mas também apinhado e aconchegante. Uma das paredes tinha duas janelas de dois metros e meio, e a do lado oposto era coberta até o teto com estantes, abarrotadas de livros acadêmicos, periódicos encadernados e soltos e até mesmo algumas obras de ficção. Em um canto, uma alta vitrine de vidro abrigava dezenas de artefatos de diversos tipos, sem etiquetas e não organizados em alguma ordem identificável. A parede dos fundos tinha várias fotos emolduradas, especialmente de homens, todos negros ou mulatos. A maioria dos homens tinha cicatrizes, e nenhum deles parecia próspero ou feliz.

— Café? — ofereceu Gustafson, apontando para uma cafeteria no canto, enquanto se sentava atrás de uma enorme e abarrotada mesa antiga de carvalho, em frente a um mapa-múndi de dois metros decorado com alfinetes.

Ben balançou a cabeça e ocupou a cadeira em frente a ela. Havia uma estranha e fascinante mistura de intensidade e serenidade no rosto da mulher.

O QUINTO FRASCO

— Eu... fico constrangido em dizer que na verdade não me lembro de ter respondido ao seu anúncio — disse ele.
— Foi o que Libby, a secretária do departamento, me disse. Não importa. Você está aqui.
Ben olhou ao redor.
— Estou aqui — disse.
— Mas você não tem ideia do que é aqui. Certo?
— Pode-se dizer que sim.

A professora o estudou durante algum tempo, e Ben sentiu que ela estava perto de agradecer a ele por ter vindo e mandá-lo de volta para qualquer que fosse o buraco do qual tivesse saído. Ele não a culparia por isso e realmente não importaria para ele. Estaria ele deprimido? Crise da meia-idade? Provavelmente ambos. Mas isso também não tinha importância. Talvez em vez do amigável vizinho consultor de carreiras ele devesse fazer uma visita a um amigável vizinho psicofarmacologista.

— Acho que deveria saber que não é o primeiro detetive que entrevisto para a função — disse Gustafson finalmente.
— É o terceiro.
— Por que recusou os dois primeiros?
— Não o fiz. Nenhum dos dois quis.
— Pouco dinheiro? — perguntou Ben, sabendo por experiência própria com outros membros do clã que dificilmente haveria outra possibilidade.
— Há cerca de um ano havia a possibilidade de que recebêssemos uma bolsa para ampliar a parcela investigativa voltada para a ação de nosso trabalho. Por isso publiquei o anúncio, para reunir as pessoas certas para a função. Depois a fonte de nossa bolsa decidiu gastar seu dinheiro em outro lugar. Agora outra fundação compareceu. Não é muito, mas é algo.

— Parabéns.
— Gostaria de saber do que se trata?
Tudo bem. O que quer que seja, não estou à altura, pensou Ben.
— Continue — disse sua voz.

Gustafson pegou no armário uma pequena pilha de folhetos dobrados em quatro e entregou um. Era intitulado "Tráfico clandestino de órgãos", e tinha o subtítulo "O problema do mundo".

— O tráfico de órgãos humanos é ilegal na maioria dos países do mundo, mas continua a acontecer em um volume assustador — começou ela, enquanto Ben examinava o folheto. — Os doadores desses órgãos coletados ilegalmente podem estar mortos, naquele nível intermediário "morto mas não tanto", ou muito vivos. Mas o que a maioria deles tem em comum é a pobreza. Há compradores, vendedores, corretores, hospitais, clínicas e cirurgiões envolvidos. E, acredite em mim, sr. Callahan, o volume de dinheiro que troca de mãos nesse mundo secreto e ilegal é considerável: milhões e milhões de dólares.

Ben colocou o folheto de lado.

— Diga uma coisa, dra. Gustafson. Uma pessoa pobre está desesperada por dinheiro, e uma pessoa com recursos está desesperada por um rim, um fígado ou outra coisa.

— Sim?

— Se é um crime alguém intermediar a troca de um órgão por dinheiro, quem é a vítima do crime? E, talvez igualmente importante, alguém se importa?

— Vou responder primeiro a segunda de suas perguntas, sr. Callahan. *Nós nos importamos*. Raramente qualquer dos doadores recebe o que espera. Normalmente eles são os necessitados explorados por aqueles que têm mais. Caso precise de uma analogia, pense em uma jovem pobre estimulada por um cafetão a se vender como prostituta. A Guarda de Órgãos é uma de apenas duas entidades a fazer esse tipo de vigilância, mas nossa filiação está crescendo rapidamente. Países por todo o mundo estão começando a ver a necessidade de aplicar parte de seus recursos nessa questão. E como verá, mesmo aqui nos Estados Unidos o problema está aumentando.

— Você diz que governos estão dedicando recursos ao problema, mas tenho a sensação de que pode haver no mínimo algum exagero na alegação — disse Ben.

Mais uma vez, Gustafson o estudou.

— O progresso nessa área é lento — reconheceu ela de má vontade. — Admito isso. Mas está acontecendo. Quando damos às autoridades dos países indícios sérios de tráfico ilegal de órgãos, há prisões.

— Parabéns — disse Ben novamente, sem saber o que mais dizer e esperando não parecer cínico ou falso.

Em um mundo cheio de doença, terrorismo, ditaduras, drogas, prostituição, corrupção política e fraudes empresariais, a causa de Alice Gustafson era marginal. Ela era Doña Quixote — uma idealista lutando contra a injustiça de um crime em que não havia vítimas e que, afora uma eventual reportagem na *Times*, despertava pouco interesse.

— Se não se importa que eu pergunte, sr. Callahan, o que o levou a se tornar detetive particular?

— Não estou certo de que ainda saiba. Eu era professor secundário, mas o diretor achou que minhas turmas eram muito desorganizadas e que eu não disciplinava os garotos o bastante. Os garotos me adoravam, e eu os adorava, ou pelo menos a maioria deles, mas ele disse que isso realmente não importava.

— Bom.

— Eu nunca li a carta de referência dele, mas o resultado de minha procura por outra vaga de professor sugeria que eu não era exatamente brilhante. Sempre adorei ler histórias de detetives, então pensei em tentar a sorte. Acho que me vi um pouco como a melhor parte de cada um desses caras.

— Seria um homem e tanto. John D. MacDonald é meu autor preferido. Acho que li quase tudo que ele escreveu.

— Seu Travis McGee era *o homem*, na minha opinião.

O riso de Gustafson foi natural e incontido.

— Bem, quem não gostaria de viver em um barco na Flórida e salvar belas mulheres em apuros?

Ben pensou em Katherine de Souci.

— O problema é que esqueci que todos os meus modelos e todas as suas belas mulheres eram ficcionais.

— Viver no mundo real frequentemente é uma missão difícil para todos nós — disse a professora, reclinando na cadeira, tamborilando com os dedos, claramente tentando decidir se valia a pena continuar ou se simplesmente deveria passar para o detetive número quatro. Aparentemente tomando uma decisão, ela continuou. — Então, por falar na Flórida, ainda está interessado em saber do trabalho? Pois é para onde o mandaríamos.

— Professora Gustafson, eu estaria mentindo se dissesse que tenho qualquer interesse verdadeiro por sua causa.

— Admiro que confesse isso, sr. Callahan. Aqui apreciamos a sinceridade.

— Há uma linha tênue entre sinceridade e simples descaso, professora.

— Compreendo... Bem, dê uma olhada nestas fotos. Elas me foram enviadas por um legista em Fort Pierce, Flórida,

O QUINTO FRASCO

chamado Stanley Woyczek, que estudou antropologia médica comigo. Ele sabe tudo sobre a Guarda de Órgãos. Você pode estar certo sobre o tráfico ilícito de órgãos ser um crime sem vítimas, mas novamente...

Ao longo dos anos Ben tinha visto muitas fotos de autópsias, em preto e branco e, como aquelas, coloridas. Mas as imagens ainda faziam com que respirasse fundo. O cadáver, um homem na casa dos vinte anos, tinha sido transformado em uma massa sem forma.

— Ele estava vagando por uma rodovia amplamente deserta às três da manhã quando foi atingido por uma carreta — explicou Gustafson. — Segundo Stanley, a morte foi instantânea.

— Imagino que sim.

— Quando estiver pronto, dê uma olhada nas três últimas fotos.

— As nádegas dele?

— Na verdade, a área logo acima das nádegas. Stanley escreveu dizendo estar absolutamente certo de que esse homem fez uma doação de medula óssea um dia antes de sua morte.

— E?

— E ele ligou para todos os hospitais, clínicas e hematologistas da região e, pelo que descobriu, esse homem não era paciente de ninguém.

— Identificação?

— Nenhuma.

— Digitais?

— Nenhuma correspondência.

— Deus do céu. E o legista não tem qualquer dúvida de que ele fez uma doação de medula?

— No momento você poderia dizer doação *involuntária* de medula.

— Aposto que há alguma explicação simples e lógica.
— Talvez. Mas dê uma olhada nisso.

Gustafson deslizou pela mesa uma pasta com uma única palavra escrita na aba: RAMIREZ. Ela continha uma fita cassete, transcrição datilografada, várias fotografias e duas matérias de jornal, uma cortada cuidadosamente do *Hallowell Reporter*, de Hallowell, Maine, e a outra do *National Enquirer*. As duas matérias eram de cerca de catorze meses antes. Ben escolheu começar pela mais espetacular das duas.

VAMPIROS SUGARAM MEU SANGUE
Vampiros modernos usam trailer para pegar vítima e agulhas para sugar o sangue

A matéria curta, com fotos, falava do caso de Juanita Ramirez, faxineira de motel de cinquenta anos de idade, que alega ter sido drogada, vendada, sequestrada, mantida prisioneira nos fundos de um *trailer* e submetida a experiências por vampiros que se diziam médicos. Um médico que examinou Ramirez depois do suposto sequestro encontrou provas de que sua medula óssea tinha sido sugada com grandes agulhas enfiadas no osso do quadril. Uma das fotos do jornal, supostamente da pele bem acima das nádegas, tinha uma impressionante semelhança com aquela mandada pelo ex-aluno de Gustafson.

— Stanley Woyczek não sabia nada sobre esse caso quando me mandou as fotos — disse Gustafson.

— Mas como afinal *você* soube disso? — perguntou Ben.

Gustafson deu um sorriso enigmático.

— Algumas pessoas leem jornais quando não estão trabalhando, alguns assistem à televisão, alguns brincam no eBay. Eu vasculho o Google. Um monte de coisas. Isso me relaxa.

A outra matéria — a menor — cita um médico osteopata das

florestas norte do Maine dizendo que a medula óssea dessa mulher pode ter sido retirada. Eu entrevistei Juanita e os dois médicos. Ela descreve um grande *trailer* cinza com uma decoração escura do lado. Mesmo antes desse envelope de Stanley eu acreditava que alguém realmente tinha sequestrado essa mulher, sugado sua medula óssea e, depois do procedimento, a vendado e jogado em algum lugar.

— Mas por quê?

— É por isso que precisamos de um detetive, sr. Callahan. Eu mesma faria isso, mas tenho minhas aulas para dar. Além disso, minha artrite está sendo um inferno. Penetrar disfarçada em hospitais da Turquia, Moldávia ou África do Sul para denunciar traficantes de órgãos pode ter se tornado passado para mim.

— Realmente espero que não, professora.

— Bem, obrigada.

— Mas por que a Flórida? Achei que seu interesse eram principalmente os países do Terceiro Mundo.

— Principalmente por que é onde as coisas estão acontecendo agora. Se pudermos descobrir alguma coisa organizada neste país, qualquer coisa, suspeito que não teremos de nos preocupar muito com financiamento. E embora a retirada de medula óssea não seja tão debilitante quanto perder um rim, fígado ou coração, ainda é roubo de órgãos.

A história da mulher e as frágeis evidências não haviam despertado em Ben mais simpatia pela Guarda de Órgãos ou sua missão, e ele não acreditava que houvesse algo mais sinistro no caso da morte do jovem na Flórida do que a grade de uma carreta, mas ficara profundamente impressionado com Alice Gustafson e sinceramente com ciúmes de sua paixão.

— Temo que a bolsa que a fundação oferece não seja muito grande, sr. Callahan.
— Isso soa mal.
— Estaria disposto a ir para a Flórida ver se consegue identificar o infeliz homem da foto e talvez descobrir o que aconteceu com ele?
— Não sou licenciado na Flórida.
— Isso não deve impedi-lo. Estou certa de que em um momento ou outro o senhor seguiu pessoas até outros estados.
— Segui.
— Ademais, meu ex-aluno, Stanley, conhece bem a polícia da região. Ele prometeu me colocar em contato com eles. Não acho que ele terá problemas em fazer o mesmo por você.
— A polícia não está trabalhando no caso?
— Tecnicamente não foi cometido um crime, portanto acho que eles não estão se esforçando muito para identificar a vítima. Além disso, eles têm muitos casos ao mesmo tempo. Você só terá um. Está interessado?

Ben estava prestes a dizer como andava ocupado, mas não havia nada naquela mulher que sugerisse que ela acreditaria em qualquer coisa que não a verdade. Então preferiu perguntar:
— Quanto tempo tenho?
— Podemos pagar sua passagem aérea, econômica, e oito dias a 150 dólares por dia, mais despesas. Faça despesas *razoáveis*.

Ben tentou conter o mau humor. Katherine de Souci pagara a ele 150 dólares *por hora*.
— Entendo por que você está com dificuldade para encontrar alguém — disse ele. — Acho que qualquer um que trabalhasse por tão pouco não seria alguém que você quisesse.
— *Você* é alguém que quero — disse Gustafson. — Você tem a honestidade de me dizer que não liga para a nossa causa

O QUINTO FRASCO

e o intelecto de ter feito sucesso, pelo menos segundo meus parâmetros, como professor.

— E se eu precisar de mais tempo?

— Duvido que o comitê de operações da Guarda de Órgãos autorizasse mais despesas com você.

— Quem é o comitê de operações? — perguntou Ben.

Alice Gustafson riu com modéstia.

— No caso, eu.

4

Não há dúvida de que os velhos devem governar os jovens.

Platão, *A república*, Livro III

A pista de atletismo da escola secundária St. Clement — oval, inclinada e de cortiça — era a preferida de Natalie na cidade. Como não era perto nem de seu apartamento nem da faculdade de medicina, não corria nela tanto quanto gostaria. Mas naquele dia, voltando a experimentar o prazer de se exercitar em uma superfície quase perfeita, ela se prometeu que aquilo mudaria.

Desde que podia se lembrar ela sabia que era capaz de correr muito, e em alguns momentos do ano anterior ao seu ingresso na Newhouse, quando se metia em uma situação mais perigosa que outra, esse dom salvou sua vida. Um professor de educação física na escola cronometrou seus tempos em várias distâncias, e logo a mandou trabalhar com um amigo que treinava corrida em Harvard. No momento em que foi aceita na universidade, já tinha quebrado vários recordes escolares e se firmado como uma estrela em provas de meia distância. Em algum momento em seu penúltimo ano, depois da publicação de uma matéria sobre ela no *Globe*, Doug Berenger foi vê-la treinar. Ele tinha sido um corredor decente em Harvard, mas longe de um quebrador de recordes. Depois de almoçarem juntos na semana seguinte ele a convidou para trabalhar em seu laboratório, desde que isso não interferisse no atletismo. Desde então os dois formavam uma grande equipe.

O QUINTO FRASCO

Às onze da manhã o ar estava mais quente do que ela gostaria, mas a pista parecia absorver todo o calor e lançá-lo para a baía. Após apenas dez minutos de uma corrida leve, seu tendão de Aquiles estava quase agradecendo a ela por ser poupado de correr na estrada. Vestindo calças marrons de aquecimento, uma camiseta apertada e uma faixa branca na testa e nos cabelos negros, ela fez uma curva relaxadamente a passos largos, procurando por Terry Millwood.

Ela estava quase concluindo a terceira semana de sua suspensão de quatro meses da faculdade — uma punição imerecida, acreditava ela, que efetivamente a fizera recuar em um ano em relação à turma na qual começara e que acabara com sua indicação para residência no White Memorial. Não se passara um dia sem surtos de raiva recorrentes dirigidos a Cliff Renfro, seu chefe de cirurgia no White Memorial ou ao decano Goldenberg. Aos trinta e cinco anos de idade, ela não tinha tempo a perder para conseguir chegar aonde queria profissionalmente. E naquele momento, graças a eles, não tinha escolha a não ser correr e esperar.

À frente, Millwood passou pelo portão e chegou à pista, acenando com a mão ao vê-la. Com 1,80 metro, ele era dez centímetros mais alto que ela, mas enquanto seu corpo era esguio — seco, diriam muitos —, o dele era robusto e quase inteiramente musculoso. Millwood era um tenista mais que decente, e também bom na maioria dos outros esportes. Mas ele era realmente excelente na cirurgia. Estimulada por Doug Berenger, Natalie começara a frequentar o centro cirúrgico antes mesmo de ingressar na faculdade de medicina. Seu mentor era civilizado e elegante em quase todas as circunstâncias, respeitado e reverenciado como cirurgião de transplantes cardíacos. Mas em momentos especialmente tensos no centro cirúrgico ele podia ficar enlouquecido — enérgico e bastante duro com a equipe de cirurgia.

Millwood, protegido de Berenger na equipe de transplantes, era exatamente o oposto — calmo e positivo mesmo nas crises mais graves e angustiantes. A primeira oportunidade em que Natalie observara o homem havia sido em uma cirurgia de doze horas para reparar um aneurisma rompido de aorta e uma válvula aórtica inoperante. Ele cantou ópera suavemente durante o terrível procedimento e finalmente bem-sucedido, em nenhum momento elevando a voz ou perdendo a compostura. No íntimo Natalie sabia que queria imitar Millwood quando — na verdade passara a ser um *se* — fosse sua vez de ocupar a posição principal junto à mesa, mas intelectualmente ela suspeitava que seria mais como o exuberante e emocional Berenger.

— Então, como está indo? — perguntou Millwood, se aproximando dela no meio de uma das retas.

— Já teve fúria de trânsito?

— Talvez uma vez.

— Bem, agora sinto o tempo todo, esteja ou não de carro, e é dirigida praticamente contra todo mundo. É surpreendente que eu não tenha esmigalhado meus dentes.

— Você procurou alguém?

— Quer dizer, um dentista?

— Pelo menos ainda faz piada.

— Adoro que você goste de minhas piadas. Você provavelmente é o único. Se quer saber se estou vendo minha analista, a dra. Fierstein e eu estamos tendo pequenos encontros quase todos os dias. Dez ou quinze minutos. É sempre a mesma coisa. Digo a ela que sinto vontade de matar alguém, qualquer um, e ela me diz que isso provavelmente só pioraria as coisas. Infelizmente, não sei se ela está certa.

O QUINTO FRASCO

— Quando for o momento Doug e eu vamos brigar por você em um dos outros programas de cirurgia. Prometo isso.

— Mas antes preciso aceitar o que fiz de errado na faculdade e o que fiz de errado na emergência do Metropolitan — disse, erguendo a mão para impedi-lo de repetir que se realmente não tivesse feito nada de errado ainda estaria na faculdade. — Eu sei, eu sei.

— Usadas juntas assim, essas duas são as palavras de que menos gosto — disse Millwood.

— Eu sei.

— À sua esquerda! — gritou uma voz vinda de trás.

Dois garotos usando o eterno roxo e branco da potência das pistas St. Clement passaram em disparada por eles por dentro, obrigando-os a se deslocar para a direita. Depois, juntos, os jovens olharam para trás com a expressão de desprezo pela política de permitir que qualquer um entrasse em sua pista.

— Calma — murmurou Millwood. — Eles jogam pessoas na cadeia por causa do que você está pensando em fazer. Além disso, você não tem uma arma.

— Não tenha tanta certeza.

— Doug me disse que você tem passado muito tempo no laboratório.

— O que mais eu tenho para fazer? Os outros técnicos me odeiam por deixá-los com imagem ruim, já que sou a primeira a chegar e a última a sair, só que se esquecem de que não tenho mais nada a fazer. Eles também não sabem que, apenas por uma questão de princípios, quero matá-los ainda mais.

— Qual era mesmo o horário do seu encontro com a analista hoje?

— Acha que estou com raiva demais?

— Eu não seria muito amigo se me limitasse a concordar com você o tempo todo. Você sabe que eu a adoro, Nat, mas tenho de dar razão ao Goldenberg sobre aquele seu lado que atrapalha.

— Sou quem sou. Você, acima de todos os outros, deveria gostar disso.

— Quer dizer, por eu ser gay? Isso é *o que* eu sou. Não iria querer mudar mesmo que pudesse, e não posso. O tipo de pessoa que sou é outra história, e por mais maravilhosa que seja, você tem uma agressividade gigantesca que está te prejudicando...

— À sua esquerda!

Mais uma vez, os corredores de St. Clement os jogaram rudemente para a direita.

— Ei, caras! — gritou Natalie.

— Acho que não quero ver isso — murmurou Millwood.

À frente, os rapazes pararam e se viraram. Eles eram mais velhos do que Natalie imaginara — provavelmente penúltimo ou último ano. Um deles, de cabelos louros cacheados, acne residual, continuou correndo no mesmo lugar sem esforço, enquanto o outro, moreno e absolutamente autoconfiante, recuou um passo na direção deles, mãos na cintura, a cabeça de lado. Natalie não tinha dúvida de que não era a primeira vez que os jovens se exibiam daquele modo para corredores amadores. Ela sentiu o apelo silencioso de Millwood para que esquecesse a coisa toda, mas não havia nenhuma chance. Ele estava certo sobre ela não ter uma arma para atirar neles, ou uma faca com a qual furá-los, mas tinha suas pernas.

— Por que vocês simplesmente não desviam de nós? — perguntou ela.

O QUINTO FRASCO

— Porque somos corredores sérios treinando e vocês são amadores que poderiam estar correndo em qualquer lugar.

Resposta errada. Natalie viu Millwood dar um passo atrás, braços cruzados.

— Então é assim? — retrucou ela. — Vejam bem, corredores sérios, se um dos dois conseguir derrotar essa corredora velha e acabada até chegar aqui de volta, eu e meu amigo sairemos e iremos trotar em algum outro lugar. Mas se não conseguirem me derrotar em um quarto de milha, vamos continuar aqui, e vocês dois poderão ir para o lado externo; ou melhor, poderão sentar na grama e assistir até terminarmos.

Os jovens trocaram olhares e sorriram. Natalie se deu conta de que ambos eram bons, talvez muito bons. Porém, com sorte, não bons o bastante. Ela era fundista, e um quarto de milha era um *sprint*, mas naquele momento ela só precisava derrotá-los. Não, ela precisava esmagá-los.

Natalie tirou o agasalho enquanto Millwood se colocava de lado.

— Eu dou a largada — disse, impotente para mudar o que aconteceria dali em diante.

Quando se colocou do lado de fora dos dois adolescentes, Natalie sentiu a conhecida descarga feroz de competição correr por ela. *Vocês não vão me derrotar... vocês não vão me derrotar... vocês não vão dispensar aquele homem da emergência sem uma tomografia...*

— Prontos... Posições... Agora!

Os jovens aceitaram rápida e arrogantemente o desafio de uma corrida — especialmente contra uma mulher mais velha correndo na pista com um homem de meia-idade. Mas nos primeiros vinte metros Natalie sabia que, a não ser que eles tivessem foguetes de reserva presos nas pernas, seria uma dura surpresa. Os dois pareciam equivalentes, e corriam assim — ombro a ombro. Durante um tempo Natalie ficou para trás, em meio às sombras gêmeas. Mas era só um quarto de milha, e ela não estava com disposição de superar aqueles rivais no final. Ambos precisavam de um profundo ajuste de comportamento. Nada mais que isso. O louro era Cliff Renfro, o moreno, Sam Goldenberg.

— Ei, caras, à esquerda! — gritou ela.

Os dois olharam para trás, claramente surpresos de que ela não estivesse muito atrás. Ela só precisou de um instante para passar no meio dos dois e disparar. Não importava se os adolescentes poderiam ter corrido mais caso soubessem como ela era mais rápida. Em cem corridas eles perderiam para ela cem vezes, talvez não por tanto quanto naquele dia.

Millwood começara a corrida na metade de uma das retas. Naquele momento ele observava, divertindo-se, Natalie fazer a curva final e acelerar, não diminuindo até passar por ele. Os garotos de St. Clement ainda estavam concluindo a última curva. Sem olhar para trás e lutando para não demonstrar que estava respirando fundo, Natalie pegou seu amigo pelo braço e o conduziu pela pista em uma corridinha rápida.

— Feliz agora? — perguntou Millwood.

— Menos infeliz — respondeu ela.

No início da tarde, depois de ter passado em seu apartamento para deixar suas compras, Natalie foi até a casa de sua mãe entregar os produtos que comprara para Hermina e Jenny e foi para o laboratório. Jenny, acelerada como sempre, tinha concluído *O morro dos ventos uivantes* e iniciado *Oliver Twist*. Natalie se preocupava, a não ser que sua sobrinha de repente pulasse de sua cadeira de rodas e corresse para brincar com as outras crianças, Deus tinha muito trabalho a fazer.

O quinto frasco

Mesmo com o laboratório de Berenger, o tempo vago ainda era um fardo. O último de seus simulacros de relacionamento amoroso tinha terminado serenamente quase três meses antes e, na verdade, ela não sentira falta — até aquele momento. Berenger e Millwood tinham prometido conseguir outra residência para ela, mas até então as primeiras sondagens que fizeram não haviam levado a nada. Ela passara a ficar mais tempo no abrigo para mulheres no qual era voluntária desde a faculdade, e até mesmo ingressara em um curso de tricô no Boston Adult Ed. Ainda assim, tendo sido obrigada a reduzir de repente da quarta para a primeira marcha, era como se sua vida estivesse em câmera lenta.

Além da pista e das estradas, o laboratório era uma bênção de Deus — um lugar em que ela continuava produtiva. Ela integrava uma equipe de três pessoas, que recebera de Berenger o projeto de estudar os efeitos colaterais de uma nova droga imunossupressora ainda na fase de testes em animais. Se as avaliações fossem encorajadoras, em algum momento o medicamento poderia substituir ou se somar a um dos medicamentos tóxicos que eram usados para reduzir a frequência e a gravidade das rejeições a transplantes.

Natalie colocou roupas hospitalares azul-claras e um jaleco de laboratório, e pegou o elevador para o impressionante laboratório de Berenger no nono andar do Nichols Building. Os dois outros membros da equipe, Spencer Green e Tonya Levitskaya, cumprimentaram-na com a habitual falta de entusiasmo. Considerando-se o intelecto, o carisma, a variedade de interesses e a soberba habilidade cirúrgica de Berenger, Natalie ficava surpresa que qualquer um dos **dois ainda** estivesse na folha de pagamentos.

Green, um Ph.D. cadavérico e melancólico que dominara a arte de conseguir bolsas, estava com Berenger havia dez anos, e Levitskaya, uma residente do serviço de transplante, formada na Rússia com uma bolsa de pesquisa de seis meses, parecia ter uma opinião consolidada sobre tudo — normalmente negativa. Casada, com trinta e tantos anos e sem nenhum humor, Levitskaya quase certamente tinha uma queda por seu mentor, portanto tratava Natalie como uma rival. O próprio Berenger parecia ignorar a aspereza latente em sua equipe de pesquisa.

Entrando no laboratório, Natalie conferiu se a pequena sala de cirurgia animal estava disponível, depois foi para a área de contenção e retornou com uma gaiola com doze ratos brancos especialmente criados.

— Estou usando a sala dos animais — disse Levitskaya, com seu forte sotaque de conde Drácula.

Não tão cedo, suspirou Natalie consigo mesma. O pequeno ânimo que restava de ter colocado os garotos de St. Clement em seus lugares desapareceu.

— Eu acabei de passar lá, Tonya. A sala está vazia — disse, com fingida simpatia.

— Bem, estou indo para lá.

— Tonya, só preciso de vinte minutos.

— Faça depois.

— Tonya, por favor, não faça isso. Estou com grandes problemas e...

— Melhor ainda, faça à noite, quando você estiver trabalhando aqui até meia-noite e fazendo os outros parecerem preguiçosos.

Relacionamento pessoal, pensou Natalie consigo mesma. Foi o que o decano e Terry tinham dito que eu tinha de trabalhar. *Relacionamento pessoal*. Então disse, sorrindo docemente:

— Tonya, se você não voltar atrás e parar de me criar dificuldades, eu vou enfiar seu nariz dentro da sua cara.

E aí, como é isso para o relacionamento pessoal?

Levitskaya avançou. Era uma mulher corpulenta, um pouco mais alta que Natalie, e pelo menos quinze quilos mais pesada. Seu sorriso maldoso sugeria que ela tinha enfrentado desafios como aquele antes, e sequer pensava em voltar atrás.

Maldição, pensou Natalie. *Bem, qual é a pior coisa que pode acontecer?*

A última vez em que ela participara de uma briga tinha sido em seu penúltimo ano na Newhouse School. Ela saíra com fraturas no nariz e em uma articulação do dedo, dizendo em voz alta ter vencido a outra garota, que saíra praticamente ilesa. Será que ela um dia aprenderia a escolher brigas contra pessoas que tivesse alguma chance de superar?

— Que tal no corredor, onde não podemos destruir nada? — disse ela, resignada à luta.

— Senhoras — gritou Spencer Green do outro lado do laboratório, ignorando o conflito que ele não podia ter deixado de escutar —, era Doug ao telefone. Ele mandou as duas irem para a clínica de acompanhamento com ele imediatamente.

Levitskaya apertou os olhos como se calculasse se conseguiria acabar com Natalie e ainda chegar à clínica com um atraso mínimo. Finalmente, com um dar de ombros que significava deixar para mais tarde, ela se encaminhou para a porta. Natalie pensou em ir com seus ratos, mas os deixou e seguiu. Berenger claramente a via como parte do seu serviço, independentemente de sua posição na faculdade — um gesto que merecia respeito.

O espaço da clínica, usado por vários serviços em diferentes dias, era composto de quatro salas de exame, uma sala de consultas e uma pequena área de espera no sexto andar do

Hobbs Building. Naquela tarde ela era destinada aos pacientes de transplantes de Berenger, provavelmente cinco ou seis deles. Ele fazia em média dois transplantes a cada três semanas, mas o número poderia ser muito maior caso houvesse mais doadores. Como estava, o número de pessoas que morriam por falta de doador superava em muito o número daqueles salvos por um transplante.

No momento em que Natalie chegou à clínica, Levitskaya já estava na sala de consultas devaneando com Berenger. Natalie notou surpresa que o ritmo respiratório da mulher era normal, sabendo que ela precisava ter corrido do laboratório.

Sentado atrás de sua mesa, Berenger era o protótipo do professor universitário de cirurgia cardíaca, de maxilar forte e olhos duros, com lindos dedos compridos. Respeitado igualmente por pacientes, estudantes e docentes, era conferencista e pesquisador de fama mundial, embora a maior parte do tempo o mais humilde possível. Natalie encontrara a esposa e as filhas adolescentes dele em diversas oportunidades, e sabia o suficiente para acreditar que se Berenger economizava em algo em sua existência altamente complexa, era com elas.

— Então, algum desentendimento no laboratório? — perguntou ele.

Green.

— Nós ajeitamos as coisas — disse Levitskaya rapidamente, sorrindo sobre dentes quase trincados.

— Estou pronta — acrescentou Natalie com uma alegria exagerada. — Fico feliz por ter sido incluída.

— Vocês sabem que isso é trabalho de equipe, certo?

— Certo — responderam as duas mulheres em uníssono.

— Bem, o sr. Culver está na sala ao lado. Três meses de pós-operatório. Tonya, você conhece o homem, então oriente Natalie e a leve para observar sua avaliação. Natalie, falamos depois.

A residente de cirurgia cardíaca conduziu Natalie para o saguão, a seguir fez uma apresentação de trinta segundos sem nenhum entusiasmo sobre um motorista de caminhão de quarenta e sete anos de idade que desenvolvera cardiomiopatia — inchaço do coração sem causa conhecida — e conseguira um transplante salvador após dois anos de insuficiência cardíaca progressiva com grande falta de fôlego e massiva retenção de fluidos. Clinicamente ele estava bastante bem desde a cirurgia.

Culver, prenome Carl, era um homem moreno e robusto, com sobrancelhas grossas, rosto redondo e olhos perturbadoramente pequenos. Mas havia alguma coisa ainda mais desagradável que sua aparência — ele cheirava a cigarro. Em sua apresentação, Levitskaya insistira em dizer que ele tinha sido um grande fumante, mas que deixara o hábito ao perder o fôlego e entendera que o fumo o eliminaria da lista de transplante. Ele claramente tinha saído dos trilhos da abstinência.

Sem sequer cumprimentar ou apertar as mãos, a russa explodiu.

— Maldição, Carl, você está fedendo a cigarro! — disse, quase gritando.

— Bom, eu fui demitido e minha filha ficou doente, então...

— Sem desculpas. Você tem ideia de quanto tempo e dinheiro foram gastos para colocar esse novo coração no seu peito, para não falar do pobre homem que o deu a você ou dos muitos, muitos outros que não tiveram uma chance com ele? E aí está você fumando como uma chaminé, fazendo de tudo para destruí-lo.

— Mas...

— Sem mas. Vou ver se o dr. Berenger quer falar com você. Caso contrário, quero que você saia e só volte quando tiver parado de fumar de novo. Que desperdício de um coração que poderia manter um não fumante vivo durante anos.

Ela passou por Natalie e saiu apressada da sala, deixando Carl Culver confuso, frustrado e com raiva.

— Lamento por seu emprego, sr. Culver — disse Natalie.

— Obrigado. Lamento pelo cigarro, doutora, realmente lamento. Mas é difícil, especialmente quando as coisas não vão bem.

— Sua filha está muito doente?

— Ela teve um ataque. Acharam que poderia ter um tumor cerebral, mas acabou sendo apenas enxaqueca. Sinceramente, doutora, vou tentar parar, vou mesmo.

— Você realmente precisa continuar tentando — disse Natalie, se aproximando e colocando a mão no ombro dele.

— Agora sua filha precisa de você mais que nunca. Sei que é difícil, mas você realmente precisa continuar tentando.

Naquele momento a porta se abriu e Berenger entrou, seguido por uma Levitskaya com o rosto ainda vermelho. Nos dez minutos que se seguiram, o mentor de Natalie deu uma aula clínica de como ser um médico, sempre em contato visual honesto com seu paciente, raciocinando sem criticar, perguntando sobre a família e a situação em casa, o acalmando, tocando em seu braço para tranquilizá-lo e ao mesmo tempo o aconselhando sobre os perigos de continuar a fumar. Calmo, severo, preocupado, simpático, compreensível, inflexível.

— Estou ouvindo um chiado, Carl — disse, depois de examinar o caminhoneiro. — Isso é ruim, muito ruim. Está na hora de você lidar com esse problema. Vou encaminhar você ao nosso programa contra o tabagismo SSN, *Stop Smoking*

O QUINTO FRASCO

Now [Pare de fumar agora]. Mas os médicos e assistentes sociais só podem ir até certo ponto. Você terá de fazer o resto.
— Farei, dr. Berenger. Prometo que farei.
— Você precisa se exercitar mais. Há uma academia perto de você?
— Eu... acho que sim.
— Quero que você pare na reabilitação cardíaca quando sair do hospital. Vou ligar para eles e pedir que refaçam seu programa de exercícios. Se houver uma academia eles ligam para lá e você se matricula. Se dinheiro for problema, fale com o pessoal do SSN. Eles têm uma verba disponível. Eu fiz um bom trabalho em você. Não estrague tudo.
— Obrigado, dr. Eu vou melhorar. Prometo.
— Sua família precisa de você.

Os dois homens apertaram as mãos calorosamente, e depois Berenger deixou Culver na sala enquanto telefonava e escrevia orientações. Ele finalmente mandou Levitskaya de volta com a papelada e instruções para introduzir o paciente seguinte quando tivesse terminado.

— Tonya é uma cirurgiã muito boa — disse ele quando estava sozinho com Natalie.
— Acredito que sim.
— Você realmente ameaçou esmagar o nariz no rosto dela?
— Não estava trabalhando meu relacionamento pessoal. Lamento. Não é hora de bancar a esperta. Foi erro meu. Eu estava com raiva do mundo, triste comigo mesma e chamei Tonya para a briga.
— Entendo. Veja, vocês duas são valiosas demais para o meu trabalho para ficarem assim. Estou pagando a vocês para enfrentarem os mistérios da ciência, não uma à outra. Chega de problemas.

— Chega de problemas — repetiu Natalie.

— Ademais, eu suspeito que a velha Tonya é uma verdadeira brigona.

Natalie sorriu.

— Estava pensando a mesma coisa.

— Então, você gostaria de se livrar de tudo isso por algum tempo?

— Desculpe?

— Se livrar.

— Mas não me livrar como se estivesse sendo demitida?

— Você vai precisar fazer muito mais do que ameaçar Tonya para que eu a demita. Como está o seu português?

— Terceiro ano, talvez, possivelmente quarto. Eu sou meio cabo-verdiana, mas era conhecida por nunca fazer nada que deixasse minha mãe feliz, e ela queria muito que eu falasse a língua.

— De qualquer modo você provavelmente não precisará. Há um encontro internacional sobre transplantes semana que vem no Brasil. No Rio, para ser mais preciso. Já esteve lá?

— Participei dos Jogos Universitários em São Paulo, mas nunca fui ao Rio.

— Bem, eu planejava ir e apresentar uma versão de nosso trabalho sobre transplante *versus* hospedeiro, mas minha hérnia de disco está me matando, e Paul Engle, meu neurocirurgião, não recomenda longas viagens de avião ou de carro. Pensei que talvez você quisesse se afastar de algumas coisas por algum tempo, e isso foi antes mesmo de flagrar você prestes a estragar tudo com minha colega de pesquisa.

— Você quer que eu vá para o Rio?

— Classe executiva.

O QUINTO FRASCO

— Não está apenas tentando impedir que Tonya e eu nos matemos?

— Demitir você sairia mais barato.

Natalie sentiu um jorro de excitação. As três semanas anteriores tinham sido piores até do que as que se seguiram à contusão na seletiva olímpica. A desnecessária humilhação dos corredores secundaristas e o episódio raivoso com Levitskaya eram sintomas de sua perturbação. Ela era uma panela de pressão no fogo e prestes a explodir. Nada seria melhor para ela naquele momento que uma mudança de cenário.

— Quando preciso responder? — perguntou ela.

— Quando você pode responder? — retrucou Berenger.

— Que tal agora?

5

O verdadeiro médico é também um governante que tem como súdito o corpo humano, e não existe apenas para fazer dinheiro.

Platão, *A república*, Livro I

A menina estava morrendo. Seu nome era Marielle, e, a despeito dos antibióticos e do soro, do oxigênio e do fino frasco de alimentação, a menina de seis anos de idade estava se esvaindo. A subnutrição estava atiçando as chamas da infecção em seu abdômen, e naquele momento também seu sistema nervoso. O dr. Joe Anson espantou moscas de seus lábios ressecados e rachados, e olhou desamparado para a enfermeira. Trabalhando naquele hospital em uma área pobre a cerca de 50 quilômetros ao norte de Iaundê, Anson já tinha visto muitas crianças morrerem. Cada uma doía nele mais que a anterior, e embora tivesse havido muitas vitórias, pareciam nunca compensar as derrotas.

Mas naquele momento, às quatro da manhã, a garota frágil e subnutrida não era a única coisa que incomodava Anson. Ao longo da hora anterior tinha havido um aumento constante de sua própria falta de ar. A sensação — nos piores momentos uma terrível claustrofobia sufocante — nunca mais desaparecera completamente. Após quase sete anos, sua fibrose pulmonar idiopática — progressiva cicatrização do pulmão — estava chegando ao fim do processo: FPI — causa desconhecida, evolução inexorável para baixo, nenhum tratamento eficaz. Era uma doença debilitante de-

O QUINTO FRASCO

generativa, e Anson sabia que mais cedo ou mais tarde sua única esperança seria um transplante.

— Claudine — disse ele em fluente francês camaronês —, você poderia me dar um tanque de oxigênio e uma máscara?

A enfermeira apertou os olhos.

— Talvez eu devesse notificar a dra. St. Pierre.

— Não. Deixe Elizabeth dormir... ficarei bem com o oxigênio.

Ele precisou parar entre as duas frases para tomar fôlego.

— Estou preocupada — disse a enfermeira.

— Eu sei, Claudine. Eu também.

Anson prendeu a máscara de poliestireno no rosto e se inclinou para a frente, de modo que a gravidade puxasse sua caixa torácica para baixo e ajudasse a expandir seus pulmões. Ele fechou os olhos, tentando se acalmar enquanto esperava o oxigênio eliminar a assustadora falta de ar. Cinco minutos intermináveis se passaram sem que nada mudasse, a seguir mais cinco. A situação não podia piorar muito. Os episódios de falta de ar estavam ocorrendo com maior frequência e demorando cada vez mais a passar.

Em algum momento, aparentemente em breve, o oxigênio simplesmente não seria suficiente. Em determinado ponto, a não ser que ele concordasse com um transplante de pulmão e, claro, que um doador fosse encontrado a tempo, seu coração seria incapaz de forçar o sangue ao longo do tecido cicatrizado de seus pulmões. Medicamentos funcionariam por pouco tempo, mas então seu coração ficaria ainda mais fraco e ele começaria, literalmente, a se afogar em seus próprios fluidos. A essa altura, mesmo que fosse encontrado um doador adequado, o transplante quase certamente seria um desperdício.

Respire... Lentamente... Não pare... Incline-se para a frente... Deixe a gravidade ajudar... Assim... Assim...

Embora se dissesse agnóstico, Anson começou a rezar por alívio. Ele ainda tinha trabalho a fazer ali — uma grande missão, importante. Os testes clínicos de Sarah-9 estavam sendo feitos, com resultados impressionantes. A droga que ele criara a partir de uma levedura que só existia naquela região ainda era experimental, mas claramente estava na vanguarda no campo da neovascularização — o desenvolvimento rápido de novos vasos sanguíneos salvadores. A nova circulação já tinha demonstrado potencial de curar quadros tão diversos quanto ferimentos de guerra, infecções, doenças cardíacas e várias formas de câncer... Porém, ironicamente, não fibrose pulmonar.

Demorou mais de quinze minutos, mas finalmente Anson começou a conseguir mais ar. Mas instantes depois, exatamente quando ele achava que o ataque tinha passado, um leve incômodo no peito rapidamente provocou um acesso de tosse doloroso e agônico. Maldição! No minuto que demoraria para controlar a tosse ele poderia ficar novamente com falta de ar. Ele um dia havia sido capaz de jogar rúgbi por horas sem desacelerar nem um passo. Era difícil acreditar que meia colherzinha de muco pegajoso em um frasco brônquico fosse suficiente para derrubá-lo.

Na cama estreita ao seu lado, Marielle respirava pesadamente. Anson acariciou sua testa. Suas batalhas eram dolorosamente semelhantes. Será que algum deles conseguiria vencer? Ele flexionou o pescoço e saboreou um pouco de ar. Embora estivesse além da exaustão e não tivesse conseguido mais que alguns cochilos em quase vinte e quatro horas, sequer pensava em dormir. O que importava eram seus pacientes. Como sempre, dormir era secundário.

Nascido e educado na África do Sul, Anson já tinha sido bonito e arrojado o bastante para se envolver com algumas das mulheres mais bonitas do mundo, e dispersivo o suficiente para desistir de tudo, afora uma ligação superficial com a medicina. Mas isso fora muito tempo antes.

Mais quinze minutos de oxigênio e Anson sentiu a insuportável cinta em torno de seu peito começar a afrouxar. Claudine, incapaz de permanecer testemunhando sua angústia, fora ver seus cerca de vinte internos, muitos dos quais — crianças e adultos — sofriam complicações da aids. Graças à Fundação Whitestone, com sede em Londres, e sua administradora, a dra. Elizabeth St. Pierre, o pequeno hospital era bem sustentado e equipado com quase tudo em que Anson e ela puderam pensar.

Temendo outra recaída, Anson esperou antes de colocar o oxigênio de lado. O esforço de colocar ar suficiente para dentro o deixara com a cabeça leve e nauseado. Não deveria ter sido assim. Em quase quinze anos ele nunca se afastara do trabalho, nem nunca quisera fazer isso.

Após um fim de semana particularmente exaustivo e deprimente no circuito festeiro, cercado de pessoas pelas quais ele não se interessava mais, fazendo coisas que ele cada vez mais rejeitava, a vida de Anson como *playboy* diletante chegou de repente ao fim. Ele usou sua herança e tudo mais que conseguiu reunir e levou sua entusiasmada esposa e sua filha para a floresta em uma missão de salvar o povo de seu continente.

Naquele momento, aos cinquenta e cinco anos de idade, fisicamente ele era um espectro do homem que tinha sido, constantemente com medo de ver seu trabalho ser tomado dele antes de estar concluído. Entretanto, mesmo com níveis de oxigênio reduzidos, sua mente ainda processava informações e resolvia problemas em ritmo acelerado. Ele não tinha como parar naquele momento. Enquanto houvesse trabalho a ser feito, ele se permitiria o luxo de um transplante de pulmão e de todo o tratamento contra a rejeição que isso envolvia.

Silenciosamente prometendo que descansaria assim que Sarah-9 funcionasse perfeitamente, Anson colocou seu estetoscópio e fez uma reavaliação cuidadosa de sua paciente. A criança poderia resistir um dia ou dois, mas sem alguma espécie de intervenção divina, três dias eram o máximo. *Intervenção divina*. As palavras iam ao cerne da questão. Anson não reconhecia o poder de Deus, mas abraçava plenamente o poder de Sarah-9, batizada em homenagem à sua única filha com a esperança de que um dia ela compreendesse as escolhas que ele fizera. Embora Marielle não se encaixasse em nenhum dos protocolos médicos, poderia muito bem se beneficiar do tratamento com a fantástica droga.

Mas havia um grande problema em fazer isso.

Elizabeth St. Pierre, que tomava conta da bolsa que sustentava o Whitestone Center for African Health, também era encarregada dos testes clínicos do medicamento. Ela proibira com veemência o uso aleatório de Sarah-9 antes que os pesquisadores da Fundação Whitestone concluíssem sua avaliação. O decreto restringindo o uso da droga aparentemente parecia irracional, mas Anson sabia que o problema era culpa exclusiva dele.

Até que ele abrisse mão do controle total de sua produção, Sarah-9 teria uma oferta muito pequena.

Anson sentiu o pulso acelerar com a ideia de roubar sua própria droga. Ele fazia tudo o que era possível pela menina, mas sua doença estava profundamente enraizada. Ele precisava aumentar a circulação na área da infecção de modo a levar mais oxigênio e mais antibióticos. Sarah-9 era exatamente o caminho. Talvez ele pudesse fazer alguma espécie de acordo

O QUINTO FRASCO

com Elizabeth naquele momento — suas anotações secretas e suas culturas de células em troca de Sarah-9 suficiente para tratar sua paciente.

Não, decidiu. Podiam chamá-lo de irracional e mesmo paranoico, mas ele simplesmente não estava pronto para entregar sua pesquisa à Whitestone. Nessa conjuntura, seria melhor pedir perdão que permissão.

A instalação de pesquisa de bambu e blocos de cimento, uma série de laboratórios e dormitórios a cerca de 50 metros ao norte do hospital, era impressionantemente bem equipada, com incubadoras de primeiro nível, dois espectrômetros de massa e até mesmo um microscópio eletrônico. Com unidades de refrigeração e culturas de levedura e tecidos para proteger, também havia uma série de enormes geradores sustentando automaticamente a energia que vinha de Iaundê pelas árvores enormes ao longo do rio Sanagra.

Fazendo o máximo para disfarçar a fraqueza e a insegurança de seus passos, Anson se encontrou com Claudine quando ela e a outra enfermeira da noite medicavam os pacientes. Além de Anson e St. Pierre, trabalhavam no hospital dois médicos de Iaundê e vários residentes. Eles davam plantões noturnos, mas na verdade Claudine e as outras enfermeiras eram experientes e competentes o bastante para cuidar da maioria dos problemas.

— Então, como está nosso rebanho, Claudine? — perguntou, sutilmente apoiando um joelho contra uma parede.

A mulher o avaliou.

— Está se sentindo melhor?

— Muito, obrigado. Vou voltar para meus aposentos para me lavar e trocar de roupa. Volto depois.

— Você deveria ficar lá e dormir um pouco.

— Mais tarde, antes que os outros cheguem, dormirei um pouco. Acredite ou não, estou completamente acordado agora.

— Nós nos preocupamos com você.

— Agradeço por isso, Claudine, e preciso disso. Por favor, tome conta de tudo. Volto logo.

Anson parou para ter a certeza de que sua paciente estava estável, então deixou o hospital. Um guarda de segurança uniformizado estava do lado de fora da porta.

— Boa noite, Jacques.

— Boa noite, doutor. Uma longa noite.

— Criança doente. Veja, você pode ficar aqui se quiser. Só vou ao meu apartamento me lavar.

— Senhor...

— Eu sei, eu sei.

Eram proibidas caminhadas desacompanhadas à noite. Onde havia poder, inevitavelmente havia crime. A força de segurança — cada ex-militar armado — estava lá basicamente para impedir sequestros e qualquer forma de espionagem industrial. O potencial comercial das fórmulas e das anotações protegidas no enorme cofre de Anson era literalmente ilimitado.

A trilha de terra e cascalho entre o hospital e o complexo de pesquisa era mal iluminada por luzes ao nível do chão. Ela seguia sinuosa em meio a uma vegetação luxuriante, e terminava em um vestíbulo de bambu do qual partiam cinco alas — três delas com instalações de pesquisa, e as outras duas com residências. Um outro guarda de segurança estava postado na passagem do vestíbulo — com bem mais de 1,80 metro, ombros largos e muito imponente em seu traje de sarja engomado.

— Bom dia, doutor — disse ele formalmente.

— Bom dia, Jacques.

O QUINTO FRASCO

— Francis — disse o outro guarda, anuindo rapidamente —, o doutor quer se lavar antes de voltar para o hospital.

— Assim seja. Obrigado, Jacques. Eu tomo conta das coisas a partir daqui.

O guarda hesitou, claramente tentando se lembrar se havia um regulamento sobre a transferência do pessoal do hospital de um guarda de segurança para outro. Ele finalmente deu de ombros, anuiu para os dois homens e retornou pela trilha. Antes que Anson pudesse falar, Francis Ngale anuiu minuciosamente para a câmera de segurança, instalada em um abrigo à prova de água na metade de uma palmeira voltada para a porta. A lembrança não era necessária. Anson estava bem consciente da segurança eletrônica por todo o complexo. O sistema tinha sido instalado pela Whitestone assim que o acordo com eles tinha sido fechado.

Tendo Ngale a seu lado, Anson começou a descer o corredor na direção de seu apartamento de dois aposentos. Na metade do caminho, em um ponto protegido das câmeras, eles pararam.

— Perdoe a observação, doutor, mas sua respiração parece bastante difícil esta noite — disse Ngale.

— Eu estava mal algum tempo atrás, mas já melhorei. Estava lutando para manter uma menina viva.

— Ninguém trava essa batalha melhor que você.

— Obrigado, meu amigo. Fiquei muito aliviado de ver que você estava de plantão esta noite. Eu preciso chegar ao medicamento.

— Para a menina.

— Sim. Você sabe que as regras proíbem isso.

— Claro.

— E está disposto a se arriscar para me ajudar?

— Essa pergunta não precisa ser feita. Como quase tudo no Whitestone Center for African Health, a força de segurança era contratada e supervisionada por Elizabeth St. Pierre. Porém, embora ela e Anson continuassem próximos, havia momentos em que ela era obrigada a lembrar que de acordo com o pacto que ele fizera, era a Fundação Whitestone que pagava as contas, e a Whitestone que estabelecia as regras.

St. Pierre tinha colocado Francis Ngale a bordo, mas ela não sabia que uma vez Anson salvara o pai do homem de um episódio quase fatal de meningite. De todos os guardas de segurança, Ngale era o único no qual Anson podia confiar plenamente.

Após uma breve parada em seu apartamento para tomar um banho e colocar roupas hospitalares limpas, Anson se encontrou com Ngale nos fundos do corredor. Os primeiros tons do amanhecer tinham começado a clarear a noite densa. Lado a lado, os dois homens atravessaram o vestíbulo e seguiram na direção da sala de blocos de cimento com duas casamatas — instaladas em 1,20 metro de concreto. O momento era o melhor possível. O segurança responsável pelos monitores de vídeo estaria semiadormecido e certamente distraído. Anson verificou seu relógio.

— Cinco zero dois — disse.

— Cinco zero dois — concordou Ngale.

— Precisarei de três minutos. Só isso. Comece às cinco zero sete.

— Três minutos. Vou conseguir isso para você. Meu amigo Joseph Djemba está de vigia. Ele não gosta de nada mais do que falar do futebol dos Leões Indomáveis de Camarões.

— O time voltou a ser muito bom, não?

O QUINTO FRASCO

— Eles precisam usar seu potencial, doutor.
— Assim como nós, Francis. Assim como nós — sussurrou Anson, apontando para seu relógio e levando Ngale pelo saguão até o escritório da segurança.

O acesso à casamata era por um teclado. A combinação da casamata da direita, com as anotações de Anson e outros materiais de pesquisa, só era conhecida por ele e por um advogado de Iaundê. No caso de sua morte repentina, o conteúdo seria transferido para St. Pierre juntamente com a informação para decifrar o código no qual estavam escritas.

A outra casamata, a da esquerda, era refrigerada, e continha frascos de Sarah-9, cada um deles cuidadosamente etiquetado, numerado e catalogado. Parecia bizarro que ele fosse obrigado a roubar uma droga que ele tinha desenvolvido, mas o processo de sintetizá-la a partir de pacotes virais e levedura era complicado e extremamente lento, e, até que a Whitestone fosse autorizada por ele a iniciar a produção em massa, o volume sempre seria muito pequeno.

Anson ficou dentro da entrada até exatamente cinco zero sete, e então se aproximou da casamata. A apenas nove metros, no escritório da segurança, havia um conjunto de vinte e quatro monitores — três filas de oito. Com sorte, naquele momento Francis estaria garantindo que Joseph Djemba estivesse olhando para qualquer outro ponto que não os monitores.

Anson pegou um pedaço de papel dobrado no bolso, se ajoelhou junto à tranca e sussurrou a combinação enquanto teclava. Ele soltou o ar audivelmente quando os números se ajustaram e a pesada porta se abriu. Em meio a uma nuvem de ar frio, ele podia ver que havia oito frascos de medicamento — fruto de dois ou três dias de trabalho no laboratório. Cada frasco, fechado com uma tampa de borracha, continha

Sarah-9 suficiente para uma semana de tratamento intravenoso. Mas em muitos casos os resultados positivos surgiam com dois ou três dias. Com sorte ele conseguiria manter sua paciente viva durante esse tempo.

Enquanto colocava um dos frascos gelados no bolso da camisa, Anson ficou pensando com que cuidado Elizabeth manteria a contabilidade. Conhecendo a mulher como conhecia, era difícil que não fosse percebida a falta de um frasco. *Negar, negar, negar.* Essa seria a sua estratégia. Se ele fosse firme o bastante, Elizabeth poderia pelo menos ter de considerar a possibilidade de ter errado na conta. Com um minuto sobrando, ele fechou silenciosamente o cofre e voltou ao corredor. Alguns segundos depois Francis saiu do escritório de segurança e se juntou a ele.

— Está seguro, doutor — disse ele.

— Pelo menos por enquanto.

— O vídeo de segurança é um ciclo que se apaga a cada vinte e quatro horas. Se conseguir manter a dra. St. Pierre sob controle durante esse tempo, a prova de que esteve no interior do cofre desaparecerá.

Anson retornou ao hospital com a respiração mais leve do que saíra. Fossem mudanças no fluxo de sangue para seus pulmões doentes, tampões de muco ou broncoespasmo, era incompreensível até mesmo naquele momento como podia melhorar de uma hora para outra — ou às vezes até de um minuto para outro. Ele se valia dos períodos cada vez mais raros de sintomas mínimos para se convencer de que ainda havia tempo — muito tempo — antes que fossem necessárias medidas drásticas.

Marielle estava como Anson a deixara, embora sua temperatura tivesse, pelo menos naquele momento, baixado

O QUINTO FRASCO

para quase normal. Ela conseguia reagir a uma voz alta ou quando era movida na cama, mas fora isso permanecia quase imóvel. Sua mãe, de uma aldeia ribeirinha ao norte do hospital, perdera dois de seus três filhos por subnutrição. O serviço social do hospital estava fazendo o possível para prepará-la para a volta de Marielle, mas na única vez em que Anson a encontrara, ficara claro que embora sonhasse com a recuperação da menina, ela esperava o pior.

Eram cinco e meia quando Anson tirou o frasco do bolso e deu a primeira das dez doses que administraria durante uma semana. Se a menina conseguisse sobreviver, ele teria de encontrar um modo de conseguir mais um frasco. Os testes clínicos estavam progredindo tão bem que já tinham sido descobertos a dose ideal e o cronograma de administração para vários quadros. Pegando o frasco intravenoso da criança, ele enfiou a agulha em um dos pontos de borracha e injetou a dose de Sarah-9. Ele estava administrando a medicação com o soro quando teve consciência de outra presença na ala de quatro leitos. O momento de alerta impediu que ele levasse um grande choque.

— Como ela está? — perguntou Elizabeth St. Pierre.

Ela estava atrás e à direita de Anson. Ele não podia saber há quanto tempo estava lá, mas avaliou o ângulo em que segurara o frasco de Sarah-9, e sabia que havia uma possibilidade de que ela tivesse visto.

— Está mal — respondeu.

— Eu de repente acordei plenamente desperta de um sono pesado, então decidi dirigir para cá e ver o que você estava fazendo. Quer que eu assuma para que você possa descansar?

St. Pierre, natural de Iaundê, voltara para casa após conseguir seu diploma de medicina em Londres. Ela trabalhou com Anson e sua equipe durante dois anos no hospital e no laboratório, e então negociou o acordo com a Whitestone para trocar seus direitos ao Sarah-9 pelo apoio irrestrito ao Center for African Health.

À luz fraca, St. Pierre estudou Anson com visível preocupação. Era uma mulher bem-apessoada de quarenta e poucos anos, com traços aquilinos e uma suave pele de ébano. Seus óculos de aro de tartaruga sempre pareceram grandes demais para seu rosto, mas de algum modo conseguiam ressaltar a inteligência penetrante em seus olhos. Era fluente em doze idiomas, além de vários dialetos tribais de sua terra natal.

— Eu tenho um dia cheio na clínica — disse ele, tentando perceber um indício de se ela sabia o que ele acabara de fazer —, mas talvez pudesse dormir umas duas horas antes disso.

Considerando-se os anos da ligação entre os dois, Anson sabia surpreendentemente pouco sobre a vida pessoal da mulher, além de que havia sido casada por pouco tempo com um empresário de Iaundê e que ainda era dona de uma casa em uma colina inclinada sobre a cidade. Também sabia que ela era uma médica dedicada e impressionantemente culta, com enorme conhecimento em doenças renais e especialista reconhecida nos aspectos médicos do transplante de rim.

— Joseph, você gostaria de me dizer o que está acontecendo? — perguntou ela, passando do inglês para o francês.

Anson gelou.

— Perdão?

— Mais cedo Claudine me disse que você teve grandes dificuldades durante algum tempo.

Anson relaxou os maxilares. Ele passou a mão pelo bolso do traje médico para se assegurar de que o frasco não fosse óbvio.

— Tive uma pequena bronquite — disse ele.

O QUINTO FRASCO

— Absurdo, Joseph. Essa é a evolução natural da fibrose pulmonar, e você sabe disso tão bem quanto eu.

Anson ficou consciente de uma renovada rigidez em seu peito — exatamente do que ele não precisava. Ele agarrou o assento da cadeira e tentou respirar lentamente. St. Pierre era uma clínica atenta. Ela não demoraria a perceber que ele estava mais uma vez com problemas.

— Ainda não estou pronto para um transplante — disse, determinado.

— Joseph, você estará como novo assim que fizer a operação.

— Estou bem a maior parte do tempo.

— Não há nada que possa dizer para convencê-lo?

— Não no momento. Escute, Elizabeth, eu realmente gostaria de dormir um pouco... antes da clínica matinal. Você acha que poderia tomar conta por mim? Marielle tomou todos os remédios.

— Claro.

Ainda lutando contra a falta de ar, Anson se levantou, agradeceu a St. Pierre e, com uma pose de acentuada dignidade, se encaminhou para seu apartamento.

— Joseph? — chamou St. Pierre assim que ele chegou à saída.

Ele se virou rapidamente.

— Sim?

— Use um pouco de oxigênio. Sua respiração acelerou para vinte e quatro, a movimentação de ar é baixa, e você está se interrompendo no meio das frases.

— Eu... farei isso. Obrigado.

Elizabeth St. Pierre fez uma ronda rápida pelos pacientes hospitalizados, depois retornou ao seu escritório e fez um interurbano para Londres.

— Aqui é Laerte — disse uma voz de homem profunda e educada.

— Laerte, é Aspásia. É seguro falar?

— Por favor, prossiga, Aspásia, espero que esteja bem.

— A saúde de A está piorando — disse St. Pierre. — Não sei quanto mais ele pode suportar assim. Mesmo que tenhamos suas anotações e possamos traduzi-las, o projeto sofrerá um terrível atraso caso ele morra. Acho que temos de buscar um modo de superar seu medo e ir em frente com um transplante.

— O conselho concorda.

— Então farei o que for preciso para convencê-lo.

— Excelente. Sabemos que ele confia em você.

— Apenas lembre-se, Laerte, tem de ser uma perfeita compatibilidade de tecidos, não pior que onze em doze. Não quero prosseguir com menos que isso.

— Soubemos que há um doador.

— Então vou prosseguir.

— Muito bem. Combinaremos os detalhes em breve.

— Por favor, transmita minhas lembranças ao restante do conselho.

6

A justiça do Estado consistia em cada uma das três classes fazer o trabalho de sua própria classe.

Platão, A república, Livro IV

— Sra. Satterfield, o que quer dizer com Pincus foi embora? Prendendo o fone entre orelha e ombro, Ben dobrou o travesseiro fino sob sua cabeça.

— Ele queria ir, querido, então eu o deixei sair, e ele não voltou.

Ben resmungou e olhou para o teto do quarto 219 do Okeechobee Motel 6. Era pouco mais de oito da manhã de mais um dia que seria quente e sem nuvens. O motel, com diária de 52 dólares para solteiro, ficava ao lado da autoestrada, a menos de 20 quilômetros de onde Glenn tinha sido atingido em cheio por uma carreta em disparada. Embora Ben não tivesse maior noção da identidade do homem do que tinha quando Alice Gustafson apresentara o caso a ele, achava mais fácil se motivar com um nome do que com Homem Branco Desconhecido ou Zé Ninguém.

Ele escolhera Glenn por causa da placa vaidosa GLENN-1 de um Jaguar preto conversível que passara por seu Saturn alugado quando saía do Aeroporto Internacional Melbourne, na costa atlântica da Flórida. Talvez aquele Glenn tivesse ganhado o Jaguar em uma rifa. Quem sabe ganhara na loteria. Como quer que fosse, o homem precisava ter tido sorte em algum momento, e Ben sabia que precisaria de uma boa dose dela. Mas até o momento, após cinco dias no condado de Okeechobee e arredores, havia uma grande carência de sorte. Apesar de desanimado, ele trabalhara muitas horas todos os dias. Mas não conseguira absolutamente nada que lançasse alguma luz sobre quem era Glenn e o que acontecera com ele.

A desagradável conclusão que não o abandonava era a de que, apesar de alguns pequenos sucessos em casos domésticos de espreita e flagrante, ele deixava muito a desejar como verdadeiro detetive particular.

E agora seu gato estava desaparecido.

— Sra. Satterfield, lembra-se do que eu falei sobre Pincus ser um gato doméstico e não ter garras, e não poder subir em árvores para escapar de coisas como cães?

— Mas ele queria desesperadamente sair, querido. Ele estava chorando.

Ben suspirou. Althea Satterfield, sua vizinha de porta, era um doce de criatura e gentil como São Francisco, mas também estava do lado norte dos oitenta e era um pouco desatenta a detalhes. A voz dela lembrava a Ben o comediante Jonathan Winters imitando a velha Maudie Frickert.

— Tudo bem, sra. Satterfield — disse ele. — Pincus é um bom corredor. Além disso, foi erro meu ter permitido que extraíssem suas garras.

E era, refletiu, arrependido. Ele e Diana ainda estavam longe do rompimento quando ela flagrou seu velho gato se divertindo com a bainha de uma de suas capas de sofá. *Já chega, Ben, ou você arranca as garras do seu gato ou eu vou embora!* Como sempre, a lembrança de suas palavras produzia um sorriso agridoce. Não se pode dizer que ela não tinha dado a ele a chance de tomar a iniciativa.

— Como está indo sua mais nova investigação, sr. Callahan?

O QUINTO FRASCO

Minha única investigação.
— Ainda não resolvi o caso, sra. Satterfield.
— Vai resolver.
Não vou.
O legista Stanley Woyczek, ex-aluno de Alice Gustafson, deu a maior ajuda possível, mas a polícia de St. Lucie e Fort Pierce, bem como a do gabinete do xerife e da polícia estadual, tinha um grave ressentimento para com um investigador particular cuja simples presença insinuava que não estavam fazendo seu trabalho. Não havia uma única pergunta que ele pudesse fazer nem uma única forma de fazê-la que não soasse condescendente ou paternalista. Após cinco dias de visitas a várias delegacias e subdelegacias, de tentativas de conversar sobre Marlins, Devil Rays, Buccaneers, Jaguars e Dolphins, e de dezenas de rosquinhas, ele não conseguira cativar nenhuma fonte de informação. No final acabara obrigado a concluir que se fosse um dos policiais provavelmente teria reagido como eles.
— Sra. Satterfield, não se preocupe com Pincus. Tenho certeza de que ele voltará.
— Gostaria de partilhar seu otimismo, querido. Até mesmo sua planta está triste.
— Minha planta?
— A única que há em todo o seu apartamento.
— Sei disso, sra. Satterfield.
— Ela costumava ter uma flor rosa tão grande e bonita...
— Costumava.
— Temo que ela tenha caído.
A planta, uma Aechmea, tinha sido presente de uma violinista da filarmônica, sua companheira durante dez semanas antes que ela se ligasse a um trompista, alegando, muito

justamente, que Ben simplesmente não tinha um rumo na vida. Não surpreende que nos dois anos seguintes não tenha surgido uma substituta para essa companheira.

— Sra. Satterfield, a senhora tem de regar aquela planta todo d... — disse, se interrompendo no meio da frase, imaginando Jennifer Chin esticada nua sobre cetim vermelho com seu soprador de trompa. — Quer saber, sra. Satterfield?

— O quê, querido?

— Apenas dê a comida do gato à planta e tudo ficará bem.

— Tudo o que você quiser, querido. E não se preocupe com seu caso, você vai resolver.

— Estou certo que sim.

— Apenas comece com o que você sabe.

— O quê?

— Perdão?

— Deixe para lá, sra. Satterfield. Está se saindo muito bem. Voltarei em alguns dias.

— Então nos veremos, querido.

Comece com o que você sabe.

Tendo em mente as palavras estranhamente convincentes de Althea Satterfield, Ben parou em frente a uma modesta casa de estuque bege em uma rua quieta de Indrio, ao norte de St. Lucie. Um pequeno letreiro néon vermelho em uma das janelas dizia apenas LEITURAS. A porta foi aberta por uma mulher alta e magra na casa dos quarenta, com pele bronzeada e cabelos negros lisos até a cintura. Um zodíaco colorido e bem feito estava tatuado dentro de uma meia-lua em sua testa, o arco se estendendo do final das sobrancelhas até pouco abaixo da linha dos cabelos.

— Madame Sonja.

O QUINTO FRASCO

— Bem, sr. Callahan — disse ela com voz etérea —, entre, entre. Não conseguia lembrar se você voltaria esta manhã ou amanhã.

— Você poderia apenas ler o futuro — disse Ben, tomando o cuidado de não olhar para Libra, seu signo, que em função de sua visita anterior ele sabia que ficava logo acima de sua sobrancelha esquerda.

Madame Sonja levou alguns segundos para avaliar sua expressão. Depois sorriu.

— Isso foi engraçado.

— Fico aliviado que pense assim. Algumas vezes, na verdade na maioria das vezes, eu digo coisas que deveriam ser engraçadas, mas sou o único que pensa assim.

— Isso *é* uma maldição.

Ela o conduziu por uma sala de leitura com cortinas pesadas, uma mesa de cartas, baralho de tarô, xícaras de chá e quase tantos artefatos misteriosos quanto havia no escritório de Alice Gustafson, para um gabinete abarrotado de estantes, vários computadores, scanners, aparelhos eletrônicos e um cavalete profissional. A não ser por uma mesa de computador e uma pequena cadeira de escritório, não havia móveis, mas em um dos cantos ficava um torno de oleiro bem usado e sujo de argila seca.

— Teve sorte? — perguntou ele.

— Talvez. Estou muito feliz com o que tenho para você.

— Como disse, o dr. Woyczek elogiou muito seu trabalho.

— Ele sabe que aprecio suas recomendações. Apenas gostaria que sua simpatia por mim se estendesse a seus amigos, os detetives do departamento de polícia. Temo que eles pensem que sou uma espécie de charlatã. Eles têm seus próprios artistas, e mesmo com muitos exemplos de minha maior precisão, eles se recusam a mandar serviço para cá.

Woyczek tinha modestamente descrito madame Sonja como uma excêntrica que usava a computação gráfica mais moderna para criar ou recriar rostos, mas que frequentemente modificava seus retratos em função de algo que apenas vira em sua mente. Três dias antes Ben levara para ela as horríveis fotos do rosto quase eliminado de Glenn. Ela ficou algum tempo sentada em frente a ele na mesa em sua sala de leitura, estudando as fotos, algumas vezes com os olhos completamente fechados, algumas vezes entreabertos. Ele esperou pacientemente, embora considerasse seus atos um enigma completo. Apesar do endosso enfático de Woyczek à mulher, confessara seu forte preconceito cínico contra clarividência, telepatia, telecinese, leitura da sorte e sobrenatural.

— Fiz um conjunto de retratos em cores e um em preto e branco — disse madame Sonja. — Como verá, os conjuntos são ligeiramente diferentes um do outro. Posso explicar por quê. Eis seu homem — disse, sentando-se ao computador com Ben examinando a tela por sobre seu ombro.

Surgiu na tela a primeira imagem, de frente e em cores. Era basicamente tridimensional, produzida por um programa impressionante, e claramente desenhado por uma mulher talentosa. O homem retratado tinha um rosto redondo e jovem; bochechas gordas coradas; olhos bem pequenos e bastante espaçados, e orelhas um pouco baixas. Não havia muito no rosto que Ben achasse interessante, mas ele tinha uma certa aura infantil. Madame Sonja girou o busto eletrônico 360 graus.

Ela permitiu que Ben estudasse sua obra por dois minutos, e depois colocou na tela o desenho em preto e branco. Poucos diriam que os desenhos eram do mesmo homem. O rosto era mais estreito e mais inteligente, os olhos mais vivos.

— Como explica as diferenças? — perguntou Ben.

O QUINTO FRASCO

— Eu não tento explicar nada. Desenho o que vejo, nas fotos e aqui — disse, batendo uma comprida unha escarlate sobre Gêmeos. — Fico imaginando que esse homem tem, ou melhor, *tinha*, inteligência diminuída. Talvez eu o tenha desenhado na época de sua morte, e depois como ele poderia ter sido não fosse algum acidente de nascimento.

Outra bola fora, pensou Ben. Woyczek podia estar certo sobre aquela mulher, mas pelo que ele podia dizer, sua singularidade começava e terminava no zodíaco de sua testa. Ele ficou pensando em quantos clientes teriam pago quanto dinheiro por sua "sabedoria".

— Tenho cópias impressas de cinco imagens em cada um desses envelopes. Minha remuneração normalmente seria de 1.000 dólares por conjunto, mas como o dr. Woyczek o mandou, farei os dois por 500.

Chocado, Ben hesitou, quase recusando, mas a mulher acrescentou:

— Como você está pensando, pode se recusar a pagar e deixá-los aqui. Mas estou dizendo, sr. Callahan, esses retratos são o que você está procurando.

Os olhos de Ben se estreitaram. Finalmente decidiu que qualquer um poderia saber o que ele estava pensando. Era lógico e óbvio — dedução pura a partir de sua hesitação, e provavelmente de sua expressão. Qualquer um poderia saber. Relutante, tirou o talão de cheques de sua maleta.

— Temo que só possa aceitar MasterCard e Visa. E, claro, dinheiro — disse, sem qualquer timidez.

Uma empresária com uma tatuagem na testa. O que tinha acontecido com os tipos simples, descontraídos e anti-*establishment* com os quais ele tinha convivido na faculdade? Um pouco de fumo, um pouco de cerveja, um pouco de rock and roll. Ben verificou a carteira e deu o dinheiro a ela. Era extremamente duvidoso que Alice Gustafson e a Guarda de Órgãos o reembolsassem integralmente por aquilo, mas enfim...

Então, em um gesto que o surpreendeu inteiramente, madame Sonja se aproximou e pegou sua mão.

— Sr. Callahan, lamento que se sinta tão desconfortável assim comigo. Você tem um rosto maravilhosamente gentil, e posso dizer que é um bom homem. Se quiser, por favor, venha e me acompanhe em uma xícara de chá.

Ben só queria pegar a estrada. Ele tinha visitado todos os hospitais em um raio de 40 quilômetros do acidente, bem como todos os postos policiais. Naquele momento, já que tinha conseguido aqueles retratos de Glenn, poderia usar o tempo que ainda restava antes de retornar a Chicago para mostrá-los a algumas pessoas — talvez começando com os hematologistas. Mas havia algo de irresistível no toque da mulher. Relutante, ele a seguiu até o gabinete e se sentou. Um minuto depois ela estava servindo um chá aromático avermelhado em suas xícaras orientais com um símbolo asiático diferente na lateral.

— Beba, por favor — estimulou. — Garanto que não há nada no chá. Quando terminar, por favor, me dê sua xícara.

Ben fez o que foi pedido. Madame Sonja olhou para a xícara alguns segundos, depois colocou as mãos em volta dela e olhou fixamente para ele. Finalmente, fechou os olhos.

— Não estou conseguindo muito — disse.

Desde quando 500 dólares não são muito?

— Lamento — respondeu.

— Mas continuo ouvindo as mesmas palavras o tempo todo.

Tenho de sair daqui.

— Apenas comece com o que você sabe.

O QUINTO FRASCO

Ben olhou para ela em um silêncio chocado. Exatamente as palavras de Althea Satterfield.

— Uma... Uma amiga de Chicago me disse exatamente essas palavras há menos de uma hora.

— Elas surgem altas e claras.

— Não acredito nisso. Mais alguma coisa?

Madame Sonja deu de ombros e balançou a cabeça.

— Não. No meu caso alguns dias são melhores que outros. Este não é dos melhores.

— Você acha que foi apenas... sorte? Coincidência?

— Você acha?

Ela acompanhou Ben até a porta.

— Bem, obrigado por seus desenhos e por sua ajuda — disse, apertando a mão dela e se encaminhando para a calçada.

— Espero que encontre seu homem — gritou ela.

— Eu também.

— E também espero que você encontre seu gato.

Sem ter ideia de onde estava indo ou o que faria, Ben se viu em uma estradinha que terminava em um terreno gramado inclinado sobre o que seu mapa dizia ser Inland Waterway. A referência final de madame Sonja ao desaparecimento de Pincus o deixara abalado, assim como a reiteração por ela da estranha sugestão de Althea.

Comece com o que você sabe.

Ele raciocinou que a frase não era tão incomum, e talvez as palavras não tivessem sido exatamente as mesmas que sua vizinha usara. Quanto a Pincus, ele estava concentrado em seu fracasso como investigador e em pagar 500 dólares em dinheiro vivo, mas além disso o desaparecimento de seu maior laço com o mundo dos vivos também estava forte em sua mente. Ele devia ter dito algo sobre o gato. Tinha de ser isso. Muito provavelmente ele dissera algo de passagem e apenas não conseguia se lembrar.

Não havia outra explicação para o que acontecera — nenhuma outra explicação, claro, a não ser o óbvio. Seria possível que uma mulher com um zodíaco tatuado na testa, vivendo em uma casinha em uma rua comum da Flórida, tivesse de algum modo lido seus pensamentos? Se havia por aí pessoas com essa habilidade, por que todos não sabiam? Quantas vezes ele tinha passado direto por uma barraca de feira do interior oferecendo leituras por cinco dólares?

Ele se lembrava de conversar com Gilbert Forest, um amigo médico cuja base de crenças convencionais tinha sido bastante abalada por um médico tradicional chinês, que curara um câncer inoperável em um dos pacientes de Gilbert usando apenas acupuntura e o que ele chamava de "vitaminas". Como àquela altura da vida Ben acreditava em muito pouco, o maior perigo representado por Alice Gustafson e madame Sonja eram aquelas muitas coisas nas quais ele *não* acreditava.

Comece com o que você sabe.

À medida que o sol se erguia e o calor aumentava, Ben colocou a pasta do caso no chão ao lado dele e começou a olhar uma página de cada vez, procurando algum aspecto que pudesse ter ignorado. Talvez os retratos de Glenn despertassem alguma lembrança em um dos hematologistas, pensou. Improvável, decidiu logo.

Certo, certo, Callahan. Afora o fato de que você não é um grande detetive, o que mais você sabe exatamente?

O olhar de Ben se desviou para a água cintilante. Quando retornou aos papéis no seu colo, ele estava olhando para a matéria sobre a mulher, Juanita Ramirez. As três fotografias

O QUINTO FRASCO

que acompanhavam o texto, típicas dos tabloides, eram granuladas. Havia uma da mulher, uma dos ferimentos circulares acima das nádegas e uma de qual seria a aparência do *trailer* no qual ela tinha sido sequestrada, mantida prisioneira e operada. O *trailer*...

Ben pegou a transcrição da entrevista de Gustafson com a mulher. As partes que ele considerava importantes estavam marcadas em amarelo. O trecho de que ele necessitava não estava.

AG: Consegue descrever o *trailer* no qual foi mantida prisioneira?

JR: Eu só o vi pelo lado de fora uma vez, quando eles pararam para me pedir informações e me puxaram para dentro. Era grande. Grande mesmo. A maior parte cinza ou prata, e havia um desenho castanho ou roxo na lateral, uma espécie de padrão em espiral, ou uma onda.

Ben reconhecia que a descrição da mulher não era muito, mas era algo. Ele tinha percorrido os postos policiais, os hospitais, os consultórios de hematologistas e os centros cirúrgicos, todo o tempo procurando o homem que chamava de Glenn. Agora que tinha os retratos de madame Sonja, seu plano era refazer o circuito esperando que alguém identificasse o rosto. *Insanidade é fazer a mesma coisa repetidamente e esperar resultados diferentes.* Quem tinha dito isso?

— Tudo bem, Callahan — murmurou ele. — Você se diz detetive. Então detecte.

Duas horas e quatro revendedoras de *trailer*s depois, ele estava perdendo a esperança. Beaver, Alpine, Great West, Dynamax, Road Trek, Winnebago, Safari Simba. A lista de fabricantes de *trailer*s parecia interminável. Damon, Forest River, Kodiak, Newmar Cypress, Thor Colorado. Em quase todos, eles tinham um modelo ou mais com um desenho na lateral que poderia ser o descrito por Juanita Ramirez.

Na metade da tarde, seus pés e suas costas estavam doendo, e o burrito super-recheado que ele comera no Taco Bell, normalmente um dos principais pratos de sua dieta, estava se manifestando mais do que os Rolling Stones. Por dia, 150 dólares — talvez dez dólares a hora pelo tempo que ele investira. Era o bastante. Alice Gustafson deveria ter encontrado alguma outra forma de gastar o dinheiro da Guarda de Órgãos. Embora não se importasse muito com a minúscula organização dela e sua missão misteriosa, ele realmente dera o melhor de si. Era hora de desistir e voltar para casa.

Três horas depois, em meio a compridas sombras do final de tarde, ele entrou com o Saturn na pequena entrada do Schyler Gaines Mart and Gas, o décimo quinto posto de gasolina que visitava desde que decidira abandonar o caso e voltar para Chicago. Ele conseguira acrescentar uma dor de cabeça ao constante sofrimento de seus pés e costas. Decidiu chamar isso de Síndrome de Callahan — SC, para facilitar o levantamento de fundos.

A ideia que o mantivera na estrada tempo suficiente para desenvolver a síndrome era um círculo que desenhara em seu mapa, dezesseis quilômetros ao redor de onde Glenn tinha sido morto. Armado com catálogos dos vendedores de *trailer*s e as imagens de Glenn, ele decidira tombar lutando, visitando todos os postos de gasolina que achasse dentro do círculo. Dado o consumo de galão por quilômetro dos maiores veículos estar na casa de um dígito, aquele que procurava tinha de passar tanto tempo nas bombas quanto nos

O QUINTO FRASCO

estacionamentos. Ele decidiu que talvez teimosia pudesse ser acrescentada aos sintomas da SC.

O posto, a cinco quilômetros da autoestrada em Curtisville, poderia muito bem estar do outro lado de um portal temporal. Era uma estrutura de madeira vermelha de aparência frágil com um telhado alto e uma pequena varanda, com direito a duas cadeiras de balanço. O letreiro pintado à mão sobre a porta estava desbotado e descascando. Na frente havia uma única bomba de gasolina, que embora em algum momento tivesse sido modernizada desde as bombas da Esso de cúpula de vidro colocadas de lado, fora do asfalto, ainda parecia ultrapassada.

Era bom que a bomba que funcionava estivesse a uma boa distância da varanda, porque o homem que Ben supunha ser Schyler Gaines estava sentado em uma das cadeiras de balanço, fumando um cachimbo. Com seu macacão, camisa xadrez, boné da Caterpillar imundo e barba branca, ele poderia ter sido teletransportado para lá da Brejo Seco de Ferdinando Buscapé. Ben estacionou o Saturn perto de um dos cantos da varanda e se aproximou do homem, que o olhou com algum interesse, mas não disse nada. A fumaça do cachimbo de Gaines tinha perfume de cereja e não era inteiramente desagradável.

— Boa tarde — cumprimentou Ben com um meio aceno, subindo o primeiro degrau da varanda e se inclinando em uma balaustrada que ele apostou que tinha uma chance em duas de não suportá-lo.

Gaines tirou um relógio de ouro preso por corrente e verificou a hora.

— Acho que ainda pode dizer isso — respondeu, soando exatamente como Ben esperara.

Michael Palmer

— Meu nome é Callahan, Ben Callahan. Sou um detetive particular de Chicago, e estou procurando um homem que foi atropelado e morto na rodovia 70, ao sul daqui.

— Ele foi morto e ainda tá procurando por ele?

— Vamos tentar novamente. Na verdade, estou procurando saber algo *sobre* ele. Ninguém sabe sequer seu nome, muito menos o que ele fazia na rodovia 70 às três da manhã.

— O grande Peterbilt três-oito-sete o pegou na cabeça; cama no fundo da cabine, teto revestido.

— Conhece o caminhão?

— Abastece aqui de tempos em tempos. Tenho uma bomba de diesel nos fundos. Cobro dez centavos a menos que os postos na rodovia, mas faz diferença quando se coloca cem galões. O motorista é um cara chamado Eddie.

— Eddie Coombs. Eu falei com ele. Ainda está muito perturbado com o que aconteceu.

— Pode apostar. Ele tem um senhor equipamento. Motor Cummings de seiscentos cavalos. O cara que foi acertado não teve tempo de saber o que aconteceu.

— Acho que foi o caso — disse Ben. — Bem, aqui estão uns desenhos feitos por computador de como o cara devia parecer.

Ele passou os retratos, de repente se sentindo estranhamente tolo e impotente. O que ele estava fazendo ali? O que ele podia esperar descobrir com aquele velho lacônico? Para começar, por que ele tinha dito sim a Alice Gustafson? Balançando e fumando, Gaines estudou os retratos por algum tempo, e então os devolveu, balançando a cabeça.

— Não significa nada pra mim.

— Não achei que significasse — disse Ben. — Você tem Coca gelada aí?

O QUINTO FRASCO

— Tenho. Pouco antes de congelar na lata, se você me entende.

— Ah, entendo perfeitamente.

Ben limpou uma camada de suor da testa com as costas da mão.

— As latas estão no refrigerador. Deixe um dólar no balcão. Estou gostando demais dessa cachimbada pra me levantar.

A Coca, gelada como anunciado, lavou um pouco a desgastante sensação de inutilidade de Ben. Ele deixou cinco dólares junto à registradora antiquada, pegou os retratos de madame Sonja e se encaminhou para seu carro. Será que Alice Gustafson aceitaria um *bem, eu tentei*? Mais provavelmente iria querer seu dinheiro de volta.

Apenas comece com o que você sabe.

Ben abriu a porta do motorista, parou e voltou à varanda com as brochuras e sua lista absurdamente longa de modelos.

— Sr. Gaines, também estou procurando um *trailer* — disse.

— Um o quê?

— Um *trailer*. Deveria haver um por aqui mais ou menos no momento em que o camarada foi morto. Talvez vindo do norte, talvez realmente grande, talvez cinza com marcas acinzentadas mais escuras ou castanhas. Tenho aqui alguns catálogos de possíveis candidatos.

— Um Winnebago Adventurer de 12 metros — constatou Gaines, sem se preocupar com os catálogos. — Zero quatro ou zero cinco, diria. Placas de Ohio. Pararam para encher. Pegaram mais de setenta galões.

Ben sentiu o coração falhar.

— Me diga.

— Não tem muito pra dizer. O casal que dirigia não parecia desse tipo.

— Como?
— Sabe, jovem demais, pouco interioranos, indo mais rápido que os donos de *trailer*s vão. Compraram três sanduíches e três batatas fritas, embora fossem só dois.
— Consegue descrever?
— Minha memória é boa pra carros e caminhões. Não pra gente. Mas ela era bem bonita. Disso eu lembro. Belo traseiro. Desculpe dizer. Posso ser velho, mas não morri.
— Problema nenhum, sr. Gaines. Há mais alguma coisa de que lembre do veículo ou das pessoas?
— Não reparei até estar saindo, mas acho que não tinha janelas atrás. Você vai ver nos catálogos que isso não é comum.
— Sem janelas. Certeza?
— Se falei é porque tenho. Como é? Você lida com gente que não diz a verdade?
— É, eu conheci uns.

Ben tinha consciência do sangue latejando nas pontas dos dedos. Toda essa coisa sobre o Adventurer podia não dar em nada, mas ele acreditava plenamente que era o *trailer* descrito por Juanita Ramirez. Ele começou rapidamente a processar um modo de usar as poucas informações de que dispunha. Quantas pessoas em Ohio compram um *trailer* Winnebago de doze metros? Será que o fabricante mantinha registros? Quão longe um monstro como aquele iria com setenta galões? As perguntas eram muitas, mas depois de quase uma semana de vergonhosa frustração, aquilo eram palmeiras no Saara.

— Sr. Gaines, o senhor me ajudou muito. Há mais alguma coisa de que lembre do veículo? Qualquer coisa?
— Não. A não ser...
— A não ser o quê?

O QUINTO FRASCO

— Imagino que poderia ajudar se eu desse a você o número da placa.

— O quê?

— Eles pagaram a gasolina e a comida com um cartão de crédito, Visa, acho. Eu uma vez levei um senhor golpe de um caminhoneiro com um cartão roubado, então agora eu sempre anoto o número da placa no recibo do cartão de crédito.

— E ainda tem esse recibo?

— Claro que sim — disse Gaines. — Você não teria uma boa impressão de mim como empresário se eu não tivesse.

7

E a alma mais corajosa e sábia não será a que ficará menos confusa ou perturbada por qualquer influência externa?

Platão, *A república*, Livro II

O tempo é um conceito flexível no Rio. A não ser que você esteja em reuniões de negócios, e muito sérias, meia hora de atraso significa absoluta pontualidade.

Adorei isso, sussurrou Natalie para si mesma, sorrindo com a descrição na revista que pegou para ler.

Se havia alguém que precisava de oito dias de folga em uma cidade na qual meia hora de atraso significava pontualidade era ela. Cenas de dança com um estranho misterioso a noite toda em uma boate e de corridas sobre as espetaculares calçadas de pedras pretas e brancas de Copacabana ocupavam seus pensamentos desde que tinha sido convidada por Doug Berenger para substituí-lo e apresentar um trabalho no Congresso Internacional de Transplantes. Aquilo estava prestes a acontecer.

Durante algum tempo ela tinha folheado a *Air Shopper* e feito uma lista mental do que poderia comprar para sua mãe, sua sobrinha e alguns amigos. Para suas amigas e Hermina seriam joias feitas das lendárias pedras preciosas e semipreciosas brasileiras; para Jenny e Terry, aparadores de livros de ágata polida; para Doug, talvez uma réplica de qualidade da estátua do Cristo Redentor.

Ela colocou o guia de lado e olhou pela janela do 747, tentando ter uma visão da cidade através das nuvens esparsas. Já

O QUINTO FRASCO

era noite, mas mesmo depois de quinze horas de voo ela não estava particularmente cansada. Descontando o horário de verão, o Rio estava apenas duas horas à frente de Boston, e, graças ao conforto da classe executiva, ela conseguira dormir bastante. O vendedor de equipamento pesado, casado, sentado ao lado dela, viajante experimentado, fizera várias tentativas mal disfarçadas de estabelecer uma ligação, tinha sido educadamente desencorajado a cada vez e finalmente se retirara para um romance de Grisham, que aparentemente poderia terminar antes do pouso.

Em função do que tinha sido definido como tráfego intenso, o avião estava havia quase uma hora dando voltas acima do aeroporto Antonio Carlos Jobim. Natalie concluíra que, de todos aqueles a bordo, ela era a que menos se importava com o atraso. Com a ajuda de duas taças de Merlot sua personalidade tipo A tinha sido rebaixada talvez a A menos. *Antonio Carlos Jobim.* Que outra cidade do mundo tinha um aeroporto com o nome de um compositor — e um compositor de bossa nova?

(...) *moça do corpo dourado do sol de Ipanema* (...)

Natalie conferiu se seus documentos de viagem estavam em ordem, e pensava em se abria o laptop ou fechava os olhos quando o avião virou para a direita e nivelou. Ela sentiu o trem de pouso ser baixado e travar. Momentos depois, as instruções de pouso foram dadas em inglês e em português. Seu ouvido sintonizou no idioma, principalmente graças a nove dias de estudo, fitas e o maior volume de conversa com sua mãe que conseguiu suportar. Havia diferenças entre o português do Brasil e o de Cabo Verde, algumas delas chocantes, mas ela sempre tivera facilidade para línguas, e evoluíra muito.

Oito dias no Rio. Ela sempre acreditara que viver bem era a melhor vingança. Talvez ela pudesse mandar cartões-postais para Cliff Renfro e o decano Goldenberg.

O pouso foi impecável, e a alfândega muito mais organizada do que ela esperava depois de sua experiência em São Paulo. Seu guia do Rio a preparara para temperaturas no inverno na faixa de 16 a 23 graus, e também sugerira que ela comprasse um *voucher* de táxi dentro do aeroporto em vez de confiar nos taxímetros. Ela vestiu um paletó de couro leve assim que entrou no terminal principal, e achou facilmente o quiosque do táxi. Quando colocava o troco e o *voucher* na carteira, começou a se sentir distante e com a cabeça leve. A sensação era desagradável e perturbadora, mas facilmente explicada pelo voo longo e o Merlot.

Do lado de fora do aeroporto, o ar era fresco e perfumado, apesar do trânsito caótico. O aeroporto Tom Jobim ficava a cerca de vinte quilômetros ao norte do Rio. Ela ansiava por seu primeiro encontro com a cidade mágica, mas naquele momento só pensava em entrar em um táxi e seguir para seu hotel. Sua apresentação seria apenas dois dias depois, portanto, àquela altura, não havia sentido em descansar. Ademais, segundo o guia, a noite no Rio não começava antes da madrugada. Após algumas horas de descanso ela estaria pronta para experimentar um pouco.

Ela se decidiu pelo vestido vermelho, escolhendo mentalmente um dos três que levara. Não tinha intenção de ser tola em uma cidade conhecida por punir tal comportamento, mas se sentia aventureira e adorava dançar — especialmente música latina. O *concierge* do hotel a encaminharia a um lugar que fosse ao mesmo tempo divertido e seguro.

Perto da fila do táxi, um funcionário uniformizado pegou sua mala, verificou o *voucher* e a conduziu para um táxi amarelo com uma faixa azul. Sua sensação de estranhamento aumentou quando sentou no banco de trás.

O QUINTO FRASCO

"Hotel InterContinental Rio", se ouviu dizer.

O motorista, um homem escuro na casa dos trinta anos, se virou e sorriu para ela, mas não disse nada. Seus traços eram indistintos, e quando o táxi partiu Natalie tentou sem sucesso se concentrar em sua aparência. A viagem para a cidade também foi borrada. Mais de uma vez ela se achou prestes a enjoar. Antes do que ela esperava, o motorista saiu da autoestrada. Em pouco tempo eles estavam rodando por uma favela mal iluminada. Natalie sentiu um jorro de adrenalina apagar boa parte da incerteza e da confusão.

— Para onde estamos indo? — perguntou em português.

— Você disse InterContinental. Este é o caminho rápido — respondeu o taxista.

— Não quero o caminho rápido. Quero voltar para a autoestrada — exigiu, sentindo que entendera errado algumas das palavras.

— Você é uma mulher muito bonita — disse o motorista por sobre o ombro em um inglês decente.

— Me leve de volta para a autoestrada neste minuto! — insistiu ela.

— Muito bonita.

O homem acelerou um pouco. A área pela qual estavam passando era ainda mais decadente. As poucas lâmpadas que havia nos postes tinham sido quebradas, e a maioria das casas e cortiços estava fechada. Não havia quase ninguém nas ruas, a não ser uma ocasional sombra furtiva se esgueirando por uma esquina ou beco.

Natalie olhou para a licença do taxista. Na penumbra ela mal podia identificar alguma coisa, e mesmo que pudesse? Aquele era um problema sério, bastante sério. Ela fez um levantamento mental do conteúdo de sua bolsa. Será que haveria

algo que pudesse ser usado como arma? Graças à segurança do aeroporto, a resposta quase certamente era não.
— Maldição! — berrou ela. — Me leve de volta para a autoestrada!
— Os clientes da Casa do Amor vão adorar você. Você será muito feliz lá... Muito feliz lá...

As palavras tinham um toque funesto. O pânico tomou conta dela. Seu desconforto, que não chegara a passar, estava piorando. As palavras do motorista pareciam precisas e claras em um momento, densas e repetitivas no outro. Natalie vasculhou a favela escura e nada atraente. Eles pareciam estar indo a 50 ou a 60 quilômetros por hora. Será que ela conseguiria escapar pulando do carro e depois rolando, se levantando e correndo? Se de algum modo conseguisse sair e se levantar, desde que sua perna não estivesse quebrada, ela podia correr mais rápido que qualquer um. Se a opção era ser transformada em uma prostituta drogada em algum bordel, valia a pena arriscar. Ela tirou a carteira e o passaporte da bolsa e os enfiou no bolso do casaco.

— Dinheiro — implorou ela. — Eu dou dinheiro para você me deixar sair aqui. Três mil reais. Eu tenho 3.000 reais. É só me deixar sair!

Ela se arrastou para a porta da direita e colocou os dedos na maçaneta, tentando imaginar o que fazer com o corpo quando caísse no chão. Ao redor dela o cenário parecia se apagar, depois ficar nítido, a seguir se apagar. Ela sacudiu a cabeça, tentando clarear as ideias.

Aquela era a hora.

Naquele momento o táxi parou cantando os pneus e a porta de Natalie foi escancarada por dois homens vestindo máscaras pretas. Antes que pudesse reagir, foi arrancada e obrigada a

O QUINTO FRASCO

deitar de barriga. O táxi saiu em disparada. Uma agulha foi enfiada no músculo na base de seu pescoço, e o conteúdo de uma seringa esvaziado nela. Um narcótico, pensou — uma dose incapacitante de algum narcótico, provavelmente heroína.

Sua situação era aterrorizante, mas ela se sentia estranhamente desligada — desligada, mas ao mesmo tempo determinada a não se entregar a seus agressores sem lutar. Cada um deles a segurava por um dos braços e a arrastava com o rosto para baixo, para o que parecia um beco de terra estreito, fedendo a lixo. Ela gritou por ajuda, mas sentiu que naquela vizinhança esses gritos eram comuns e não serviriam de nada. Ainda no chão, ela girou o corpo e puxou os braços. O homem que segurava seu pulso direito o soltou imediatamente. Natalie girou para aquele lado, ficou de joelhos e jogou o punho com toda a força na virilha do outro homem. Ele soltou o outro punho dela e caiu de joelhos. Antes que qualquer dos homens pudesse reagir, ela se levantou, dessa vez acertando um deles no rosto.

Em um segundo ela estava de pé e correndo dos homens pelo beco. À sua frente, embora a luz fosse pouca, ela conseguia ver duas filas de prédios escuros, alguns com dois andares, outros com três. Ela achou ter visto uma luz piscar à frente e à direita.

Atrás dela, um dos homens gritou em português: "*Eu tenho uma arma. Pare agora ou eu atiro!*" À frente dela o beco estava bloqueado por uma pilha de latas de lixo, caixas e refugos, apoiados em uma espécie de cerca e chegando a uma altura maior que a dela.

— Pare! — gritou a voz atrás dela.

Natalie tinha escalado o monte de lixo e estava tentando chegar ao alto da cerca quando ouviu um tiro atrás de si.

Nada. Ela agarrou a madeira áspera e jogou a perna por cima. Houve outro tiro, e mais um. Nas duas vezes, uma dor quente explodiu na omoplata do lado direito das suas costas. Ela foi arremessada para a frente. Seus braços largaram a cerca. Resmungando de dor e tentando tomar fôlego, plenamente consciente de que tinha sido atingida mais de uma vez, ela tombou para trás e caiu desamparada na pilha de lixo.

8

E quem é mais capaz de fazer o bem a seus amigos e o mal a seus inimigos em tempo de doença? O médico.

Platão, *A república*, Livro I

Iaundê ficava a apenas quatro graus ao norte da linha do Equador. Joe Anson nunca tinha lidado com o calor e a umidade de Camarões tão bem quanto aqueles nascidos ali, mas aquele dia, com a temporada de monções a apenas duas semanas, era o pior de que conseguia se lembrar. As unidades de ar-condicionado do hospital estavam travando uma batalha difícil; o cheiro de doença era intenso por todo o prédio; havia moscas por toda parte e, o pior de tudo, o ar estava quase pesado demais para ele respirar.

Se havia algo de bom naquele dia opressivo era a menina, Marielle, que reagira muito bem ao seu tratamento clandestino com Sarah-9 e naquele momento estava sentada em uma cadeira junto à cama, tomando soro e alimentos. A droga era um absoluto milagre, como desde o início ele sabia que seria. Talvez mais um dia e uma *van* do Whitestone Center for African Health a levaria de volta para sua mãe, juntamente com arroz e outros mantimentos suficientes para melhorar a saúde e o bem-estar da aldeia até a chegada das monções. Depois disso, o ciclo de subnutrição e doenças recomeçaria.

— Certo, querida — disse Anson, colocando seu estetoscópio nas costas da menina. — Inspire, expire... Você está se saindo muito bem. Muito bem. Talvez possa ir para casa amanhã.

A criança se virou e lançou os braços em torno do pescoço de Anson.

— Eu te amo, dr. Joe — disse ela. — Amo, amo, amo, amo.
— Eu também te amo, amendoinzinho.

As poucas palavras exigiram de Anson mais do que ele um dia admitiria a qualquer um. Ele deu a Marielle um livro ilustrado e se arrastou de seu leito até o pequeno escritório que dividia com quaisquer médicos que estivessem de plantão. Que droga aconteceria com ele? O que devia fazer? Após trinta segundos, com a falta de ar aumentando, ele usou o rádio de emergência que sempre carregava para pedir ajuda.

— Aqui é Claudine, dr. Anson — disse a enfermeira. — Onde está?
— Escritório dos médicos... no hospital.
— Precisa de oxigênio?
— Sim.
— Um minuto.

Na metade desse tempo Claudine entrou correndo puxando um tanque verde de 650 litros com o precioso gás, em uma estrutura com rodas. Era uma mulher alta perto dos cinquenta, com uma impressionante paciência, olhos preocupados e uma pele suave e bem escura. Estava no hospital quase desde sua criação.

— Está no turno do dia? — Anson tentou enquanto ela colocava sua máscara no lugar e ligava o fluxo de oxigênio no máximo.

— Apenas respire — disse. — Eu... ahn... uma das outras enfermeiras ficou doente. Estou no lugar dela.

Anson tirou um inalador de cortisona da gaveta de cima e tomou duas doses, seguidas por duas doses de um broncodilatador.

O QUINTO FRASCO

— Bom ver você — disse.
— Está se sentindo melhor?
— A umidade piora tudo.
— A umidade só vai piorar até começarem as chuvas.
— Então será ainda pior. Cem por cento de umidade. Não sei como vou lidar com isso.

Mais uma vez uma sombra passou pelo rosto da enfermeira.

— Você vai ficar bem — disse, com um pouco mais do que a determinação natural.
— Claro que vou, Claudine.
— Você tem seu almoço de quarta-feira com a dra. St. Pierre. Devo cancelar?
— Não, não. Eu não cancelo coisas. Você sabe disso.

Anson, que um dia não tinha sido mais confiável que o vento, se tornara uma criatura de absoluta disciplina e hábitos imutáveis. Ao meio-dia de quarta-feira — *toda quarta-feira* — ele se encontrava com a dra. St. Pierre na pequena área de refeições do hospital, onde comia ensopado de mariscos e uma salada verde, tomava uma garrafa de Guinness Cameroun, produzida em Iaundê, e terminava a refeição com uma bola de sorvete de chocolate. Era ali que eles discutiam informalmente as questões administrativas do hospital, da clínica e do laboratório, bem como sua pesquisa com o Sarah-9 e, nos últimos anos, sua saúde.

— Desculpe falar assim, doutor — disse Claudine —, mas sua respiração está tão difícil e isso já faz algum tempo.
— É... imprevisível.
— E não há nenhum tratamento que o faça melhorar?
— Estou... com ... tanta... medicação que.... fico nervoso... a maior parte... do tempo.
— Por favor, relaxe e respire. Talvez eu devesse trazer a dra. St. Pierre ou um respirador.

Anson gesticulou para que ela ficasse calma e esperasse. A enfermeira recuou para um dos lados da sala, mas seus olhos negros, úmidos de carinho e preocupação, nunca se afastaram dele. Sem que Anson visse, ela enfiou a mão no bolso do uniforme e mexeu com os dedos no frasco de líquido claro que estava ali.

Exatamente um ponto quatro cc. — nem mais nem menos. Essas eram as instruções.

Exatamente um ponto quatro...

O almoço estava marcado para o meio-dia, mas apenas quinze minutos depois disso Anson conseguiu fôlego suficiente para colocar a máscara de lado e se encaminhar para a área de refeições. A sala estava vazia, a não ser por St. Pierre, sentada a uma das três pequenas mesas, comendo um sanduíche de atum, com um copo alto de chá gelado e estudando alguns livros de contabilidade. Ela vestia shorts cáqui e uma camiseta branca que destacava seus seios fascinantes. Por alguns instantes Anson chegou a se esquecer de sua dificuldade de respirar. Ao longo dos anos ele com frequência sentira que o relacionamento deles estava prestes a ir além da amizade íntima, mas isso não tinha acontecido. Ele se acomodou à mesa, e momentos depois o cozinheiro reverentemente colocou sua refeição à frente, uma lembrança de que não havia ninguém no hospital, no laboratório ou no centro cuja vida não tivesse sido modificada pelo homem.

— Nunca vou entender como você consegue parecer tão fresca com toda essa umidade — disse ele a St. Pierre em inglês, parando uma vez para respirar.

— Suspeito que você estaria parecendo mais fresco se respirasse algo melhor do que oxigênio saturado a 80%.

— Consegui resistir durante um dia inteiro de trabalho.

O QUINTO FRASCO

— Temo que isso não vá durar muito.
— Quem sabe? Os pulmões se ajustam.
— Não com fibrose pulmonar, Joseph, e você sabe disso tão bem quanto eu.

Anson beliscou a salada e, como de hábito, tomou um grande gole direto da garrafa de Guinness Cameroun. Elizabeth estava certa, pensava ele. Ela sempre estava certa no que dizia respeito à saúde. Mas...

— Apenas não é o momento para me submeter ao transplante. As monções já estão aí. Nosso trabalho no laboratório está indo bem. Eu simplesmente tenho muito a fazer.

— Você se arrisca todo dia a morrer de colapso cardíaco ou mesmo de um derrame.

Ela se esticara e colocara a mão sobre a dele. Sua expressão não deixava dúvidas de que sua preocupação era ao mesmo tempo pessoal e profissional.

— Você fez muito por muitos, Joseph. Não quero que mais alguma coisa aconteça a você. Sua respiração está piorando, e está fadada a piorar ainda mais. Se o quadro se deteriorar muito mais, qualquer operação será muito mais arriscada.

— Talvez.

— A recuperação da operação não será nem de longe tão demorada quanto você pensa. Os médicos com os quais tenho trabalhado são alguns dos maiores cirurgiões de transplante do mundo. Eles estão ali para garantir que você tenha os melhores cuidados possíveis.

Anson esvaziou a garrafa, esperando ter pelo menos alguma força na batalha para convencer Elizabeth de que as recomendações médicas para o transplante não eram incontestáveis, e o momento era ruim.

— Eu tive vários dias bons em sequência — tentou.

— Peço que você seja honesto consigo mesmo. Só porque você não parou na metade do dia para uma terapia em um respirador não significa que você teve um dia bom. Olhe para si mesmo agora. Você é um intelectual, um acadêmico, mas não fala a metade das coisas que estão na sua cabeça porque não tem fôlego o bastante para colocá-las para fora — disse, mais uma vez pegando em sua mão. — Joseph, por favor, me escute. Os médicos da Whitestone souberam de um doador, um doador doze em doze, uma perfeita compatibilidade de tecido com você. É o que estávamos revirando o mundo para encontrar. Você não tomará praticamente nenhuma medicação contra a rejeição. Isso significa ausência de debilidade e de efeitos colaterais. Estará aqui, de volta ao trabalho, antes de perceber.

Anson ficou olhando para ela. Era a primeira vez que realmente localizavam um doador, que dirá um com uma compatibilidade de tecido quase perfeita. Elizabeth e os outros com os quais ela se consultava tinham acabado de aumentar a parada nesse jogo de apostas altas.

— Há quanto tempo você tem gente procurando por alguém?

— Desde que definimos seu tipo de tecido e nos demos conta de que seu perfil era incomum e raro.

Anson se curvou para trás, balançando a cabeça.

— Onde está esse compatível? — perguntou.

— Índia. Amritsar, Índia. É no estado de Punjab, noroeste de Déli. Há um homem mantido por máquinas em um hospital lá. Tem morte cerebral decorrente de uma grande hemorragia cerebral. O hospital quer começar a retirar seus órgãos, mas imploramos a eles para esperarem.

Anson se levantou e caminhou pela sala. A pequena distância acabou com seu fôlego, mas ele justificou pensando que a umidade era intensa.

O QUINTO FRASCO

— Não posso fazer isso — disse finalmente. — Simplesmente não posso. Há trabalho a ser feito aqui, e notificar Sarah, e... e...

— Por favor, Joseph — disse St. Pierre com firmeza. — Pare, por favor! Se isso é algo para o que você não está preparado, então é assim que será. Por que você não volta para seu apartamento e descansa uma hora antes da clínica noturna? Eu tomo conta para você.

— Ce-certo — disse Anson, quase com o tom de um bebê.

— Fico feliz que não esteja com raiva de mim.

— Estou preocupada com você, Joseph, e com nosso projeto Sarah-9, mas não estou com raiva. Vou mandar um guarda de segurança acompanhá-lo até seu quarto. Gostaria de uma cadeira de rodas?

— Não! — reagiu Anson. Quando se virou, uma repentina onda de fraqueza e profunda fadiga tomou conta dele. Ele capitulou. — Pensando bem, talvez fosse melhor uma cadeira de rodas.

No momento em que o guarda entrou na área de refeições e ajudou Anson a sentar em uma cadeira de rodas, a fadiga tinha aumentado e ele mal conseguia respirar o mínimo. Fazia esforço para respirar, mas era como se sua mente tivesse decidido que não podia mais se envolver com tal esforço. Tentou falar, pedir ajuda, mas não saiu nenhuma palavra.

A sala estava girando quando o guarda empurrou a cadeira para fora e pela trilha para os alojamentos. Com poucos metros, Anson se deu conta de que tinha parado completamente de respirar. O cenário ao redor dele escureceu e ficou negro. Impotente e rapidamente perdendo a consciência, ele caiu da cadeira de frente, batendo com o rosto no cascalho.

O guarda, um homem corpulento com braços enormes, pegou Anson como se ele fosse uma boneca de pano e correu de volta para o hospital gritando por ajuda. Em segundos o corpo inerte do médico foi colocado de costas em uma maca na sala de cuidados intensivos, e Claudine tinha preparado o bem equipado carrinho de emergência. St. Pierre, com a cabeça fria mesmo nas piores emergências médicas, pediu um monitor cardíaco, cateter urinário e soro, depois colocou a cabeça de Anson com o queixo para o alto e começou a inflar seus pulmões com uma bolsa de respiração e uma máscara. Um dos médicos residentes de Iaundê se ofereceu para fazer isso, mas St. Pierre recusou.

— Não importa o quão bom você seja, Daniel, nunca confiarei em sua técnica em situações como esta tanto quanto confio na minha. Sem este homem, estamos todos perdidos. Verifique o pulso na artéria femoral. Claudine, prepare a entubação. Um frasco sete-ponto-cinco. Esteja certa de verificar o balão dele antes de me passar.

Houve um instante de silêncio entre as duas mulheres, que não foi percebido por mais ninguém na sala.

— Ele ainda tem pulso — disse o residente. — Fraco em um-vinte.

— Ajude a manter o monitor funcionando e veja se consegue pressão sanguínea.

St. Pierre continuou a efetivamente respirar por Anson, cuja cor tinha melhorado um pouco, embora não seu nível de consciência. Claudine inflou o balão usado para travar o frasco respiratório na posição na traqueia e verificou que não tinha vazamentos. Então, tão serena quanto se estivesse escolhendo frutas no mercado, St. Pierre se agachou à cabeceira da maca, fez o residente segurar a cabeça de Anson firme na posição com o queixo para cima, colocou a lâmina de um laringoscópio iluminado sobre a língua do colega e em segundos deslizou o fras-

O QUINTO FRASCO

co por entre as delicadas meias-luas de suas cordas vocais. Uma seringa cheia de ar inflou o balão e travou o frasco no lugar.

St. Pierre então substituiu a máscara da bolsa de respiração por um adaptador que se enganchava no frasco, e respirou por Anson até que o frasco pudesse ser preso no lugar e ligado a um respirador mecânico. Com seis pessoas trabalhando tão perto e tão intensamente, o calor e a umidade na salinha eram espantosos. Apenas St. Pierre não aparentava ter sido afetada, embora em um momento tivesse tirado os óculos e os enxugado na bainha da camisa.

Durante quinze minutos houve um silêncio tenso. Não houve mudança na aparência de Anson, mas seus sinais vitais melhoraram rapidamente. Então, com óbvio esforço, Joe Anson abriu os olhos.

Um a um, St. Pierre agradeceu aos assistentes e enfermeiras, e pediu que deixassem a sala. Depois se curvou sobre a maca e colocou o rosto a centímetros do dele.

— Vá com calma, Joseph — disse ela quando finalmente ficaram sozinhos. — O calor e a umidade foram demais para você. Você teve uma parada respiratória total. Entendeu? Sequer mexa a cabeça caso tenha compreendido. Apenas aperte minha mão. Bom. Sei que o frasco é desconfortável. Darei alguns sedativos em poucos minutos. Enquanto o frasco estiver no lugar, o risco de uma catástrofe diminui muito. Por favor, Joseph, me escute. Se isso tivesse acontecido em seu apartamento, nunca teríamos chegado a tempo. Precisamos de você, Joseph. Eu preciso de você. Sarah-9 precisa de você. Não podemos deixar isso acontecer novamente. Por favor, por favor, concorde com o transplante.

De início reticentemente, depois com maior força, ele apertou a mão dela.

— Ah, Joseph, obrigada, obrigada — disse, beijando-o na testa, depois na bochecha. — Vamos agir rapidamente. Entende? O Whitestone tem um jato para levá-lo para a Índia. Está esperando agora na Cidade do Cabo. Ficarei com você o tempo todo. Vamos mantê-lo sedado e no ventilador a viagem toda. Compreende? Bom. Por favor, não se assuste. Isso é o importante. Logo todos os seus problemas terão terminado e você estará de volta, tornando toda a humanidade melhor. Vou perguntar uma última vez, você entende? Certo, Joseph, vou dar o telefonema. Logo estaremos a caminho do aeroporto de Iaundê para pegar o jato.

St. Pierre mobilizou a equipe que cuidaria de Anson enquanto ela estivesse preparando a viagem de ambulância até o aeroporto de Iaundê e o posterior voo para o aeroporto internacional de Amritsar. Quando Claudine entrou para assumir os cuidados, St. Pierre balançou a cabeça e gesticulou para que a mulher saísse.

— Você quase o matou — disparou St. Pierre antes que Claudine pudesse dizer uma palavra.

Os olhos da enfermeira brilharam com a crítica. Elizabeth St. Pierre era uma pessoa — uma mulher nascida em Iaundê — que ela respeitava havia muitos anos. Se não a estimasse tanto, nunca teria concordado em colocar a mistura de tranquilizantes e depressores respiratórios na cerveja do dr. Anson.

— Não fiz nada de errado. Você me disse para adicionar um ponto quatro cc. à garrafa, e foi exatamente o que fiz — disse ela.

St. Pierre ficou ao mesmo tempo fervendo e gelada.

— Absurdo. Eu só queria colocá-lo em uma situação mais difícil para que ele decidisse ir em frente com o transplante antes que fosse tarde demais, e enquanto tínhamos um doador

O QUINTO FRASCO

perfeito. Preparei a dose em função de sua massa corporal e seu nível de oxigênio. Se você tivesse dado o volume certo, ele nunca teria parado de respirar.

— Mas está extremamente quente e úmido hoje, e...

— Apenas imagine se tivesse acontecido cinco minutos depois, nos aposentos dele. Se não conseguisse nos chamar, estaria morto agora, e teríamos perdido um dos maiores homens que já viveram. Você claramente errou na dose. Admita.

— Dra. St. Pierre, não posso admitir algo que não...

— Nesse caso, quero você pronta e fora daqui às duas. Mandarei um dos guardas levá-la de volta a Iaundê. Se quiser uma recomendação positiva minha, não fale sobre o que aconteceu aqui hoje.

Sem esperar resposta, St. Pierre deu as costas, se encaminhou para seu escritório e fez um interurbano.

— Tudo certo — disse ela em inglês. — Coloque a equipe em ação. Se esse tecido é tão compatível quanto você diz, A será renovado e trabalhará para nós o tempo necessário. Conseguimos muito.

— De acordo.

— O doador teve confirmação de morte cerebral?

— Você se importa, Aspásia?

— Não. Não me importo — disse St. Pierre, sem hesitar.

E de guardião da lei, ele é convertido em um violador dela.

Platão, *A república*, Livro VII

— Vamos esclarecer isso, sr. Callahan. Sua fonte de informação sobre um *trailer* foi um velho em uma garagem isolada, e você o encontrou após ser encorajado por uma médium a não desistir da sua investigação.

— Ahn... Sim, imagino que possa ser colocado desse modo.

— Você acredita no velho?

— Sim. Acho que o veículo que ele descreveu é o que estamos procurando.

— E a médium com o zodíaco tatuado na testa?

— Ela sabia que meu gato estava sumido, e não me lembro de ter dito a ela.

— Mas ela não disse onde encontrá-lo.

— Não, não disse.

— Mas você o encontrou mesmo assim.

— Ele estava nos arbustos em frente ao meu prédio. Acho que ele conseguiu ratos e camundongos suficientes sem sequer se mover.

Gustafson reprimiu um sorriso, mas não sem que Ben o visse.

— Então, após uma semana sem nenhum avanço na Flórida, pois ainda não sabemos quem era o homem que você estava investigando nem porque ele doou a medula óssea, você quer que eu pague para que vá para Cincinnati.

— São menos de 500 quilômetros.

O QUINTO FRASCO

— E outros tantos para voltar. Sei disso.
Ben se inclinou na direção dela de modo conspiratório.
— Não conte a ninguém, doutora, mas vou a Cincinnati mesmo que você não me pague.
Alice Gustafson se curvou sobre sua mesa e imitou o gesto dele.
— Bem, nesse caso é melhor se apressar.

Ben fez a viagem de Chicago a Cincinnati sob uma chuva fina constante. Durante boa parte da viagem ele escutou um CD de John Prine em que a maioria das músicas falava de prisão — seja por trás das grades ou dentro dos muros da vida de uma pessoa. Quando não estava escutando, cantava o coro do trecho preferido do álbum, que tinha decidido transformar em sua música-tema até que aparecesse algo melhor.

Father forgive us for what we must do
You forgive us, we'll forgive you
We'll forgive each other till we both turn blue
Then we'll whistle and go fishing in heaven

(Pai, perdoe-nos pelo que temos de fazer
Você nos perdoa, nós perdoaremos você
Vamos perdoar uns aos outros até ficarmos azuis
Então iremos assoviar e pescar no paraíso)

Usando a informação fornecida por Schyler Gaines, alguns programas que comprara de um catálogo de detetives particulares (e que só pôde usar depois de pagar a conta atrasada de seu servidor de internet) e um policial que devia um favor a ele, Ben teve pouca dificuldade de descobrir a localização da

Winnebago Adventurer e seu proprietário — Faulkner Associates, Laurel Way, 4A, Cincinnati. A empresa não estava no catálogo telefônico de Cincinnati nem em nenhuma lista na internet. Enquanto fazia uma curva na I-74 e via a cidade se estendendo à sua frente, Ben tentou entender, um pouquinho, um *trailer* que pegava vítimas, retirava medula óssea delas contra sua vontade e depois as soltava. Não lhe ocorreu nada.

Ele sabia que Alice Gustafson gostava dele e que pagaria por seu tempo de qualquer forma, mas estava aliviado por não ter falado dos quinhentos dólares que dera a madame Sonja pelos retratos de Glenn. Na verdade, em vez de tentar explicar a variação entre os dois conjuntos de desenhos, ele mostrara a ela apenas o "verdadeiro". No total, somando os quinhentos ao preço da reativação de seu *browser*, ao pagamento a algumas pessoas na Flórida por informações que se mostraram inúteis e à suposição de que teria perdido algum trabalho enquanto estava no estado do sul, ele provavelmente não estava nem perto de empatar os custos naquele serviço.

Ele decidiu que se aquela viagem de quase mil quilômetros até a Queen City se mostrasse uma inutilidade, estaria fora, acabado. Ele ignoraria as horríveis fotos de Glenn, o relato de tabloide de Juanita Ramirez, e deixaria para trás o mistério de madame Sonja. A Guarda de Órgãos poderia voltar a guardar órgãos, e ele voltaria para vigilância e flagrante.

Father forgive us for what we must do
You forgive us, we'll forgive you

Com seu colar esmeralda de parques, uma impressionante sala de espetáculos, galerias de arte, universidades, bairro boêmio, centros esportivos e zoológico, Cincinnati sempre

O QUINTO FRASCO

tinha sido para Ben uma joia pouco conhecida entre as cidades. Depois de verificar sua cópia impressa do MapQuest*, ele saiu da rodovia e seguiu para o rio Ohio. Estava dirigindo havia mais de oito horas, e suas costas incomodadas precisavam de algum alívio. Independentemente do que acontecesse em Laurel Way 4A, havia um motel e um banho quente em seu futuro imediato.

As nuvens densas, a chuva persistente e a posição de Cincinnati no limite ocidental do fuso leste transformavam o início da noite em um negror de meia-noite. O MapQuest o levou rumo ao leste, passando pelo centro, e para as planícies junto ao rio Ohio — uma região de ruazinhas emaranhadas, travessas estreitas e galpões que começavam a passar por uma renovação urbana.

Diferentemente da maioria das ruas truncadas e mal iluminadas, a Laurel Way tinha uma placa. Ben estacionou na esquina e então olhou para seu porta-luvas trancado, pensando em se faria sentido levar seu Smith & Wesson .38. Afora uma única sessão de tiros dois anos antes, ele nunca disparara a coisa, e considerando-se sua péssima mira, esperava nunca precisar. Decidiu-se por deixá-la onde estava. Sua bolsa de couro macia era outra coisa. Comprada em uma liquidação da Marshall Field's, ela continha lanterna, pé-de-cabra, gazua, câmera digital, câmera de vídeo digital, equipamento de escuta a laser, corda, barbante, fita isolante e toda a gama de ferramentas que o zíper suportava.

O tráfego na região era muito pequeno. Consciente do coração acelerado no peito, Ben colocou os desenhos de Glenn no compartimento externo de sua bolsa e vestiu seu boné dos

---

* Um dos principais programas de mapeamento on-line. (N.T.)

Cubs com a pala baixa. Então desligou a luz interna de seu velho Range Rover e abriu a porta silenciosamente. Em uma das raras vezes em seus anos como investigador particular, ele estava realmente investigando.

Havia carros esparsos estacionados na rua em frente a uma mistura sem graça de oficinas de lanternagem e solda, garagens e galpões, alguns de concreto, outros de metal corrugado e até de madeira. Os prédios eram separados da rua por calçadas estreitas, a maioria cobertas de lama, como boa parte da rua e do calçamento.

Permanecendo na calçada à sombra dos prédios, Ben entrou na Laurel Way. Tendo visitado uma loja de *trailer*s no sul de Chicago para dar uma olhada na Adventurer de 12 metros, Ben ficou aliviado ao observar que a rua era mais larga que a maioria das outras na área. Ele ainda se perguntava se um veículo do tamanho de um ônibus poderia se meter em alguma daquelas estruturas quando percebeu um terreno vazio coberto de lixo em frente a um prédio de estrutura de madeira gasta e descascada. O lugar tinha altura de dois andares, talvez três, e em algum momento de sua história deveria ter sido um celeiro. De frente para a rua havia dois enormes deslizadores em uma plataforma metálica, grande o bastante para receber um *trailer*. Se havia um número 4A na Laurel Way e se ele abrigava uma casa móvel de 12 metros, aquele tinha de ser o lugar. Ele também raciocinou que em algum lugar daquele prédio teria de haver uma entrada de pedestres.

Ignorando o incômodo persistente, Ben seguiu cautelosamente ao longo do espaço de um metro entre o prédio e outro à esquerda. Havia uma única janela ao nível dos olhos a meio caminho, mas tinha alguma espécie de cortina fechada. Na rua paralela à Laurel Way não havia portas nem janelas, apenas uma ampla fachada de ripas que se erguia quase oito metros até um teto bem inclinado. Ele verificou a rua

O QUINTO FRASCO

e começou a retornar para a Laurel Way pelo outro lado do prédio, usando a lanterna para iluminar o beco estreito e escuro. Na metade daquela fachada ele achou a porta que sabia que teria de existir. Era uma sólida porta de madeira almofadada, com uma fechadura e uma maçaneta que claramente tinham sido instaladas pouco antes.

Logo após decidir se tornar investigador particular, Ben fizera um curso exclusivo para detetives sobre como identificar e abrir fechaduras de todos os tipos. O alto custo do curso incluía uma apostila, alguns pedaços de plástico cortados em diferentes formas e uma coleção de vinte arames pesados curvados em ângulos estranhos, chamados Taggert Wires em homenagem ao seu inventor. Durante algum tempo depois do curso ele treinou nas fechaduras de seu apartamento, bem como nas portas de muitos amigos e vizinhos, e acabou se tornando muito bom em escolher e manipular o arame correto. Mas terminara assim sua grande aventura. Nos anos que se seguiram ele não tivera uma única oportunidade de usar os arames, até aquele momento.

Praticamente invisível no umbral escuro, ele se agachou junto à porta e escutou com seu estetoscópio durante vários minutos. Nenhum som. Finalmente, começou a trabalhar com os Taggert Wires. Ele precisou experimentar três diferentes tipos antes de sentir a ponta de um deles travar. Girou para a direita e a fechadura se abriu. Antes mesmo que seus olhos se adaptassem à escuridão, Ben sabia.

A Adventurer de 12 metros estava lá, a apenas três metros, se esticando quase de uma extremidade à outra do prédio. Ele entrou, fechou a porta silenciosamente **atrás** de si e se jogou de joelho no chão de concreto, tentando **fazer seu coração** bater um pouco mais lenta e suavemente. **Quando** o alvoroço finalmente diminuiu, tirou novamente a lanterna da bolsa e lançou o facho ao redor.

O brilhante *trailer*, porta fechada, janelas com cortinas escuras, criava um grande contraste com o espaço apinhado e tosco no qual estava estacionado. Ben notou que era precisa a lembrança de Schyler Gaines de que não havia janelas nos fundos. O espaço de quatro a seis metros acima do veículo era livre até o telhado de tábuas, a não ser por várias vigas que se cruzavam logo acima da unidade de ar-condicionado, antenas e o que parecia ser uma antena parabólica. À esquerda de Ben havia uma estante alta repleta de pincéis, trapos e uma dúzia ou mais de galões e *sprays* de tinta. À direita, pilhas de produtos automotivos e de limpeza. Mas além dos produtos havia algo muito mais interessante. Uma pequena escada, que levava ao que parecia ser um escritório fechado com duas grandes janelas de vidro dando para dentro.

Ele se encaminhou para o escritório, tentando ignorar a preocupação exagerada de que, para começar, seus principais modelos ficcionais provavelmente não teriam escolhido estar ali sozinhos. Agarrando a bolsa de couro, ele subiu silenciosamente a escada, que parecia surpreendentemente firme. Através do vidro, podia ver uma mesa e cadeira, dois arquivos, aparelho de fax, copiadora e um computador. As duas paredes sem janelas não eram decoradas, e a porta do escritório estava trancada.

Ben desligou a lanterna e se ajoelhou no escuro no último degrau, mais uma vez esperando a pulsação desacelerar e seus membros se mexerem. Ele sempre quisera se ver como aventureiro, mas sabia que, comparado com a maioria dos seus amigos ao longo dos anos, ele realmente nunca quisera correr riscos.

O QUINTO FRASCO

Então, o que afinal ele estava fazendo ali? A fechadura do escritório não foi páreo para os Taggert Wires, e em menos de um minuto ele estava lá dentro, usando a lanterna em intervalos curtos e tentando se convencer de que a precaução de acender e apagar era desnecessária. Ele finalmente desistiu e a deixou ligada, embora abaixo da cintura. Havia alguns papéis na mesa, mas nenhum deles era mais interessante ou incriminador do que uma folha com resultados de mentira de uma liga de beisebol e algumas contas referentes ao veículo.

O arquivo, Office Max ou Staples padrão, estava trancado. Em vez de perder tempo com os arames, Ben pegou uma chave de fenda pesada e abriu as gavetas. A primeira delas estava completamente vazia, a não ser por várias velhas páginas de esporte do *Cincinnati Enquirer* e um exemplar amassado da *Hustler*. A última era absolutamente diferente. Estava abarrotada de armas — revólveres, pistolas e uma metralhadora de cano curto —, além de uma dúzia ou mais de caixas de munição e três granadas de mão.

Talvez uma denúncia anônima de armas e terroristas para a polícia produzisse uma reação, ou talvez um de seus amigos da polícia de Chicago tivesse uma ideia do que fazer a seguir. Mas nada disso provavelmente responderia se, na verdade, aquele *trailer* tinha alguma coisa a ver com o roubo de medula óssea ou algo mais em que Alice Gustafson pudesse estar interessada.

Ben desligou a lanterna novamente e olhou para baixo, através da janela e da escuridão, para a silhueta da enorme Adventurer. Supondo-se que a porta do veículo estava trancada, haveria chance de entrar nela? Certamente haveria espécie de alarme. Talvez o melhor fosse ir embora e voltar com alguém que pudesse lidar com isso. De imediato ele podia pensar em dois homens habilidosos o bastante para o serviço.

Tendo tomado sua decisão, ele se virou e estava prestes a sair do escritório quando, em cima da hora, abriu a única grande gaveta da escrivaninha e passou a luz da lanterna por ela. Havia mais faturas referentes à Winnebago e algumas cópias impróprias da internet. Ele estava folheando as faturas quando percebeu, ainda na gaveta, uma ficha de 8x12 centímetros presa a uma foto — uma pequena foto colorida 3x4, um pouco borrada mas completamente reconhecível.

Ben prendeu a respiração.

Embora não houvesse necessidade de confirmar a identidade do homem, ainda assim ele fez. A semelhança com o primeiro dos retratos de madame Sonja era impressionante. A partir de uma massa de ossos esmagados e carne rasgada ela reconstruíra o rosto do homem quase perfeitamente. Estava escrito na ficha, em uma pesada caligrafia masculina: *Lonnie Durkin, Little Farm, Pugsley Hill Road, Conda, Idaho.*

O sorriso tenso de Ben era agridoce. Após tantos dias e tantos quilômetros, o homem que ele apelidara de Glenn tinha um nome de verdade e um endereço. Mas para uma família de Idaho, estava reservada grande tristeza.

Ben colocou a foto e a ficha no bolso e saiu silenciosamente do escritório. Aos pés da escada ele hesitou, depois se aproximou do *trailer* e ficou de pé na escuridão silenciosa em frente à porta, em dúvida. Ele estava com aquilo que tinha ido buscar, raciocinava seu eu sensível. Por que forçar a barra? Mas seu eu endurecido retrucou que, mesmo que houvesse um sistema e ele disparasse o alarme, poderia correr para o carro e ir para a cidade antes que alguém aparecesse.

O quinto frasco

Ele entreabriu a porta para o beco e colocou sua bolsa de ferramentas ao lado dela. Sentindo-se vagamente separado de si mesmo, retornou à Adventurer e experimentou a maçaneta suavemente. A porta se abriu, mas não do modo como ele esperara. Ela foi aberta rapidamente a partir de dentro, acertando Ben diretamente no rosto e jogando-o de traseiro no chão, chocado. Momentaneamente cego pela luz interior, ele só conseguia ver a silhueta, iluminada por trás, de um homem grande de cintura fina cujos ombros praticamente enchiam a passagem.

— Você tinha razão! *Havia* alguém aqui fora! — disse o homem para alguém dentro do veículo.

Rindo, o homem saltou das escadas e, no mesmo movimento, embora descalço, chutou Ben violentamente no peito e no queixo, fazendo seus dentes trincarem com o som de uma batida de tambor. Ben, que acabara de se ajoelhar, foi arremessado para trás contra as prateleiras de tinta, espalhando as latas pelo concreto com estrépito. Chocado, ele rolou de lado, conseguindo ver um homem de shorts e camiseta preta, com cabelo louro até os ombros. Antes que pudesse ver mais, foi novamente chutado, dessa vez na lateral do peito. Ele perdeu o fôlego, com a dor explodindo em suas costelas. Estava certo de ter ouvido o osso se partindo dentro de seu corpo.

A agonia em seu peito era quase incapacitante, e sangue escorria do nariz para a boca e pelo fundo da garganta. Seu raciocínio vacilante e desconcentrado buscava desesperadamente algo que pudesse fazer, alguma arma a usar ou alguma história convincente que se encaixasse na situação e pelo menos tornasse o massacre mais lento. Nesse instante, sua mão tocou uma lata de tinta *spray*. A tampa da lata aparentemente tinha caído.

— Connie, vem aqui fora e acende a luz — gritou o touro, se curvando, agarrando a jaqueta de Ben e erguendo-o como uma marionete.

Rezando ao mesmo tempo para que houvesse tinta na lata e que a abertura estivesse virada na direção certa, Ben ainda estava sendo erguido quando colocou a lata a 15 centímetros dos olhos de seu agressor e apertou. O resultado foi exatamente o que ele esperava. Instantaneamente uma tinta grossa e escura encheu as duas órbitas do homem. Gritando obscenidades, ele cambaleou para trás, enfiando as mãos nos olhos. Ben já tinha chegado à porta quando o gigante caiu nos degraus do *trailer*.

— Deus do céu, Vincent! — gritou uma voz de mulher, mas Ben, carregando sua bolsa, já estava no beco, correndo dolorosamente na direção de Laurel Way.

10

Nada humano tem grande importância.

Platão, *A república*, Livro X

A primeira coisa de que Joe Anson teve consciência foi do som regular do respirador, gentilmente forçando ar para dentro de seus pulmões destruídos pela doença. A segunda foi o rugido do motor do jato. Eles estavam em um avião, seguindo rumo ao leste, a mais de 6 mil quilômetros de Camarões, rumo a uma equipe cirúrgica que os esperava em Amritsar, Índia. Sua luta demorada e cada vez pior para respirar estava quase acabada.

Anson sabia que o frasco endotraqueal estava no lugar — em sua garganta —, mas isso não o incomodava muito. Deveria haver uma medicação, raciocinou — alguma espécie de narcótico com um sedativo e um toque ou dois de eliminador de lembranças misturado. A psicofarmacologia estava se tornando cada vez mais como as bombas inteligentes dos militares — capaz de selecionar alvos no cérebro com precisão crescente. Qualquer que fosse a natureza das drogas, a combinação dada a ele estava funcionando. Ele não estava com a sensação apavorante de estrangulamento de que muitos pacientes entubados se queixavam.

No momento o que sentia era um esmagador alívio, envolto em uma profunda tristeza — alívio pelo sofrimento de sua fibrose pulmonar estar quase no fim e tristeza por isso exigir a morte de um homem.

Foi então que se deu conta de que Elizabeth St. Pierre estava sentada em silêncio ao lado da maca, sua mão segurando a dele. Ele virou a cabeça ligeiramente para vê-la, e demonstrou estar consciente da situação. Sua expressão era a mais pacífica que já vira, quase beatífica.

— Olá, Joseph — disse ela suavemente em francês. Depois continuou em inglês, língua na qual ele se sentia mais à vontade. — Reduzi a sedação um pouquinho apenas para que você pudesse acordar e saber que está tudo muito bem. Na verdade, tudo está perfeito. Já passamos da metade do caminho. Tudo estará preparado bem antes de chegarmos. Os cirurgiões de transplante pulmonar que estão sendo levados para esta operação são os melhores do mundo. Compreende?

Anson anuiu e fez um gesto de escrever.

— Ah, sim, claro. Que tolice a minha. Tenho papel aqui — disse St. Pierre.

Ela passou uma prancheta e uma caneta.

Você sabe mais alguma coisa sobre o homem que logo salvará minha vida?, perguntou Anson.

— Não mais do que já sabemos. O homem tem, *tinha*, 39 anos. Há cerca de uma semana teve um aneurisma roto no cérebro. A hemorragia foi grande, e não havia nada que pudesse ser feito para salvá-lo. Os médicos do Hospital Central de Amritsar declararam a morte cerebral, e ele foi mantido nos aparelhos esperando a doação de coração, pulmões, córneas, fígado, rins, pâncreas e ossos. Muitos viverão por causa desse homem esplêndido, inclusive você.

Ele tem família?

— Sei que tem uma esposa. Foi ela quem deu autorização. Na verdade, ela *pediu* que fossem feitos os transplantes.

Filhos?

O QUINTO FRASCO

— Não sei, vou descobrir.
Bom. Gostaria de fazer algo pela família.
— No momento devido, Joseph. Se eles aceitarem nossa gratidão de modo tangível, estou certa de que serão bem recompensados.
Vou querer conhecer a viúva de meu salvador.
— Se for possível, darei um jeito. Mas agora, meu amigo, por favor, você precisa descansar.
Espere.
— Sim?
Sarah foi informada?
— Ainda não.
Entre em contato com ela antes que eu vá para o centro cirúrgico. Diga que a amo.
— Farei de tudo para achá-la e dizer a ela.
Tenho medo de morrer antes de concluir meu trabalho.
— Isso é absurdo. Você *estava* correndo o risco de morrer. Na verdade, caso não se lembre, você parou completamente de respirar. Mas agora você viverá e será saudável. Temos uma compatibilidade perfeita, Joseph, de doze pontos. Isso é um em 1 milhão. Não, dados seu tipo sanguíneo e seu padrão incomum de proteínas, é um em dez milhões. Você não vai morrer.
Eu não vou morrer, escreveu ele.
— Agora descanse, Joseph. Descanse e sonhe com uma vida em que o ar é doce, perfumado e rico em oxigênio, como só o ar da selva pode ser, e em que você pode colocar o quanto quiser dele em seu corpo.

Elizabeth pegou a prancheta e o beijou ternamente na testa. Então Anson a viu pegar o frasco intravenoso e injetar algo. Em segundos ele sentiu uma onda de calor e serenidade tomar conta de si.

Anson abriu os olhos e viu as enormes luzes brilhantes da sala de cirurgia acima dele. Havia cheiro de desinfetante no ar. A temperatura na sala era bem baixa, e ele tremeu involuntariamente.

— Dr. Anson — disse uma tranquilizadora voz masculina, indiana, falando um inglês fluente com sotaque. — Sou o dr. Sanjay Khanduri. Você está indo muito bem, e nós também. Seu novo pulmão está aqui, e estamos prontos para colocá-lo no lugar. Vamos transplantar apenas um pulmão. O outro irá para uma pessoa também desesperadamente necessitada. Em muito pouco tempo, o volume de seu novo pulmão se expandirá de tal forma que você poderá agir como se tivesse dois. Garanto a você, dr. Anson, que sou muito, muito bom na realização deste procedimento. Na verdade, se tivesse de me submeter a essa operação, ficaria triste por não ser eu a fazê-la. — O riso de Khanduri era agudo e alegre. — Tudo certo, então, dr. Anson. Apenas feche os olhos e conte mentalmente comigo de dez a zero. Quando acordar, será um novo homem. Pronto? Dez... nove...

11

Alguns de vocês têm o poder de comandar, e na composição desses Deus misturou ouro, (...) outros ele fez de prata, para serem os ajudantes. (...) e aqueles que serão agricultores e artesãos ele fez de bronze e ferro.

Platão, *A república*, Livro III

— Para onde estamos indo?
— Você disse InterContinental. Este é o caminho rápido.
— Não quero o caminho rápido. Quero voltar para a autoestrada.
— Você é uma mulher muito bonita.
— Me leve de volta para a autoestrada agora mesmo!
— Muito bonita.

O táxi acelera. A região ao nosso redor vai se deteriorando. As poucas lâmpadas nos postes foram quebradas. A maioria das casas está fechada. Quase ninguém na rua.

Fico mais assustada a cada segundo. Tento ver a licença do taxista, mas está escuro demais. Está acontecendo alguma coisa horrível. Alguma coisa horrível. Será que há algo que eu possa usar como arma? Alguma coisa que eu possa fazer?

— Maldição! Me leve de volta para a autoestrada.
— Os clientes da Casa do Amor vão adorar você. Você será muito feliz lá... Muito feliz lá... Muito feliz lá.

Estou mais aterrorizada do que nunca. Eu tinha ouvido falar sobre mulheres sequestradas, depois viciadas em narcóticos e usadas em prostíbulos. Sabia de mulheres que desapareciam e nunca mais eram vistas novamente. O cenário ao meu redor continua a ficar borrado, depois entra em foco novamente. É muito real num momento, surreal no outro. Preciso sair daqui. Não importa se estamos indo rápido, preciso sair deste táxi. Eu posso correr. Se simplesmente puder sair sem machucar as pernas, posso correr mais rápido que esse desgraçado... mais rápido que qualquer um. Não serei a prostituta viciada de ninguém. De jeito nenhum. Eu me mato antes. Meu passaporte. Preciso do meu passaporte e da minha carteira. Eu os tiro da bolsa e enfio no bolso do casaco.

— Dinheiro. Eu dou dinheiro para me deixar exatamente aqui. Três mil reais. Eu tenho 3 mil reais. É só me deixar sair!

Procuro a maçaneta da porta e me preparo para cair no asfalto a 60 quilômetros por hora. Mas antes que possa me mexer, o táxi para cantando pneu, jogando-me contra o encosto do banco do carona. O que está acontecendo? Mais uma vez a imagem fica desfocada. Não consigo ver o movimento a minha volta. De repente a porta é escancarada. Um homem grande se estica e me agarra. Eu luto, mas ele é muito forte. O rosto está coberto com uma meia de náilon preta. Tento rasgar a máscara, mas um segundo homem me agarra. Seu rosto também está coberto. Tem um hálito terrível de peixe e alho. Antes que possa reagir, aparece uma seringa na mão dele. O homem mais pesado me agarra com mais força. Não! Por favor! Não!

A agulha é enfiada no músculo na base do meu pescoço. Eu grito, mas não escuto nenhum som. Heroína. Tem de ser heroína. Isso não pode estar acontecendo comigo. O táxi sai em disparada, levantando poeira e pedras. Eu me sinto fraca e desligada dos dois homens. Minha cabeça está girando, tentando desesperadamente entender as coisas. Mas esse esforço me confunde ainda mais. Ainda é cedo demais para qualquer droga fazer efeito. Não deixe isso acontecer. Continue lutando. Chute, soque e tente morder. Não desista. Não deixe isso acontecer.

Eles agora estão segurando meus braços e me arrastam com o rosto para baixo em meio à imundície de um beco. Sinto cheiro de lixo.

O quinto frasco

Giro e chuto com força, e de repente meu braço está livre. A virilha do homem menor está a centímetros. Eu o soco ali com toda a minha força. Ele grita e cai. Agora estou de pé, tomando fôlego, aterrorizada e com raiva. Malditos animais!

Fuja! Fuja deles antes que a droga faça efeito. O homem maior vem em minha direção. Eu o soco no rosto. Ele tropeça para trás. Corra! Corra! Descer o beco é o único caminho.

Há prédios em volta — um andar, dois, alguns de três. Os detalhes são vagos e indistintos, mas vejo claramente uma luz piscar em uma das janelas. Tudo está desfocado agora. Eu me sinto desligada... distante... surreal. A droga deve estar agindo.

— Eu tenho uma arma. Pare agora ou eu atiro!

O terror acelera minhas pernas. Prefiro morrer a viver como eles pretendem. Ignore a arma. Apenas corra! Corra, maldição!

Meu corpo reage. Estou correndo... correndo o máximo que posso.

Meu Deus, o beco está bloqueado. Uma pilha de lixo e de entulho, de barris e de caixas de papelão... e uma cerca. Há uma cerca! Eu consigo. Eu consigo passar pelo entulho e pela cerca. Tenho de conseguir.

Atrás de mim eu ouço um tiro. Sem dor. Não acertou. Eu consigo. Perna no alto da cerca. Quase lá. Outro tiro. Uma queimação no lado direito das costas. Meu Deus! Fui baleada. Não! Isso não pode estar acontecendo...

— Dr. Santoro, acho que ela está acordando.

Outro tiro. Mais dor. Não! Eu não quero morrer...

— Ela está acordando!

As palavras da mulher, em português, penetraram na consciência de Natalie, afastando as terríveis imagens do beco.

Isso tem de ser real... Eu tenho de estar viva.

— Moça, acorde. Acorde e volte para nós. Apenas balance a cabeça se estiver me ouvindo. Bom, bom. Não tente abrir os olhos ainda. Eles estão cobertos.

Natalie conseguia entender o suficiente do português da mulher para interpretá-lo. Mas ainda se sentia incapaz de falar.

— Dr. Santoro, ela está ouvindo.

— Bom, bom. Nossa pomba começa a abrir as asas — disse uma voz masculina, profunda e calmante. — Talvez o grande mistério acabe logo. Apague as luzes e vamos descobrir os olhos dela. Moça, você consegue me ouvir? Por favor, aperte minha mão se conseguir me ouvir.

— Eu... sou... americana — Natalie ouviu sua voz rouca e forçada dizer em um português um tanto canhestro. — Eu... não... falo... português... muito bem.

Ela se sentia muito distante e de ressaca, mas seus sentidos estavam voltando um de cada vez. Havia um latejamento em suas têmporas e atrás dos olhos, que era extremamente desagradável, mas suportável. O cheiro de álcool isopropílico e desinfetante era claramente hospitalar. A textura institucional dos lençóis confirmava essa conclusão. Ela então tomou consciência dos frascos de oxigênio em seu nariz. A mensagem de seus sentidos se fundiu com as lembranças bem claras de ser atacada, quase escapar e então levar tiros nas costas.

— Na verdade, seu português parece bastante bom — disse o homem em um inglês com sotaque —, mas tentarei deixá-la confortável. Eu sou o dr. Xavier Santoro. Você está internada em um hospital, no Rio de Janeiro. Você está aqui há alguns dias. As luzes estão apagadas. Vou tirar os curativos de seus olhos, mas depois terei de recolocá-los. Suas córneas estão bastante arranhadas, a direita mais do que a esquerda. Elas reagiram bem ao tratamento, mas não estão perfeitas. Depois que eu remover os curativos, por favor, abra os olhos intermitentemente para que eles possam

O QUINTO FRASCO

se acostumar. Se tiver qualquer desconforto significativo eu recolocarei as compressas imediatamente.

O esparadrapo que mantinha as compressas sobre os olhos de Natalie foi retirado gentilmente. Ela manteve as pálpebras fechadas por um minuto enquanto testava mãos e pés, depois braços e pernas. As articulações estavam lamentavelmente rígidas, mas pareciam funcionar. *Sem paralisia.* Sua mão esbarrou em um cateter urinário, o que sugeria que ela estava no hospital havia algum tempo. Ela abriu os olhos cautelosamente. O quarto estava mal iluminado por uma luz fluorescente que vinha do corredor além da porta. O brilho era desagradável, mas os objetos entraram em foco rapidamente. Havia um frasco intravenoso no seu antebraço esquerdo. Notou um crucifixo elaborado acima da porta, e não encontrou janelas em nenhuma das paredes que via.

O dr. Xavier Santoro, vestindo trajes de hospital e um jaleco cirúrgico, olhou para ela bondosamente. Seu rosto era profundo, comprido e estreito, com um nariz proeminente e óculos de armação de metal, e, do seu ponto de vista, ele parecia bastante alto.

— Eu... eu fui baleada. Estou bem? — perguntou ela.

— Deixe-me ajudá-la a se sentar um pouco.

Santoro arrastou-a em direção à cabeceira da cama, que foi, em seguida, erguida 45 graus.

— Sou estudante de medicina... em final de curso em Boston. Meu nome é Natalie Reis. Um motorista de táxi me levou do aeroporto para um beco e... eu estou bem?

Santoro respirou fundo e soltou o ar lentamente.

— Você foi encontrada em um beco apenas de calcinha, srta. Reis. Sem sutiã. Como você disse, foi baleada duas vezes, no lado direito das costas. Calculamos que você tenha ficado inconsciente lá durante dois dias, embaixo de uma pilha de lixo no beco. Você perdeu muito sangue. Estamos na metade do inverno no Brasil. A temperatura à noite tem sido baixa; não gelado, mas bastante frio.

— Em que dia fui trazida para cá?

Santoro consultou a ficha ao lado da cama.

— Dia 18.

— Eu viajei no dia 15... e fui atacada na saída do aeroporto, então foram três dias... que dia é hoje?

— Dia 27, uma quarta-feira. Você ficou em coma desde que chegou, provavelmente por causa da longa exposição, do choque e da infecção. Não tínhamos ideia de quem você era.

— Ninguém chamou a polícia... procurando por mim?

— Não que saibamos. Mas a polícia esteve aqui. Eles vão querer voltar para pegar seu depoimento.

— Estou sem fôlego.

Santoro segurou sua mão.

— Compreensível, mas prometo que esse sintoma vai melhorar com o tempo — disse ele.

— Com o tempo?

Santoro hesitou, e finalmente disse:

— Você estava muito mal quando chegou aqui, muito desidratada e em choque. Seu pulmão direito tinha parado inteiramente de funcionar por causa dos tiros e do sangue no peito. Havia uma infecção mortal... Lamento ter de dizer isso, mas com os ferimentos à bala e a infecção, não pudemos oxigenar seu coração, e seus sinais vitais estavam desaparecendo. Foi tomada a decisão de que, para salvar sua vida, o pulmão tinha de ser removido.

— Removido?

Natalie de repente sentiu uma onda de náusea. Começou a hiperventilar. Bile subiu por sua garganta. *Meu pulmão.*

O quinto frasco

— Não tínhamos escolha — dizia Santoro.
— Não, isso não é possível.
— Porém, vendo pelo lado positivo, você se recuperou de forma impressionante até agora.
— Eu era uma atleta. Uma... corredora — conseguiu dizer. *Por favor... por favor, isso tem de ser um sonho.* Imagens de si mesma se arrastando com um andador giraram em sua cabeça. *Meu pulmão!* Ela seria uma deficiente pulmonar pelo resto da vida, sem nunca mais poder correr, sempre sem fôlego. Ela tentou se criticar por não reagir ao fato de que aquelas pessoas tinham salvado sua vida, mas só conseguia se concentrar em que a vida como ela conhecia tinha acabado.
— Uma atleta — disse Santoro. — Bem, isso explica sua resposta à cirurgia. Sei que esse é um choque terrível para você, mas acredite em um cirurgião torácico, srta. Reis, a operação não significa que não será mais capaz de correr. Com o tempo, seu pulmão esquerdo compensará isso e sua capacidade respiratória aumentará, chegando quase a igualar o que você conseguia fazer com os dois pulmões.
— Meu Deus. Eu não acredito nisso.
— Você gostaria que entrássemos em contato com alguém em casa?
— Ah, sim, sim. Tenho uma família que deve estar louca de preocupação. Dr. Santoro, lamento por não parecer mais grata a você e a todos por salvarem minha vida. Eu simplesmente não consigo acreditar que isso aconteceu.
— É normal em situações assim. Acredite. Mas nem de longe sua vida será tão drasticamente modificada quanto você pensa.
— Eu... espero que sim. Obrigada.
— Quando você puder, temos alguma burocracia hospitalar para resolver. Você ficou na terapia intensiva durante

vários dias, mas como o hospital está superlotado, foi transferida para o prédio que chamamos de anexo. Ele não está ligado ao hospital em si. Estella virá para pegar algumas informações para a fatura e para nossos registros.

— Eu tenho um seguro que cobrirá tudo... Posso pegar o número da apólice quando ligar para casa.

— Fazemos muito trabalho de caridade aqui no hospital, mas certamente gostamos quando podemos ser pagos. Temos uma pequena sala de reabilitação aqui no anexo, e gostaríamos de colocá-la na esteira ou na bicicleta assim que for possível.

Natalie se lembrou das horas intermináveis que passou na terapia física recuperando seu tendão de Aquiles lesionado. Será que esta reabilitação seria tão ruim? Provavelmente isso era normal depois de um trauma como aquele, mas ela não conseguia sequer pensar na perspectiva de recuperação. Primeiro a suspensão da faculdade, agora isso. *Como isso pode ter acontecido?*

— Um telefone? — pediu ela.

— Claro. Vou pedir para Estella cuidar disso também.

— Será que você poderia ficar por perto? Vou ligar para meu professor, o dr. Douglas Berenger... Talvez você pudesse falar com ele.

— O cirurgião cardíaco de Boston?

— Sim, você o conhece?

— Ouvi falar dele. É considerado um dos melhores em sua área.

— Eu trabalho no laboratório dele.

Natalie não tinha nem o desejo nem a disposição de explicar o motivo de sua infeliz viagem ao Brasil. Na verdade, só queria ir para casa o mais rápido possível.

— Você deve ser uma estudante brilhante — disse Santoro.

— Espere aqui, vou trazer o telefone. Ademais, a polícia pediu para ser avisada se, ou quando, você acordasse. Eles vão querer tomar um depoimento seu assim que estiver forte o bastante. E preciso trocar aquelas compressas nos olhos.

— Não estou sentindo dor nenhuma.

— Usamos colírio anestésico.

— Vou contar à polícia o que sei... mas não é muito.

— Ao contrário do que nós, brasileiros, costumamos ouvir quando viajamos, nossa polícia é bastante eficiente e eficaz.

— Ainda assim, duvido que eles tenham muito sucesso neste caso — retrucou Natalie.

Procuro a maçaneta da porta e me preparo para cair no asfalto a 60 quilômetros por hora. Mas antes que possa me mexer, o táxi para cantando pneu, jogando-me contra o encosto do banco do carona. O que está acontecendo? Mais uma vez a imagem fica desfocada. Não consigo ver o movimento ao meu redor. De repente a porta é escancarada. Um homem grande se estica e me agarra. Eu luto, mas ele é muito forte. O rosto está coberto com uma meia de náilon preta. Tento rasgar a máscara, mas um segundo homem me agarra. Seu rosto também está coberto. Tem um hálito terrível de peixe e alho. Antes que possa reagir, aparece uma seringa na mão dele. O homem mais pesado me agarra com mais força. Não! Por favor! Não!

Como no passado, Natalie era ao mesmo tempo participante e observadora dos acontecimentos que estavam mudando sua vida tão radicalmente. Ela era uma prisioneira de sua memória, observando e sentindo, aterradoramente envolvida, mas estranhamente desligada, e acima de tudo impotente para fugir da cena ou alterar o resultado. Como sempre, a voz do taxista era tão clara quanto sua aparência era borrada. Ele poderia estar sentado ao seu lado e ela não o reconheceria, mas se dissesse uma única palavra, ela saberia.

(...) *O beco está bloqueado. Uma pilha de lixo e de entulho, de barris e de caixas de papelão... e uma cerca...*

Cativa contra a vontade, Natalie, como sempre, correu de seus perseguidores mascarados, escalou as caixas e o entulho, ouviu os tiros, sentiu a dor e apagou na escuridão. Então, como acontecia com frequência, uma voz se intrometeu na detestável experiência. Dessa vez a voz era conhecida.

— Nat, sou eu, Doug. Consegue me ouvir?

— Ah, graças a Deus. Graças a Deus que você está aqui.

— Você está no aeroporto, Nat, pronta para voar para casa. Eles deram algo para que você apagasse na transferência e no transporte de ambulância para cá. Deve passar em alguns minutos.

— Há... quanto tempo eu liguei para você?

— Passaram-se menos de vinte e quatro horas desde que falamos. Vim em um voo especial para pegar você. A faculdade concordou em pagar quaisquer despesas que seu seguro não cubra.

— Obrigada... Ai, obrigada. Isso é terrível.

— Eu sei, Nat. Sei que é. Mas você está viva, seu cérebro está intacto, e pode acreditar em mim, seu corpo vai melhorar mais do que você imagina. Emily Trotter, da Anestesia, está aqui comigo caso seja preciso. Está esperando no avião. Terry também está aqui.

— Nada me impediria de vir, Nat — disse a voz reconfortante de Millwood. — Temos de levar você para casa para podermos voltar a correr. Eu contei a todo mundo como você acabou com aqueles secundaristas astros das pistas. Preciso de mais algumas histórias.

O QUINTO FRASCO

Ele fez um carinho em sua testa e depois apertou sua mão.
— Nat, todos lamentamos muito o que aconteceu. Ficamos terrivelmente preocupados — disse Berenger.
— Os policiais que foram falar comigo... disseram que ninguém tinha ligado.
— Isso é absurdo. Eu mesmo pedi a um policial de Boston que nasceu no Brasil para ligar para eles.
— O que me entrevistou... estava com pressa... era como se ele simplesmente não se importasse.
— Bem, nós certamente telefonamos.
— Obrigada.
— O dr. Santoro disse que você está forte e que sua recuperação tem sido impressionante, um milagre. Falou que seu pulmão esquerdo está inacreditavelmente bem, e que seu corpo está compensando muito bem a perda do outro.
— Meus olhos...
— Eu conversei com o oftalmologista. Eles estão cobertos porque você teve danos temporários nas córneas pela exposição naquele beco. Ele disse que se o desconforto não for grande demais, poderemos remover os curativos quando estivermos a bordo. Alguém da oftalmologia a verá assim que chegarmos em casa.

Natalie sentiu a maca deslizar pela pista. Em poucos minutos, ela foi transferida para outra, dentro do avião. Momentos depois, os curativos foram retirados dos olhos. Berenger, com o estetoscópio, escutava seu peito.

— Muito bom — disse.

Natalie se esticou e tocou o rosto dele.
— Não cheguei a apresentar nosso trabalho.
— Tudo bem. Pode fazer isso no ano que vem.
— Depende. Onde é o encontro?

Berenger sorriu.

— Paris. Agora descanse um pouco. Vai ficar tudo bem.

Como sempre, a teleconferência do conselho dos Guardiães aconteceu terça-feira, exatamente ao meio-dia, hora de Greenwich.

— Aqui é Laerte.
— Simonides aqui.
— Temístocles. Saudações da Austrália.
— Glauco.
— Polêmaco.
— A reunião está iniciada — disse Laerte. — Falei com Aspásia. A operação em A foi um sucesso absoluto. A compatibilidade era de 12 em 12, portanto, será necessário um mínimo de medicação, se for. Aspásia espera que A esteja de volta ao trabalho em duas semanas. O prognóstico é de recuperação total e expectativa de vida sem problemas.
— Muito bem.
— Maravilhoso.
— Outros casos?
— Aqui é Polêmaco. Poderíamos começar por mim. Na próxima semana temos dois rins, um fígado e um coração marcados. Os receptores já foram confirmados como merecedores de nossos serviços, e todos os arranjos necessários, logísticos e financeiros, foram feitos. No caso dos rins, o procedimento normalmente levará ao transplante dos dois rins para nosso receptor. O fígado resultará no transplante do maior segmento anatomicamente possível do órgão. Vamos considerar primeiramente os rins. Trabalhador do

sexo masculino de vinte e sete anos de idade de Mississippi, Estados Unidos.

— Aprovado — disseram os cinco em uníssono.

— Dona de restaurante de quarenta anos de idade, de Toronto, Canadá.

— Que tipo de restaurante?

— Chinês.

— Aprovado — disseram em uníssono, e riram.

— O fígado. Professor do sexo masculino de trinta e cinco anos de idade, do País de Gales.

— Aqui é Glauco. Achei que tínhamos concordado em evitar professores. Temos alguma opção?

— Nenhuma de que tenha conhecimento, embora possa verificar novamente — disse Polêmaco. — É uma compatibilidade perfeita de 12 em 12 para L, número 31 em suas listas. Como vocês provavelmente sabem, é um dos homens mais ricos da Grã-Bretanha. Não sei quanto ele concordou em pagar pelo procedimento, mas sabendo o modo como Xerxes negocia, apostaria que foi substancial.

— Nesse caso, aprovado, mas não vamos fazer disso um precedente — disse Glauco.

— Aprovado — ecoaram os outros.

12

Um Estado (...) é fruto (...) da necessidade da humanidade.

Platão, *A república*, Livro II

Althea Satterfield se agitou na pequena cozinha de Ben na medida do que seus anos permitiam.

— Gostaria de limão no seu chá, sr. Callahan? Não tem na sua geladeira, mas tenho na minha.

Ben estava impressionado que sua vizinha não tenha feito observações sobre os outros alimentos que ele também não tinha em sua geladeira — praticamente todos, na verdade. Havia três dias que retornara de Cincinnati e a octogenária interpretara seus dois olhos roxos como um chamado à ação, juntamente com o nariz inchado — "Apenas uma fissura na ponta. Não há nada a fazer, mas não seja acertado aí novamente", dissera o dr. Banks — e a dor em seu peito que não passava — "Apenas uma fissura em uma de suas costelas. Nada a fazer, mas não seja acertado aí novamente". A verdade é que por mais irritante que a mulher às vezes fosse, Ben estava grato pela ajuda. As dores de cabeça que ele sentia, e que Banks atribuía a uma concussão — "Nada a fazer, mas não seja acertado aí novamente" —, tinham diminuído de oito para cerca de quatro, e de presentes o tempo todo para apenas quando se movia. Ele nunca tinha sido muito macho no que dizia respeito a suportar qualquer tipo de dor, e no momento estava exausto de lidar com seus muitos desconfortos, e mais do que apenas um pouco aborrecido por estar inativo. Havia coisas que precisava e queria fazer.

— Vou tomar o chá puro, sra. Satterfield. Realmente agradeço sua ajuda. Gostaria de poder retribuir.

— Que besteira, querido. Espere até ter a minha idade. Você ficará desesperado para ser importante para alguém.

Não aposte nisso, pensou Ben.

A dedicação quixotesca de Alice Gustafson, a semana exaustiva na Flórida, o encontro marcante com madame Sonja, o surpreendentemente lúcido Schyler Gaines, a visita rápida a Laurel Way e finalmente a identificação de Lonnie Durkin — certamente tudo isso tinha marcado sua armadura de distanciamento e tédio, mas ele considerava esses acontecimentos insignificantes. Ele fizera o que tinha sido contratado para fazer, e basicamente ainda planejava rastejar para seu casulo até o próximo chamado. Mas antes de fazer isso havia uma última coisa que ele precisava fazer — envolvendo uma família em Conda, Idaho.

— Bem, sra. Satterfield, se está sendo sincera, eu gostaria de pedir outro favor — disse ele.

— É só dizer, querido.

— Tenho de sair novamente. Preciso que alimente Pincus e coloque água na... quero dizer, que alimente e coloque água para Pincus.

— Desculpe dizer, sr. Callahan, mas não está em condições de viajar.

— Provavelmente não, mas ainda assim preciso viajar.

Ele podia dar conta da constante dor penetrante na lateral, agravada pelos mínimos movimentos. Mas até aquele dia as dores de cabeça haviam tornado impossível viajar para Idaho. Após voltar de seis horas com o dr. Banks e os radiologistas, uma preocupada Alice Gustafson o visitara em seu apartamento levando um vaso de flores do campo.

Tomando chá e comendo amanteigados, cortesia de Althea, ele contou em detalhes as descobertas e o posterior ataque na garagem em Laurel Way.

— Eu sabia! — exclamou ela quando ele terminou. — Eu sabia que a mulher em Maine estava me dizendo a verdade. Você sabe quando é assim.

A expressão severa dela era uma estranha mistura de confirmação e de dureza. Ela continuou:

— As armas me preocupam muito, mas não me surpreendem. Onde há qualquer tipo de comércio ilegal de órgãos há um negócio muito grande, com tabelas de preço muito altas. Muitos dos envolvidos nesse comércio são pouco mais que gângsteres.

— A maioria dos gângsteres que conheço invejaria as armas naquela garagem.

— Realmente não há como estimar o dinheiro envolvido. Em certos países, aqueles que vão ao exterior para receber rins ilegais são reembolsados em até centenas de milhares de dólares por seus ministérios da Saúde. Eles, no final das contas, poupam ao sistema muito mais do que isso em custos de diálise e outras despesas médicas, e também reduzem muito a espera nas listas de transplantes de rins, desse modo reduzindo ainda mais o custo das diálises.

— Imagino que os que necessitam de transplante de medula óssea estejam em situação médica ainda mais desesperadora.

— Exatamente. O procedimento sempre é feito no último momento. E de todos os órgãos, aquele que exige a maior compatibilidade de tecidos entre doador e receptor é a medula óssea. Não posso deixar de pensar se essas pessoas também estão lidando com outros órgãos.

O QUINTO FRASCO

— Eu não ficaria surpreso. No que quer que eles *estejam*, as armas que vi dizem que são mortalmente sérios quanto a isso. E por falar em mortalmente, por que você acha que o pessoal do *trailer* não matou Lonnie e a mulher em Maine?

Gustafson deu de ombros.

— Talvez o limite deles seja o assassinato. Ou talvez mantenham essas pessoas vivas para o caso de precisarem repetir o procedimento. Lembre-se de que a mulher disse que ficou vendada e drogada a maior parte do tempo. Ela recordava de poucos detalhes do que acontecera a ela, portanto, talvez apenas não houvesse a necessidade de matá-la.

— Ou talvez eles deliberadamente escolham pessoas em quem as autoridades provavelmente não acreditariam.

— É uma teoria, a não ser pelo fato de que se as pessoas do *trailer* sabem o que estão fazendo, a perfeição da compatibilidade do tecido é a única coisa que importa.

— Quantas perfeitas compatibilidades cada pessoa tem?

— Perfeitas não são muitas, especialmente se o receptor tiver sangue tipo O e uma ou duas proteínas excepcionalmente raras nas células brancas.

De início Gustafson queria ligar imediatamente para a família de Lonnie Durkin, mas Ben insistiu em que ela o autorizasse a ir lá pessoalmente.

— Sinto que tenho de fazer isso. — Foi o que ele conseguiu dizer.

— Você não é capaz de ir a lugar algum.

— Serei. Preciso de três ou quatro dias.

— Por que esse zelo repentino, sr. Callahan? Realmente não me resta muito com o que pagá-lo.

— Não tem a ver com dinheiro, professora. É, não sei realmente... Talvez tenha a ver com encerramento.

— Entendo... Bem, não fique constrangido por esses sentimentos, sr. Callahan. Muitos dos que nos apoiam descobrem que quanto mais compreendem o que está acontecendo no mundo, mais desaparece sua névoa de ceticismo — disse, dando a ele um envelope. — Você fez um excelente trabalho. Talvez um dia estejamos em posição de mantê-lo regularmente. Agora, o que quer fazer em relação ao *trailer*?

— Não acho que o cara do *trailer* que fez isso tudo comigo possa ter certeza se eu era alguma espécie de detetive ou só um ladrãozinho. Na verdade, acho que ele sequer conseguiu dar uma boa olhada no meu rosto antes que eu cobrisse seus olhos. Estava bastante escuro naquela garagem. Se os tiras aparecerem lá agora, acabou. Os caras que são donos daquele Winnebago serão alertados de que não era apenas um ladrãozinho.

— Mas Lonnie Durkin está morto por causa deles. Se escolhermos não fazer nada e mais alguém ficar ferido ou... ou pior, ficarei terrivelmente perturbada.

— Certo, certo. Entendi — disse Ben, que pensou algum tempo e sugeriu: — E se eu entrasse na internet e telefonasse para algumas pessoas que conheço e tentasse descobrir um investigador particular em Cincinnati com alguns contatos na polícia? Ele pode ter a certeza de que o *trailer* ainda está lá e então levar os tiras com um mandado de busca de armas ou algo assim.

— Temo que não tenhamos mais nenhum dinheiro para pagar a ele — disse Gustafson.

Ben ergueu o cheque da Guarda de Órgãos.

— Eu tenho.

Foram necessárias uma dolorosa viagem até o escritório e mais de vinte e quatro horas para Ben entrar em contato com

O QUINTO FRASCO

um investigador em Cincinnati disposto a fazer o que eles queriam pelo que eles podiam pagar. O nome do homem era Arnie Dolan, e não demorou para concluir a investigação.

— Desapareceu — disse ele ao telefonar após apenas duas horas.

— O *trailer*?

— Também, mas estou falando da garagem. Destruída por um incêndio ontem. Os restos ainda estão fumegando. Levou outro prédio junto. Três alarmes.

— A polícia sabe se foi criminoso?

— Desajeitadamente criminoso. Aparentemente eles acharam uma lata de gasolina.

— Isso *seria* apenas um pouco suspeito — disse Ben, pensando se a reação significava que as pessoas do *trailer* e ao redor delas sabiam que ele não era apenas um ladrão, ou se estavam meramente tomando precauções rigorosas. Seja como for, ele sabia que quando encontrou a foto de Lonnie Durkin deveria ter simplesmente saído da garagem na ponta dos pés e partido.

Mesmo no casulo protegido de seu Range Rover, não haveria Tylenol e Motrin suficientes para permitir a Ben dirigir os 2,6 mil quilômetros entre Chicago e Conda, Idaho. A cidade ficava ao norte de Soda Springs, 91 quilômetros a sudeste de Pocatello, na extremidade sudeste do estado, a menos de 160 quilômetros de Wyoming e Utah. Em vez disso, ele voou para Pocatello por Minneapolis e alugou uma Blazer.

O dinheiro da Guarda de Órgãos já tinha derretido como neve de primavera, e suas contas permaneciam praticamente as mesmas — pelo menos até a próxima entrega do carteiro. Talvez quando retornasse a Chicago ele pudesse colocar uma espécie de anúncio nos jornais locais. Mas no momento estava onde deveria, fazendo algo que realmente queria fazer.

Durante toda a viagem ele continuou a pensar no motivo de o inventor da cinta elástica de costela não ter recebido um Prêmio Nobel. Sua dor de cabeça se tornara administrável e suas narinas tinham realmente passado a admitir algum ar. Mas a fratura na costela era outra história. O dr. Banks assegurara que apenas uma costela estava quebrada e que não havia deslocamento de nenhuma das duas partes, mas após quase seis dias Ben ainda se recusava a acreditar. Mesmo com a miraculosa cinta de costela colocada, a maioria dos movimentos ainda eram transmissões para seu centro da dor em som Dolby Surround, mas sem a peça elástica, até mesmo inspirações leves eram um desafio.

Não importava qual era a dor, ela não se comparava à dor emocional da perspectiva de ter de se sentar com uma mãe e um pai e contar a eles que seu filho estava morto. Sem querer perturbar a família de Lonnie Durkin por tempo demais, mas também não estando disposto a simplesmente aparecer em Little Farm sem se anunciar, Ben ligou do aeroporto de Pocatello. A mãe de Lonnie, Karen, não o pressionara a dizer pelo telefone que seu filho estava morto, mas ficara claro para Ben que no fundo ela sabia. Eles marcaram uma hora para ele se encontrar com ela e o marido, e disse como chegar à fazenda. Então, após uma breve parada em Soda Springs para se arrumar, tomar Motrin, se registrar na pensão Hooper Springs e passar algum tempo vendo desanimado o impressionante gêiser do parque Hooper Springs, Ben tomou a rodovia 34 e seguiu rumo norte para o povoado de Conda.

Sonolenta, pacífica e muito pequena, Conda assustadoramente lembrava a ele Curtisville, Flórida, lar de Schyler Gai-

O QUINTO FRASCO

nes e seu posto de gasolina. Ele tentou imaginar o enorme Adventurer, com Vincent ao volante e Connie instalada no banco do carona como um trono, deslizando pela cidade como uma grande baleia branca em um recife, procurando a Pugsley Hill Road e o homem cujas células, de algum modo eles sabiam, tinham uma compatibilidade quase perfeita com as de uma pessoa a 4 mil quilômetros dali.

As indicações de Karen Durkin levaram Ben a uma longa e ressequida estrada de terra que penetrava em um grande planalto de campos de grãos. Ele ficou pensando onde poderia ficar Pugsley Hill naquela região plana. Após quase três quilômetros, os campos deram lugar a currais, estábulos e alguns cavalos. Além dos currais ficava um grande celeiro vermelho-ferrugem e em frente a ele uma empertigada casa branca de dois andares fincada em uma leve elevação. Uma placa de madeira em arco acima da estrada anunciava que era Little Farm.

Karen Durkin e seu marido, Ray, estavam esperando ansiosamente em sua estreita varanda da frente. Ambos estavam na casa dos cinquenta anos, mas poderiam ser uma década mais velhos. Seus rostos eram calejados e honestos, e falavam de anos de trabalho duro em uma profissão às vezes cruel e imprevisível. O aperto de mão de Ray era firme e suas mãos ásperas, mas a suave tristeza em seus olhos era inestimável.

— Lonnie está morto? — perguntou ele antes mesmo que tivessem entrado na casa.

Ben anuiu.

— Eu realmente lamento — Ben disse.

Karen os conduziu a uma brilhante cozinha aconchegante, com cortinas estampadas e uma gasta mesa redonda de carvalho que certamente tinha sido feita à mão. Ela parou junto à porta para afagar o cachorro da família atrás da orelha.

— Esse é Joshua — disse Karen.
— Um pitbull preto e branco. Ele é bonito — retrucou Ben.
— Obrigada. É nosso segundo. Acabou de fazer quatro anos. Woody, o primeiro, viveu até os dezesseis. Lonnie batizou ambos. Absolutamente gentil e fiel. Talvez se Joshua estivesse com Lonnie naquele dia...
Ela parou de falar e enxugou as lágrimas com um lenço.
Havia uma mesa embutida em um dos cantos da cozinha, e nela várias fotos emolduradas de um garoto e uma de um jovem. Todas elas, Ben tinha quase certeza, eram de Lonnie.
— Ele sempre foi um garoto muito bom — disse Karen após colocar na mesa canecas de café e uma travessa com *brownies*. — Eles disseram que no útero o cordão umbilical estava enrolado no pescoço e ele não recebeu oxigênio suficiente no cérebro, por isso não ficou muito na escola. Mas adorava animais, e todas as pessoas que trabalham na fazenda o adoravam.
Ben recordou da explicação de madame Sonja para fazer dois conjuntos de desenhos. Um claramente era o Lonnie captado em suas fotografias. Seria o outro o homem que ele poderia ter se tornado? Ficou pensando nisso enquanto transmitia os detalhes da morte de Lonnie. Parecia não haver necessidade de mostrar a eles as fotos do legista nem os retratos de madame Sonja, a não ser, claro, que eles pedissem para ver.
— Estes são os números da polícia em Fort Pierce e do dr. Woyczek, o legista. Eles dirão se vocês vão precisar identificá-lo pessoalmente, ou se podem mandar algo com as digitais dele e possivelmente registros dentários. A polícia estadual daqui deve poder auxiliar vocês no contato com eles, e qualquer agente funerário que escolham também os ajudará, especialmente no que for necessário para trazer o corpo de Lonnie para cá.

O QUINTO FRASCO

— Eu disse a você, Karen. Eu disse que ele estava morto — disse Ray friamente.

— Apenas estou feliz por ele não ter sofrido — retrucou sua esposa. — Sr. Callahan, acho que ambos queremos saber tudo o que puder nos dizer sobre como nosso filho acabou na Flórida e quem poderia ter feito isso com ele.

— Acho que sei o motivo, em um sentido geral, e até mesmo *como*, mas quanto ao *quem*, e por que especificamente Lonnie, bem, acreditem ou não, vocês podem me ajudar a responder essa pergunta.

Ao longo da hora seguinte, com muito poucas interrupções por parte dos Durkin, Ben contou seu envolvimento a partir do primeiro encontro com Alice Gustafson até sua decisão de visitar Conda e dar pessoalmente a triste notícia da morte de Lonnie.

— Então foi assim que você conseguiu os olhos roxos — disse Ray depois que ele terminou, claramente impressionado.

— Foi gentil de sua parte não ter perguntado antes. Acredite ou não, eu ainda acho que consegui o melhor dele.

— Você não nos disse por que essas pessoas escolheram nosso Lonnie — disse Karen.

— Porque eu não sei. Só posso dizer isto: não faz sentido eles terem vindo até aqui buscar Lonnie a não ser que já conhecessem seu tipo de tecido.

— Mas como eles descobriram isso?

— Só há um modo: com um exame de sangue.

— Só que ele nunca fez esse tipo de teste.

— Ele nunca fez um exame de sangue?

Os Durkin trocaram olhares.

— Há dois anos — disse Karen de repente.

— Quando ele teve aqueles ataques de **tontura** — acrescentou Ray. — Christiansen pediu.

— Acha que ele falaria comigo? — perguntou Ben.
— Ela — disse Karen. — A dra. Christiansen é uma médica. Acho que sim, especialmente se eu for a Soda Springs com você.
— Podemos ligar para ela hoje?
— Não vejo por que não. Ela é uma médica muito simpática.
— Até mesmo *eu* me consulto com ela — disse Ray, orgulhoso.
— Com sorte, depois que eu falar com ela, pode ser que concorde em vê-lo sem nós. Não me importo de dirigir até Soda Springs se for necessário, mas depois do que nos contou hoje, temos muito a fazer.
— Ah, sim. Desculpe por ser tão insensível.
— Que besteira! O senhor é um bom homem. Não há nada que possa fazer sobre o que aconteceu a não ser investigar tudo até o fim, e é o que está fazendo.

Ben ficou em silêncio algum tempo, olhando para a mulher e seu marido, tentando compreender seu vazio insondável. Haveria algo pior do que a perda de um filho? Naquele momento, estudando seus rostos cansados e marcados, ele sentiu uma outra coisa — algo que não tinha identificado estar tomando forma dentro dele desde que conhecera Alice Gustafson. Ele se importava. Ele se importava com aquele casal, agora sem o filho pelo resto da vida. Se importava com a assustada, confusa e ridicularizada faxineira de motel no Maine, que ele nunca conhecera. Importava-se em conseguir um pouco de justiça para um assassino sem remorsos, que era responsável, pelo menos em parte, por muita dor e sofrimento.

— Então, há um hospital em Soda Springs? — perguntou ele finalmente.
— Caribou Memorial Hospital. Não é muito grande, mas as pessoas dizem que é um ótimo lugar. Felizmente nunca precisamos dele. O que quero dizer é que...

O quinto frasco

Karen não conseguiu se controlar e começou a chorar.

Ben ficou sentado em silêncio, tomando seu café distraído, engolindo com um nó na garganta. Ele sempre achara que seria pai — na verdade, duas ou três vezes. Desde o fim do seu casamento e de seu mergulho gradual no tédio e no isolamento não se preocupara muito com o tempo que estava correndo. Naquele momento, apesar da angústia de seus anfitriões, se viu pensando em como seria ter filhos.

— Eu estou em uma pensão em Soda Springs — disse ele. — Acho que vou para lá agora, e nós podemos falar sobre as coisas amanhã.

— Não, não — disse Karen, recompondo-se. — Estou bem. Vamos ligar para a dra. Christiansen agora.

— Se tiver certeza de que é capaz. Foi feito no Caribou Memorial o teste de sangue de Lonnie?

— Suponho que sim — disse ela.

— Não foi, não — interrompeu Ray. — Aquele novo laboratório tinha acabado de ser aberto ao lado da farmácia. Eu mesmo o levei lá.

— Novo laboratório?

— Isso mesmo. Um prédio novinho. Ele tinha sido aberto seis meses ou talvez um ano antes de irmos lá. Não consigo lembrar o nome.

— Acho que nunca conheci — disse Karen. — Vou ligar para a dra. Christiansen e ver se ela pode se encontrar com você, Ben. Ela vai ficar muito triste por Lonnie. Embora nunca tivesse precisado vê-lo muito, era um de seus preferidos.

Ela deu o telefonema de um aparelho na mesa embutida enquanto Ray e Ben estavam sentados em silêncio, ambos olhando para suas canecas de café.

— Sem problema, Ben — anunciou Karen ao terminar. — A doutora o receberá em seu consultório às dez horas da manhã de amanhã. Isso dará a você tempo para um bom café, e talvez para ver o gêiser no parque Hooper Springs.

— Farei isso — disse Ben, se levantando e apertando as mãos deles.

Ele se virou, fez um carinho em Joshua, e estava procurando a porta quando Karen disse:

— Ah, aliás, é o Laboratório Whitestone.

— Perdão?

— O laboratório onde Lonnie tirou sangue chama-se Laboratório Whitestone. Acho que faz parte de uma cadeia.

— Apenas a maior cadeia do mundo — disse Ben.

13

Você consegue enxergar sem os olhos?

Platão, *A república*, Livro I

Havia sangue por toda parte — espalhado em uma estrada, explodindo do chão, escorrendo por seu próprio rosto. Ben não costumava se lembrar de sonhos, mas acordou às 4h30 sabendo que sua difícil noite de sono na pensão de Hooper Springs tinha sido de sonhos violentos — uma sequência de cenários macabros unidos por um Winnebago encharcado de sangue. Em alguns momentos ele dirigia, em outros era Vincent, o monstro do tamanho de um lutador da então extinta garagem de Laurel Way. Ben acordara duas vezes durante a noite em pânico por causa de algo em seu pesadelo, e então logo se esqueceu do que era. Nas duas vezes ele usou o pequeno banheiro e voltou para a cama, apenas para ser mais uma vez imediatamente mergulhado no pesadelo, no sangue e no terror.

Ele finalmente determinou o fim das imagens, acendeu a luz de cabeceira e colocou uma velha brochura de Travis McGee no peito, tentando compreender o pesadelo horrendo. Quando sentiu que ia dormir novamente, tomou um longo banho e saiu da pensão para dar uma volta pela cidade adormecida.

Enquanto passava pelas lojas fechadas e parava rapidamente junto ao Soda Springs Apothecary, ele pensou: *quão grande?* Supondo-se que a Winnebago Adventurer era o meio pelo qual doadores involuntários eram levados para receptores esperando ansiosos, quão grande era o alcance do negócio?

Michael Palmer

Apenas mais alguns passos o colocaram em frente ao modesto prédio de tijolos que abrigava o Laboratório Whitestone. Em Chicago, parecia haver um Laboratório Whitestone em quase todas as esquinas. Alguns deles, como aquele ao qual tinha ido alguns anos antes, não eram mais do que centros de flebotomia — escritórios para coleta de sangue. Os frascos de sangue eram então mandados por *courier* para um laboratório da área, onde era feita a maioria dos testes. O Laboratório Whitestone de Chicago, onde ele tivera sangue coletado, era uma loja de rua a menos de cinco quarteirões de seu escritório. Ele lembrava do dr. Banks falando da rapidez, da eficiência e da confiabilidade do laboratório, e também da precisão militar com a qual tinham passado de uma pequena operação pouco conhecida para, talvez, o maior laboratório clínico do mundo.

Soda Springs, segundo a placa a oeste da cidade, tinha uma população de pouco mais de 3,3 mil pessoas. Aparentemente aquilo era mais que suficiente para o Whitestone. Naquele momento, a sala por trás da vitrine de vidro laminado estava escura, mas olhando para dentro Ben podia distinguir uma área de espera com várias plantas grandes. Um carro de polícia passou pela rua e reduziu o bastante para que o único ocupante olhasse para ele, sorrisse e acenasse, antes de seguir. Ben ficou pensando se alguém teria avisado sobre um estranho de aparência esquisita seguindo pela Main Street na penumbra sem nenhuma pressa. Bem-vindo aos Estados Unidos das cidadezinhas.

Com várias horas para gastar antes de seu encontro, ele caminhou de volta para sua pensão, tomou um café melhor que a média, com ovos escaldados e picadinho de carne-seca caseira, e depois verificou sua secretária eletrônica.

O QUINTO FRASCO

— Sr. Callahan — disse uma voz profunda masculina. — O senhor me foi recomendado pelo juiz Caleb Johnson, que diz que você é o melhor detetive da cidade...

Se Johnson sabe quem sou, então ele é um detetive muito melhor que eu, pensou Ben.

A voz continuou, dizendo que tratava-se de um caso de possível infidelidade matrimonial e que haveria milhões de dólares dependendo dos resultados da investigação discreta de Ben. Qualquer que fossem os honorários habituais de Ben, ele os triplicaria desde que essa questão fosse a prioridade número um.

Triplo. Ben fez rapidamente uns cálculos de cabeça e se deu conta de que, mesmo se o caso de espreita e flagrante fosse resolvido mais rapidamente do que de hábito, o que suspeitava que não aconteceria, ele poderia faturar muito mais do que o cheque da Guarda de Órgãos que ele já tinha quase que gastado, ou o dinheiro do qual desistira no caso de Katherine de Souci. O triplo. A bela voz grave era uma escada para sair do profundo buraco vermelho no qual ele estava. Ben cantarolou o coro de "Fish and Whistle", de Prine.

Father, forgive us for what we must do...

No futuro imediato não haveria lobos à sua porta.
O que vai, volta, pensou ele, sorrindo. *Ruim ou bom, o que vai, volta.*

A dra. Marilyn Christiansen, osteopata, era uma mulher gentil na casa dos quarenta anos de idade, clinicando em uma velha casa vitoriana no limite leste da cidade. Antítese do sempre apressado e atormentado dr. Banks, ela ficara arrasada ao saber da morte de Lonnie Durkin, e chocada com a ideia de ele ter sido usado como doador involuntário de medula óssea.

— Isso é muito triste. Era o único filho dos Durkin. Há qualquer outra explicação possível para o que aconteceu com ele? — perguntou.

— Não segundo o médico-legista da Flórida. Os furos para aspiração de medula óssea estavam presentes nos ossos dos quadris.

— Que bizarro. Bem, eu não via muito Lonnie no consultório. Ele raramente adoecia. Mas certamente o conhecia. Quase todos na cidade o conheciam. Um garoto muito doce. Eu digo garoto embora ele estivesse na casa dos vinte anos porque, como você provavelmente sabe...

— Eu *sei* — disse Ben, poupando-a da explicação. — Seus pais disseram que você o examinou por causa de tonteiras.

— Há dois anos. Embora nunca tivesse suspeitado de nada sério, pedi um conjunto de exames de laboratório de rotina. Os resultados foram normais, e suas tonteiras simplesmente desapareceram. Alguma virose, imagino.

— Os exames foram feitos no Whitestone?

— Sim. Eu poderia ter usado o laboratório do hospital, mas descobri que o Whitestone é só um pouquinho, digamos, mais eficiente.

— Você conhece o diretor do laboratório?

— Shirley Murphy. Não a conheço bem. Solteira com uma filha adolescente.

— Você se sentiria à vontade de telefonar para ela para ver se poderia me receber hoje?

— Claro, mas suspeito que você não terá nenhuma dificuldade em vê-la.

— Como sabe?

O quinto frasco

Christiansen hesitou, sorrindo enigmaticamente.
— Vejo que não usa aliança — disse ela finalmente.
— Divorciado.
— Bem, como disse, Shirley é solteira, educada, e Soda Springs é, bem, basicamente uma cidade familiar pequena.

Ben nunca tinha sido muito intuitivo ou consciente no que dizia respeito a mulheres, mas até mesmo ele poderia dizer que Shirley Murphy estava dando em cima dele. Era uma mulher bastante atraente, aproximadamente da sua idade, com cabelos com reflexos, seios fartos e quadris carnudos. Contudo, fosse pelo telefonema introdutório que Marilyn Christiansen dera, ou por ser o modo como ela realmente ia para o trabalho todos os dias, Shirley estava usando um perfume muito forte, além de maquiagem pesada, duas coisas que ele nunca gostara. Porém, desde que pudesse ser útil a ele, de modo algum jogaria um balde de água fria em suas fantasias.

A verdadeira questão era quanta informação partilhar. Se ela soubesse tudo o que tinha acontecido com Lonnie Durkin ou mencionasse a visita de Ben a alguém que soubesse, ele teria cometido um erro tão grave quanto tentar abrir a porta do *trailer*. Era hora de um pouco de flerte criativo e de mentiras, coisas nas quais ele não era especialmente habilidoso. Felizmente a dra. Christiansen concordara em não mencionar sua verdadeira profissão.

— Não acho que precisamos inventar uma história muito elaborada sobre quem é, sr. Callahan — disse ao encerrar o telefonema para o laboratório. — Não acho que Shirley tenha ouvido muito além das palavras "solteiro" e "boa aparência". Disse que você apareceu por causa de vista desfocada depois de seu acidente de carro e mencionou que estava interessado no Laboratório Whitestone. Como me saí?

O escritório de Murphy era arrumado e bem formal, com reproduções emolduradas de impressionistas na parede, juntamente com alguns diplomas e dois prêmios de Empregado Regional do Mês do Laboratório Whitestone. Os livros ocupando a pequena estante não pareciam ter sido muito usados.

Como a médica previra, Shirley estava muito mais interessada no contador do que na história.

— Tenho uma pequena empresa que faz classificação de HLA, sabe, antígenos leucocitários humanos, para transplantes — dissera Ben, observando atentamente suas reações. — A Whitestone está prestes a nos comprar, mantendo-me como diretor. Eles querem nos transferir de Chicago, e um dos lugares que estão avaliando é Pocatello. Outro, pelo que me disseram, é Soda Springs. Algo a ver com a fidelidade e a longevidade dos funcionários: são mais elevadas em cidades pequenas.

— É um fato. A maioria do nosso pessoal está aqui desde que abrimos, há três anos. Engraçado, não tinha ouvido falar nada sobre isso.

— Só agora está vindo a público. Tenho certeza de que quando reduzirem suas opções a esta área você será acionada.

— Imagino que esteja certo — dissera ela, e ficara nisso.

— Então, Ben, me fale sobre Chicago — falou, claramente sofrendo para jogar os ombros para trás, os olhos cravados nos dele, a cabeça no ângulo perfeito.

— Ah, uma grande cidade — disse, tentando retornar à questão da identificação do HLA, mas não querendo parecer ignorá-la. — Vibrante e muito agitada. Museus, sinfônica, ótima música e, claro, o lago Michigan.

O QUINTO FRASCO

— Parece excitante.
— E romântica. Acho que você adoraria.
— Ah, certamente, especialmente com o guia certo.
— Talvez seja possível dar um jeito.
— Bem... talvez você aprecie primeiro dar uma volta pelo belo centro de Soda Springs. Minha filha tem ensaio de torcida organizada depois da escola e não volta para casa antes das seis. Acho que poderia sair mais cedo. Espere, o que estou dizendo? Eu sou a chefe, eu *sei* que posso sair mais cedo.
— Depois que terminar aqui eu tenho de dar alguns telefonemas, então só posso dizer que gostaria muito de uma... ahn... *volta*, mas teremos de ver.

A promessa implícita jogou seus ombros para trás mais um centímetro.

— Então, Ben, me diga em que posso ajudar sobre nossa operação. Nós fazemos metade dos exames do laboratório do hospital, e, como disse, abrimos há apenas três anos.
— Apenas três anos. Impressionante, muito impressionante. O que vocês fazem com suas identificações de HLA?
— Para falar a verdade, não temos muitos pedidos. Os candidatos a transplantes daqui normalmente são tratados em um dos centros médicos universitários. O pouco que recebemos, mandamos para Pocatello.
— Você mantém um registro daqueles em quem fez identificação de tecidos?
— Não exatamente. Nós podemos, em nosso programa de controle de qualidade, verificar uma relação daqueles que fizeram um exame específico, incluindo identificação de tecidos, mas teria de compartilhar os nomes de nossos pacientes. Porém, droga, se for realmente importante para você, Ben, poderia abrir uma exceção. Quero dizer, você está

prestes a se tornar membro da família Whitestone, por assim dizer.
 Ela deu a ele um olhar e uma expressão que denunciavam muitas longas noites solitárias em Idaho. Ele sabia que, considerando-se sua posição de destaque com a Whitestone, a disposição dela de partilhar informações de pacientes não era exatamente antiprofissional, apenas desesperada. Ela estava pedindo a ele para se aproveitar dela. Havia uma forte razão para conseguir uma relação daqueles cujo sangue tinha sido retirado para identificação de tecidos. A presença de Lonnie Durkin nessa lista significaria que Marilyn Christiansen, apesar de todos os seus modos gentis e preocupados, teria de dar algumas sérias explicações. Mas...
 — Veja, Shirley — Ben disse —, realmente é muita gentileza sua oferecer, mas acho que ficaria feliz apenas dando uma volta pelo laboratório. E quanto a nos encontrarmos depois, adoraria levá-la para jantar e bater um papo, mas preciso avisar que iniciei um relacionamento com uma pessoa em Chicago que está começando a ficar sério, portanto, eu só posso bater um papo.
 Certo, é isso! Se você quer se dar bem nesse negócio de detetive particular, chega de reedições de Rockford *ou livros de Travis McGee.*
 A expressão de Shirley Murphy refletiu outra coisa que não desapontamento. Estranhamente, Ben pensou que podia ser alívio.
 — Obrigada, Ben — disse ela. — Obrigada por ser honesto comigo. Vamos, eu mostro o laboratório.
 Enquanto ele seguia a diretora, começou a surgir em sua cabeça um cenário claro. Ele estava em uma espécie de tribunal decorado, andando de um lado para o outro enquanto inquiria uma mulher nervosa que seu olho mental não conse-

O QUINTO FRASCO

guia ver claramente. Mas tinha certeza de que a mulher era Shirley. Ele dizia:

Vamos supor que Lonnie Durkin nunca tivesse sido usado como doador em um transplante de medula óssea a não ser que seu sangue tivesse sido usado para identificação de tecido. Mas... mas temos de começar com a realidade de que de fato aconteceu tal transplante. Seria possível tirar sangue do sr. Durkin sem que ele compreendesse que isso estava sendo feito? Afinal, o homem foi reconhecido por seus pais e sua médica como sendo um tanto lento. Talvez alguém tenha coletado seu sangue e então o ameaçado ou a seus pais caso contasse a alguém o que tinha sido feito. Isso faz sentido para você? Certamente não faz para mim. Para começar, por que eles o teriam escolhido? Não, senhora, realmente não poderia ter acontecido assim. O único lugar onde isso poderia ter acontecido era bem aqui em...

A retórica imaginária de Ben foi interrompida abruptamente. Ele estava de pé atrás de Shirley enquanto ela louvava as virtudes de uma máquina cujo nome e função ele perdera completamente. Por sobre o ombro dela, ele podia ver uma jovem técnica, magra, com um rabo de cavalo louro-avermelhado. Ela estava tirando um grande número de frascos de sangue de um refrigerador e os colocando cuidadosamente em suportes em várias caixas de isopor de transporte cheias de gelo seco.

— É uma máquina maravilhosa, Shirley — disse, esperando que ela não fizesse absolutamente nenhuma pergunta sobre aquilo. — Diga-me, quantos por cento dos exames pedidos vocês mesmos fazem aqui e quantos acabam repassando?

— Boa pergunta. De fato, o equipamento se tornou tão sofisticado, preciso e eficiente que apenas dois técnicos fazem praticamente todas as químicas e hematologias que recebemos. Ainda mandamos os exames mais obscuros e difíceis para os laboratórios regionais maiores da Whitestone, e também para laboratórios especializados, como o seu. Mas em geral, o que recebemos, fazemos aqui.

— Excelente. Aqueles frascos que estão sendo manipulados ali. Estão sendo mandados para um exame específico?

Murphy riu.

— Quando eu disse que mandamos algumas coisas para fora, não estou falando desse volume.

Ela o pegou gentilmente pelo braço e o levou até a técnica.

— Sissy, esse é o senhor Ben Callahan, de Chicago. Ele tem um laboratório que classifica tecidos para transplantes.

— Trabalho perigoso — disse Sissy, apontando para os hematomas que ainda cobriam seus olhos.

— Ei, devia ver como o outro cara ficou — respondeu Ben com uma sinceridade não planejada.

— Sissy — continuou Shirley —, o sr. Callahan está interessado nesses frascos que você está embalando.

— Estes? São reservas.

— Reservas?

— Para o caso de uma amostra ser contaminada ou os resultados contestados. Ou para o caso de termos de refazer um teste por alguma razão legal.

— Pelo que sabemos, o Whitestone é o único laboratório que toma essas precauções — disse Murphy com orgulho.

— Talvez por isso sejamos o primeiro por uma margem tão grande. Sei que isso aumenta um pouco o custo dos exames, mas pelo que me contaram a Whitestone cobre isso, sem repassar para o consumidor ou a seguradora.

A cabeça de Ben estava girando.

— Então vocês coletam de todos os pacientes frascos de sangue extras, congelam e estocam?

O QUINTO FRASCO

— Apenas um tampa verde — disse Murphy. — Nos disseram que graças à nova tecnologia, é tudo de que eles precisam. Em média coletamos quatro frascos de sangue de nossos clientes: tampas vermelhas, cinza, roxas e pretas. As cores das tampas de borracha se referem às substâncias químicas dentro dos frascos. Nós nos referimos às tampas verdes como o quinto frasco, mesmo quando coletamos apenas dois de um determinado paciente.

— Mas vocês têm de remeter esses tampas verdes?

— Ah, sim — disse Sissy. — Do contrário ficaríamos rapidamente sem espaço. Eles são mandados de avião para uma instalação de armazenamento no Texas.

— E mantidos lá por um ano — acrescentou Shirley.

— Impressionante — murmurou Ben, pensando se seria legal coletar um frasco desses sem o conhecimento do paciente, e ao mesmo tempo decidindo que provavelmente era — desde que o sangue fosse usado apenas para controle de qualidade.

Ele olhou para a etiqueta de envio da FedEx. Laboratório Whitestone, John Hamman Highway, Fadiman, Texas 79249. Era muito simples, mas se ajustava perfeitamente ao caso. Em um laboratório, possivelmente em um lugar chamado Fadiman, no Texas, o tipo de tecido de Lonnie Durkin tinha sido identificado, e sem dúvida alguma registrado. Ben ficou pensando se um frasco com seu próprio sangue também tinha viajado para Fadiman. Caso positivo, parecia bastante possível que os tipos de tecido dele e de Lonnie Durkin fossem dois itens da mesma base de dados — uma enorme base de dados, por falar nisso.

Foi preciso algum tempo, e a promessa de um jantar em sua próxima visita, para Ben conseguir se livrar de Shirley Murphy, mas quando finalmente conseguiu, correu para um telefone e ligou para Alice Gustafson com um resumo das notícias de Soda Springs, e uma única pergunta.

— Que tipo de frasco é usado para fazer uma identificação de tecido em alguém?

A resposta dela, embora dada em um segundo, pareceu a ele demorar uma hora.

— Um tampa verde — disse ela.

14

Nenhum médico, sendo ele um médico, considera seu próprio bem no que prescreve, mas no bem de seu paciente.

Platão, *A república*, Livro I

— Inacreditável!

A fisioterapeuta e a terapeuta pulmonar se afastaram da esteira e observaram, espantadas, Natalie passar trinta minutos caminhando rapidamente em subida — sete quilômetros por hora com uma inclinação de quatro.

Natalie gradualmente sentia sua respiração se tornando mais difícil, e uma queimação sob o esterno, mas estava determinada a aguentar mais alguns minutos. Tinham se passado pouco mais de duas semanas desde que voltara do Brasil em um avião de resgate médico, e pouco mais de três depois que seu pulmão direito tinha sido retirado no hospital. Ela passara os primeiros três dias fora do hospital na casa de sua mãe, e poderia ter permanecido mais, não fosse o constante cheiro de cigarro presente — embora, por respeito à filha, Hermina limitasse o fumo à varanda e ao banheiro.

Jenny adorou ter a tia por perto, especialmente pela oportunidade de, para variar, cuidar de alguém. As duas passavam horas falando sobre a vida e a adversidade, e também sobre livros (Jenny relutantemente tentara o primeiro Harry Potter, e estava devorando a série inteira), astros do cinema, oportunidades na medicina e até mesmo garotos.

— Você não é nova demais para se interessar por garotos?

— Não se preocupe, tia Nat, os garotos também são novos.

A evolução de Natalie e sua postura tinham impressionado os médicos e especialistas em reabilitação. A cicatriz em forma de cimitarra à direita ainda estava sensível, mas não havia outros sinais externos da grande operação a que tinha sido submetida. E a cada dia que se passava — a cada hora — ela sentia que seu pulmão aceitava cada vez mais a responsabilidade de fazer a troca de gases antes dividida entre dois pulmões.

— Ei, Millwood, acho que amanhã deveríamos ir para a pista — disse ela.

O cirurgião, trotando rapidamente na esteira ao lado, olhou para ela incrédulo.

— Apenas não se machuque — disse ele. — Sabe, o tempo é o modo de a natureza impedir que tudo aconteça junto. Você não precisa estar completamente recuperada em uma única sessão.

— Quando tudo isso tiver acabado vou correr um triatlo. Será meu novo esporte.

— Acho que você deveria parar agora, Nat — disse a fisioterapeuta. — Prometo que aumentaremos amanhã.

Enquanto Natalie começava a diminuir, Millwood desligou sua esteira e saltou.

— Obrigado, senhoras, por permitirem que eu usasse sua máquina assim, mas tinha de ver com meus próprios olhos se eram verdadeiros os boatos sobre a supermulher aqui.

— Você acredita? — perguntou Natalie.

— Acreditar? Maldição, eu sou um discípulo.

— Então, discípulo, você poderia me levar ao Friendly's para um *sundae hot fudge*. Se você suportar minha sujeira eu deixarei para tomar banho em casa. Tenho de fazer umas comprinhas para minha mãe, e o Friendly's é quase no caminho. Podemos nos encontrar lá.

O QUINTO FRASCO

Natalie terminou sua desaceleração e fez uma série de avaliações de função pulmonar sob a orientação de sua terapeuta pulmonar.

— Os números estão bons — disse a mulher —, mas seu desempenho real é muito, muito melhor. Honestamente, eu nunca tinha ouvido falar em alguém com esse tipo de evolução depois de uma pneumonectomia total.

— Fique olhando. Se puder ser feito, eu farei.

Natalie se enxugou e mudou de roupa, colocando um suéter folgado. Por mais macabro e desastroso que soasse perder um pulmão inteiro, pelo menos até aquele ponto a recuperação não tinha sido como o sofrimento terrível da reabilitação de sua cirurgia no tendão de Aquiles. Ela superara aquele sofrimento, e estava determinada a superar o novo.

Sua fenomenal recuperação até o momento só tinha sido manchada por lembranças recorrentes do ataque, que perturbavam seu sono e às vezes aconteciam mesmo de dia. Eram quase idênticos aos experimentados no hospital — de certa forma distorcidos, indistintos e emocionalmente desligados, e ao mesmo tempo absolutamente detalhados e aterrorizantes. Em um instante ela era uma assustada participante da terrível corrida de táxi saindo do aeroporto, e no seguinte era pouco mais que uma observadora do ataque a ela e posterior fuzilamento. Ela discutira o fenômeno com sua terapeuta, a dra. Fierstein, que falou sobre as muitas facetas do distúrbio de estresse pós-traumático.

— Sua mente decide se lembrar daquilo com que pode lidar — dissera ela. — Boa parte do resto é abafado, pode-se dizer, colocado de um modo com o qual suas emoções podem lidar. É uma questão de preservação e sanidade, e quando essas defesas começam a ruir, as verdadeiras emoções relacionadas ao acontecimento deflagrador podem ser esmagadoras. Ambas devemos estar atentas a isso.

Por ora tinha sido decidido não tratar o distúrbio de estresse de Natalie com medicamentos, a não ser, e apenas quando, os sintomas começassem a interferir em sua vida. Mas afora algumas horas de sono perdidas, até aquele momento esse não era o caso. Fierstein acreditava que Natalie estava enfrentando com tanto sucesso o desafio de sua reabilitação porque funcionava melhor quando tinha um obstáculo a superar.

Millwood se encontrou com ela no estacionamento do Friendly's, uma rede do nordeste do país com setenta anos de idade que sobrevivera aos modismos do setor principalmente por causa do seu sorvete incomparável.

— Não consigo explicar exatamente o que aconteceu comigo desde que acordei da operação, mas alguma coisa mudou dentro de mim — disse ela a Millwood, após terem ocupado um reservado e imediatamente começado a compensar as calorias perdidas com *sundaes hot fudge*. Ela sorriu, apontou para a cicatriz da cirurgia e acrescentou: — Quero dizer, algo além do óbvio.

— Eu vi as mudanças em você — disse Millwood. — Assim como Doug. Nós esperávamos trazer para casa uma mulher preguiçosa, cheia de autocomiseração e amargura. E para falar a verdade, isso não nos teria surpreendido. Suspeito que se estivesse em sua situação seria como eu teria reagido.

— Eu me senti assim algum tempo, mas então começou a acontecer alguma coisa em mim. Começou depois que saí da casa da minha mãe e fui para a minha. Eu me vi pensando em como essa coisa toda não teria acontecido se não tivesse sido suspensa da faculdade, e eu nunca teria sido suspensa se não

O QUINTO FRASCO

tivesse decidido que precisava mostrar a Cliff Renfro o que significa ser um médico bom e compassivo.

— Você teve uma experiência de quase morte — disse Millwood. — Pessoas diferentes reagem a esse tipo de trauma de modos diferentes. Alguns mergulham em uma vida de medo e hesitação. Outros são inteiramente libertados.

— A dra. Fierstein pensa que pode ser apenas negação, mas eu não. É como se o que aconteceu no Rio tivesse começado a abrir meus olhos para mim mesma, minha própria intensidade e o efeito que isso tem sobre as pessoas ao meu redor. Sabe, algumas vezes é possível se importar demais com algumas coisas. Ao longo dos anos, acho que me importei demais com *tudo*. A paixão é ótima quando concentrada, mas quando aplicada sem nenhum filtro pode ser enlouquecedora para todos os envolvidos.

Millwood se esticou sobre a mesa e colocou a mão na dela.

— Não acredito que estou ouvindo isso.

Natalie não fez qualquer tentativa de enxugar a lágrima que escorreu por sua bochecha.

— Sempre me orgulhei de ser tanto durona quanto inteligente, especialmente em minha crença que qualquer um com quem lidasse estaria em desvantagem porque não se importava com a mesma energia e dedicação que eu. Sempre foi "eu sou assim. É pegar ou largar, mas não espere que eu vá mudar". Agora, aos trinta e cinco anos, com um pulmão e todos os motivos para parar, já não me importo se sou durona ou não.

— Acredite em mim, Nat, mesmo no mais difícil dos momentos você tem mais a oferecer do que a maioria das pessoas que conheço. Seus amigos amam e respeitam sua paixão pelas coisas, embora tenho de admitir que algumas vezes ficamos um pouco temerosos de você explodir como um fogo de artifício.

— Bem, vou me esforçar loucamente para ser um pouco mais gentil com as pessoas. E se você me pegar explodindo com alguém, pode coçar o nariz ou fazer alguma outra coisa para me mandar parar. Entendeu?
— Entendi.
Millwood treinou o gesto.
— Perfeito, obrigada. Até eu realmente aprender, você pode ser o meu Grilo Falante.
— Pode contar com isso.
— Falando em consciências, Terry, você não vai adivinhar o que fiz outro dia. Escrevi cartas me desculpando com o decano Goldenberg e com Cliff Renfro. Eu não era obrigada, mas realmente queria fazer, queria que ficasse registrado que finalmente sei o que houve de errado e por que era errado. Eu também queria agradecer ao decano por não me chutar da faculdade para sempre.

A expressão de Millwood era enigmática, mas havia um brilho em seus olhos.

— Você disse que não tinha por que escrever as cartas, mas fez assim mesmo?
— Sim, foi o que eu disse... Por quê?

Ele recostou no assento, braços cruzados, olhando diretamente para ela.

— Porque você está errada — disse ele simplesmente.
— Tinha todos os motivos, especialmente já que não achava que tinha. Eu li as cartas, Nat, ambas. O decano Goldenberg pediu minha opinião sobre elas, e também a de Doug. Eram fortes e claramente do seu coração. Você pode repetir dia e noite que está mudando, mas aquelas cartas mostram isso melhor.

Ele fez uma pausa para dar maior ênfase.

O QUINTO FRASCO

— Nat, o decano vai recomendar que o comitê de disciplina permita o fim de sua suspensão.

Natalie olhou para ele de olhos arregalados.

— Você está brincando comigo?

— Eu sou cruel, mas não *tão* cruel — respondeu Millwood. — Ele também vai ter uma conversa com o dr. Schmidt sobre a possibilidade de ele reconsiderar sua residência. Não deu garantias, mas pareceu bastante otimista. Eu realmente queria ser o portador das boas notícias, então Sam me autorizou a contar a você. Seja bem-vinda de volta, parceira.

— Cara, isso é... Eu não sei o que dizer.

— Você não tem de dizer nada que já não tenha dito naquelas cartas. Naquele dia na pista em que você superou os garotos de St. Clement nós conversamos sobre como *quem você é* sempre deveria ser mais importante do que *o que você é*. Mas todos precisamos encontrar um ponto de equilíbrio, e aparentemente você está no processo de descobrir isso. Portanto, parabéns — disse, esticando-se sobre a mesa e apertando sua mão.

— Ei, obrigada, Terry. Obrigada por vir aqui comigo.

— Mais alguma coisa?

— É, mais uma. Você vai comer o resto desse *sundae*?

Quase flutuando de tanta excitação, Natalie conseguiu fazer as compras no mercado Whole Foods. Quando aconteceu, ela escolhera não contar à mãe que tinha sido suspensa da faculdade. Porém, mais cedo ou mais tarde, especialmente quando chegasse o momento da formatura, ela sabia que teria de dizer algo. Naquele momento, graças ao decano, a Doug, Terry e a quem mais tivesse se apresentado para falar a seu favor, esse não seria mais o caso.

O melhor de tudo era que ela tinha contado a Terry a absoluta verdade. Ela escrevera as cartas assumindo plena responsabilidade por seus atos sem levar em consideração que as coisas mudariam para ela externamente. Durante seu curso sobre medicina do vício no segundo ano, sua turma tivera de assistir a duas reuniões do AA e ler detalhadamente os famosos doze passos — as ferramentas para a mudança pessoal de quem achava necessário beber, drogar-se, comer em excesso, jogar ou dormir por aí. O oitavo passo dizia respeito a fazer uma relação daqueles a quem o viciado fizera mal em palavras ou ações. O nono determinava resolver os problemas com essas pessoas sem uma agenda fixa ou uma expectativa de perdão. Ela estava pensando que talvez fosse o momento de ampliar a lista, começando por sua mãe.

Um desvio, e a seguir um bloqueio de trânsito fizeram a viagem até Dorchester durar o dobro do que o normal. Natalie percebeu que seus xingamentos, tradicionalmente apenas para maiores de dezoito anos, mal tinham chegado à faixa dos catorze.

Quem é essa mulher e o que você fez com a verdadeira Natalie Reis?

Cantarolando em voz baixa, ela estacionou em frente à casa de Hermina, pegou suas sacolas plásticas de compras em cada mão, colocou-as no chão e pegou a chave atrás do vaso na varanda da frente. Ela se virou para a porta da frente e nesse instante sentiu cheiro de fumaça e percebeu que rolos cinza escuros saíam por baixo da porta.

— Deus do céu — murmurou ela, enfiando a chave na fechadura e agarrando a maçaneta trabalhada, que estava quente ao toque.

— Fogo! — gritou ela para todos e ninguém em particular.
— Fogo! Liguem para os bombeiros!

O QUINTO FRASCO

Ela envolveu a mão no suéter para segurar a maçaneta e girou a chave. Então baixou o ombro e se jogou contra a porta pesada com toda a sua força.

15

As pessoas sempre têm um defensor quando se superam e se tornam grandes.

Platão, *A república*, Livro VIII

A porta da frente se abriu e Natalie penetrou de cabeça em uma muralha de fumaça negra e calor. Passou pela sua cabeça a lembrança de um dia ter ouvido que não era sábio abrir a porta de um incêndio porque as chamas aumentariam, mas ela na verdade não tinha escolha. Sua mãe e sua sobrinha estavam ali dentro.

O calor era suportável, mas a fumaça ficava mais densa a cada passo, queimando olhos, nariz e pulmão. A meio caminho do corredor para a cozinha, cuspindo e tossindo, ela foi obrigada a colocar o suéter sobre a boca e se jogar de joelhos. À esquerda a sala estava tomada pela fumaça, e o papel de parede florido da cozinha queimava, mas não havia sinal de que o fogo tivesse começado ali. O verdadeiro problema estava à frente dela.

— Mãe! — gritou ela ao chegar à cozinha. — Mãe, está me ouvindo?

As cortinas nas janelas estavam em chamas, assim como a parede atrás delas, a parede adjacente à sala, a mesa de carvalho e partes do piso. Uma fumaça ácida, iluminada de forma fantasmagórica pelas chamas, girava pelo aposento. Línguas de fogo pareciam disparar pelo teto e tremeluzir a partir de uma área do piso perto da mesa.

O QUINTO FRASCO

— Mãe? Jenny?

Natalie se arrastou até os quartos. Ela estava pensando que o fogo devia ter começado ali, sua mente formado uma imagem de Hermina cochilando à mesa, curvada sobre as palavras cruzadas da *Times*, um lápis em uma das mãos, um Winston aceso na outra. Mas onde ela estava? O calor era intenso, e Natalie começou a se preocupar com o fogão a gás. Havia pilotos o tempo todo sem que a chama abrisse caminho de volta para os canos, e ela nunca tinha ouvido falar de uma grande explosão de forno a não ser que houvesse gás vazando para o aposento. Os canos do forno deviam oferecer alguma proteção, decidiu ela. Mas isso não importava. Ela não sairia sem encontrar sua mãe e Jenny.

O calor e a fumaça girando aumentavam. Natalie se jogou de cotovelos para escapar um pouco mais de ambos. Além de tudo, naquele momento havia um barulho — um crescendo de madeira estalando, reboco caindo e chamas sibilando. Ela se arrastava para a frente, olhando por entre pálpebras quase fechadas, quando viu sua mãe deitada de barriga para baixo a apenas 1,5 metro. Vestia um roupão e estava descalça, imóvel na passagem que levava aos quartos. *Jenny!* A não ser que Hermina estivesse desorientada, devia estar tentando chegar à neta.

Em um surto de adrenalina, Natalie agarrou a mãe pelos tornozelos, se levantou o máximo que podia suportar, e começou a arrastá-la, 15 centímetros por vez, de volta à cozinha. O ar estava significativamente mais quente do que um ou dois minutos antes. Respirar era como estar de pé em frente a uma fornalha aberta. Sua mãe não se mexia, não reagia por estar sendo arrastada pelo chão com o rosto para baixo. Natalie lutou contra a ânsia de buscar sinais vitais.

Talvez um ataque cardíaco tivesse provocado tudo aquilo. Em vez disso, arrastou um pouco mais. Ela tinha de tirar Hermina da casa, e depois voltar para buscar Jenny. A porta dos fundos, logo atrás da mesa brilhante, estava tomada por uma camada de fogo. Não havia saída a não ser seguir pelo corredor até a porta da frente. Será que alguém tinha chamado os bombeiros? Àquela altura a fumaça devia estar saindo por aquela porta. Será que havia alguém do lado de fora para ajudar?

As mãos de Natalie escorregaram duas vezes, e ela caiu para trás, engasgando e tossindo, tentando limpar garganta e peito. Todas as vezes ela se recompôs e arrastou a mãe mais 30 centímetros. Ela estava se aproximando da porta da frente quando Ramon Santiago, o inquilino do andar de cima, surgiu tentando ajudar no que podia.

— Cuidado... Ramon — disse Natalie, sabendo que o homem tinha artrite e também algum tipo de problema cardíaco.

— Não quero... que... você... se machuque.

— Ela está viva?

— Eu... não sei.

Na verdade, Ramon a estava atrasando. Ele finalmente desistiu.

— Acho que as pessoas chamaram os bombeiros.

— Vá conferir!

— Foram os cigarros dela, não?

— Ramon... vá chamar... os bombeiros!

— Certo, certo.

Ele se virou e correu assim que Natalie chegou à varanda. Ela tossia sem parar e tentava respirar. A queimação em seu peito era intensa. Havia vários vizinhos na calçada da frente. Apenas um deles, um homem de cinquenta anos que ela sabia

O QUINTO FRASCO

que não trabalhava por causa de alguma doença ou ferimento, era jovem o bastante para dar alguma ajuda.

— Ajude-me! — gritou, pensando no que faria se de fato sua mãe não estivesse respirando. Confiar em um vizinho para fazer uma ressuscitação e ir procurar Jenny ou rezar para que a menina estivesse na escola e tentar cuidar de Hermina?

Juntos, ela e o vizinho colocaram a mãe de costas e em parte a arrastaram, em parte a carregaram até a calçada da frente. Ela estava coberta de fuligem, e seus longos cabelos estavam bastante chamuscados. Natalie se ajoelhou rapidamente ao lado dela e verificou a pulsação na carótida. No momento em que sentiu, a mulher deu uma respirada minimamente eficaz.

Graças a Deus!

Natalie fechou o nariz da mãe com o polegar e o indicador de uma mão, deslizou a outra para sob o pescoço para curvar a cabeça e fez respiração boca a boca três vezes. Depois da terceira, Hermina inalou novamente — dessa vez mais profundamente.

— Mãe, consegue me ouvir? Jenny está lá?

A cabeça de Hermina se mexeu, mas ela não respondeu, Natalie se levantou rapidamente, tomando fôlego.

— Fique de olho nela! — gritou para todos e ninguém em particular.

— Não volte lá! — gritou o homem enquanto ela subia as escadas correndo e se jogava na fumaça.

Ela ouviu uma sirene atrás dela, mas não havia como voltar e esperar a não ser que não pudesse avançar de modo algum. Sua sobrinha já tinha sofrido demais na vida. Não podia morrer daquela forma.

A fumaça, o calor e o barulho estavam muitas vezes maiores àquela altura, mas perto do chão ainda era possível respirar. Com os olhos quase fechados e nariz e boca cobertos, Natalie atravessou a cozinha. A pequena sala arrumada estava em chamas. Elas tinham aberto um buraco na parede junto à cozinha e as brasas tinham incendiado o sofá e o tapete. Prendendo o fôlego o máximo possível, Natalie se arriscou a levantar. A cozinha estava um caos, o calor era quase insuportável, o barulho horrendo.

Ela tentou avaliar se era maior o risco imediato de o teto cair ou de o piso desmoronar. Na metade da cozinha suas pernas vacilaram e ela caiu de frente no piso. Já não conseguia ver e não parecia respirar o suficiente do ar hiperaquecido. Foi nesse instante, caída no piso, que ela ouviu a voz de Jenny.

— Socorro! Por favor, socorro! Vovó! Tia Nat! Alguém me ajude!

Estimulada pelos gritos da menina, Natalie ficou de quatro e se forçou a avançar. Estava nos últimos 100 metros de uma corrida de 1.500 metros, ombro a ombro com outra grande competidora. Seu pulmão queimava e suas pernas berravam que não podiam dar mais do que estavam dando, mas a linha de chegada se aproximava e ela sabia que não perderia. Não importava quanto a corredora do lado ainda tivesse, ela teria mais.

Cega e sufocada, passou pela porta do quarto de Jenny e bateu com a cabeça na da garota, que estava deitada junto à cadeira de rodas tombada, e cuja histeria a impedira de registrar o que estava acontecendo.

— Oi, querida... Tudo bem agora... É a... tia... Nat.

A única resposta de Jenny foi choramingar o nome de Nat.

Comparada com Hermina, a garota de dez anos era uma pluma, mas também era quase um peso morto, e Natalie estava exausta. Ela puxou a camiseta de Jenny, cobrindo boca e

O QUINTO FRASCO

nariz, enganchou as mãos sob os braços da garota e a puxou para trás como tinha feito com sua mãe: 15 agonizantes centímetros por vez. Mas antes que tivesse atravessado um terço da cozinha, suas pernas e seu pulmão não respondiam mais.

Com fagulhas caindo, ela puxou a sobrinha soluçante para perto dela e protegeu a garota com seu corpo. Então apertou os olhos e rezou para que o inevitável não fosse doloroso demais.

16

Se você pudesse imaginar alguém conseguindo o poder de se tornar invisível, e nunca fazer nada de errado ou tocar no que fosse dos outros, ele seria visto pelos espectadores como um completo idiota.

Platão, *A república*, Livro II

— Sócrates, bem-vindo de volta ao conselho.
— Obrigado, Laerte. Meu próximo mandato na verdade não começa antes de dois meses, mas garanto que estou ansioso. Todos estão ligados?
— Estão.

Os quatro membros do conselho, falando ao mesmo tempo de três continentes, saudaram um dos fundadores de sua organização.

— Então? — perguntou Sócrates.
— Então — disse Laerte —, estamos ligando por causa de H, o cliente número 14 em sua lista. A saúde dele começou a se deteriorar rapidamente, inesperadamente. Ele precisa que seu procedimento seja feito em dez dias, estimam os médicos, preferencialmente antes. Como sem dúvida é possível imaginar pelo nome, há muito em jogo, política e financeiramente. Sabemos que tem estado muito ocupado por nós, mas precisamos saber se poderia assumir esse caso.
— Arranjarei para estar disponível. Doador?
— Temos três possibilidades. Um padeiro de quarenta anos de Paris, compatibilidade de onze pontos.
— Informações sobre ele?

O QUINTO FRASCO

— Algumas. É um Produtor bastante típico. Não é dono da padaria, nem nunca será. Dois filhos. As pessoas da vizinhança dizem que faz pães excelentes.

— Aqui é Temístocles. A mim parece que remover até mesmo um bom padeiro do mundo seria um pecado. Voto para que procuremos outro.

— Os dois outros são dos Estados Unidos. O primeiro é um ator de Los Angeles, trinta e sete anos de idade. Compatibilidade de onze pontos.

— O que ele fez?

— Filmes de horror classe B. Já foi casado pelo menos quatro vezes, tem problemas com jogo e está cheio de dívidas. Seu crédito é baixo, não parece ser muito respeitado no setor.

— Não importa — disse Glauco. — Mesmo sem talento, ainda é um ator, o que faz dele um Auxiliar. Ademais, é um onze. Voto apenas como último recurso.

— Concordo — interrompeu Polêmaco. — Produtores antes de Auxiliares. É nossa política. Além disso, estou certo de que Sócrates seria o primeiro a defender um doze se pudermos dar um a ele.

— É verdade — disse Sócrates —, embora nosso trabalho tenha demonstrado que a diferença nos resultados entre um onze e um doze é mínima. Mas todo o resto sendo equivalente, eu certamente preferiria uma compatibilidade perfeita. Um Produtor adulto, sem histórico negativo de saúde, quanto mais jovem melhor.

— Fico feliz por termos algo assim — disse Laerte.

— Mulher de trinta e seis anos. Produtora de nível inferior. Trabalha atendendo mesas em uma espécie de restaurante. Divorciada. Um filho. Não faz muito além de trabalhar.

Michael Palmer

Nossos relatórios de investigação dizem que algumas das mulheres casadas da sua cidade não confiam nela.
— E é uma doze?
— É.
— De qual estado ela é? — perguntou Sócrates.
— Vamos ver. Acho que é de... sim, Tennessee. É do estado do Tennessee.
— Provavelmente escuta aquela horrível música country o dia todo — murmurou Polêmaco.
— Daremos a ela a honra de ser escolhida. Objeções?
— Nenhuma.
— Nenhuma.
— Boa escolha.
— Certo, então, Sócrates. A partir de agora, esteja de prontidão. Bom dia, cavalheiros.

17

Lembram-se do que as pessoas dizem quando estão doentes? O que dizem? Que, afinal, nada é mais agradável do que a saúde. Mas então nunca saberão que esse é o maior dos prazeres até ficarem doentes.

Platão, *A república*, Livro IX

— Certo, Nat, é agora. Seus gases no sangue estão de volta, e bastante bons. Sua saturação de oxigênio é de 98. Não vejo razão para não tirarmos o frasco. Está pronta?

Natalie anuiu vigorosamente para sua médica, Rachel French, chefe de medicina pulmonar do White Memorial. Ela ficou muito tempo no ventilador, na unidade de terapia intensiva, passando de um lado ao outro da linha que separa a consciência da inconsciência, e quando acordava, o rosto gentil e inteligente de French estava olhando para ela.

Provavelmente era por causa de alguma medicação que estavam dando a ela, mas o frasco de respiração endotraqueal não era nem de longe tão ruim quanto ela frequentemente temera que fosse. Ela não tinha nenhuma lembrança do que a mantivera viva no hospital, e também duvidava de que se recordaria de boa parte daquele novo sofrimento. *Que Deus abençoe os farmacologistas.* Após apagar no chão da cozinha, o primeiro indício que tivera de não morrer foi a sirene da ambulância que acelerava pela Southeast Expressway até o White Memorial. Aparentemente, seus níveis de oxigênio estavam baixos, porque, segundo Rachel, o frasco foi instalado imediatamente por alguém na emergência. Mas ela não tinha lembrança alguma desse alvoroço.

Segundo o relógio na parede em frente à sua cama, cerca de doze horas tinham se passado desde que a suspensão da sedação e dos analgésicos permitira que ela sustentasse um pensamento por mais que alguns minutos. No total, quase quarenta e oito horas tinham se passado desde o incêndio.

Antes que ela finalmente entendesse a notícia, precisaram dizer a ela várias vezes que sua mãe e sobrinha estavam vivas e bem em outro hospital, e que os bombeiros e a imprensa tinham dado a ela todo o crédito por salvar a vida de ambas. Dizia-se que minutos depois de os bombeiros tirarem Jenny e ela da cozinha o teto do quarto de Jenny desabara e a casa tinha sido completamente destruída — perda total. A principal pergunta sem resposta em sua mente no momento era que dano tinha sido causado a ela, se é que havia algum. Era uma daquelas situações comuns a médicos e estudantes de medicina, em que ela simplesmente tinha demasiado conhecimento das possibilidades.

French, mãe de gêmeos e uma das mais jovens chefes de departamento do hospital, era o tipo de médica dedicada e muito considerada, que a própria Natalie esperava um dia se tornar — afirmativa e eficiente sem nunca comprometer sua feminilidade e sua compaixão. Durante a breve internação de Natalie após sua volta do Brasil, French se tornara sua médica, e as duas tinham passado horas partilhando filosofias, histórias de vida e planos para o futuro.

— Alguns chiados na base, mas isso não surpreende — disse French, após um demorado exame com seu estetoscópio. — O dr. Hadawi, da Anestesia, está aqui. Faça o que ele diz e esse frasco terá sido tirado em segundos. Você entende que se as coisas não estiverem perfeitas não esperaremos muito antes de colocá-lo de volta, certo?

O QUINTO FRASCO

Natalie anuiu. O fundo da traqueia foi sugado, uma sensação extremamente desagradável. Então, como orientada pelo anestesiologista, ela tossiu, e assim o frasco saiu. Por alguns minutos ela só pôde ficar deitada imóvel, com uma máscara, respirando oxigênio umidificado em grandes goles lentos e agradecidos. Uma tensão silenciosa e disseminada durou enquanto ela se adaptava à mudança, esperando temerosamente por sinais de que sua respiração piorava e que seria necessário inserir um novo frasco. French a examinou várias vezes, e então finalmente agradeceu ao anestesiologista e o dispensou. Natalie permaneceu quase imóvel, avaliando seu grau de desconforto, ansiedade e falta de ar.

Havia algo de errado.

Mesmo após dois dias, o cheiro de fumaça ainda estava presente, provavelmente vindo do nariz e dos seios da face. Embora sua visão fosse clara, seus olhos ainda estavam secos e desconfortáveis, apesar do unguento colocado sob sua pálpebra inferior a intervalos de poucas horas. Mas ela sentia que o verdadeiro problema estava em seu pulmão. Graças a seu esforço intenso durante a terapia, sua respiração se tornara quase normal. Mas naquele momento, apesar de conseguir respirar fundo, era como se não chegasse ar suficiente a cada inspiração — não o suficiente para ser falta de ar, ou mesmo para provocar pânico, mas ela conhecia seu corpo de um modo que só um atleta era capaz, e algo não estava certo. Uma olhada na expressão de Rachel e Natalie podia dizer que a pneumologista também sabia.

— Você está bem? — perguntou French.

— Não sei, estou?

— Está indo bem.

Natalie podia ver a preocupação no rosto da médica.

— Você está indo bem. Não foi isso que disseram a Maria Antonieta... imediatamente antes de baixarem a lâmina?

A pausa que ela fez para respirar no meio da frase não era natural.

— Acredite em mim, sua aparência é muito mais rosada do que a dela era — retrucou French, sorrindo com a imagem —, mas embora eu achasse que você estava bem o bastante para retirar o frasco, sua saturação de oxigênio ainda está um pouco baixa, e você ainda tem um pouco de edema em partes do seu pulmão. Acho que é isso que você está sentindo agora.

— Você espera que desapareça?

— Boa parte já desapareceu.

— Mas os alvéolos do meu pulmão foram queimados? Por isso eu tenho o edema e pouco oxigênio?

— Nat, você inalou muita fumaça e ar hiperaquecido.

Natalie sentiu uma bola de medo se materializar em seu peito.

— E?

French colocou o encosto da cama em um ângulo menor que 45 graus e se sentou na beirada dela.

— O revestimento de traqueia, brônquios e alvéolos foi danificado. Não há dúvida quanto a isso.

— Entendo. Danificados. O edema não é apenas uma reação ao... meu pulmão ter ficado irritado com a fumaça?

— Estou certa de que uma parcela, mas boa parte do que aconteceu se deve ao calor. Sabe como uma pessoa em um incêndio pode ter queimaduras na pele de primeiro, segundo e terceiro graus? Bem, esses são seus ferimentos, queimaduras de primeiro, segundo e terceiro graus no tecido de seu pulmão.

O quinto frasco

— Primeiro e segundo graus tendem a se curar completamente — disse Natalie.
— Exatamente. Mas queimaduras de terceiro grau atingem toda a espessura — atravessam epiderme, derme e tecido subcutâneo. Em vez de se curar do modo como era, tecido queimado em terceiro grau em geral se cura na forma de cicatrizes. Tecido cicatrizado oferece alguma proteção física, mas pouco na função natural; no seu caso, troca de gases.
— Então a questão é quanto do... meu pulmão teve queimaduras de terceiro grau.
— E no momento não sabemos. Foi uma coisa impressionantemente heroica o que você fez, Nat. Desde que a trouxeram eu estou rezando para que os danos não sejam muito grandes.
— Mas você não sabe — murmurou Natalie, tanto para ela mesma quanto para French.
— Não sei. Nat, com o que aconteceu no Brasil, e agora isto, você realmente foi muito maltratada. Não quero que piore.
— Mas pode acontecer.
French pareceu estar procurando uma resposta que evitasse uma afirmação.
— Não sabemos a extensão dos danos, ou quanto do que podem ser queimaduras de segundo grau se revele, funcionalmente, como de terceiro.
— Meu Deus. Há algo que eu possa fazer?
— Espere mais ou menos uma semana, então faremos alguns exames de função pulmonar e a levaremos de volta à terapia.
— Eu... não sei se posso.
— A mulher que engatinhou de volta para aquela casa em chamas para salvar uma menina de dez anos pode fazer isso.

— Não sei — disse Natalie, novamente tentando tomar um fôlego que pareceu quase não encher seu pulmão. — E se for ruim? E se houver dano demais para eu voltar a respirar novamente?

French olhou para ela duramente.

— Nat, você não pode ficar pensando assim. Acabará tão atolada no que aconteceu que isso a paralisará.

— Você não ia querer saber? Não ia querer saber se será um dia capaz de correr novamente? Ou mesmo andar sem perder o fôlego? Não há nada que eu possa fazer?

— Tenha paciência, Nat, por favor.

— Tem de haver algo.

— Tá legal, há — disse French, com relutância. — Tomei a liberdade de coletar sangue e pedir uma identificação de tecido.

— Um transplante?

— Não estou dizendo que você precisará de um, mas como você provavelmente sabe, o processo pode ser complicado e demorado.

— Entrar na lista.

— Sim, há uma lista regional, mas aproximadamente há um ano não é como a lista de rins, que basicamente leva quem estiver na frente. A lista de espera por um pulmão envolve uma avaliação matemática bastante complicada chamada pontuação de alocação de pulmão. Mas escute, este provavelmente não é o momento de falar sobre isso. Só iniciei o processo porque ele é muito demorado. Você ainda tem um longo caminho antes de precisar de um transplante.

— Se não puder ficar normal, ou perto disso, acho que não quero viver — disse Natalie.

French suspirou.

— Nat, eu realmente deveria ter esperado antes de tocar nesse assunto. Desculpe.

O QUINTO FRASCO

— Você sabe que meu sangue é tipo O, que é o mais difícil de encontrar compatibilidade para um transplante.

— Nat, por favor.

— Não há nenhuma chance de eu tomar drogas imunossupressoras... todos os dias pelo resto da vida... Elas provocam uma lista de efeitos colaterais mais comprida que meu braço... Infecção, osteoporose, diabete, falência renal.

— Querida, por favor, respire fundo e se controle. Você está se precipitando quanto a isso. Eu sequer sei se um dia irá...

— Eu nunca vou ficar bem, não é? Não importa se eu nunca mais correrei de novo... E uma residência em cirurgia exige energia, assim como ficar de pé na sala de operações horas a fio... Não há nenhuma chance de eu me tornar cirurgiã... se eu não conseguir sequer ir até a mercearia da esquina sem ficar sem ar. Quanto uma pessoa suporta?

Em vez de se afastar das projeções de Natalie e de suas agressões verbais, Rachel French fez o que foi natural para ela como médica, se aproximando e colocando os braços ao redor do paciente.

— Calma — murmurou. — Tenha paciência, Nat.

Por um momento, Natalie se sentiu prestes a desmoronar. Em vez disso, ficou tensa e olhou fixamente para a parede oposta, as lágrimas escorrendo.

As vinte e quatro horas seguintes não foram agradáveis, embora Natalie tivesse sentido uma pequena melhora em sua respiração. Ela certamente estava grata por ter conseguido salvar sua mãe e sua sobrinha, mas a depressão que acompanhara a notícia sobre os danos ao seu pulmão continuava a aumentar. Sua psicoterapeuta a visitou várias vezes, e finalmente conseguiu fazê-la tomar um antidepressivo suave. Em vez de dar uma chance ao medicamento, Natalie convenceu um amigo a buscar seu laptop, e passou a maior parte do tempo desperta, na internet, lendo sobre transplante de pulmão, identificação de tecido, histocompatibilidade e a fórmula adotada pouco antes para decidir quem receberia um do estoque muito pequeno de pulmões — a pontuação de alocação de pulmão. Tinha um grande peso na determinação da pontuação a probabilidade de sobrevivência no ano seguinte. As complexas equações matemáticas davam muito pouco peso ao grau da incapacidade — apenas à probabilidade de morte. O já grande desânimo de Natalie se tornou ainda mais sombrio à medida que se dava conta de que a possibilidade bastante remota de que morresse no futuro próximo trabalhava contra a possibilidade de que fosse levada em consideração para um transplante. Ela poderia se arrastar indefinidamente, sofrendo a cada inspiração, mas isso não importava. Qualidade de vida tinha pouca importância quando comparada à quantidade.

Mas que diferença isso fazia? Ela não queria um transplante. Ela não queria os preparativos e a espera, não queria a cirurgia, não queria as malditas drogas contra rejeição e seus hediondos efeitos colaterais, e não queria passar sua vida sob a espada de Dâmocles de rejeição e internação de emergência. Viver com toda a energia de um vegetal ou com medicamentos tóxicos concebidos para fazer o pulmão de outra pessoa mantê-la viva. *Grande escolha.*

Para piorar ainda mais as coisas, as visões quase palpáveis recorrentes de sua experiência terrível no Rio continuavam a aparecer sem aviso, tomando seus pensamentos, normalmente à noite, mas às vezes também durante o dia. As cenas não eram lembranças — nunca tinham sido. Eram poderosas e aterrorizantes no nível mais primitivo, visceral. Elas conti-

O QUINTO FRASCO

nuarem com tal intensidade um mês depois do incidente era algo que a dra. Fierstein não conseguia explicar sem invocar a cantilena do distúrbio de estresse pós-traumático.

Natalie estava pendurada na cerca no beco apertado quando movimentos e barulho a tiraram daquela aterrorizante situação. Ela abriu os olhos lentamente, meio esperando encontrar outro repórter, embora tivesse pedido explicitamente que seguranças e enfermeiras os mantivessem longe. Em vez disso viu sua mãe, segurando a enorme matéria de duas páginas do *Herald* sobre o resgate ousado. Atrás dela estavam Doug Berenger e, com uma espécie de pequena caixa plástica nas mãos, Terry Millwood, ambos visitantes frequentes de seu quarto.

— Oi, mãe, você foi liberada — disse Natalie com uma voz despida de emoção. — Jenny também?

— Eles nos deram alta ontem à noite. Estamos na sua casa até descobrirmos o que fazer. Minha amiga Suki está com Jen até eu voltar.

— Isso é bom. Acho que vou sair amanhã... Há espaço suficiente para nós três, pelo menos por algum tempo.

— Fiquei muito preocupada. Você está bem?

— Bem, mãe. Estou indo bem. Lembra-se do dr. Berenger... e de Terry?

— Claro, estávamos conversando no saguão.

Natalie tentou conter a raiva que sentia de Hermina, mas a notícia sobre seus pulmões e a possibilidade de um transplante simplesmente eram demais.

— Bem, ambos são cirurgiões de tórax, mãe — disse ela —, e espero que eles tenham a criticado por seu comportamento... A casa foi destruída, tudo o que você tinha foi consumido... E você e Jenny quase morreram. Por quê? Para que você pudesse tragar mais um Winston... Sei o que os tribunais resolveram em relação às fábricas de cigarro, e sei como foi horrível perder Elena do modo como perdemos, mas também sei como você se esforçou pouco para parar... Aqui você faz o que é possível para dar a Jenny a melhor vida, e ali quase mata a pobre garota.

Natalie perdeu o fôlego com o esforço de seu ataque verbal.

Hermina recuou com a força do seu ataque.

— Eu... eu lamento, Nat, realmente.

Natalie se recusou a parar.

— Lamentar não é o bastante, mãe.

Hermina levantou a mão direita e a virou de um lado para o outro.

— Se vale alguma coisa — disse ela humildemente —, estou limpa há três dias. Sem manchas de nicotina, está vendo?

Berenger e Millwood murmuraram palavras de aprovação, mas Natalie permaneceu inabalável.

— Chega, mãe. Nem mais um! — cortou.

— Prometo. Vou me esforçar.

— Chega — disse Natalie novamente, imaginando os alvéolos danificados no pulmão que lhe restava. Finalmente, suspirou e acrescentou. — Bem, você e Jen estão vivas e bem, e isso é o que importa.

Doug Berenger, com uma aparência completamente professoral em seu jaleco até o joelho, avançou, beijou Natalie na testa e deu a ela uma caixa de chocolates Godiva. Depois se virou para a mãe dela.

— Sra. Reis, Hermina, será que Terry e eu poderíamos falar a sós com Natalie alguns minutos?

Hermina, perturbada e tentando não fazer beicinho, murmurou um "claro" e saiu.

O QUINTO FRASCO

— Você certamente é a estrela daqui — disse Berenger. — Ouvi dizer que o prefeito e Sam Goldenberg estão falando em alguma cerimônia de premiação.

— Faça o que puder para me tirar disso — falou Natalie.

— Eu não tive a oportunidade de dar os parabéns por sua volta à faculdade.

— Obrigada, sempre festejo boas notícias me enfiando em um ventilador. É uma tradição.

Millwood colocou a caixa plástica ao lado dela.

— Cartões desejando melhoras. Todos gostam de uma heroína fora de moda, incluindo nós. São de toda parte, não só de Boston.

Embora seus olhos só tivessem se encontrado rapidamente, Natalie não teve dúvidas de que seu amigo sentiu sua profunda melancolia.

— Coloque no canto. Eu abro todos quando estiver em casa — disse ela.

— Natalie — disse Berenger —, eu tive uma ideia que gostaria de debater com você. Eu e alguns amigos temos uma pequena empresa que reforma prédios de apartamentos e os transforma em condomínios, que então vendemos por um lucro obsceno. Bem, por acaso, no momento acabamos de concluir um novo prédio no leste de Boston, e todas as unidades foram vendidas, exceto a que serviu de mostruário, que é um dois quartos belamente decorado. Ficaria honrado se sua mãe e sua sobrinha vivessem lá até que acertassem tudo com a companhia de seguros e encontrassem algo mais permanente. É no primeiro andar, totalmente acessível por cadeira de rodas.

Natalie conteve o impulso de dizer que elas estariam bem na casa dela.

— É muito gentil de sua parte — disse ela. — É um gesto maravilhoso. Mas se o fizer, tem uma coisa. Se minha mãe fumar... está fora. Sem segunda chance. Ela pode partir, alugar um quarto ou apartamento, e eu fico com Jenny. Eu deveria ter sido mais firme alguns anos atrás.

— Se ela fumar, está fora — disse Berenger. — Com sorte será o acontecimento que a ajudará, e se você diz que é a regra, então é. Mas o vício em nicotina é poderoso. Basta pensar em Carl Culver, meu paciente que deixou sua colega Tonya Levitskaya quase louca. Ter um novo coração no peito não foi suficiente para impedi-lo de voltar a fumar. Você ficaria impressionada com quantos receptores de transplantes de fígado tomam álcool, alguns em grande volume, embora esteja provado que alguns mililitros provocam acúmulo de gordura no fígado.

Natalie não se comoveu.

— Temos de manter a pressão — disse.

Berenger juntou as pontas dos dedos e se curvou.

— Está escrito, e assim será feito. Verei se sua mãe está interessada no acordo — disse.

— Isso é ótimo. Sempre suspeitei que minha mãe tinha poderes místicos... Não deixe que ela o convença nessa questão.

— Farei o melhor possível — disse Berenger, retirando-se do quarto.

— Não estou brincando, Doug. Eu a amo muito, mas a estrada que ela vê pelo retrovisor está cheia de pessoas que acharam que podiam ter o melhor dela.

— Em sua maioria homens, aposto — disse Millwood, após Berenger ter saído.

— Você entendeu.

— Perdoe por dizer, mas você não parece muito empolgada para uma heroína.

O QUINTO FRASCO

— Não estou. Rachel French disse que meu pulmão foi afetado. Neste momento não há como mensurar a gravidade do quadro. Mas disse que, só por garantia, inscreveu meu nome e me colocou na rota de um transplante.

— Eu sei — disse Millwood. — Acabei de falar com ela. Nat, a coisa do transplante é só uma precaução, porque toda a fórmula de avaliação e alocação de pulmão é muito complexa e demorada.

— Não posso fazer isso, Terry.

— Sei que é duro, mas você tem de tentar se concentrar no momento. Não projete nada até saber o que terá de enfrentar.

— Fácil dizer. Não é o seu pulmão que está apodrecendo.

— Só estou dizendo para não se deprimir com o que não sabe. Você foi longe demais para desistir agora.

— Verei o que posso fazer — disse ela acidamente.

Millwood se levantou.

— Nat, eu lamento. Lamento mesmo. Se precisar de alguma coisa, qualquer coisa, é só falar. Nossa amizade significa muito para mim.

— Que bom — disse Natalie sem nenhum entusiasmo.

Por um instante pareceu que Millwood iria dizer algo mais. Então se limitou a balançar a cabeça de frustração e tristeza, e saiu. No corredor, ele virou para a direita, afastando-se dos elevadores, e foi para o posto das enfermeiras. Rachel French, que fazia algumas anotações, esperava por ele.

— Então? — perguntou ela.

Millwood suspirou.

— Nunca a vi tão arrasada. Alguns dias atrás ela estava nas nuvens com a notícia de que voltaria à faculdade. Agora isso.

— Temo não ter lidado muito bem com as coisas. Deveria ter esperado ela receber alta antes de aparecer com a palavra "transplante". Essa coisa toda a deixou acreditando que seu

pulmão acabou, embora eu continue a dizer que não temos como saber a esta altura.
— Ela é muito inteligente e intuitiva.
— Bom que ela ainda não tenha todos os fatos.
— Que fatos?
— Tenho alguns amigos no laboratório de identificação de tecidos, então decidi pedir um favor ou dois e eles aceleraram o trabalho com ela.
— E?
— Ela é O positivo, o que, como você já sabe, diminui o conjunto de possíveis doadores. Mas há mais. Acabei de receber a análise preliminar de seus doze antígenos de histocompatibilidade. A maioria deles é rara, alguns muito raros. As chances de encontrar um doador são poucas, e mesmo se estivéssemos dispostos a pegar muitos atalhos em termos de compatibilidade entre doador e receptor, ela precisaria passar a vida toda tomando altas doses de remédios contra rejeição. Não abordamos o fato de que, em sua cabeça, ela ampliou absurdamente a toxicidade dos medicamentos, mas seus temores também não são sem sentido.
Millwood fez uma careta.
— Onde isso a deixa?
— Isso a deixa exatamente entre a cruz e a espada — disse French.

18

Queremos que nossos guardiães sejam verdadeiros salvadores.

Platão, *A república*, Livro IV

Seria uma injustiça com a selva ao redor do Whitestone Center for African Health dizer que ela um dia foi silenciosa, mas com o passar dos anos Joe Anson percebera uma estranha e previsível calmaria no barulho inofensivo entre três e três e meia da manhã. Nesse intervalo específico — não muito mais de trinta minutos, não muito menos — os sapos, escaravelhos e besouros lucanos, chimpanzés e outros macacos, abelhas e cigarras pareciam silenciar em uníssono. Nenhum dos camaroneses estava disposto a confirmar sua observação, mas Anson sabia o que sabia.

Naquela manhã específica, ele se apoiou na balaustrada de bambu do lado de fora de seu principal laboratório e acompanhou a cacofonia da escuridão ao redor dele começar a diminuir. O ar estava tomado pelos perfumes de centenas de espécies de flores, além de cúrcuma, alcaçuz, hortelã e uma miríade de outras especiarias. Anson respirou fundo, valorizando o ato.

A vida depois do transplante era como Elizabeth otimistamente previra que seria. A cirurgia propriamente dita tinha sido um inferno, mas ele recebera medicação pesada nos dois ou três dias seguintes, portanto, mesmo essas lembranças eram vagas. O único verdadeiro problema encontrado por seus médicos foi no período imediatamente após a operação. Uma epidemia de infecção hospitalar com uma bactéria frequentemente mortal os obrigou a transferi-lo apressadamente de Amritsar para fora da Índia. Ele foi levado de avião, anestesiado e em um respirador, para um renomado hospital na sua Cidade do Cabo natal, onde o restante de sua recuperação foi tranquilo. Graças a uma compatibilidade de tecidos praticamente perfeita com o doador, o volume de medicamento contra a rejeição administrado a ele inicialmente, e que ainda estava tomando, podia ser mantido no mínimo, dessa forma reduzindo muito a chance de infecção por organismos oportunistas.

Se soubesse como o procedimento seria eficaz em fazer sua respiração retornar à normalidade, Anson admitia a qualquer um, teria buscado o transplante vários anos antes.

— Esta é sua hora predileta aqui, não é?

Elizabeth se materializara junto a ele, e estava com as mãos na balaustrada e o braço quase tocando o seu. Depois da cirurgia, o relacionamento deles retornara ao que sempre tinha sido — uma profunda amizade baseada em respeito mútuo, e sempre prestes a se transformar em um romance. Era uma situação confortável e segura, e com a pesquisa fundamental de Anson tão perto da aceitação clínica, nenhum dos dois parecia ansioso para cruzar a linha.

Anson recordou a ela sua crença no barulho pacífico da selva, então apontou para o relógio. Durante um tempo ambos ficaram ali sem falar nada.

— Agora escute. Ouça como os sons começam a aumentar. Ali, ali, ouviu isso? Macacos DeBrazza. Não fizeram nenhum barulho durante meia hora, e agora recomeçam. É como se tivessem acordado de uma sesta.

— Acredito em você, Joseph. Deveria documentar suas observações e as submeteremos a um periódico zoológico.

O QUINTO FRASCO

Claro que há aquela questãozinha da pesquisa que você precisa concluir *antes* de poder fazer isso.
Ele riu.
— Compreendo.
— Os órgãos de controle de medicamentos britânico e francês estão prontos para aprovar longos testes clínicos com Sarah-9.
— Sim, isso é maravilhoso.
— O Food and Drugs Administration norte-americano não está muito atrás. Você está prestes a mudar o mundo, Joseph.
— Não costumo me dar ao luxo de pensar assim sobre nosso trabalho, mas estou satisfeito com o que está acontecendo aqui e na instalação do Whitestone na Europa. Disso você pode estar certa.
— Você tem dormido um pouco?
— Não preciso. Minha energia não tem limites. Você e seus cirurgiões, e, claro, meu magnífico doador, deram-me uma nova vida. Toda inspiração tinha se tornado um esforço enorme. Agora é como se eu estivesse correndo sem pesos nos tornozelos.
— Bem, por favor, tome cuidado, Joseph. Só porque você tem um pulmão novo não significa que seja imune aos efeitos da exaustão.
— Apenas pense nisso, então. Nós documentamos a cura de diversos tipos de câncer que considerávamos incuráveis.
— Penso nisso o tempo todo — disse St. Pierre.
— E doenças cardíacas.
A agitação dele era infantil.
— Como disse, meu querido amigo, seu trabalho está prestes a mudar o mundo. Desculpe perguntar, mas de quanta pesquisa você acha que precisa antes de passar suas anotações para o Whitestone?

Anson ficou olhando para a escuridão, um sorriso nos olhos, embora não nos lábios. Ao longo das duas ou três semanas anteriores ele lutara contra suas excentricidades — possessividade, perfeccionismo e desconfiança. Ele continuava a pensar que *era* hora de agradecer ao Whitestone e a Elizabeth por terem dado a ele tudo de que necessitava para concluir seu trabalho. Hora de agradecer a eles pelo hospital e pelas muitas vidas que tinha salvado ali. Hora de sentar com os cientistas deles e entregar todos os últimos segredos de Sarah-9, hora de escolher um novo rumo para sua vida.

— Você e sua organização têm sido muito pacientes comigo — disse ele, um pouco tristonho.

— Então podemos marcar uma reunião com nossos cientistas?

Anson não respondeu imediatamente. Em vez disso, olhou para o céu por entre as copas das árvores, que em poucos minutos tinha passado de preto para um cinza rosado. O alvorecer era muito bonito na selva. Ele reconheceu que era hora de colaborar com o Whitestone. Mas antes havia algo que ele queria fazer — algo que tinha a ver com ele ser capaz de apreciar o nascer do sol na selva.

— Na verdade, há algo que eu preciso de você antes — disse ele.

— Algo que ainda não providenciamos para você?

— Sei que pode parecer difícil de acreditar, mas sim, há uma coisa. Eu quero conhecer a família do homem que me devolveu a vida, e ajudá-la financeiramente de qualquer forma que puder.

St. Pierre não respondeu imediatamente. Quando o fez, falou com firmeza.

— Joseph, espero que você realmente compreenda e aprecie o quão tolerante e paciente o Whitestone tem sido com você.

O QUINTO FRASCO

— Sim.
— Nós temos os direitos mundiais de Sarah-9 e de tudo o que saia deste laboratório, mas permitimos que mantivesse para si os métodos e as linhagens de células que usa. Sabemos que a maioria das cubas de levedura em seu laboratório não é usada para a produção da droga.
— E eu sou grato por...
— Joseph, por favor. Preste atenção. A paciência do pessoal do desenvolvimento e da diretoria está chegando ao fim. Nossos procedimentos são limitados pelo fato de que todo o Sarah-9 que temos para nossa pesquisa aqui e na Europa vem de você. Você pode dizer que está fornecendo a droga rápido o bastante, mas simplesmente não é verdade. Cada dia de atraso na colocação desse tratamento maravilhoso no mercado mundial se traduz em milhões de dólares perdidos. Sei que você não liga nem um pouco para dinheiro, mas pense nas vidas que também são perdidas. Precisamos fechar o círculo, Joseph. Precisamos dos micróbios e da fonte do DNA recombinante, e precisamos de suas anotações de modo que possamos concluir nossos testes clínicos e começar a produção em massa. Prometemos que você terá todos os créditos pela criação de Sarah-9.
— Você sabe que isso não me importa.
— Joseph, realmente não sei mais o que importa para você. Se o que importa para você é colocar a droga no mercado, onde pode ajudar muitas famílias que precisam, então precisa agir. O resumo é o seguinte: você quer algo mais do Whitestone, e desejamos algo mais de você.
— Seja específica, por favor.
— Certo. Supondo-se que a viúva do doador do seu pulmão aceite, daremos um jeito de levá-lo a Amritsar para visitá-la, e talvez também seus filhos.

— E quanto a mim?
— Assim que você voltar da Índia traremos para cá uma equipe de pesquisa da Inglaterra, juntamente com o equipamento para levar sua linhagem de células para nossas instalações lá. Enquanto estiverem aqui, você terá de estudar suas anotações com eles — não as falsificações que sei que você criou meticulosamente, apenas as verdadeiras. Nós pagamos, e pagamos muito bem por essa pesquisa, e chegou a hora de nos tornarmos proprietários dela.

— Você pode discordar, Elizabeth, mas acredito piamente que o segredo que criei sobre meu trabalho é ao mesmo tempo justificado e do interesse de todos. Como apenas eu estive encarregado, as coisas foram feitas do meu jeito, sem a confusão de chefes variados, e também sem o risco de espionagem da indústria farmacêutica. Mas concordo que chegou a hora de o segredo terminar.

— Então temos um acordo?
— Temos um acordo.
— Obrigada, meu querido Joseph. Em nome do mundo, obrigada.

St. Pierre o abraçou, depois levou seus lábios aos dele e o beijou rápida mas ternamente.

— Passamos por muita coisa juntos — disse ele.
— O fim dessa fase do nosso trabalho está perto. Você deveria se orgulhar muito do que realizou. Eu me orgulho. Agora preciso descansar um pouco. Estarei no plantão da clínica amanhã. Assim como você, aliás.

— Estarei pronto — disse Anson, tomando um fôlego profundo e delicioso.

St. Pierre retornou aos seus aposentos, um quarto com banheiro ao fim do corredor coberto a partir da suíte de Anson. Ela estava se cansando do espaço apertado e do mofo que continuava a aparecer nos azulejos do banheiro, e ficava ali o mínimo possível, preferindo sua casa elegante em uma colina verde inclinada sobre Iaundê. Ainda não era certo se ela permaneceria ou não em Camarões depois que os Guardiães tivessem usado Anson. De qualquer maneira, ela teria um bônus que faria dela uma mulher de posses, e opções de ações da nova empresa farmacêutica Whitestone que a tornariam positivamente rica. Não era mal ser, por alguns anos, a babá de um gênio excêntrico e desconfiado.

Usando uma linha particular, ela ligou para um número em Londres.

— Acordo fechado — disse ela a uma secretária eletrônica.

— Nós o levamos à Índia e ele se senta com nosso pessoal para a transferência final de suas anotações e culturas de células. Acredito nele. Ele sempre manteve sua palavra, e financeiramente não há nada que o leve a voltar atrás. Não que ele se importe com dinheiro, mas as opções de ações que terá na Whitestone Pharmaceuticals serão suficientes para manter este lugar funcionando indefinidamente. Tem sido um grande esforço, mas está quase no fim. Meu maior erro quando comecei aqui foi nunca ter imaginado a profundidade da paranoia do homem ou o grau em que ele protegeria seu trabalho das próprias pessoas que o financiavam. Bom que eu tenha descoberto um modo de contornar sua loucura e estimular sua genialidade. Tente forçar meu querido Joseph e, como qualquer um, ele provavelmente empurrará de volta.

19

A mente com maior frequência fraqueja pela severidade do estudo que pela severidade da ginástica.

Platão, *A república*, Livro VII

Natalie não conseguiria chegar ao final da sessão, e sabia disso. Tinha sido idiotice concordar em voltar para a terapia física e pulmonar tão pouco tempo depois do sofrimento do incêndio. Ela verificou o tempo passado no relógio da esteira e então olhou para aquele na parede, apenas para o caso de a eletrônica ter problemas. Dezessete minutos com inclinação zero. *Isso é uma perda de tempo*, pensou. Não fazia sentido prolongar o enigma. Seu pulmão não estava funcionando direito. Simples assim. Rachel French podia falar o quanto quisesse sobre cura de queimaduras e recuperação de função, mas isso simplesmente não aconteceria.

Ah, certamente, Lefty*, você vai estar arremessando bem de novo quando menos esperar — assim que aquele seu velho braço decepado se regenerar.

— Vamos lá, Nat. Mais cinco minutos, você está indo bem — estimulou sua terapeuta.

— Estou indo pessimamente, e você sabe disso.

— Errado. O pessoal da pneumonologia me disse que sua função se estabilizou e que deverá haver uma melhora constante nela em algum tempo.

---

* "Lefty" é a designação popular de um jogador de beisebol que arremessa a bola usando a mão esquerda. (N.T.)

O QUINTO FRASCO

— Ninguém na medicina prevê melhora — retrucou Natalie, parando para tomar fôlego. — Na verdade, eles normalmente forçam... a barra para prever não melhoras... desse modo todos eles parecem espertos e ligados... ou todos parecem heróis quando as coisas *realmente* melhoram.

— Sabe, você não estará se ajudando muito se continuar a pensar negativamente o tempo todo.

— Correção — disse Natalie, desligando o equipamento.

— Eu não vou me ajudar de modo algum. Obrigada por seu tempo... Ligarei quando me sentir pronta para voltar.

Ela agarrou sua toalha de aquecimento e saiu apressada da unidade, sentindo que a mulher podia estar indo atrás dela. Sabia que estava agindo como uma idiota, mas na verdade não se importava. Aceitara a trágica perda do pulmão com graça, estoicismo e uma filosofia positiva. Mas no momento, embora sua mãe e sua sobrinha estivessem vivas por causa dela, continuassem a chegar cartões e fossem planejadas homenagens, simplesmente não parecia haver graça e estoicismo suficientes para desfazer o que acontecera.

Ela foi para casa em disparada, quase torcendo para que um guarda tivesse a ousadia e o azar de tentar multá-la. Talvez com o tempo seu sentimento de desespero e autocomiseração desse lugar a uma sensação renovada de objetivo e a uma nova perspectiva. Enquanto isso, em algum lugar, algum matemático que provavelmente não conseguia um emprego de professor de ensino fundamental estava se preparando para pegar a calculadora e determinar sua pontuação de alocação de pulmão.

Vamos ver, mais vinte e dois e ela se arrasta indefinidamente, parando a intervalos de alguns passos para tomar fôlego. Mais vinte e oito e ela começa a esperar aflita pelo privilégio de tomar o veneno que destruirá seu sistema imunológico e fará com que pegar um elevador público seja algo potencialmente letal...

Hermina, com duas sacolas plásticas de material de limpeza aos seus pés, estava escrevendo um bilhete para ela na mesa de jantar.

— Olá, querida, não esperava encontrá-la em casa tão cedo — disse ela.

— Jenny está aqui?

— Está no carro. Estava me preparando para levá-la até a casa nova. Acho que poderemos dormir lá esta noite.

— Isso é ótimo, mãe.

— Querida, eu realmente lamento por tudo. Sei que você está furiosa comigo, e tem todo direito de estar.

— As coisas acontecem. Sou grata por você e Jenny estarem bem. Se você se sente mal pelo que aconteceu comigo, sabe o que fazer.

— Sei, e até agora estou fazendo.

— Espero que sim.

— Quer ir conosco?

— Talvez amanhã.

— A reabilitação está indo bem?

— Ótima.

— Perdoe-me por dizer, mas você não parece ótima.

— Estou bem.

— Acredite, se eu pudesse voltar o relógio e parar de fumar há um ano ou me arrastar até um armário durante o incêndio e ser queimada, eu o faria.

— Isso é absurdo. Você parou de fumar. Isso é o que interessa. E agora quero que pare de dizer que gostaria de ter sido queimada. Isso não ajuda em nada.

— Nat, por favor, me ajude a arrumar a casa nova.

O QUINTO FRASCO

— Mãe, estou bem. De verdade.
— Eles disseram que você está melhorando?
— Sim, disseram. Melhora contínua, é o que dizem.
Claramente sentindo a verdade, Hermina colocou os braços em volta da filha, e Natalie fingiu corresponder.
— Querida, eu lamento. De verdade.
— Sei que sim, mãe.
— Tem certeza de que não há nada...
— Tenho. Só preciso descansar um pouco, só isso.
— Bem... Não quero deixar Jenny no carro tempo demais. Será que você não quer ir lá depois, para jantar?
— Não, não. Tenho que estudar um pouco depois de tirar um cochilo.
— Obrigada pelo empréstimo para arrumar o apartamento. Pagarei assim que receber o seguro.
— Está tudo bem.
— Não, eu realmente quero.
— Tudo bem, mãe. Pague quando quiser.

Natalie ficou algum tempo na sala de jantar mesmo depois de a porta da frente ter se fechado. Em algum momento ela acabaria indo para o chuveiro, mas na verdade sequer suara na reabilitação. Finalmente, tirou a camiseta, jogou-a no chão, pensou em colocar uma música e acabou se jogando pesadamente na poltrona reclinável da sala de estar. Na frente dela, bem acima da moldura em mármore trabalhado da sua lareira a gás, havia uma grande fotografia colorida emoldurada, marcante por sua composição, claridade e detalhamento. Tinha sido feita por um profissional nos Jogos Pan-americanos sete anos antes, no momento em que Natalie cruzava a fita de chegada na final dos 1.500 metros rasos. Seus braços, com os punhos cerrados, estavam lançados para o alto, e uma descrição verdadeira da sublime satisfação em seu rosto desafiava palavras.

Nunca mais. Não nas pistas. Não na sala de operações. Possivelmente nem mesmo no quarto, Deus do céu... Nunca mais. Ela massageou com a mão esquerda a cicatriz ainda sensível no peito. O que dizia aquela música do M.A.S.H*? Suicídio é simples? Suicídio é indolor? Talvez suicídio seja fácil. Simples... indolor... fácil. Palavras que alguém dificilmente usaria em relação à reabilitação pulmonar após queimar seu único pulmão. Se ela conseguisse reunir coragem, como faria?

Não era a primeira vez em que realmente pensava na possibilidade de acabar com a própria vida, mas havia sido muito tempo antes. Viver como uma deficiente pulmonar simplesmente não valia a pena. Nem a fraqueza da terapia com imunossupressores depois de um transplante de pulmão. E o pior de tudo provavelmente seria esperar, vendo sua pontuação para alocação de pulmão subir e cair como o índice Dow Jones.

Era difícil acreditar que uma vida com tantas perspectivas terminasse assim.

As paredes se fechavam em torno dela, e parecia não haver absolutamente nenhum modo de impedir.

Provavelmente comprimidos, decidiu. Ela lembrava ter ouvido em algum lugar que a Hemlock Society** recomendava sedativos e analgésicos em volume suficiente para entrar em coma, juntamente com um saco plástico na cabeça imediatamente antes de perder a consciência. Não parecia muito agradável, nem mesmo totalmente possível. Talvez valesse a pena procurar na internet. Se uma pessoa pode aprender a fazer um

---

* M.A.S.H.: Mobile Arm Surgical Hospital. A tradução seria Hospital Cirúrgico Militar Móvel. (N.E.)

**Hemlock Society (1980-2003), grupo que fornecia informações sobre eutanásia e suicídio assistido para pacientes em estado terminal. (N.T.)

O QUINTO FRASCO

artefato termonuclear com a ajuda dela, certamente descobriria o modo mais eficiente e indolor de cometer suicídio.

Olhando para a foto dos Jogos Pan-americanos e quase a despeito de si mesma, Natalie começou a pensar em como poderia conseguir oxicodona ou Valium suficiente para entrar em coma. O telefone na mesinha lateral tocara várias vezes antes que ela se desse conta. O identificador de chamadas indicava apenas as palavras New Jersey e um número.

Provavelmente um telemarketing, pensou, sorrindo friamente com a ideia de algo tão banal interromper algo tão profundo. Divertindo-se com a ironia, ela atendeu.

— Alô?

— Aqui é June Harvey, da Northeast Colonial Health. Estou procurando a srta. Natalie Reis.

A Northeast Colonial era sua administradora de seguro-saúde. *O que seria agora?*

— Eu sou Natalie Reis.

— Srta. Reis, estou com o processo de reembolso de todas as despesas relacionadas a sua recente operação no Rio de Janeiro, Brasil, e seu voo de resgate médico de volta aos Estados Unidos.

— Sim?

— Primeiramente, espero que esteja bem.

— Obrigada por perguntar. Acho que nunca ninguém de minha empresa de seguro-saúde perguntou sobre minha saúde. A verdade é que recentemente tive algumas recaídas.

— Lamento saber. Bem, estou ligando com a boa notícia de que a Northeast Colonial estudou seu caso e se comprometeu a reembolsá-la integralmente por seu voo de volta a Boston.

Reembolso. Até aquele momento Natalie não tinha sequer pensado em como seu voo de volta tinha sido pago. Ela estava se dando conta de que Doug Berenger devia ter cuidado disso. Não que ele enfrentasse problemas financeiros caso não fosse reembolsado, mas um voo desses devia custar uma bolada. Era típico do homem não contar que tinha pago do próprio bolso.

— Bem, obrigada — disse ela. — Muito obrigada.

— Só mais uma coisa.

— Sim?

— Nossos registros dizem que a senhorita teve um pulmão removido em um hospital, no Rio de Janeiro.

— Isso mesmo.

— Não recebemos nenhum registro médico do hospital confirmando isso e, na verdade, embora sua cobertura seja total, não foi preenchido nenhum pedido para seu procedimento cirúrgico ou sua hospitalização.

— Bem, eu fiquei inconsciente, mas depois que acordei telefonei para casa, peguei o número do meu seguro e o passei para as pessoas do hospital. Não me recordo de muitas coisas da hospitalização, mas me lembro claramente de ter feito isso.

— Bem — disse June Harvey. — Talvez você pudesse telefonar ou escrever para o hospital. Precisamos de cópias dos registros médicos e de uma fatura. Caso queira, posso enviar os formulários adequados.

— Sim, sim. Por favor, faça isso.

June Harvey desejou melhoras para a recaída, confirmou seu endereço e encerrou a conversa. Natalie permaneceu na poltrona por mais alguns minutos, consciente de que por alguma razão o telefonema acabara com um pouco da urgência de seus impulsos autodestrutivos. *Ainda haverá tempo*, pensou ela, *bastante tempo*.

Ela se levantou, ferveu água e preparou uma xícara de chá Constant Comment, que então levou para o pequeno escritório

O QUINTO FRASCO

junto ao quarto. Em vez de fazer uma pesquisa no Google pela Hemlock Society, ela procurou pelo nome do hospital. Havia 10.504 registros, a imensa maioria deles em português. O mecanismo de busca os encontrou em 0,07 segundos.

Quem iria querer deixar um mundo em que isso é possível?, perguntou a si mesma. Um pulmão mecânico do tamanho de uma mochila poderia estar logo ali.

Demorou meia hora, mas finalmente Natalie conseguiu um endereço do hospital no bairro carioca de Botafogo e um número de telefone.

Após considerar e depois descartar a ideia de pedir a ajuda de sua mãe para dar os telefonemas, Natalie encontrou o código do Brasil e o da cidade do Rio, e começou a discar. Inicialmente as conversas foram limitadas por conexões perdidas enquanto ela era transferida e também por seu português canhestro de Cabo Verde. Mas pouco a pouco suas habilidades de navegação melhoraram. Ela conseguiu chegar ao setor de informações ao paciente, depois ao financeiro, aos registros e até à segurança. Uma hora e quinze minutos após ter terminado a conversa ao telefone com June Harvey, ela concluiu uma discussão animada com a diretora da sala de registros do hospital, uma mulher chamada DaSoto, que falava inglês — provavelmente tão bem quanto Natalie falava português.

— Lamento, srta. Reis — disse ela —, mas esse é um dos melhores hospitais de todo o Brasil. Nosso sistema eletrônico é muito bom. A senhora não foi admitida em nosso hospital em 18 de julho. Você nunca foi operada em nenhuma de nossas salas de cirurgia. E a senhora certamente não ficou internada aqui durante doze dias, nem mesmo um dia. Você pergunta se eu tenho certeza. Digo que aposto minha carreira nisso. Não, eu aposto minha vida.

— Muito obrigada, senhora DaSoto — disse Natalie, consciente de que seu coração estava começando a acelerar, mas ainda não disposta a acreditar que a mulher, por mais certa que estivesse, não tinha negligenciado alguma coisa. — Sei que foi uma decisão difícil para você falar comigo sem qualquer prova de quem sou.

— Sem problemas.

— Tenho um último pedido.

— Sim?

— Poderia me dar o número da delegacia de polícia que provavelmente mais estaria envolvida no tiro que levei?

20

Sua vida é muitas e heterogênea, e um epítome das vidas de muitos.

Platão, *A república*, Livro VIII

Big Bend Diner. Sandy Macfarlane desligou o letreiro em néon vermelho e verde, embora tecnicamente o lugar ainda fosse permanecer aberto por mais dez minutos. E daí, os Corlisses não se importariam. Em seis anos trabalhando para eles, ela nunca faltara um só dia. Era uma bela mulher, com cabelos vermelho-alaranjados e um corpo sensual e desejável, que exibia com frequência reclamando do peso que tinha de perder.

— Fechando cedo, Sandy? — perguntou Kenny Hooper.

Hooper, um viúvo de sessenta e tantos anos, ainda trabalhava regularmente na Tennessee Stone and Gravel. Ele não tinha nenhuma razão para ir para casa, a não ser seu velho cão, então toda noite, depois do seu turno, ele parava no Big Bend para um jantar tardio.

— Ainda tenho uma pequena missão, Kenny — disse Sandy. — Além disso, não vai mais aparecer ninguém até a hora de fechar. Tenho um sexto sentido para essas coisas.

Sandy não gostava de mentir, mesmo sobre coisas tão insignificantes quanto seus planos para a noite, mas se Twin Rivers, Tennessee, era a melhor do mundo em alguma coisa, era em fofoca, e Kenny Hooper era tão bom nisso quanto qualquer outro. Se ele soubesse que ela estava saindo com um dos fregueses do restaurante, a cidade inteira falaria disso no dia seguinte, e todo Jack Snap do vale, casado ou não, pensaria em marcar um encontro com ela. Uma mulher solteira com um filho de oito anos e um corpo decente já era em si uma boa caça, sem que as pessoas precisassem pensar que ela estava desesperada.

Mas Rudy Brooks parecia valer o risco.

— Alguma chance de conseguir mais uma xícara antes de você esvaziar o pote? — perguntou Kenny.

Sandy estava prestes a dizer que o pote de café já tinha sido esvaziado e as coisas limpas quando viu o homem olhando diretamente para o pote atrás do balcão.

— Tudo bem, tudo bem — disse ela, enchendo uma caneca e colocando dois cremes e dois açúcares sem que ele precisasse pedir. — Mas seja rápido.

Hooper a viu ajeitar o cabelo e passar batom no espelho atrás do bar.

— Tem certeza de que é apenas uma missão? — arriscou ele.

— Beba seu café, Kenny Hooper. Aqui. O último pedaço de torta de amoras. Eu ia jogar fora mesmo.

Rudy era um texano inteligente e de aparência rude, que usava jeans e uma camisa esportiva que não tinham saído das prateleiras de uma loja de uniformes militares. Tinha a cintura estreita e ombros realmente largos — exatamente como ela gostava que os homens fossem. Mas o que a conquistara havia sido o sorriso. Era sensual e irônico, como o de um pistoleiro a quem não importava quão rápido você era, ele era mais. Claro que em Twin Rivers, no que dizia respeito a homens disponíveis, não havia muita opção — certamente poucos ou nenhum como aquele.

Sandy acabou de limpar tudo e verificou a cozinha pela última vez. Ela sabia que talvez Rudy fosse casado. Os homens estavam sempre mentindo sobre isso. Mas naquela noite eles apenas iam se encontrar no Green Lantern para

O QUINTO FRASCO

beber alguma coisa. Sem gracinhas. Se, como ele tinha dito, sua empresa fosse construir o primeiro shopping de Twin Rivers, e se, como tinha dito, se tornasse um frequentador regular do local a oeste da cidade, teria sua oportunidade de ser amoroso. Talvez muitas.

— E então, onde está o pequeno Teddy esta noite, Sandy? Nick está com ele?

— Nick fica com Teddy toda quarta-feira.

— Ouvi dizer que seu ex arrumou confusão no Miller outra noite. Foram necessários quatro homens para botá-lo para fora. Eu diria que o homem tem um problema.

— E eu manteria seus comentários para você mesmo, a não ser que tenha provas e envolva Teddy.

Sandy sentiu um nó no peito com a ideia de Nick tomando outro porre. Embora pelo que sabia ele nunca tivesse encostado um dedo no filho, tinha batido muito nela durante os cinco anos de casamento — sempre quando bebia. Ela contara ao juiz sobre seu temperamento e seu problema com o álcool, e até mesmo levara testemunhas para sustentar seu pedido de que ele não passasse a noite com o filho até que provasse estar frequentando as reuniões dos Alcoólicos Anônimos, uma terapia ou alguma outra coisa. Mas o juiz tinha ideias muito fortes sobre a necessidade que uma criança tem de dois pais envolvidos, e recusou o pedido. Assim, toda quarta-feira e em sábados alternados não havia nada que ela pudesse fazer a não ser rezar para que Nick se controlasse e para que sua namorada Brenda também segurasse na bebida, e no dia seguinte perguntar indiretamente a Teddy se tinha havido algum problema.

Embora não tivesse havido até então nenhum incidente relacionado a álcool, a verdade era que Sandy sofria toda vez que o garoto ficava longe dela — mesmo quando era para passar a noite com um de seus amigos. Ele era o tipo de garoto que fazia longas horas servindo mesas parecerem valiosas. As pessoas o conheciam e após alguns minutos o adoravam. Simplesmente era assim. Talvez fosse seu sorriso, talvez suas sardas, talvez o fato de que nunca tinha dito ou feito nada grosseiro a ninguém em toda a sua vida. Qualquer que fosse a razão, Sandy sabia, assim como quase todos na cidade, que Teddy Macfarlane chegaria a algo especial.

Finalmente, depois do que tinha parecido uma eternidade, Kenny Hooper se levantou, deixou na mesa dinheiro suficiente, além de sua gorjeta habitual de cinco dólares, e saiu pela porta. Verificando a hora ansiosamente, Sandy limpou a mesa de Hooper e apagou as luzes. Então correu para seu Mustang conversível vermelho-bombeiro, decidiu, em função do cabelo, manter o teto erguido, e saiu do estacionamento para a autoestrada da Brazelton. A Brazelton, que tinha aproximadamente o tamanho de Twin Rivers, parecia ser muito mais interessante, com mais bares e boates, que as pessoas da cidade. Ela tinha percorrido três quilômetros da estrada quando pegou o celular e ligou para Nick.

Ela não costumava interromper o tempo de Teddy com o pai, e Nick realmente não gostava quando ela fazia isso, mas mesmo na ansiedade de se encontrar com Rudy Brooks, ela sentiu uma grande necessidade de falar com o filho — e, admitia, de verificar o pai.

— Ahn?
— Oi, sou eu.
— E?
— Só ligando para saber como vocês estão.
— Estamos bem. Legal.

O QUINTO FRASCO

Tinham sido palavras suficientes para ela sentir que Nick já tinha tomado duas, embora não estivesse mal. Sempre começava com a fala. Mas pedir uma confirmação de que ele estava bebendo era o mesmo que pedir para ele bater o telefone na sua cara.

— Acha que daria para eu desejar uma boa noite ao Teddy?
— Ele está vendo desenhos com a Bren. Não quero incomodar a não ser que você tenha alguma coisa importante a dizer.
— Na verdade não... Só queria desejar boa noite mesmo.
— Eu digo que você ligou.
— Faça isso, tá, Nick?
— Te vejo amanhã.
— Tá... obrigada.

Desalentada, Sandy desligou o telefone. Ele começou a tocar quase imediatamente.

— Sandy, oi, é Rudy.

Maldição, pensou ela, *primeiro Nick não me deixa falar com meu filho, e agora eu vou levar um fora.*

— Oi — disse ela. — Acabei de sair do trabalho, ainda está valendo?
— Passei o dia inteiro esperando para te encontrar.

Pelo menos alguma coisa estava dando certo.

— Muito gentil dizer isso. Bem, também estou ansiosa para encontrar com você, Rudy Brooks.
— Só uma pequena mudança. Ainda estou no canteiro de obras do shopping com um dos empreiteiros, Greg Lumpert, acho que você o conhece.
— Sei quem ele é, mas na verdade não conheço pessoalmente.
— Bem, eu e Lumpert ainda temos de terminar umas coisinhas. Alguma chance de você dar uma passada aqui? Poderíamos ouvir sua opinião sobre algumas coisas. O lugar fica à

direita a caminho do Green Lantern saindo algumas centenas de metros da autoestrada Brazelton.

— Eu... acho que sim, claro — disse Sandy, resolvendo que Greg Lumpert não tinha por que começar a espalhar boatos sobre ela e grata pelo encontro com Rudy estar de pé.

Rudy descreveu o desvio mais detalhadamente, embora não precisasse, já que Sandy sabia exatamente onde ficava.

— Chego aí em menos de dez minutos — disse.

— Ótimo. Vejo você à luz da lua.

O desvio para a área do shopping ficava a menos de dois quilômetros da reta da Brazelton, em uma área arborizada que ainda estava em grande parte desocupada, mas que tinha sido objeto de muita especulação nos anos anteriores. Sandy achou emocionante — até mesmo excitante — estar na base de um projeto que mudaria a paisagem física e econômica da cidade que conhecia tão bem.

Ela saiu da autoestrada para um caminho de terra e cascalho e diminuiu a velocidade para não bater com o fundo do carro nem jogar pedras no silencioso. O facho dos faróis altos balançava para cima e para baixo na floresta à frente. Quando ela começou a achar que estava longe demais da autoestrada e que poderia ter virado na entrada errada, a floresta deu lugar a uma clareira de bom tamanho que parecia fruto de uma mineração de areia e cascalho. Havia um Ford Bronco estacionado de um dos lados, com Rudy de pé ali, apoiado no capô. Um pouco depois do Bronco, perto das árvores, havia um gigantesco *trailer*. A luz no interior do veículo saía pelo enorme para-brisa.

Rudy acenou para ela. Vestia jeans justos, botas de caubói gravadas e uma camisa esporte colorida de mangas compridas. *Um belo homem*, pensou Sandy.

O quinto frasco

— Oi — disse ela.
— Você está ótima.
— Onde está Greg Lumpert?
— Ah, a mulher dele ligou. Algum problema em casa. Mas tínhamos acabado, então disse a ele para ir.
— Tem certeza de que era a mulher dele? Tenho quase certeza de que ela morreu há alguns anos.
— Acho que foi o que ele disse, mas posso ter ouvido mal — retrucou Rudy. — Estava pensando em outras coisas.
Ele segurou o braço de Sandy para enfatizar, e deu a ela um sorriso de pistoleiro. Pelas suas duas idas ao Big Bend ela sabia que ele tinha um belo corpo, mas naquela noite ele parecia ainda maior e mais forte do que imaginara.
— O que é o ônibus?
— Chamar aquilo de ônibus é o mesmo que chamar Jessica Simpson de apenas uma garota.
Sandy decidiu não dizer que não suportava Jessica Simpson.
— Pertence à sua empresa?
— É como meu lar quando estou fora de casa trabalhando no canteiro de obras. Quer dar uma olhada?
De repente, sem explicação, Sandy se sentiu desconfortável.
— Outra hora, talvez. É como se, não sei, como se fosse seu quarto de hotel.
— Não vejo desse modo, mas fique à vontade — disse Rudy.
Sandy olhou ao redor, para a completa escuridão da floresta. Mal conseguia ouvir o barulho do trânsito na autoestrada.
— Talvez já devêssemos ir para a boate — disse ela, nervosa.
— Ouvi dizer que a banda que está tocando lá é ótima.
— Por que a pressa? — perguntou Rudy, sem se afastar de seu lugar junto à picape.
— Rudy, por favor, vamos embora. Isso está começando a me dar arrepios.

— Confie em mim, querida, não há do que ter medo.

Ela se afastou alguns passos, olhando confusa e com medo crescente enquanto ele tirava um lenço do bolso, dobrava-o cuidadosamente no capô do Bronco e o encharcava com algo despejado de um frasco de metal.

Sandy avaliou a distância até o Mustang. Ela não apostava que conseguiria. Então o cheiro doentio de clorofórmio chegou até ela. Nesse exato instante a porta do enorme *trailer* se abriu e uma mulher jovem, magra, bem torneada e loura saiu.

— Ei, Sandy — gritou ela alegremente —, venha cá e deixe a gente te mostrar esta coisa.

Sandy se virou instintivamente na direção da voz. Nesse segundo, qualquer chance que ela tinha de resistir desapareceu. Rudy eliminou a distância entre eles com dois passos rápidos e enfiou o trapo encharcado de clorofórmio sobre sua boca e seu nariz com tanta força que ela não conseguiu sequer lutar. Sua mente foi tomada pelo pânico, imediatamente substituído por uma única imagem, uma única palavra. *Teddy.* A imagem de seu filho foi a última coisa que Sandy viu antes de a escuridão tomar conta dela.

Quinze minutos depois, o magnífico Winnebago Adventurer entrou à esquerda na autoestrada Brazelton. Era seguido não muito de perto por um Mustang conversível vermelho brilhante. Vinte e nove quilômetros depois, o *trailer* entrou em uma área de descanso, enquanto o Mustang sacudia por uma estrada de terra de três quilômetros que terminava em Redstone Quarry — um pequeno lago que as pessoas dali diziam que não tinha fundo. A queda da beirada do penhasco até a água foi de cinco metros. O Mustang vazio desapareceu na escuridão antes de tocar na superfície.

Ninguém, a não ser o homem que chamava a si mesmo de Rudy Brooks, ouviu o barulho de água.

21

Não poderia ele, talhado para ser um guardião, além de uma natureza intrépida, precisar possuir as qualidades de um filósofo?

Platão, *A república*, Livro II

— Natalie, você deveria recomeçar seu rotativo na cirurgia na semana que vem.

O decano Goldenberg segurava a pilha de papéis que seu retorno à faculdade tinha gerado.

— Eu sei.

— E você diz que acha que é capaz de suportar fisicamente uma viagem dessas?

— Desde o momento em que terminei aqueles telefonemas para o Brasil, passei três horas por dia ou mais na reabilitação. Meus testes de função pulmonar melhoraram quase 25 por cento desde que foram medidos pela primeira vez depois do incêndio. Eu consigo até correr.

— Mas agora você quer passar mais tempo afastada.

— Eu sinto que preciso.

O escritório de Goldenberg parecia igual a quando Natalie tinha sido suspensa da faculdade, afora o fato de que tudo mudara. As pessoas presentes naquela vez, além de Natalie e do decano, eram Doug Berenger e Terry Millwood. Veronica se oferecera para ir junto e dar apoio moral, mas Natalie não viu razão para ela faltar ao rotativo na obstetrícia.

Depois de sua primeira onda de telefonemas para vários departamentos do hospital, Natalie falara com várias delegacias de polícia na cidade do Rio de Janeiro. O máximo que descobrira era que havia uma lei obrigando os hospitais a informarem todos os ferimentos à bala, e não havia nenhum comunicado sobre ela, nem a polícia tinha um registro de ela ter sido baleada.

Na manhã seguinte, a primeira coisa que ela fez foi chamar a mãe para uma nova tentativa. Os resultados foram os mesmos, com um fracasso adicional — não ter encontrado qualquer dr. Xavier Santoro na equipe do hospital, e mesmo em toda a cidade. Uma hora depois do último telefonema de sua mãe — dessa vez para o Conselho Regional de Medicina do Rio de Janeiro, onde não havia nenhum registro de um dr. Xavier Santoro —, Natalie estava na academia, fazendo uma série de exercícios aeróbicos e anaeróbicos. Um dia depois, ela telefonou para sua terapeuta pulmonar com um pedido de desculpas e outro de mais tempo — muito mais tempo.

— Terry, você tem um bilhete da pneumologista de Natalie? — perguntou Goldenberg.

— Tenho. Rachel French deixou-o comigo porque não poderia vir esta manhã.

Millwood passou o papel e o decano o examinou, anuindo que as conclusões eram claras.

— Natalie, você está com a programação atrasada caso queira se formar com sua turma — disse. — E você mesma disse que toda essa coisa no Brasil provavelmente é uma confusão provocada por barreiras linguísticas e a dificuldade de compreender um sistema hospitalar que está a meio mundo de distância.

— Se eu chegar lá e descobrir que o hospital e a polícia não têm registros meus, volto para casa no primeiro voo. Não vou sequer tentar descobrir onde o dr. Santoro está.

— Doug, você falou com esse dr. Santoro?

— Uma vez — respondeu Berenger. — Segundo Nat, o homem disse que sabia quem eu era, embora eu nunca tenha ouvido falar nele. Conversei principalmente com uma enfermeira da cirurgia, de quem não lembro o nome.

Goldenberg parecia perplexo.

— Natalie — disse ele —, como sabe, com sua permissão eu falei com a dra. Fierstein, sua terapeuta. Ela não acha que seja bom para você ir para lá. Aparentemente você tem tido algumas graves lembranças da noite em que foi baleada.

— Elas começaram quando eu ainda estava no hospital no Rio. A dra. Fierstein as classifica como manifestações de síndrome de estresse pós-traumático.

— Eu sei. Ela teme que a volta ao cenário de seu trauma tenha consequências desastrosas.

— Dr. Goldenberg — disse Natalie —, Terry sabe o que vou contar ao senhor, mas além dele, ninguém, nem mesmo a minha terapeuta. No momento do telefonema da minha empresa de seguro-saúde, eu estava pensando seriamente em me matar. Eu considerava minha situação desesperadora e que passaria o resto de minha vida como uma deficiente física por causa de meu quadro pulmonar ou debilitada pelas drogas contra rejeição necessárias para um transplante. Eu ainda estou assustada com as duas possibilidades, mas a partir do momento em que terminei a primeira sequência de telefonemas para o Brasil, fui tomada pela necessidade de encontrar respostas para a pergunta de por que não há um registro do crime que mudou minha vida de modo tão radical. Se eu precisar desistir de minha bolsa e de um ano de faculdade de medicina, é o que farei.

Os três médicos trocaram olhares.

— Então está certo, isso é o máximo que posso fazer — disse finalmente Goldenberg. — Darei a você duas semanas e eliminarei uma de suas eletivas. De qualquer modo, metade dos alunos não faz nada em suas eletivas. Dermatologia em Londres, obstetrícia em São Francisco. Vocês acham que não sabemos, mas a verdade é que quando estudantes todos fizemos a mesma coisa.

Os outros três sorriram.

— Então, Nat, quando você vai? — perguntou Millwood.

— Assim que conseguir uma passagem.

— Obrigado, Sam — disse Berenger, levantando-se e apertando a mão do decano. — Se vale alguma coisa, acho que você está fazendo a coisa certa e justa.

Ele conduziu Natalie para fora do escritório até a recepção, e esperou até que Millwood partisse antes de tirar um envelope do bolso do paletó.

— Nat, no momento em que me disse o que estava acontecendo, eu sabia que você voltaria ao Brasil. Sabia porque conheço você. Desde que mandei você para lá, eu sabia que ajudá-la a voltar ao Rio para resolver as coisas seria o mínimo que eu poderia fazer.

— Passagens! — exclamou Natalie sem sequer abrir o envelope.

— Passagens de *primeira classe* — corrigiu Berenger.

Natalie o abraçou despudoradamente, enquanto a secretária de Goldenberg olhava, sorrindo.

— São para quando? — perguntou Natalie, abrindo o envelope.

— Para quando você acha? Lembre-se, eu não tenho mais paciência do que você. Além disso, como estou certo de que se lembra, minha mulher tem uma agência de viagens.

Natalie demorou um minuto para descobrir a data de partida na passagem.

— Amanhã!

— Agora é sua vez. Espero que esse círculo se feche rapidamente — disse Berenger.

— Eu também.

O QUINTO FRASCO

— E também espero outra coisa.
— O quê?
— Espero que você pegue um ônibus para a cidade em vez de um táxi.

O médico conhecido entre os Guardiães como Laerte caminhou pelo escritório de sua casa de praia, cuja vista dava para a foz do Tâmisa. Ele era professor de cirurgia do St. George, em Londres, e um conferencista de fama mundial em transplante cardíaco, sua especialidade. Também era um dos membros originais dos Guardiães. Durante os seis meses anteriores ele tinha ocupado o posto rotativo de RF, o Rei Filósofo da sociedade — sendo o líder no dia a dia e, em raras ocasiões, dando a palavra final em casos controvertidos.

— Glauco, conte novamente — disse, dirigindo-se ao aparelho em sua escrivaninha Luís XIV.

— O paciente é W, número 81 em sua relação — respondeu Glauco, um brilhante urologista de Sydney especializado em transplante renal. — Como podem ver, é um Industrial, e um dos homens econômica e politicamente mais poderosos da Austrália; cinquenta e oito anos de idade e com uma fortuna, em uma estimativa conservadora, de 4 bilhões de dólares, e ele está disposto a transferir para nós, em troca de nossos serviços, uma significativa parcela dessa quantia. Seu quadro cardíaco passou de estável a crítico, e ele morrerá em algumas semanas sem um transplante.

— Diz aqui que ele fuma muito.
— Sim, mas ele prometeu parar.
— Mas há um problema.
— Sim. Seu padrão de anticorpos é muito incomum.

— Qual foi o melhor que nossa base de dados conseguiu encontrar?

— Um oito em doze, o que exigiria um tratamento muito agressivo com drogas imunossupressoras e, claro, aumentaria muito a possibilidade de rejeição do órgão.

— Contudo, localizamos uma compatibilidade perfeita de doze pontos para ele no estado do Mississippi — disse Laerte.

— Então qual é o problema? — perguntou Temístocles.

— O doador tem onze anos de idade.

— Entendo. Peso?

— Essa é a parte boa. É corpulento. Nosso homem estima que ele pese 54 quilos.

— E o receptor?

— Setenta e sete quilos.

— Uma diferença de 30%. Isso vai funcionar?

— Uma diferença de 20% ou menos seria ideal, mas W tem um excelente cardiologista. Com repouso forçado e medicação, o transplante pode funcionar por algum tempo, dando-nos a chance de procurar algo mais compatível.

— Quanto tempo?

— Talvez um mês, talvez menos, talvez um pouco mais.

— Perfil do doador?

— Nada significativo. Um de quatro irmãos. O pai bebe muito, a mãe trabalha em uma lavanderia.

— Nossas instalações em Nova Guiné estão prontas e estou disposto a pegar o voo assim que o doador for apanhado e transferido para lá.

— Então eu pergunto mais uma vez, qual é o problema? — disse Temístocles.

O homem sábio fala com autoridade quando aprova sua própria vida.

Platão, *A república*, Livro IX

De: Benjamin M. Callahan
Para: Deputado Martin Shapiro
Re: Investigação sobre a sra. Valerie Shapiro

Estão incluídos aqui os discos e as fotografias associadas à minha investigação de três semanas sobre sua esposa. Minha conclusão, com um alto grau de certeza, é que a sra. Shapiro não está envolvida em nenhuma espécie de caso na definição normalmente aceita para o termo. Ao longo de minha investigação, em quatro oportunidades a sra. Shapiro visitou a casa (ver foto) de Alejandro Garcia, um mecânico da loja Goodyear Automotive, no número 13.384 da Veteran's Parkway em Cicero, e sua esposa, Jessica (ver foto). Em duas ocasiões permaneceu por mais de uma hora, e duas vezes saiu com uma criança de cerca de doze anos de idade (ver foto). Em todas as oportunidades elas foram fazer compras, principalmente roupas. O relacionamento delas era terno e amoroso, e em duas ocasiões ouvi a menina se referir a ela como tia Val. Incluo documentos confirmando que o sobrenome de solteira da sra. Garcia é Nussbaum — o mesmo de sua esposa. Eles não têm outros filhos. Há muitas outras investigações que poderiam ser feitas, mas em relação a este relatório posso dizer que acredito que Julie Garcia na verdade é filha de sua esposa, nascida quando ela tinha dezesseis anos e dada para adoção à sua irmã mais velha (em treze anos). Fui informado de que o advogado Clement Goring (ver detalhes anexados) teria negociado essa adoção ou teria conhecimento de quem o fez.

Claramente houve dissimulação por parte de sua esposa, mas não do tipo que o senhor acreditava.

Como disse quando aceitei essa investigação, poderia ficar à disposição por um mês, mas não mais — pelo menos não antes de concluir outros negócios.

Desejo sorte no desfecho dessa situação. Espero que concorde com minhas conclusões e que eu tenha contribuído.

Ben embalou o resumo juntamente com um grosso envelope de fotos, documentos, DVDs e uma última conta, cujo pagamento resolveria seus problemas financeiros por algum tempo. De seus últimos casos, aquele tinha a chance de ser o mais recompensador. Um congressista em ascensão, Martin Shapiro era casado com uma mulher que tinha quase a metade de sua idade — brilhante, bonita, educada e um bom patrimônio político, caso eles pudessem resolver seus problemas. Um desses problemas dizia respeito à sua esposa aos dezesseis anos de idade, que não interrompeu uma gravidez, mas era incapaz de cuidar de uma criança.

Os dois Shapiro pareciam pessoas decentes, e Ben torcia por eles. Mas era hora de concluir seu trabalho com Lonnie Durkin. Ele se surpreendia ao sentir-se tão compromissado depois de não ter se importado de verdade com nada por muito tempo. Mas

O QUINTO FRASCO

desde sua viagem a Idaho ele não conseguia tirar da cabeça as imagens de tristeza e de dor sem tamanho na face de Karen e Ray Durkin.

Ele estava convencido de que técnicos de laboratório do Whitestone em todo o país, e provavelmente em todo o mundo, eram cúmplices involuntários do que poderia se revelar um mal absoluto, e queria — e precisava — descobrir o que estava acontecendo.

Com Althea Satterfield circulando por seu apartamento, Ben colocou algumas roupas leves em uma mala e separou comida de gato suficiente para duas semanas. Então, depois de dar um abraço em sua vizinha idosa e fazer um último carinho em Pincus, desceu rapidamente as escadas e entrou em seu Range Rover preto, com seis anos de uso. O carro tinha meia dúzia de amassados que chegavam perto demais do seu prêmio para ele se dar ao trabalho de consertar, mas apesar de um pouco de negligência, o motor ainda estava bom. Na verdade, no dia anterior, o mecânico da Quickee Oil Change dissera que o carro estava em condições de fazer a viagem de 1.600 quilômetros até Fadiman, Texas.

Além de sua pasta e de um par de halteres de 12 quilos, Ben colocou nos fundos sua bolsa de couro marroquino com alguns equipamentos novos, entre eles vários instrumentos de escuta, um visor noturno usado mas em bom funcionamento, 30 metros de corda e um novo canivete suíço. Finalmente, passou seu Smith & Wesson .38 especial, recém-lubrificado, de seu envoltório de veludo para um coldre de ombro e botou o conjunto sob alguns papéis no porta-luvas.

Inicialmente, Gustafson, que finalmente parara de chamá-lo de sr. Callahan, ficara tão excitada e entusiasmada quanto ele com suas descobertas em Cincinnati e no Laboratório

Whitestone de Soda Springs, mas nas semanas seguintes se tornara muito mais cautelosa.

— Ben, acho que deveríamos chamar o FBI — dissera em seu último encontro.

— E dizer o que a eles? Não temos prova de nada. É provável que o pessoal do Whitestone possa se livrar facilmente de qualquer interferência fraca nossa. Eles então se reorganizam, ou se transferem, e recomeçam.

— Alguns amigos meus estão pesquisando essa empresa, e o que eles descobriram me preocupa muito — disse Gustafson. — O Whitestone tem sede fora de Londres e, com a força financeira de seus laboratórios e do negócio farmacêutico, pode ser uma das empresas particulares que mais crescem no mundo.

— Farmacêutico?

— Basicamente genéricos e medicamentos legais na Europa e na África, mas não aqui, pelo menos não ainda. Ben, acho que eles estão acima de nossa capacidade.

— E?

— E eu não quero que você se machuque.

— Acredite, não sou um herói, mas pessoas já estão se machucando, talvez muitas delas. E haverá ainda mais até que os responsáveis sejam detidos. Um médico pede um exame de glicose e seu paciente, sem saber, é submetido a uma identificação de tecido. É como se eles estivessem andando por aí com bombas-relógio no bolso. Quantos daqueles frascos de sangue, os chamados frascos de controle de qualidade, estão sendo mandados para Fadiman, no Texas, todos os dias? Quantos perfis você acha que são incluídos na base de dados?

Gustafson balançou a cabeça, soturna.

— Apenas estou preocupada — disse ela. — Todos esses laboratórios de coleta de sangue, o *trailer* enorme, aquelas armas, o capanga que quase o matou, eles não são ladrõezinhos.

— Ei, esta é a mulher que vestiu um uniforme de enfermeira e entrou na sala de cirurgia de um hospital da Moldávia para documentar o comércio ilegal de um rim em troca de um emprego? Se bem me lembro, pelo artigo que você escreveu, era um trabalho nojento e desprezível e, por sinal, um trabalho nojento e desprezível que nunca se materializou. Acho que você conseguiu algumas prisões nesse caso.

— Um dos primeiros casos em que realmente tiramos de cena um corretor de órgãos e um cirurgião, pelo menos por ora — disse ela, um tanto tristonha.

— Professora, Google e Yahoo têm mais de 100 mil entradas sobre você, circulando disfarçada, fazendo poderosos perderem centenas de milhares em lucros, colocando-se em perigo por pessoas que não tinham a quem recorrer. Não me parece que você tenha recuado frente a alguém.

— Acho que na maioria das vezes eu era jovem demais para saber alguma coisa.

— Bem, você é um grande exemplo, e pelo que estou recebendo da Guarda de Órgãos, eu enfrentarei qualquer perigo.

— Muito engraçado. Certo, Ben, faça o que tem de fazer, mas, por favor, tenha cuidado.

— Terei.

— E já que você falou em ser pago.

— Sim?

— Eis meu cartão de abastecimento de combustível da Sunoco.

Mais uma noite na estrada brincando de detetive, mais um motel barato — dessa vez o Starlight em Hollis, Oklahoma. Ben ainda estava acordado às 3h30, olhando para a escuridão do quarto 118. Às 4h30 ele tinha tomado banho, arrumado suas coisas, apanhado uma xícara de café na mesa do recepcionista e voltado para a estrada. Ele sempre achara impressionante a aridez e as cores do deserto, mas nunca como naquela manhã, com a areia e a salva lavadas pelos tons pastéis da alvorada, estendendo-se indefinidamente dos dois lados da rodovia.

Ele deixou o CD *player* desligado e as janelas abertas, e pensou no que poderia estar esperando por ele em Fadiman. Em pouco tempo ele se viu refletindo sobre "Fred e Ed", uma história em quadrinhos que ele lia religiosamente no jornal semanal da sua faculdade. Na sua tirinha predileta, o despojado, lento e grandalhão Fred, com uma corda e uma rede enorme, anuncia a seu amigo muito menor e magro que vai caçar crocodilos.

— Se você pegar um, o que fará com ele? — pergunta Ed.
— Ainda não pensei nisso — responde Fred.
Absolutamente bobo, absolutamente profundo.

Ben chegou a Fadiman pouco depois do meio-dia. A cidade adormecida parecia que poderia ter sido usada como cenário para o clássico de Bogdanovich *A última sessão de cinema*. Definitivamente era mais substancial do que Curtisville, Flórida, terra do posto de gasolina e minimercado de Schyler Gaines, mas o conjunto dos dois lugares não era diferente. A placa de madeira nos limites da cidade, descascada e pontuada por buracos de bala, anunciava que Fadiman estava firmemente enraizada no passado, com as mãos se esticando para o amanhã. Pelo que Ben podia ver pelo passeio pelo centro da cidade, as principais indústrias ligando ontem e amanhã eram vendas de *trailer*s e guarda-móveis. Havia três de cada apenas naquele pedaço da cidade.

O quinto frasco

Com uma necessidade crescente de comida e banheiro, mas fora isso sem mais planos que o personagem da história à caça de crocodilos, Ben percorreu lentamente a rua principal — com quatro ou cinco sinais de trânsito e larga como apenas as ruas principais do meio-oeste são. Ele contou cinco tabernas, todas serviam comida, mas nenhuma que parecesse ter a autorização da saúde pública para isso. Ele não tinha pruridos quanto a ambientes e certamente não era um *gourmet*, mas ficara sem Zantac e Maalox, e estava em uma disputa desconfortável com seu estômago. Em outra passada pela rua ele viu dois restaurantes que não tinha percebido — Mother Molly's e Hungry Coyote. A escolha era fácil.

O Molly's, caracterizado com legítimos motivos de caubói e fazenda, na verdade era maior e mais gracioso do que Ben imaginara. Havia reservados de couro vermelho e madeira escura nas laterais e mesas com toalhas de papel ao centro. Cerca de um terço dos lugares estava ocupado. Ben estava começando a sentir a fadiga de ter madrugado e dirigido muito. Mas ficou pensando se pedia uma Coors com seu hambúrguer de cogumelos e queijo cheddar, antes de optar pela dose de cafeína de uma Coca. A cerveja podia esperar. Havia trabalho a ser feito.

O MapQuest o levara facilmente a Fadiman, mas ele não conseguira achar nada como uma autoestrada John Hamman. Ele tinha certeza de que lera corretamente o nome no Laboratório Whitestone de Soda Springs, mas já não estava tão confiante. Enquanto almoçava, ele se imaginou com uma rede e uma corda, vendo passar uma fila interminável de crocodilos.

E agora?

Primeiramente o que vem primeiro, decidiu ele finalmente, e chamou a garçonete. Ela era uma mulher grande com jeito de avó, cabelos prateados curtos e uma aparência calma e competente que sugeria que as coisas raramente a afetavam. Sua identificação dizia CORA.

— Desculpe-me, Cora, mas estou procurando a autoestrada John Hamman. Você poderia me ajudar?

Ela olhou para ele intrigada e depois balançou a cabeça. Naquele momento, a outra garçonete trabalhando no turno do almoço passou por ela.

— Ei, Micki — disse Cora, baixo o bastante para não perturbar os fregueses. — Autoestrada John Hamman. Já ouviu falar?

— Estou procurando o Laboratório Whitestone — acrescentou Ben.

— Nunca ouvi falar também.

— A autoestrada John Hamman não é a estrada Lawtonville? — perguntou Micki. — Eles mudaram o nome há mais ou menos um ano, lembra?

— E deram a ela o nome daquele garoto de Lawtonville que ganhou a medalha por ter sido morto no Iraque. Lembrei.

— Exatamente. É só seguir a rua principal rumo leste, e, quando ela bifurcar, siga à direita. Mas não conheço nenhum Laboratório Whitestone.

— Bem, obrigado — disse Ben, aliviado por a estrada pelo menos existir. — Eu acho.

— Sem dúvida acha.

A afirmação foi do homem sentado sozinho no reservado seguinte. Tinha trinta e tantos anos, maxilar quadrado, olhos bem espaçados e cabelos castanhos encaracolados densos.

— Conhece o Laboratório Whitestone? — perguntou Ben, sentindo pela falta de interação com as garçonetes que ele não era dali.

O QUINTO FRASCO

— Vou trabalhar lá amanhã.
— Você é químico ou coisa assim?
— Eu? — reagiu o homem, rindo com a ideia. — De jeito nenhum. Sou comissário de bordo. Um amigo, que trabalha comigo na Southwest, ganha um dinheiro extra fazendo serviços particulares para a Whitestone, só que desta vez ele não podia, e passou para mim. Seth Stepanski.

Ben apertou a mão do homem e classificou seu aperto como sendo pelo menos um sete em dez.

— Ben — disse ele, sentindo que, diferentemente de seus heróis ficcionais, gaguejaria se tentasse inventar um nome em cima da hora. — Ben Callahan.

Sem esperar ser convidado, Stepanski colocou uma nota em sua mesa e girou para ocupar o lugar em frente a Ben.

— Você está sendo esperado na Whitestone? — perguntou.

— Não — disse Ben, pensando rápido e pronto para improvisar o que pudesse para manter Seth Stepanski interessado, embora o homem claramente estivesse agradecido pela companhia. — Vendo equipamento de laboratório, e o diretor do Whitestone entrou em contato falando em melhorias.

— Bem, não acho que eles estejam abertos hoje — disse Stepanski. — Sou de Corsicana, ao sul de Dallas, e a viagem para cá demorou muito menos do que eu esperava, e acabei chegando aqui a noite passada, então fui até lá esta manhã para ver se eles precisavam de alguma ajuda com o avião.

— E?

— Não cheguei nem perto do prédio. Cercas altas ao redor de tudo, com arame farpado no alto. Parece uma prisão de segurança máxima sem as torres de vigilância. Fica lá no meio do deserto. Nada ao redor, e estou falando *nada* mesmo.

Consegui identificar um conjunto de prédios a distância, mas quando toquei a campainha do portão e disse quem era, a mulher me falou que só esperavam por mim amanhã à tarde e que não havia ninguém para tomar conta de mim hoje.

Ben estava intrigado.

— Então você vai voar tarde amanhã?

— Não, não, na manhã de quinta-feira. Aparentemente eles têm um lugar para eu ficar amanhã à noite.

— Mas não hoje.

— Não hoje — repetiu Stepanski.

— Parece que eu também vou ter que esperar até amanhã.

— É uma viagem de cerca de 16 quilômetros até lá. Talvez você devesse ligar. Meu erro foi não fazer isso.

— Farei.

— Se precisar de um motel, o Quality Inn onde estou é tão bom quanto qualquer um.

— Obrigado — disse Ben, buscando um modo de estender a conversa. — Olha, vou ligar e ver se meu contato na Whitestone está lá. Se ela não estiver, talvez possamos ir a um bar, tomar umas cervejas e quem sabe jogar dardos.

Será que eu comecei a falar com sotaque?, ficou pensando Ben enquanto colocava uma nota de 20 dólares na mesa e seguia para o Rover, supostamente para pegar o celular e o número do Whitestone. Ele se lembrou de que embora seus heróis de romance pudessem saber exatamente como lidar com aquela situação, para ele cada passo era como nadar em águas desconhecidas.

Seth Stepanski era tudo menos interessante. Aparentemente, seus passatempos eram ver televisão e seios em boates, e seu principal objetivo na vida parecia ser encontrar uma substituta para uma mulher chamada Sherry, que o largara quando ele não aparecera com uma proposta no momento certo.

O QUINTO FRASCO

Eles estavam tomando cerveja reservadamente em um bar mal iluminado chamado simplesmente Charlie's, chegando à segunda hora e à terceira cerveja juntos.

— Mulheres gostam de sair com comissários de bordo porque conseguem ir para qualquer lugar mais barato — disse ele, a fala um pouco mais pastosa.

— Vejo que isso pode ser uma vantagem — disse Ben, que, tendo percebido que não precisava se esforçar para manter a conversa, apenas conduzia.

Infelizmente, depois do surto inicial de informações no Mother Molly's, Stepanski secara. Ele não tinha certeza do destino do seu voo, e nenhuma ideia de quem estaria a bordo. Ele sabia que para onde quer que fosse poderia precisar do seu passaporte, e que eles não ficariam onde quer que fosse por mais de dois ou três dias. Também acrescentara que o que receberia equivalia a um mês de salário na Southwest.

Considerando-se o que Alice Gustafson descobrira sobre a Whitestone, Ben imaginou se alguns executivos poderiam estar voando para Londres. Ele estava pensando em alguma coisa mais que pudesse perguntar quando Stepanski arregalou os olhos e apontou para a janela.

— Cacete! Olhe aquela coisa.

Ben se virou e suspeitou que seus olhos também estavam arregalados. Subindo lentamente a rua, como uma esguia nave espacial invasora, havia um Winnebago Adventurer cinza metálico — *o* Winnebago Adventurer, ele tinha certeza, enquanto se esticava para descobrir se Vincent estava ao volante.

— Meu Deus — murmurou ele.

— Duzentos mil, aposto — exclamou Stepanski, assoviando para enfatizar. — Talvez mais. Um hotel sobre rodas.

Ideia certa, pensou Ben. *Palavra errada com H.*

Eles ficaram olhando em silêncio, chocados, enquanto o impressionante *trailer* passava pela rua principal rumo oeste. Ben sabia que o crocodilo tinha caído em sua rede. O movimento seguinte dependia dele.

Ben precisou da maior parte da tarde e de várias horas longe de Seth Stepanski para conceber um plano, convencer-se de que era uma boa ideia e finalmente juntar as peças. Ele se sentia concentrado e atento, mas também um pouco apreensivo. Havia mil coisas que podiam dar errado, algumas das quais simplesmente estragariam tudo e outras que poderiam matá-lo.

A história que ele usara para se livrar de Stepanski era ruim, ainda mais quando Alice Gustafson não atendeu ao telefone no escritório. Seu plano alternativo exigia uma ligação para o seu celular feita por Althea Satterfield.

— O que quer que eu diga, sra. Satterfield, a senhora apenas escute — disse ele lentamente, tendo ido ao Rover com a desculpa de pegar um mapa. — Não diga uma palavra. Nenhuma palavra.

— Eu escuto — repetiu ela. — Sou uma ótima ouvinte.

— Exatamente. Como está Pincus?

— Ah, ele está bem, querido. Há algumas horas ele...

— Certo, sra. Satterfield, ligue para mim em exatamente cinco minutos contando a partir de... agora.

Seu desempenho, enquanto Althea escutava em Chicago e Stepanski escutava do outro lado, foi digno de um Oscar. No final, o comissário de bordo acreditou que o chefe de Ben tinha ligado para sua cliente no Laboratório Whitestone e marcado uma reunião de negócios entre os dois na

O QUINTO FRASCO

casa da mulher em Pullman Hills, 16 quilômetros a leste de Fadiman. A partir daquele momento e até Ben estar preparado, o segredo seria ele não ser visto por Stepanski dirigindo pela cidade.

— Vou me hospedar no Quality Inn quando voltar — disse quando se separaram na rua em frente ao Charlie's. — Guarde o apetite e se quiser podemos jantar juntos.

Eram quase oito horas quando Ben parou no motel e pegou seu novo amigo. Tudo estava certo, a não ser a decisão de Ben, que parecia mudar de minuto em minuto. Às quinze para as dez, com a cidade indo dormir, eles terminaram seus filés tamanho Texas em um lugar chamado Rodeo Grille e voltaram para o Rover passando por um estacionamento basicamente vazio.

— Antes de encerrarmos a noite — disse Ben, tendo arrancado do homem o maior volume possível de informações pessoais —, quero mostrar uma coisa a você.

Eles seguiram rumo norte por quase vinte minutos. Havia alguns indícios de que Fadiman estava se expandindo naquela direção, mas levaria anos, talvez décadas, antes que a civilização ocupasse os vazios. Se Stepanski estava curioso sobre seu destino, cinco cervejas e uma enorme refeição o impediram de dizer.

Finalmente Ben entrou no Budget Self-Storage, o primeiro dos negócios desse tipo pelo qual passara vindo de Oklahoma. O letreiro néon estava apagado e o pequeno escritório às escuras.

— O que há aqui? — perguntou Stepanski, nitidamente despreocupado com o homem com quem passara a maior parte do dia.

Eles passaram pela fileira de unidades de aço corrugado na frente, e foram até o final da segunda fila. Foi onde Ben parou.

— Bem, Seth, precisamos conversar — disse ele.

— Que merda é...

O comissário de bordo parou na metade, quando se deu conta de que Ben estava apontando uma arma quase despreocupadamente para um ponto entre seus olhos.

23

Mas então, caso eu esteja certo, certos professores de educação têm de estar errados quando dizem que podem colocar em uma alma um conhecimento que não havia ali antes, como dar visão a olhos cegos.

Platão, *A república*, Livro VII

Apesar de seu assento na primeira classe, o voo de Natalie de volta para o Rio não foi agradável. Em três ocasiões, talvez quatro, as fortes imagens da corrida de táxi do aeroporto para a favela — como a mãe dissera que aquilo era chamado — e do ataque a ela invadiram seus pensamentos. Não parecia fazer diferença se estava acordada ou dormindo. A reencenação, "re-experiência" seria uma palavra mais adequada, continuava a se instalar nela — em um instante absolutamente real e absorvente, em outro vaga e mal definida, mais como um desagradável delírio causado por drogas que como uma lembrança ruim.

Uma das vezes ela acordou engasgada e hiperventilando, com uma camada de suor na testa e acima do lábio.

— Você está bem? — perguntou um brasileiro idoso perto dela.

Ele era um viúvo jovial voltando para casa após visitar os filhos e netos nos Estados Unidos, e, como professor aposentado, falava inglês bastante bem.

— Estou bem. Acho que é só uma virose — respondeu.

— Pegue — disse o homem, passando a ela uma folha, claramente um e-mail impresso. — Meu filho em Worcester me deu isso. Não sei se sabe, mas as pessoas do Rio são chamadas de cariocas. Este texto de humor foi escrito por um repórter carioca para essa ótima publicação: *A Gringo's Guide to Brazil.*

A relação debochada, embora pudesse ser bastante divertida quando lida nas circunstâncias certas, não era exatamente a cura para a "virose" de Natalie. Havia no total catorze itens, incluindo:

No centro da cidade, os conflitos dos camelôs são espetaculares, talvez comparáveis com a corrida dos salmões no Yukon.

O Morro da Mangueira à noite é para almas corajosas que gostam de espetáculos de fogos. Não de artifício, mas daqueles de .38 especiais.

Gosta de filmes violentos e chocantes? Nenhum deles se compara a uma delegacia policial no Rio. Como os policiais gostam de dizer: "Aqui é onde uma criança chora e nem mesmo sua mãe ouve".

Cansado dos idiotas da sua cidade? Experimente os nossos. Eles podem ser encontrados legislando na Câmara dos Deputados.

Os banheiros da Central do Brasil. Depois das dez horas da noite, são terra de ninguém — o maior bordel do mundo. Basta escolher o sexo.

Natalie sorriu amarelo e devolveu a relação.
— Já me sinto melhor — disse.

Antes de sair do seu apartamento para o aeroporto Logan, de Boston, Natalie considerara e rapidamente descartara a

O QUINTO FRASCO

ideia de ir de táxi ou ônibus do aeroporto no Rio para seu hotel. Em vez disso, entrou na internet e alugou um veículo. E então, saindo do aeroporto Tom Jobim e seguindo rumo sul pela autoestrada para a cidade, tentou manter a respiração normal e o pulso regular. Principalmente em função dos *flashbacks* incessantes, os dois meses que tinham se passado desde uma viagem infeliz para a cidade poderiam facilmente ter sido apenas seis horas.

Os clientes da Casa do Amor vão adorar você. Você vai ser muito feliz lá...

A manhã estava pela metade — sem nuvens e já quente. Enquanto dirigia, de tempos em tempos Natalie olhava para a direita, a direção que o táxi certamente tomara naquela noite. Havia favelas instaladas em morros. Em outros pontos da cidade havia gramados e palmeiras, e mansões com o que deveria ser uma vista espetacular para o oceano. Em algum lugar no meio daquelas favelas miseráveis e apinhadas, ela tinha sido tirada do táxi e depois baleada.

O hotel que ela tinha escolhido, o Rui Mirador, tinha duas estrelas em um dos serviços de viagem da internet, mas era descrito como gracioso, claro e seguro — palavras que soavam bem a ela. Ficava no bairro de Botafogo, descrito pelo mesmo serviço como ao mesmo tempo tradicional e excitante. O que importava a Natalie era que em Botafogo também ficava o hospital.

O tráfego na autoestrada era pesado, e os motoristas não exatamente educados, mas ela não demorou a perceber que graças aos muitos anos dirigindo em Boston, estava bem preparada. A despeito de seu persistente nervosismo, Natalie se sentiu atraída pelas montanhas altas, a vegetação exuberante e a arquitetura espetacular da região. Botafogo era um corredor estreito entre o Centro e as praias de Copacabana e Ipanema. Com a ajuda de um ótimo mapa, ela encontrou o caminho pelas ruas às vezes estreitas até o Mirante do Pasmado — a única atração turística que ela tinha prometido a si mesma, além, talvez, das magníficas praias de areia branca. Depois da parada no Pasmado, seriam apenas negócios. Ela não pretendia se demorar no Rio, e planejava voar para casa assim que resolvesse o mistério de exatamente quem cuidara dela e onde tinha sido internada. O resto da cidade, por mais espetacular e excitante que fosse, continuaria inteiramente desconhecido para ela para sempre.

Repentinamente cansada do longo voo, Natalie se jogou em um banco no mirante e olhou para a Baía da Guanabara e a estátua do Cristo Redentor. Bonito, pensou ela, ao mesmo tempo se dando conta de que não estava sentindo a vista inacreditável em nenhum ponto emocional do seu ser.

— E então, o que acha da nossa estatueta?

Assustada, Natalie se virou na direção da voz com um sotaque forte. Um policial uniformizado estava perto dela, a mão direita apoiada em seu cassetete preto curto de borracha. Ele era moreno, forte e bonito como um ídolo de matinê, com traços finos e olhos escuros de falcão. O nome na tarja de identificação acima do bolso da camisa era VARGAS.

— Muito bonita, muito emocionante — disse ela. — Como sabia que eu era americana?

— Você parece brasileira, mas deixou do seu lado uma pista de que é turista — disse o policial, apontando para o mapa no banco a seu lado. — A suposição de que qualquer turista é americano está certa na maioria das vezes.

Natalie conseguiu dar um sorriso.

— Minha família é de Cabo Verde. Você é policial?

O QUINTO FRASCO

— Policial militar.
— Onde aprendeu a falar inglês tão bem?
— Fico vaidoso por você achar isso. Passei um ano em Missouri quando estava na faculdade. Está no Rio há muito tempo?

Natalie balançou a cabeça.

— Nem me registrei no hotel.
— Ah, e onde fica?

Talvez por causa do pesadelo com o motorista de táxi, talvez por causa da ansiedade — imaginada ou real — no tom da voz do homem, Natalie de repente ficou preocupada. A última coisa de que ela precisava no momento era de uma cantada de um policial.

— O InterContinental — mentiu ela, levantando-se rapidamente. — Bem, melhor ir para lá e me registrar. Tenha um bom dia.

— Conhece o caminho? Talvez eu pudesse...
— Não, não. Mas obrigada. Eu e este mapa estamos nos tornando bons amigos.

Ela se recusou a olhar o homem nos olhos, com medo de ver mágoa ou, pior, raiva.

— Tudo bem, então. Tenha uma ótima estadia no Rio.

O Rui Mirador, um prédio de quatro andares com fachada de pedra, era como descrito no site de viagem: gracioso e claro. Quanto à segurança, o funcionário na pequena recepção garantiu a Natalie que o posto era ocupado vinte e quatro horas por dia.

— Somos muito bons com isso — disse ele em português, exibindo orgulhoso uma feia pistola de cano longo que ele tirou de uma gaveta sob o balcão.

Não tão confiante no sistema de **segurança do hotel** quanto gostaria, Natalie ainda assim se registrou e **subiu três andares** carregando sua bolsa de viagem até um quarto pequeno com pouco mais do que duas camas de estrado. *Um duas estrelas é um duas estrelas*, disse a si mesma, mas também sabendo que seria um problema dormir. Pouco disposta a ser colocada à mercê da cidade ficando na rua até tarde, ela resolveu que o mais prudente seria, em algum momento, comprar uma garrafa de um bom uísque, além de, talvez, uma visita à farmácia.

Pouco depois do meio-dia, ela tinha tomado um banho e vestido um conjunto de linho bege com blusa turquesa de mangas curtas. Havia um ar-condicionado minúsculo em uma das duas janelas do quarto, mas àquela altura nem o calor nem a umidade pediam que fosse ligado. O veículo estava em um estacionamento a um quarteirão do hotel, mas ela podia ir a pé até seus alvos naquele dia, uma ou duas delegacias de polícia e o hospital. O trânsito pesado — de pedestres e carros — também não recomendava dirigir, mas havia a questão de enfrentar os morros. Como tinha passado a ser desde o incêndio, sua respiração não era exatamente natural e desobstruída. Inspirações profundas satisfatórias eram muito bem-vindas quando aconteciam, mas eram poucas e bem espaçadas. Ela poderia ter feito mais duas ou três semanas de reabilitação pulmonar, mas sua médica e suas terapeutas tinham deixado claro que nem mesmo assim haveria garantia de nada, a não ser, talvez, uma queda em sua pontuação de alocação de pulmão.

O recepcionista claramente estava curioso em relação ao motivo pelo qual ela queria visitar duas ou três delegacias de polícia. Com a ajuda de um catálogo telefônico, ele marcou um posto de cada uma delas em seu mapa e mostrou o caminho certo. Na verdade, as conclusões do homem eram erradas. Depois que voltara para casa, Natalie aprendera sobre as várias forças policiais brasileiras tudo o que podia em

O QUINTO FRASCO

repetidas pesquisas na internet. O que tinha descoberto não a deixava à vontade para confiar em nenhuma delas, ou acreditar que seu quase sequestro em uma das favelas das regiões norte e oeste da cidade seria um dia investigado.

Ansiosa para não se encontrar com o policial do Mirante do Pasmado, e raciocinando que ele ainda deveria estar em patrulha, talvez procurando outras turistas às quais dar as boas-vindas, ela preferiu começar pelo Batalhão da Polícia Militar. Era uma moderna estrutura de tijolo e vidro de apenas um andar na rua São Clemente, com aproximadamente metade do tamanho de um McDonald's de Boston, e quase tão lotada quanto. O policial na recepção, após ela ter pedido para ele falar um pouco mais devagar, a encaminhou a um detetive Pereira, baixo e pelo menos 20 quilos acima do peso, com um bigode fino como um lápis e um sorriso frio. Seu inglês era razoável, embora capenga e com um sotaque forte, mas Natalie preferiu não dizer a ele que seu português provavelmente era melhor.

— Então vejo que teve uma recepção bastante difícil em nossa cidade — disse após ela ter contado sua história e dado uma das cem cópias de um folheto que fizera no computador. A folha tinha uma foto sua e um resumo, no português de sua mãe, do que se lembrava ou conseguira reunir da agressão.

— Não consigo descrever a experiência terrível que foi ser atacada daquele jeito — disse ela. — O motorista disse que estava me levando para um lugar que chamou de Casa do Amor.

Pereira não reagiu, em vez disso começou a digitar no computador enquanto Natalie esperava, tentando não olhar para o pseudoqueixo que se projetava sob o de verdade.

— E você diz que esse crime cometido contra você foi denunciado à polícia? — perguntou ele finalmente.

— Eu estava em coma profundo quando fui encontrada, mas me contaram que a polícia tinha chamado uma ambulância, que me levou ao hospital.

— Mas você telefonou para eles, que disseram que não têm nenhum registro de você ter sido paciente deles.

— Eu irei ao hospital quando sair daqui para tentar resolver essa confusão.

— E você tem certeza de que as datas que me deu estão certas?

— Sim, tenho.

Pereira suspirou audivelmente e juntou as pontas dos dedos gordos.

— Senhorita Reis — disse ele —, nós da Polícia Militar damos muita atenção às pessoas que são baleadas em nossas cidades, especialmente turistas. Temos de manter nossa reputação.

Em seus dias mais cínicos Natalie certamente pediria que ele esclarecesse exatamente de que reputação estava falando. Sua pesquisa revelara muito sobre a participação da Polícia Militar nos esquadrões da morte que teriam sido responsáveis pelos assassinatos de centenas, se não milhares, de meninos de rua ao longo dos anos, incluindo a famosa chacina de 1993, em que cinquenta meninos de rua foram baleados e oito mortos em frente à igreja da Candelária.

— E o que você descobriu sobre os meus tiros? — perguntou ela, apontando para o computador.

— Eu pesquisei os bancos de dados da Polícia Militar e, como se diz, da polícia civil ou municipal, e também da polícia turística.

— Sim?

— Em nenhum deles há registro de alguém com seu nome ter sido baleado nas datas que indicou aqui.

— Mas e quanto...

O QUINTO FRASCO

— Também verifiquei mulheres não identificadas baleadas nessas datas. De novo, nada.
— Isso não faz sentido.
— Talvez sim, e talvez não. Senhorita Reis, você diz que é estudante.
— Sim, estudante de medicina.
— Em nosso país os estudantes muitas vezes são pobres. Você tem muito dinheiro?

Natalie sentiu onde o homem estava querendo chegar e começou a corar.

— Sou mais velha que a maioria dos estudantes — disse ela friamente. — Tenho dinheiro suficiente para cuidar de mim mesma. Detetive Pereira, por favor, vá diretamente ao ponto.

— O ponto... Vejamos... Estou certo de que sendo uma estudante de medicina você sabe que em países como o nosso, "países do Terceiro Mundo", como vocês americanos nos chamam, algumas pessoas desesperadas por dinheiro vendem no mercado negro um rim, parte de um fígado ou mesmo um pulmão. Ouvi dizer que o pagamento costuma ser bastante alto.

— Mesmo que eu tivesse vendido meu pulmão no mercado negro, o que certamente não fiz, por que estaria aqui?

O sorriso sério de Pereira era de vitória.

— Culpa. Culpa pelo que fez, somado à negação de tê-lo feito. Desculpe por dizer, senhorita, mas depois de ter passado a vida toda trabalhando nisso, eu vi coisas mais estranhas, muito mais estranhas.

Natalie já tinha ouvido o bastante. Ela sabia que não tinha nada a ganhar perdendo a paciência com o policial, e potencialmente muito a perder. No Brasil a polícia respondia a muito poucos além dela mesma, e, pelo que ela sabia, a Militar era a mais independente de todas.

— Acredite, detetive Pereira — disse ela, erguendo-se e pegando suas coisas —, eu procuraria uma falha em seu sistema de computadores doze vezes antes de procurar uma falha em mim. Se algo acontecer, eu estou no hotel Rui Mirador.

Ela girou nos calcanhares e passou pela multidão, saindo do posto apertado. Só quando chegou à rua se deu conta de que sua breve explosão a deixara bastante sem fôlego.

As quatro horas seguintes foram um borrão cansativo. No papel — especificamente seu mapa —, o hospital parecia estar a não mais de seis ou sete quarteirões do Batalhão da Polícia Militar. Se o mapa fosse topográfico, Natalie teria chamado um táxi. Os morros eram altos e não podiam ser evitados, e a caminhada por Botafogo, embora pitoresca, era uma lenta subida no calor da tarde. No momento em que chegou à entrada principal do hospital podia sentir o suor sob as roupas.

A estrutura principal do amplo hospital, quatro monolíticos andares de pedra, um bloco em cada direção, parecia ter sido construída pelo descobridor do Brasil, Pedro Álvares Cabral, no século XVI. Ao núcleo central internamente modernizado tinham sido acrescentadas alas e torres em doze estilos arquitetônicos diferentes. Natalie escolheu ir primeiramente à administração, e ter algum sucesso, por assim dizer.

Uma vice-presidente chamada Gloria Duarte pareceu bastante interessada nela como uma mulher realizada e inteligente, e foi sinceramente simpática ao seu sofrimento. Elas conversaram em português, embora pelo que Natalie vira da grande biblioteca da mulher, sentia que Duarte poderia ter se comunicado em muitos idiomas, incluindo inglês.

O QUINTO FRASCO

—O que mais me perturba em sua história — disse Duarte — é a certeza que você tem, sustentada por seu orientador, o doutor...
— Berenger, Douglas Berenger.
— Dr. Berenger, de que o médico que a operou era alguém chamado Xavier Santoro. Não temos esse médico em nossa equipe, e não conheço nenhum na cidade, embora você talvez devesse procurar o Conselho Regional de Medicina.
— Eu fiz isso. Você está certa. Não há nenhum médico com esse nome.
— Entendo... Bem, um passo de cada vez, imagino.
— Um passo de cada vez — repetiu Natalie, mortificada com a possibilidade de Duarte ter perdido o entusiasmo.
— Gostaria de dizer que os pacientes nunca desaparecem pelas rachaduras de nosso hospital, simplesmente não é assim — continuou a mulher. — Temos no total mais de 2 mil leitos, e eles estão ocupados a maior parte do tempo. Um simples erro administrativo e todos os seus registros podem estar com um nome ou uma letra diferente do seu. Então não desanime. Suspeito que esta parte do seu mistério será resolvida rapidamente, e que a solução se mostrará banal e mundana.

Com isso ela mandou Natalie à segurança para conseguir um crachá de visitante que desse acesso a todas as áreas do hospital, incluindo a sala de registros e todas as alas clínicas e cirúrgicas. Também pegou cópias do folheto de Natalie e instruiu sua secretária a distribuí-los por todos os departamentos do hospital, com um adendo pedindo que a própria Duarte recebesse qualquer informação, por menor relação que parecesse ter.

Um expresso rápido em um café no pátio do lado de fora da ala administrativa, e Natalie seguiu para a sala de registros. *Reis, Reiz, Rais.* Sentada em um terminal em um pequeno nicho com um dos funcionários do departamento, ela tentou toda permutação em que conseguiu pensar sem nenhum sucesso, e também viu registros de mulheres não identificadas. A seguir, foi para as unidades clínicas e de terapia intensiva. Ela tinha alguma lembrança dos rostos de duas das enfermeiras, e também de Santoro, e esperava ansiosamente se deparar com um deles.

Mesmo em uma cidade como Nova York ou Rio, uma mulher desconhecida encontrada baleada e quase nua em um beco, e que depois perde o pulmão, se destacaria entre os pacientes de um hospital. Mais cedo ou mais tarde todos acabariam sabendo dela. Mas não tinha sido assim com nenhuma das enfermeiras em nenhum dos setores.

Às cinco horas da tarde, perturbada e sem nenhuma explicação, mas fisicamente incapaz de continuar mais, Natalie deixou o hospital. Seis semanas antes ela tinha voado para o Brasil, sido atacada e baleada em um beco, e perdera seu pulmão. Essas eram as certezas. De algum modo, em algum lugar, havia uma explicação que juntava essas verdades. Ela olhou seu mapa e escolheu um caminho de volta ao hotel passando pelas ruas mais largas e, supunha ela, mais planas. O sol do final da tarde era um pouco amenizado por uma névoa, e a temperatura era suportável.

Ela tinha voado para o Brasil. Tinha sido atacada. Tinha perdido o pulmão.

O pensamento, girando em seu cérebro, a impedia de apreciar a inacreditável beleza da cidade, ou qualquer dos animados e vibrantes pedestres da hora do *rush*, provavelmente a caminho de casa. A despeito de todas as descrições dos guias dos cariocas descontraídos, as esquinas eram basicamente como as de Nova

O QUINTO FRASCO

York — bandos de pessoas, ombro a ombro, frequentemente oito ou dez filas, disputando posição para atravessar enquanto carros e táxis tentavam aproveitar a luz verde até o último instante.

Natalie estava em um cruzamento especialmente movimentado, espremida, talvez na terceira ou quarta fila de corpos, quando ouviu uma voz feminina em português perto do seu ouvido.

— Por favor, não se vire, dra. Reis. Por favor, não olhe para mim. Apenas escute. Dom Angelo tem as respostas que você procura. Dom Angelo.

Naquele instante o sinal abriu e o grupo avançou para a rua, levando Natalie consigo. Ela estava no meio-fio do outro lado antes de poder se virar, estudar os rostos ao redor e olhar para a multidão na esquina de onde tinha saído. Ninguém parecia nem um pouco interessado nela. Estava prestes a desistir e se concentrar na estranha mensagem quando viu uma mulher corpulenta que usava um vestido caseiro florido brilhante se afastando rapidamente dela, movimentando-se com uma forte coxeadura, como se tivesse problemas nos quadris. Uma voz masculina exigindo que ela saísse do caminho desviou a atenção de Natalie por um instante. Quando voltou a olhar, a mulher tinha desaparecido.

Natalie foi novamente jogada no meio da centopeia humana e, com os carros acelerando para atravessar o cruzamento, não havia como ela retornar até o sinal mudar. Quando finalmente chegou ao quarteirão anterior, a mulher com o vestido brilhante colorido não estava em lugar nenhum da rua. Ela foi rapidamente até o cruzamento seguinte, e olhou nos dois sentidos. Nada.

Levemente sem fôlego pelo esforço, Natalie se apoiou na fachada de uma butique de roupas. Ela não tinha dúvida de que a voz que falara com ela pertencia à mulher manca — nenhuma dúvida porque ela estava certa de que as duas tinham se encontrado mais cedo, embora apenas de passagem, na UTI cirúrgica do hospital.

24

A necessidade é a mãe da invenção.

Platão, *A república*, Livro II

— Aqui é Stepanski. Seth Stepanski, o comissário de bordo.
— Bem-vindo ao Whitestone, sr. Stepanski. Depois que o portão se abrir, por favor, siga diretamente para o prédio seis, no Oásis, e venha se registrar. Tem seu próprio uniforme?
— Sim, tenho.
— Excelente. Encontraremos com o senhor em um minuto.

O portão, uma pesada peça de elos de corrente com três metros de altura encimada com arame cortante, deslizou silenciosamente para a direita de Ben, liberando o acesso a uma estrada reta que parecia ter pelo menos 400 metros de comprimento. Dirigindo o Sebring conversível de Stepanski, ele se aproximou lentamente do complexo. No compartimento da roda, onde ficava o estepe, estava sua bolsa de detetive, e enfiado embaixo dela, seu .38.

O conjunto de oito ou nove estruturas de alvenaria rosa claro brilhava ao sol da tarde. Duas dúzias de árvores de bom tamanho, a única vegetação e sombra em quilômetros, reduziam em muito a aridez do lugar, que ele supunha ser o que a voz no interfone chamara de Oásis.

Ben sabia que um dos prédios, provavelmente o maior, abrigava um laboratório. Os técnicos que trabalhavam lá provavelmente ignoravam o mal do qual eram cúmplices quando identificavam tecidos e catalogavam eletronicamente milhões de frascos de tampa verde de clientes desavisados de todo o país, talvez até do mundo.

A ideia o deixou nauseado.

Além do motor do Sebring, o ronco das enormes unidades de ar-condicionados no telhado era o único som no ar quente e parado do Texas. Quando se aproximava de um par de árvores que ladeava a estrada como sentinelas, Ben teve uma visão do Adventurer, estacionado na extremidade direita do Oásis. Ele não podia afastar a dolorosa suspeita de que uma versão de Lonnie Durkin estava presa do lado de dentro, assustada além da imaginação enquanto esperava que dissessem o que fazia ali.

Ben tingira o cabelo e comprara óculos de armação grossa, mas não fizera nenhuma outra tentativa de mudar sua aparência. O retrato no passaporte de Stepanski estava ligeiramente borrado, bem gasto, e tinha oito anos. Ele era cinco anos mais novo que Ben, mas o tom de pele e a forma do rosto eram suficientemente semelhantes para que Ben pudesse se passar por ele. Melhor de tudo, o comissário de bordo, naquele momento residindo na unidade 89 da Budget Self-Storage Company, deixara claro que ninguém no Whitestone sabia como ele era.

Infelizmente, Ben não podia confortavelmente dizer o mesmo sobre si. À medida que se aproximava do prédio seis, relembrou repetidamente seu rápido e violento encontro na garagem dilapidada da Laurel Way, em Cincinnati. Toda a luta com o homem chamado Vincent não tinha durado mais que meio minuto. A luz era mínima, e apenas uma vez, imediatamente antes que o jato de tinta *spray* preta encerrasse a luta, o matador tinha olhado diretamente para seu rosto. Será que o homem tinha ficado cego permanentemente? *Difícil.* Será

O QUINTO FRASCO

que estaria ao volante do Adventurer quando deslizava por Fadiman? Se estivesse, será que embarcaria no voo? Naquele momento, havia mais perguntas que respostas.

O prédio seis era um escritório bem pequeno decorado com bons cartazes emoldurados de monumentos de todo o mundo. Atrás de um balcão, seguindo-o com os olhos desde o momento em que entrara, estava uma morena magra com aparência de fuzileira. Seu traje azul-marinho tinha a palavra WHITESTONE escrita em cursiva logo acima do bolso do peito.

Ben tentava agir e parecer descontraído, mas estava em alerta vermelho, a pulsação acelerada. Ele queria desesperadamente retornar e tentar outra entrada mais sóbria. Em vez disso, apresentou-se.

— Bem-vindo, sr. Stepanski — disse a mulher, os olhos firmes. — Eu sou Janet, gerente do escritório. Está com seu passaporte e a carta que enviamos?

Ben retirou da pasta tirada do quarto de Stepanski os dois itens, e os colocou no balcão. Janet os examinou rapidamente, talvez hesitando um pouco com a foto no passaporte. Então os colocou de lado. Ben apertou as mãos no balcão para que não tremessem.

Você sabe, Janet? Sabe o que acontece aqui?

— Eu vim ontem para ver se podia ajudar a preparar o voo — disse, sem nenhuma outra razão além de relaxar e entrar um pouco mais no personagem.

— Eu sei — disse ela. — Você falou comigo. Nossa política é fazer planos e segui-los rigorosamente.

— Compreendo.

Nenhuma explicação de verdade, nenhum pedido de desculpas por ter recusado sua ajuda. Janet, a gerente do escritório, era absolutamente profissional. Para ele, manter o contato visual era fundamental. A partir daquele momento ele estava no território do inimigo. Se fosse apanhado, dificilmente permitiriam que saísse vivo.

— Certo, sr. Stepanski, se o tempo permitir, o senhor partirá às nove da manhã. O senhor deverá estar uniformizado neste escritório às sete horas, com roupas suficientes para uma viagem de quatro dias. Como escrevemos, se for possível aqueles vários dias a mais serão acrescentados. Você estará cuidando das necessidades de seis passageiros e de uma tripulação de três pessoas. O voo estará transportando uma paciente para a América do Sul para uma operação que não pode ser realizada neste país. A paciente estará com seus médicos no fundo da aeronave. Você está proibido de ir para o fundo a não ser que seja chamado diretamente. Se nossos passageiros quiserem conversar com você, o farão. Caso contrário, a privacidade deles deve ser respeitada. Perguntas?

— Nenhuma.

— Bom. Eis a chave do quarto sete. Fica no prédio dois, seguindo esta rua e à direita. Você não está autorizado a ir a nenhum lugar do Oásis a não ser o pátio junto ao seu quarto e à cantina localizada no prédio três, que fica logo atrás do prédio dois.

— Compreendo.

Ele pegou a chave e se virou para sair.

— Sr. Stepanski?

Ben ficou tenso, depois se virou lentamente para ela, seu pulso novamente aumentando.

— Sim?

Ela deu a ele seu passaporte.

— Provavelmente está na hora de tirar outra foto.

O QUINTO FRASCO

Ben decidiu deixar seu .38 no compartimento da roda. Não havia como estar em uma situação em que pudesse abrir caminho à bala, especialmente considerando-se que ele nunca tinha disparado uma arma contra nada exceto um alvo, e, mesmo nessas raras oportunidades, sem grande habilidade. Se ele tivesse de alguma forma se entregado a Janet, logo saberia, e provavelmente não haveria nada que pudesse fazer a respeito.

O quarto sete, pequeno mas bem arrumado, não tinha nada dos motéis baratos nos quais costumava ficar. Mas enquanto desfazia a mala e ajustava o despertador para as seis horas, ficou pensando se Seth Stepanski teria desistido de sua valiosa coleção de canecas de cerveja para passar a noite naquele quarto e não onde estava.

Ben estava incomodado por tirar vantagem do homem do modo como fizera, e ainda mais pelo desconforto imposto a ele por ser mantido imobilizado onde estava, mas vivo. Ben não sabia se teria ou não colocado a vida de Stepanski em risco, mas sabia que no momento em que sacara a arma, tinha saltado de um penhasco. A partir de então, ele faria qualquer coisa que precisasse para não se espatifar nas rochas lá embaixo. No final, com grande imaginação, um depósito cuidadosamente escolhido, uma dúzia de cadeados, metros de corrente e tempo suficiente, ele construíra uma estrutura da qual Rube Goldberg* se orgulharia.

O segredo eram os suportes de aço que cruzavam o teto e contornavam as paredes do depósito, uma das unidades grandes da Budget — 4,80 por 6 metros. Stepanski, nu da cintura para baixo, foi colocado exatamente no centro da sala, acorren-

---

* Rube Goldberg (1883-1970) foi um artista plástico, cartunista e escritor norte-americano. (N.E.)

tado ao teto e às paredes de tal modo que só podia passar desajeitadamente de uma cadeira com braços para um sanitário que Ben comprara em uma loja de material hospitalar e prendera a ela. Suas mãos estavam presas às costas e a boca tinha sido coberta por uma fita que dava a volta na cabeça. Um buraco no centro da fita permitia que ele respirasse mais facilmente e bebesse de canudinho de qualquer das doze garrafas de água, sucos e bebidas com proteínas colocadas em uma mesa sobre cavaletes em frente a ele. O calor podia ser um problema, mas Ben escolhera a unidade 89 não apenas por ser a mais distante do escritório da Budget mas por ser bem abrigada.

Às onze horas daquela noite Stepanski estava preso e a instalação verificada repetidamente. Mas Ben ainda fizera duas outras visitas ao local para ver seu prisioneiro e repor o estoque de bebidas. Ao meio-dia, algumas poucas horas antes de seguir para o Whitestone, ele se sentou no chão e, abraçando os joelhos, contou ao comissário de bordo em detalhes exatamente o que faria no laboratório e o que esperava conseguir. Stepanski implorou para ser libertado e prometeu ir para casa sem contar nada, mas Ben tinha ido o mais longe que ousara.

— Eu mandei uma caixa para uma amiga minha, uma professora da Universidade de Chicago — disse. — Ela tem as chaves desses cadeados e uma carta explicando. Em três dias ela mandará a caixa por serviço de entregas para a polícia de Fadiman ou virá até aqui libertá-lo pessoalmente. Com sorte, haverá tempo suficiente para que eu descubra quem e o que é o Whitestone e reúna provas suficientes para tirar do negócio e colocar na cadeia quem quer que esteja comandando isto. Realmente lamento obrigá-lo a passar por tudo isso, mas acredito que o que está acontecendo com essas pessoas é bem maior que qualquer um de nós.

O QUINTO FRASCO

Ele colocou fones de ouvido no pescoço de Stepanski e um rádio portátil atrás dele.

— Eu mesmo testei — disse. — Com alguma prática, você consegue aprender a ajustar o volume e mudar de estação. Você tem três ou quatro estações, mas eu realmente espero que você goste de música country.

Finalmente, colocou três doses de Jack Daniel's e três de tequila José Cuervo Gold na mesa, com canudos em cada.

— Como você está viajando conosco de primeira classe, não cobraremos pelas bebidas — disse.

Ele ajeitou os fones de ouvido, deu um tapinha no ombro do homem e partiu.

A partir do momento em que abriu a porta do quarto sete, Ben mergulhou em uma discussão sobre se valia o risco de contornar o Oásis e ir até a Winnebago. Se fosse, precisaria estar com seu microfone de contato. Esse modelo específico de equipamento de detetives era simples, mas ainda útil para ouvir além das paredes. Se fosse apanhado com isso, nenhuma desculpa adiantaria. Sem muita esperança, ele tentou ligar para Alice Gustafson de seu celular para discutir a situação. Não havia sinal.

Durante algumas horas, até que finalmente baixasse a escuridão, ele descansou e tentou ler uma das revistas na mesa de cabeceira — uma *People* recente. Normalmente, para ele ler a *People* era como tomar um frapê de chocolate — não exigia nenhum esforço. Naquela noite as matérias recheadas de celebridades desceram como vidro moído. Em algum lugar lá fora um avião estava sendo preparado para um voo até algum lugar da América do Sul. Ben estava quase certo de que ao final desse voo alguém com dinheiro, talvez um dos astros da *People*, ganharia uma vida à custa de alguém como Lonnie Durkin ou a faxineira Juanita Ramirez. Ele foi para o pequeno pátio do quarto vestindo roupas escuras. O ar ainda estava bastante quente e úmido, mas o enorme céu escuro não tinha estrelas, e começara a soprar um vento quente do oeste. O quarto sete ficava no final do prédio dois, a menos de 25 metros da cerca. Ben caminhou até a cerca cruzando um pequeno corredor de grama. Além dela, o negror do deserto era indiscernível do céu, mas à distância raios cruzavam a noite em um ciclorama de 360 graus.

O Oásis em si estava bem iluminado, e os prédios eram próximos o suficiente para oferecer alguma proteção. Ben examinou as estruturas mais próximas em busca de câmeras, na verdade sem esperar vê-las mesmo que estivessem ali. Depois retornou cautelosamente até o Sebring para pegar seu microfone de contato e, decidira, sua arma. Àquela hora ele só poderia ter algum problema com um guarda de segurança. Se a arma pudesse ajudá-lo a chegar ao carro, havia uma chance de que conseguisse atravessar o enorme portão no final da entrada. A simples ideia de que sua vida podia depender da colisão lançou um jato de suco gástrico em sua garganta. Seus heróis ficcionais nunca tinham dificuldade em sair ilesos de acidentes, mas ele suspeitava que aquele portão em especial poderia ser muito mais resistente.

Continuando a procurar por câmeras de segurança, ele seguiu para a cantina do prédio três e tomou uma Diet Coke. Depois, tentando se manter encoberto, foi para as sombras do primeiro prédio, e depois para o seguinte. Os raios pareciam muito mais perto, e ele jurou que tinha ouvido um trovão. O maior prédio, o cinco, tinha uma luz fraca no seu interior. Através das janelas ele só conseguia ver filas e mais filas de

O QUINTO FRASCO

sofisticados equipamentos de laboratório. Não era nem difícil nem agradável imaginar um frasco de sangue com seu nome sendo aberto e processado por um técnico trabalhando em um daqueles postos.

As ruas do Oásis pareciam desertas, embora em alguns pontos as luzes de algumas janelas ferissem a noite. Extremamente tenso, agarrando a caixa com o microfone de contato e a cada passo tentando escutar o ruído de mais alguém, Ben seguiu na direção do Winnebago. Ele estava desagradavelmente suado sob sua camiseta preta de mangas compridas.

Os cinco minutos que levou para chegar ao *trailer* pareceram uma hora. Havia um brilho fraco saindo da área de refeições do lado esquerdo, e uma cortina abaixada do lado de dentro do para-brisa. Respirando pesadamente, mais pela tensão que pelo esforço, Ben se ajoelhou em frente ao pneu traseiro esquerdo e abriu silenciosamente a caixa do microfone, que continha fones de ouvido pequenos, um amplificador e um grosso receptor cilíndrico com metade do tamanho de um cilindro de moedas de 25 centavos. Colocou os fones e apertou o receptor na lateral do Winnebago. A recepção não era boa, mas ele conseguia ouvir vozes e entender a maior parte do que estavam falando.

— Por favor, me deixem ir. Eu nunca fiz nada a vocês.

A voz da mulher, provavelmente vinda dos fundos do *trailer*, era bastante clara.

— Ele está acertando a Lua. Deus do céu, Connie, você sabe jogar este jogo ou não?

Vincent! Ben tinha quase certeza disso.

— Ouça, Rudy, eu tenho um garoto, um filho chamado Teddy. Eu contei tudo sobre ele. Por favor, ele precisa de mim. Por favor, me deixe ir. Encontre outra pessoa, alguém sem um garotinho para cuidar.

— Deus do céu, Connie, sua idiota! Você tinha de pegar um par de copas quando teve a chance! Agora ele vai ficar com tudo. Você não sabia que ele só tinha espadas? Ouça, Sandy, ou você para de gritar ou eu vou até aí e enfio uma meia na sua boca. E pare de me chamar de Rudy. Eu odeio esse maldito nome. Lamento ter inventado.

O fone esquerdo estava dolorosamente apertado. Ben o tirou e estava ajustando quando ouviu o ruído macio de passos à sua direita. Tirando o .38 da cintura, ele se jogou no chão e se meteu rapidamente embaixo do *trailer*. Segundos depois, um par de botas de caubói apareceu a menos de 60 centímetros de seu rosto, e a menos de três centímetros de onde ele percebeu ter derrubado o microfone de contato.

Durante intermináveis dez segundos nada se mexeu, exceto o polegar de Ben, silenciosamente destravando a arma. Então as botas se viraram, passando tão perto do microfone que uma pareceu tocar nele, e se encaminhando para a frente do *trailer*. Ainda imóvel, Ben viu as botas passando abaixo da janela e seguindo a porta no lado mais distante. Um momento depois, duas batidas secas quebraram o silêncio pesado.

— Vincent, Connie, sou eu, Billy — disse uma voz jovial.

A porta do Adventurer se abriu, banhando o chão de luz. Instantaneamente Sandy começou a gritar do lado de dentro.

— Socorro! Me ajudem, por favor! Por Deus, eles vão me matar! Estou em uma jaula. Meu nome é Sandy. Por favor, por favor, me ajudem. Sou mãe. Tenho um garotinho! Ele só tem oito anos!

— Ah, eu já aguentei demais essa merda.

Houve um rápido barulho de pés bem acima de onde Ben estava deitado, e os gritos pararam instantaneamente. Ben se sentiu nauseado. Ele tinha de fazer algo. Será que podia simplesmente invadir o *trailer* atirando? Ele teria de matar o guarda chamado Billy, Vincent, Connie, e também mais alguém. Matar quatro pessoas. Haveria alguma chance de ele conseguir isso? Seria melhor esperar?

Agarrando a arma, sentindo-se desligado, quase sonhando, ele se arrastou debaixo do *trailer*. Estava imaginando o que John Hamman pensava e sentia imediatamente antes de deixar o abrigo com a metralhadora ou o que quer que tenha feito para ganhar uma medalha póstuma e uma estrada esquecida por Deus com o seu nome.

Ben se levantou. Se ele fosse fazer algo teria de ser naquele momento, enquanto a porta do *trailer* estava aberta. Haveria algum modo de parar — algum jeito pelo qual pudesse simplesmente retornar a seu quarto e deixá-los continuar, pelo menos por ora, com o que estava sendo planejado para aquela mulher aterrorizada chamada Sandy? Em troca de deixá-los para lá ele estaria mantendo viva sua esperança de revelar o horror do Whitestone. Ele ergueu o .38 e se encaminhou para os fundos do *trailer*.

— Ei, Billy, e aí? — perguntou outra voz de dentro do *trailer*, como se o ataque da mulher nunca tivesse acontecido.

— Oi, Paulie, o que está acontecendo?

— Nada, Billy. Só jogando um pouco de copas fora com Vincent e Connie para passar o tempo.

Ben se encaminhou em silêncio para o canto do *trailer*. Ele nunca tinha atirado em nada além de um alvo e duas garrafas. Naquele momento teria de pegar o guarda na porta e passar por cima de seu corpo para acertar três assassinos antes que eles pegassem suas armas. Será que ele tinha alguma chance? Em algum nível ele sabia que a resposta era não, mas não conseguia parar.

— Vai levar a espingarda no voo amanhã? — perguntou o guarda.

— Nós quatro levaremos.
— Ah, ei, Smitty, não tinha visto você.
— Oi, Billy. Tudo tranquilo aí?
Cinco.
Ben baixou a arma quando o bom-senso venceu.
— Deve ser coisa grande — dizia Billy. — Vincent, fale de mim, tá? Fazer segurança aqui é meio cansativo. Caso não tenha percebido, nunca acontece nada.
— Saquei. Vamos fazer o possível. Bem, de volta às cartas.
— Se cuidem.
— Até mais, Billy.

A porta foi fechada e trancada por dentro. Dez minutos depois, ainda tremendo por ter chegado tão perto de matar e morrer, Ben estava de volta à segurança de seu quarto.

À meia-noite, uma tempestade violenta varreu o Oásis, e depois desapareceu tão rapidamente quanto surgiu.

Às três horas, ainda ligado demais para conseguir dormir, ele estava de pé junto à janela quando, de repente, no deserto bem além da cerca, as luzes azuis de uma pista se acenderam na vastidão, estendendo-se até onde ele podia ver. Alguns minutos depois, acompanhado de um rugido que sacudiu o prédio dois, um jato enorme, possivelmente um 727, pousou suavemente, taxiou até o final da pista e parou.

O uniforme de Stepanski tinha sido ajustado por um alfaiate ambicioso em Fadiman. Ben o tirou do armário e espanou umas sujeiras da lapela.

O crocodilo estava na rede.

25

As mulheres devem aprender a arte da guerra, que devem praticar como os homens.

Platão, *A república*, Livro V

Dom Angelo.

Tendo apenas essas duas palavras, Natalie começou uma busca desesperada em todos os catálogos telefônicos que conseguiu achar. Nada. Falou com o recepcionista do hotel, que perguntou se ela não poderia ter entendido mal, e a mulher dito *Don* Angelo.

— Isso faria alguma diferença? — perguntou, instantaneamente admitindo a possibilidade.

— Não — disse o homem.

Seu dicionário português-inglês dizia que *dom* significava dádiva, qualidade inata ou pessoa dotada, e também era um título, especificamente senhor.

Naquele momento, incerta quanto ao que a ansiosa enfermeira de vestido floral poderia ter dito, Natalie se arrastou até seu quarto, absolutamente exausta após um longo dia, pelos morros do Rio, pelo calor, e, provavelmente, um pouco por causa do *jet lag*. Ela se sentia mais isolada e só do que nunca. Era uma atleta com um único pulmão danificado com pequena chance de substituir. Don ou Dom Angelo, mesmo que fosse um dia encontrado, não mudaria essa realidade.

Não havia necessidade de uísque para ajudá-la a dormir naquela noite, nem, na verdade, qualquer coisa além do ruído baixo do ar-condicionado. No dia seguinte ela faria duas paradas no hospital — a primeira no escritório da vice-presidente Gloria Duarte, e a segunda na UTI cirúrgica. Se não tivesse sucesso, retornaria à polícia.

Dom Angelo... Dom Angelo...

Enquanto adormecia, os nomes produziram uma interminável fita de Moebius de perguntas. Seria um deles alguma espécie de título? Um prenome? Por que a mulher sequer tentara explicar? Será que parecia óbvio que Natalie entenderia?

Uma coisa de seu rápido encontro ficara clara para ela: havia mais no ataque no beco e na posterior perda do pulmão do que acreditara.

Com o tempo, o embalo do ar-condicionado lançou-a em um sono desconfortável, mas em duas ocasiões durante a noite sua exaustão foi derrotada pela reencenação viva do ataque a ela. Como tinha sido o caso muitas vezes antes, o terror era mais intenso do que apenas lembranças, e de muitas formas mais real e detalhado que qualquer pesadelo. Depois do segundo episódio, ela estava abalada demais para conseguir dormir novamente. Tinha sido enganada pelo taxista no aeroporto, baleada, operada, seu pulmão fora removido, ela foi bem atendida e levada de volta para casa assim que sua identidade foi confirmada. Tudo aquilo era completa e absolutamente verdadeiro... e, ainda assim, não era.

Em algum momento, Natalie adormeceu novamente, e já eram quase onze horas quando acordou. Após tomar banho, se vestir e voltar ao hospital, já passava de meio-dia. Disseram que Duarte estava em uma reunião e só voltaria ao hospital na manhã seguinte. De brincadeira, ela perguntou à secretária da mulher se Don ou Dom Angelo significava algo para ela. A mulher sorriu gentilmente e sugeriu que ela deveria perguntar à sua chefe, que sabia quase tudo.

O QUINTO FRASCO

Certa de que do modo como as coisas estavam a enfermeira que procurava também não estaria no hospital, Natalie foi para a unidade de terapia intensiva cirúrgica, no segundo andar — a UTI-C, como seria chamada na maioria dos hospitais americanos. Depois da remoção de seu pulmão em uma das vinte e uma salas de cirurgia do hospital ela teria sido levada para lá.

Por favor, esteja aqui, implorou Natalie ao atravessar as portas automáticas de vidro. *Por favor, esteja aqui...*

Ela examinou o que podia ver da unidade agitada e ficou desanimada. A UTI-C era de primeiro nível — dez cubículos de alta tecnologia, isolados por vidros, dispostos em torno de um núcleo de monitoramento da enfermagem. Lentamente, descontraída, anuindo e sorrindo para todos que faziam contato visual, Natalie percorreu o círculo. Estava pensando que não deveria ter ido na hora do almoço. Ela não deveria...

A mulher que procurava surgiu do último cubículo, vestindo trajes hospitalares azuis e escrevendo em um caderno vermelho de folhas soltas, e se afastou dela. Seu corpo e a coxeadura pronunciada não deixavam dúvidas de que era a mulher da rua. Com o coração acelerando, Natalie alcançou a mulher no posto de enfermagem. Tinha um rosto de querubim e era bastante bonita. Usava um colar de ouro fino, mas nenhuma outra joia nem aliança. Sua identificação dizia DORA CABRAL.

— Desculpe-me, senhorita Cabral — disse Natalie em voz baixa em português.

A mulher ergueu os olhos sorrindo, mas imediatamente sua expressão endureceu. Olhou ao redor, nervosa. Para Natalie, a reação eliminou qualquer dúvida.

— Sim? — perguntou Dora.

— Lamento ter vindo aqui assim, senhorita, mas estou desesperada — disse Natalie, temendo que seu português não desse conta da tarefa. — Acredito que você seja a pessoa que falou comigo na rua ontem à tarde. Se for, por favor, ajude-me a saber quem é Dom Angelo. Tentei descobrir, mas fracassei.

— Não quem — disse Dora em um sussurro rápido. — Onde. É uma cidadezinha. Fica...

A enfermeira parou de repente, escreveu algo na margem de uma folha de papel, empurrou-a três centímetros na direção de Natalie, levantou-se desajeitadamente e pegou o corredor na direção do cubículo onde estava trabalhando.

Aturdida, Natalie estava prestes a pegar o papel quando algo a fez se voltar na direção da entrada. Um policial com o uniforme da Polícia Militar entrara na unidade e estava indo na direção dela. Claramente sua chegada afastara Dora.

Natalie não ousou pegar o papel, mas olhou para ele.

20h 16 R.D. FELIX # 13

Quando se virou, o policial vinha em sua direção, sorrindo. Com uma forte sensação de náusea, ela o reconheceu imediatamente. Era Vargas, o comitê de recepção de um homem só que a abordara no Mirante do Pasmado.

Embora tivessem se encontrado em Botafogo, mesmo bairro em que ficava o hospital, Natalie teve quase certeza de que aquele segundo encontro não era uma coincidência. Ela também ficou ansiosa para afastar o policial da mesa do posto de enfermagem onde Dora tinha escrito seu endereço.

— Ora, é o policial Vargas, não? — entusiasmou-se, indo na direção dele. — O policial com o ótimo inglês. Eu o reconheci imediatamente.

— Do Pasmado, certo?

— Exatamente. Obrigada por lembrar.

O quinto frasco

Ele perguntou seu nome e ela disse, embora tivesse poucas dúvidas de que já sabia. Será que tinha visto Dora escrevendo? A mesa ficava 1,5 metro atrás de onde estavam. Ela tinha de dar um jeito de levá-lo em outra direção.

— Senhorita Natalie — disse ele, sedutor —, desculpe dizer, mas o hospital não costuma estar nos roteiros turísticos.

A cabeça de Natalie estava girando. O que ele estava fazendo ali? Se a estivesse seguindo desde o Pasmado, sabia que tinha mentido sobre o InterContinental. Se a estivesse seguindo desde que chegara ao aeroporto Tom Jobim, estava acontecendo alguma coisa horrível.

Natalie nunca tivera muita paciência com paqueradores — homens *ou* mulheres — e se orgulhava de não ser muito boa nisso. Mas aquele parecia ser um bom momento para tentar.

— Na última vez em que estive aqui na sua cidade tive o azar de cair nas mãos de um taxista inescrupuloso — disse.

— Infelizmente ainda temos alguns, embora a Polícia Militar esteja tentando acabar com eles.

— Bem, esse homem me levou para um beco e... Eu-eu tenho dificuldade para falar disso. Eu vim aqui para resolver algumas questões do seguro e agradecer à equipe que cuidou tão bem de mim quando estive internada.

— Entendo.

Natalie deu um pequeno passo à frente e ergueu os olhos para ele, tentando uma expressão que fosse doce e vulnerável.

— Policial Vargas, acho que se saíssemos daqui poderia contar o que aconteceu.

— Anh?

— Teria alguns minutos, talvez para um café?

— Por você eu dou um jeito.

— Obrigada — disse, tocando seu braço e suspirando. —

Algo horrível aconteceu a mim, e faria de tudo para chegar ao fim disso. *Qualquer* coisa. Talvez seja uma bênção você ter aparecido em minha vida não uma, mas duas vezes.

— Talvez — disse o policial, conduzindo-a pela porta e na direção do café. — Ou talvez o abençoado seja eu.

Dom Angelo, estado do Rio de Janeiro, população de 213. A biblioteca de Botafogo tinha essa informação sobre a cidade, mas pouco mais que isso. Em alguns mapas ela ficava localizada a 120 quilômetros a noroeste da cidade, naquilo que a bibliotecária disse ser o trecho leste da floresta do estado. Em outros mapas, ela simplesmente não aparecia. Após uma hora e meia de pesquisa, Natalie produzira um mapa que parecia guiá-la até lá — ou pelo menos perto de lá. Com sorte, às oito horas da noite Dora Cabral daria mais informações sobre o lugar e que tipo de respostas Natalie podia esperar encontrar lá.

Ela precisou de quase uma hora para se livrar de Rodrigo Vargas, que como disse era um veterano condecorado com quinze anos na Polícia Militar, havia muito separado da esposa mas acompanhando a vida dos dois filhos. Ele conhecia bem o detetive Pereira, que descreveu como um homem que passava tempo demais sentado. Durante a conversa, na qual Natalie não se referiu a Dora Cabral ou Dom Angelo, o policial não deu nenhum sinal de que seu aparecimento na UTI-C quando ela por acaso estava lá fosse mais do que uma coincidência.

No final ele disse que, considerando-se sua experiência desagradável no Rio, era compreensível por que ela relutara em dar o nome do seu hotel apenas por que um homem vestia um uniforme e dizia ser policial. Ele então prometeu verificar a investigação de Pereira e deu o nome de um bistrô onde ambos poderiam almoçar no dia seguinte para trocar informações.

O QUINTO FRASCO

— Espero que este seja o início de uma amizade especial, senhorita Natalie — disse ele com veemência depois que tinham se levantado.

— Eu também, Rodrigo — respondeu, tentando um sorriso convidativo e se demorando um pouco no aperto de mãos.

— Eu também.

Eles se separaram dentro do hospital e Natalie descobriu na recepção como chegar à biblioteca. Ela saiu, rezando para que Dora tivesse aproveitado a oportunidade para destruir o que tinha escrito. Na rua, ela se deslocou pela cidade prestando atenção em se estaria sendo seguida, usando todos os artifícios que vira na televisão e no cinema, mais alguns inventados na hora. Ela tinha quatro horas antes do encontro com Dora — quatro horas e uma longa lista de coisas de que precisava caso quisesse ir de carro para a floresta.

Às seis e meia da tarde ela tinha ido à biblioteca, a várias lojas de ferramentas e equipamento de camping e a lojas de roupas, levando algumas compras consigo e prometendo pegar o resto quando estivesse de carro. Se alguém estivesse vigiando o veículo não teria como pegá-lo sem ser vista e provavelmente seguida, mas ela não tinha escolha. O maior medo era que o carro tivesse desaparecido ou sido danificado de alguma forma, mas ele estava onde o deixara, uma pequena garagem a dois quarteirões do hotel.

16 R.D. FELIX #13

Com a ajuda da bibliotecária, ela localizou a rua de Felix no bairro da Gávea, cinco quilômetros a oeste de Botafogo. Ela colocou suas compras no carro. A seguir, querendo que estivesse mais escuro, começou a ziguezaguear, ultrapassando sinais vermelhos, seguindo por becos e estacionamentos e fazendo vários retornos, sempre de olho no retrovisor.

Quando estava razoavelmente certa de que não era seguida, trancou o carro em um lugar bem iluminado e, com uma tensão desagradável no peito, fez sinal para um táxi amarelo. Felizmente a motorista era uma mulher mais velha mascando chicletes que não lembrava em nada o taxista do aeroporto. Usando um mapa e improvisando quando parecia ser o caso, ela orientou a mulher subindo e descendo ruas, contornando quarteirões e por travessas. Finalmente, pediu para ser deixada em um quarteirão da rua de Felix. Foi com um indescritível alívio que a motorista simplesmente concordou.

A vizinhança era mais decadente do que Natalie esperara dada a ocupação de Dora Cabral. Prédios, a maioria de três andares e poucos bem conservados, espremiam-se ao longo de ladeiras estreitas mal iluminadas, juntamente com alguns prédios maiores espalhados. O crepúsculo estava rapidamente dando lugar à noite, mas havia um bom número de pessoas nas ruas, então Natalie não ficou especialmente ansiosa por estar só.

Às oito horas em ponto ela chegou a um prédio sem graça de quatro andares delimitado por duas travessas, com cerca de três metros de largura e jornais, caixas de papelão e latas espalhadas. O número 16 estava pintado em branco na fachada de tijolos.

Havia dois conjuntos de caixas de correio razoavelmente novas no saguão interno, e um painel vertical de campainhas. D. CABRAL estava bem no alto. Natalie apertou o botão, e depois mais uma vez. Ela olhou para o interior através do vidro. Havia uma escada pequena levando ao primeiro andar. Tocou a campainha pela terceira vez. Então, sentindo a primeira pontada de apreensão, tentou a porta, que abriu sem resistência. *Grande*

O quinto frasco

segurança. O número 13, identificado por algarismos dourados presos no centro da porta de madeira escura, ficava à direita, no final do corredor. Natalie ouviu com cuidado e bateu na porta — inicialmente com suavidade e depois com força. Silêncio.

20h 16 R.D. FELIX #13

Ela não tinha dúvida de que interpretara corretamente a mensagem escrita. Já tinham se passado dez minutos. A ansiedade crescia a cada segundo. O pedido de Dora na rua para que Natalie não olhasse para trás e sua reação da UTI-C à chegada do policial militar indicavam o medo da mulher, mas transmitir o nome Dom Angelo e o bilhete rabiscado sugeriam que ela queria ajudar.

— Vamos lá... Vamos lá...

Natalie bateu novamente, depois retornou à frente do prédio e tentou a campainha mais uma vez. Sua cabeça estava girando com as possíveis reações a esse novo acontecimento. Mas uma coisa era certa — ela não sairia dali até fazer de tudo para ter certeza de que Dora Cabral estava bem.

Oito e quinze.

Natalie pensou em bater na porta de um vizinho para ver se algum deles teria a chave do apartamento 13, mas em vez disso saiu e, de repente desconfiada, caminhou até o final do quarteirão e dobrou a esquina antes de dar meia-volta e retornar. Nada parecia suspeito, então ela foi até a travessa e olhou para dentro. Supondo que os apartamentos tinham o mesmo tamanho, a quinta e a sexta janelas à esquerda seriam as de Dora, mas como o primeiro andar ficava quatro degraus acima do nível da rua, elas estavam cerca de 60 centímetros acima da cabeça de Natalie. Havia uma luz fraca em ambas.

Oito e vinte.

Natalie não queria ter visto luzes. Um apartamento às escuras poderia significar que Dora estava atrasada. Luzes tornavam isso menos possível. Soturna, Natalie correu o máximo que pôde até o fim da travessa, até uma lixeira de aço galvanizado cheia pela metade. Ela a levou de volta, virou e subiu nela, de modo que a janela mais baixa estivesse ao nível do peito.

Ela estava vendo um quarto arrumado com duas camas iguais. A luz vinha de fora, aparentemente da cozinha. Ela piscou duas vezes para seus olhos se ajustarem à luz. Conseguiu ver a pia da cozinha, as costas de uma cadeira e uma parte da mesa da cozinha. Levou alguns segundos para se dar conta de que havia um braço pendurado na lateral da mesa.

— Ai, meu Deus, não! — soltou ela em voz baixa.

Sem hesitar, ela jogou o cotovelo com força contra a janela, mandando quase todo o vidro para dentro do quarto. Ainda havia muitos cacos grandes presos na moldura. Em vez de tentar retirá-los, ela se esticou, destrancou a janela, levantou-a e reuniu forças para se erguer e entrar. Ela correu para a cozinha sem se importar com o sangue que escorria de um corte abaixo do cotovelo.

Dora Cabral estava caída na mesa, morta. A cabeça repousava serenamente sobre uma bochecha. A boca estava aberta, os lábios puxados para trás em um ricto perturbador, expondo os dentes. Natalie verificou a carótida no pescoço e o pulso radial, mas sabia que não havia nada a ser feito. Então percebeu a seringa na mesa, junto a um frasco vazio do que ela tinha certeza ser um forte narcótico.

Nada que ela sentira na mulher levava a crer que fosse viciada em narcóticos, mas ela não tinha como ter certeza. No íntimo ela sentia que a morte de Dora tinha sido assassinato,

O QUINTO FRASCO

e pior, que tinha relação com as duas ligações entre elas — a cidadezinha de Dom Angelo na floresta e o policial militar Rodrigo Vargas.

Ainda chocada e sem conseguir pensar direito, Natalie olhou para baixo e percebeu o sangue escorrendo de sua mão e formando uma pequena poça no piso de linóleo. O corte em seu cotovelo tinha cinco centímetros e era bastante profundo, mas ela sabia que um pouco de pressão conteria o sangramento e com o tempo, desde que não houvesse nenhuma infecção, ela ficaria apenas com mais uma cicatriz do Rio. Pegou um pano de pratos na pia e tentou amarrá-lo apertado sobre o ferimento. Naquele instante ouviu sirenes se aproximando.

Seria uma armação?

Ela voltou a pensar claramente, animada por uma grande descarga de adrenalina. Tinha de fugir. Usando a camisa para girar a maçaneta, saiu rapidamente para o corredor e imediatamente decidiu evitar a escada da frente. Em vez disso, pegou uma escada estreita para um porão escuro. Praticamente cega, ela deslizou pela parede, procurando um interruptor. Quando estava prestes a desistir e subir as escadas novamente, encontrou um e acendeu. A apenas três metros havia uma pequena escada de concreto que levava a uma porta. Natalie a abriu com cuidado e saiu para uma travessa nos fundos do prédio, com menos de dois metros de largura e com um forte cheiro de urina.

As sirenes estavam mais perto, e ela tinha certeza de ter ouvido passos pesados e rápidos em algum lugar à sua direita. Ela *tinha* caído numa armadilha. Não havia dúvidas quanto a isso. Tinha de ser Vargas. Em breve, muito breve, ela seria morta tentando resistir à prisão, e as **pontas soltas** em relação a Dom Angelo seriam amarradas.

Michael Palmer

Ignorando a dificuldade em respirar, ela disparou na direção da extremidade da travessa mais distante dos passos e colou na parede quando um policial uniformizado passou correndo. Finalmente, atravessou a rua e entrou em outra travessa. Mais alguns quarteirões e foi obrigada a parar. Ela estava em um bairro de classe média alta, com casas familiares e jardins elegantes. Respirando fundo, e sem grande sucesso, ela se jogou no chão atrás de uma moita de palmeiras, samambaias e enormes iúcas, e se permitiu chorar — nem tanto por medo ou mesmo horror com a morte de Dora Cabral, mas por simples perturbação.

De algum modo ela conseguiria algumas respostas, ou morreria tentando.

Sua busca teria de começar, e com sorte terminar, em Dom Angelo.

26

Você já notou como o espírito é invencível e inconquistável, e como sua presença torna a alma de qualquer criatura absolutamente destemida e indomável?

Platão, *A república*, Livro II

Natalie passou a noite na parte de trás do carro, parado em um estacionamento ao norte da cidade, usando uma mochila como travesseiro e uma lona como cobertor. Durante seis horas, sua tensão e confusão disputaram com a exaustão física e emocional o controle de sua capacidade de dormir. No final, a disputa acabou em um empate, e ela avaliou que tivera duas ou talvez até três horas de descanso real.

Às cinco e meia, enrijecida e com os olhos embaçados, ela saiu do carro e caminhou pelo segundo andar da garagem. Pelo que podia dizer, ela estava a 20 ou 30 quilômetros ao norte do Rio, a menos de 20 quilômetros da estrada 44, um atalho que seguia para noroeste, afastando-se do litoral. Aquela estrada de mão dupla acabaria se tornando uma sinuosa estrada secundária, provavelmente de terra, que penetrava nos morros de mata nativa por pelo menos 30 quilômetros, antes de, de algum modo, ligar-se à estrada para a cidadezinha de Dom Angelo. Seria uma viagem infernal, mas o mesmo podia ser dito de cada centímetro que ela tinha viajado desde que entrara em seu primeiro voo para o Rio.

Sua alma doía terrivelmente por Dora Cabral e pelo que a mulher poderia ter passado antes de morrer. Não parecia haver sinais de tortura no corpo, mas Natalie tinha poucas dúvidas de que Rodrigo Vargas era hábil na arte de conseguir respostas sem deixar marcas.

Natalie se sentia absolutamente só — mais que em qualquer outro momento da vida. Ela pensara rapidamente em ligar para Terry ou mesmo Veronica para perguntar se poderiam ir até lá e se juntar a ela na busca por respostas, mas uma pessoa que tentara ajudá-la já tinha morrido. Não, aquele seria seu jogo de tudo ou nada. Na verdade, ela reconhecia amargamente que não importava e que já tinha perdido. A cicatriz em forma de cimitarra do lado direito confirmava isso. Mas as regras tinham mudado. O jogo já não era sobre vencer ou perder — era sobre respostas e, se possível, vingança.

Respostas e vingança.

O segundo andar da garagem ainda estava praticamente vazio, e a área despertava lentamente. Natalie respirou fundo e se alongou. Sua operação e o incêndio tinham afetado sua disposição, mas ela ainda era flexível, resistente e enganadoramente forte.

Ginástica em uma garagem soturna.

Era patético que uma vida com tantas possibilidades terminasse daquele jeito, mas a vida era assim. A maioria dos seus planos e sonhos de se tornar uma grande médica e uma defensora dos fracos e oprimidos do mundo tinham sido cortados do seu peito ou consumidos pelo fogo. Só restava a ela a enorme necessidade de saber que maldição tinha acontecido e por que, e o desejo ainda maior de encontrar e punir quem quer que fosse responsável.

Respostas e vingança.

O QUINTO FRASCO

Uma pequena lanchonete do outro lado da rua garantiu a ela o café da manhã e um banheiro, bem como um exemplar do jornal carioca *O Globo*. Aparentemente, o jornal não trazia nada sobre Dora Cabral. Mas ela suspeitava que em pouco tempo haveria uma matéria bem escrita com direito ao nome do principal suspeito.

A mulher encarquilhada atrás do balcão parecia não ter tirado uma folga do trabalho em décadas. Natalie deixou uma gorjeta enorme sob a xícara vazia e retornou à garagem. Pelo menos, caso ela não retornasse nunca dessa viagem, alguém teria lucrado.

Ela arrumou suas coisas e pensou rapidamente em telefonar para sua mãe ou Doug Berenger. Porém, independentemente da história que inventasse, ambos eram intuitivos o bastante para sentir que havia problemas. Eles já tinham passado pelo pesadelo de acreditar que ela tinha desaparecido, e a visto reaparecer. De que adiantaria ligar para eles a não ser deixá-los preocupados? Ademais, não eram nem sete horas, e o Rio estava duas horas à frente de Boston.

Em vez disso, ela escreveu uma longa carta a Hermina, com instruções para repassá-la a Doug. Nela, resumiu o que tinha acontecido desde que voltara ao Brasil, incluindo todos os nomes de que conseguia se lembrar. A garçonete da lanchonete inicialmente tentou devolver parte da gorjeta de Natalie, pensando que era um engano. Depois, finalmente convencida que sua sorte era real, conseguiu um envelope para a carta e concordou alegremente em colocá-la no correio.

Estava na hora.

O tanque de combustível do carro estava entre três quartos e cheio, e na mala havia reservatórios de 20 litros de gasolina e de água potável. Durante toda a sua carreira de estrela internacional das pistas ela sempre viajara bem, e podia contar nos dedos as noites que passara em uma barraca. Tinha sobrevivido à primeira noite em muitos anos dormindo na traseira de um carro. Sabia que seja lá o que estivesse esperando por ela, certamente incluiria muitas primeiras vezes.

A manhã estava clara e agradavelmente quente, prometendo mais um dia impecável. Natalie pegou a estrada rumo norte, tentando entrar no ritmo do trânsito carioca, que frequentemente não envolve o uso de setas ou espelhos ao mudar de pista e quase nunca o uso dos freios. No banco do carona estava o mapa muito tosco que tinha feito para chegar a Dom Angelo. Perguntas acerca do lugar continuavam a girar em sua cabeça no mesmo ritmo dos carros que disparavam por ela dos dois lados. A mais incômoda dessas perguntas envolvia a possibilidade de que Dora Cabral tivesse simplesmente se confundido ao acreditar que a cidade tivesse algo a ver com a infeliz corrida de táxi de Natalie e a perda do pulmão. Era cruel demais até mesmo considerar a possibilidade de que a pobre mulher tivesse sido morta por engano. Mas se ela realmente sabia de algo, quais poderiam ser as ligações entre uma estudante de medicina de Boston, uma enfermeira no Rio e uma cidadezinha remota em meio a uma floresta brasileira?

A rodovia 44 oeste, localizada basicamente onde ela esperava que estivesse, foi uma agradável surpresa — uma estrada de duas pistas recém-pavimentada com linhas centrais pintadas, bons acostamentos e pouco tráfego. Se sua avaliação estivesse correta, cerca de 25 quilômetros à esquerda haveria uma saída, provavelmente de terra, que subiria sinuosa

O QUINTO FRASCO

pelos morros na direção de Belo Horizonte, a grande capital do estado de Minas Gerais. A cerca de 160 quilômetros deste lado de Belo Horizonte, sairia à esquerda aquilo que nos mapas parecia ser uma estrada de uma pista. E em algum ponto *daquela* estrada ficava Dom Angelo. Era pouco provável que conseguisse sem dificuldades, mas se determinação fazia alguma diferença, ela encontraria o lugar.

Oito quilômetros antes do ponto onde achava que estaria a estrada para Dom Angelo ela reduziu a velocidade e começou a examinar e analisar cuidadosamente cada saída. Estava no sopé íngreme da extremidade leste da floresta. A estrada de duas pistas, que já não tinha uma pavimentação recente e estava cheia de buracos, continuava a subir quase constantemente e decorriam um ou dois minutos antes que um carro passasse por ela em qualquer direção.

Natalie diminuiu ainda mais e baixou as janelas. Ela podia estar imaginando coisas, mas o ar cheio de oxigênio parecia diferente em seu pulmão. Inspirações profundas e recompensadoras eram mais fáceis e mais frequentes. Sua pulsação pareceu até mesmo desacelerar. A floresta se aproximou da estrada dos dois lados, protegendo-a do sol do final da manhã. Em vários trechos surgia um rio largo e rápido, correndo paralelamente à pista durante algum tempo antes de se esconder entre as árvores e a vegetação densa.

A estrada pavimentada tinha nivelado no momento em que Natalie viu a saída. Era uma estrada gasta de terra e cascalho, com mais de uma faixa de largura, mas provavelmente menos de duas. Uma placa mal pintada indicando CAMPO BELO e uma seta vermelha sob as palavras tinha sido colocada em uma árvore. Pela sua avaliação, Campo Belo era a cidade mais próxima de Dom Angelo, mas era quase impossível avaliar a distância entre elas. Embora estivesse quase certa de ter encontrado a estrada, Natalie verificou a quilometragem e conferiu novamente seu mapa. Finalmente convencida, virou à esquerda e começou uma lenta subida de montanha-russa por uma floresta cada vez mais densa.

O primeiro momento em que sentiu problemas foi quando encostou na lateral da estrada e fez uma refeição rápida de carne fatiada, suco frio e meia barra de chocolate. Estava na estrada havia vinte ou vinte e cinco minutos e passara por apenas um carro, mas quando desligou o motor, pouco antes do silêncio da floresta se abater, ela ouviu algo. Parecia um carro deslizando no cascalho, juntamente com o ruído rápido de um motor. Então, em instantes, não havia nada. Poderia ser um eco de seu próprio carro? Provavelmente, resolveu. Provavelmente tinha sido isso.

Ela comeu rapidamente, prestando atenção a qualquer som além dos pássaros e insetos da floresta ao meio-dia. Então colocou no bolso o canivete suíço e passou a faca de caça da mochila para o banco do carona. Só um eco. Apenas isso.

Durante o quilômetro e meio seguinte a estrada pareceu ficar mais estreita e mais íngreme. À esquerda, elevando-se da lateral da estrada, havia uma encosta quase a prumo coberta de árvores; à direita, um despenhadeiro íngreme. Se um carro se aproximasse naquele momento os dois não conseguiriam passar, e alguém teria de recuar. Natalie dirigiu dividindo a atenção entre a estrada cada vez mais difícil à frente e o vazio empoeirado atrás. Ela estava trincando os dentes, e suas mãos apertavam o volante, em parte pela tensão de seguir a estrada, mas também por causa do som que tinha ouvido.

Nesse momento ela foi atingida por trás.

O QUINTO FRASCO

Ela deveria ter tirado o olho do retrovisor por um instante, porque a pancada, bem forte, foi uma surpresa total. Ela pisou no freio por reflexo, fazendo com que o carro fosse lançado na direção do precipício em um ângulo de 45 graus. Ela teria ido diretamente para lá se não tivesse pisado no acelerador até o fim, ao mesmo tempo girando o volante para a esquerda. A lateral do carro bateu na encosta, arrancando arbustos e raspando no tronco de uma árvore.

Antes mesmo de olhar por cima do ombro Natalie sabia que o motorista era Rodrigo Vargas. No momento em que seus olhos se encontraram ele sorriu e acenou.

Então o seu carro, um grande Mercedes preto, recuou um pouco e arremeteu novamente. Dessa vez não havia como escapar. O carro foi arremessado antes mesmo que Natalie pudesse reagir, raspando nas árvores e na vegetação densa pelo que pareceu uma eternidade. Ele tocou forte no chão, ainda de pé, fazendo os seus maxilares baterem. O para-brisa estilhaçou, as portas se abriram, e a do motorista foi arrancada. O carro se ergueu o suficiente para arrancar vegetação rasteira. Tombando de lado, quase bateu em uma árvore. Usando cinto de segurança e agarrando o volante com toda a força, havia pouco mais que Natalie pudesse fazer.

Finalmente o carro levou um golpe violento no para-lama dianteiro esquerdo, sendo arremessado para a frente de forma bruta antes de parar, com as rodas girando, sobre o lado do carona, virado para a encosta.

A primeira coisa que Natalie tinha certeza era não estar morta. Ela ainda estava presa ao banco em uma posição tremendamente desajeitada e sangrava em algum ponto acima do olho esquerdo. O carro tinha sido tomado por uma névoa química, aparentemente saída do *airbag* vazio. O lado direito do quadril latejava, mas braços, mãos e pés reagiram quando ela tentou movê-los. Fosse do tanque ou do reservatório de 20 litros, havia um cheiro cada vez mais forte de gasolina.

Ela soltou o cinto de segurança e saiu por onde antes tinha havido uma porta, segurando um grito sempre que movia o quadril. Uma contusão ou distensão muscular, mas não uma fratura, concluiu ela. Iria atrasá-la, mas não detê-la. Ela viu sua faca de caça caída abaixo da maçaneta da porta do carona. Sentindo dores, ela se esticou, pegou-a e enfiou na cintura elástica de suas calças. O carro tinha parado tão longe na encosta que ela não conseguia ver a estrada em meio à folhagem, mas sabia que em algum lugar ali Vargas se preparava para descer e verificar o trabalho, e, se necessário, terminá-lo.

Ela saiu mancando do carro e se ajoelhou, de cabeça baixa, e escutou. Podia ouvir água corrente pouco abaixo; de cima, nada. Então chegaram os mosquitos — caças solitários e esquadrilhas, atraídos por seu suor, sua respiração e seu sangue, zumbindo nas orelhas e no nariz.

Nenhum movimento!, alertou a si mesma, permanecendo agachada enquanto a primeira onda de insetos começava a morder.

Nenhum movimento, nenhum som!

— Natalie! — gritou Vargas, o som penetrando na floresta. — Natalie, você está bem? Foi idiotice minha ter feito aquilo. Se você estiver ferida eu quero ajudar.

Natalie olhou para trás, para a encosta íngreme da floresta, mas não viu movimento algum. Sempre de quatro, tentando tirar da cabeça a dor intensa no quadril, ela se arrastou em espaços de 15 centímetros paralelamente à encosta, afastando-se do carro. Ela não tinha dúvida de que Vargas estava

O QUINTO FRASCO

armado. Ela tinha uma faca, mas pouca mobilidade e nenhuma velocidade. Todos os seus movimentos pelo terreno encharcado produziam samambaias esmagadas e galhos quebrados. Vargas logo estaria seguindo a trilha. Sua única chance, e muito pequena, seria uma emboscada pelo alto. Claro que no momento da verdade ela precisaria estar disposta a usar sua lâmina de 20 centímetros.

— Natalie. Sei que você está ferida e precisa de ajuda! Eu posso ajudar você. Posso explicar tudo. Posso contar sobre Dom Angelo.

Ele estava levemente sem fôlego, um indício de que estava descendo na direção do veículo. Tirando alguns insetos das narinas, Natalie avançou, procurando o lugar certo. Abaixo, o som do córrego ou rio ficava mais alto. De repente, à direita, a floresta terminava. A queda de sete ou nove metros na direção da água — uma correnteza larga — não era exatamente em linha reta, mas bastante íngreme.

— Natalie, sei para onde você está indo. Se quer ajuda, fique onde está. Eu vi sangue em seu carro. Sei que está ferida.

Não havia muito tempo. Ainda de quatro, Natalie avançou mais seis metros, depois subiu a encosta três metros, retornando em seguida na direção do carro. Se Vargas estava seguindo sua trilha, passaria logo abaixo dela. Quando o fizesse ela teria uma chance, e apenas uma.

Ela se apoiou no tronco grosso e atarracado de uma palmeira. Não havia nenhuma posição em que seu quadril não doesse, então decidiu ignorar qualquer dor que não a incapacitasse. Ela tinha lido em algum lugar que havia mais de 2,5 milhões de espécies de insetos na floresta tropical. Naquele momento, não tinha dificuldade em acreditar na estatística.

Ela podia ver a vegetação se mexendo à sua direita. Ela puxou a faca de caça da cintura e a desembainhou. A lâmina, que nunca tinha sido usada a não ser para cortar uma folha de papel na loja, era assustadora e intimidadora. Avaliou seu peso e decidiu cravá-la de cima para baixo, buscando um ponto no pescoço ou no peito de Vargas. Imaginou a cena do ataque da mãe de Norman Bates ao detetive em *Psicose*. À medida que os ruídos produzidos pelo policial se aproximavam, ela pensou em Dora Cabral caída na mesa de sua cozinha humilde. Rodrigo Vargas, apesar de seu encanto e boa aparência, era um assassino sem remorsos. Ela tinha de ser forte e disposta, disse a si mesma. *Forte e disposta.*

Em segundos ela viu o alto da cabeça do homem sob a vegetação. Estava se movendo lentamente, consciente de tudo ao seu redor. Ela se agachou e firmou o pé direito, agarrando a enorme faca e tentando ignorar a dor aguda em seu quadril. Vargas estava chegando à linha de visão. Em três ou quatro passos estaria exatamente entre ela e o despenhadeiro até o rio. O som da água correndo era seu aliado, disfarçando seu movimento no instante final. Ele segurava uma arma relaxada e profissionalmente à sua frente. Mais dois passos.

Não olhe para cima. Não...

Natalie se ergueu desajeitadamente e se lançou sobre o homem, mais girando em arco que cravando a faca. Ela acertou logo atrás do ombro direito de Vargas e achou que poderia ter atingido um osso. O homem gritou. Sua arma disparou sem mira. Então seu impulso levou os dois até a beirada da escarpa, rolando sem controle na direção do rio — duas bonecas de pano batendo em árvores e passando sobre arbustos.

O QUINTO FRASCO

A três metros da beirada Natalie agarrou uma moita lenhosa e parou, os galhos rasgando a pele de seus braços. Vargas continuou quase em queda livre, finalmente parando de barriga, imóvel, sobre a lama, com a metade inferior do corpo dentro da água. Sangue manchava sua camisa cáqui, correndo do corte de faca, atrás e abaixo da axila direita. Ela não conseguia ver nem a arma dele nem sua faca.

Natalie permaneceu deitada onde estava, tremendo descontroladamente, tomando fôlego e sentindo dores em mais lugares do que era capaz de contar. Abaixo dela, Vargas permanecia imóvel, as pernas dançando de forma obscena na correnteza. Será que ele tinha quebrado o pescoço na queda? Ou disparado em si mesmo por acidente? Ou ela conseguira um ferimento mortal? Das três possibilidades, apenas a terceira parecia improvável. A faca não parecera ter ido tão fundo, mas a força era grande, e praticamente qualquer coisa podia ter acontecido.

Gemendo com o desconforto, ela se virou e sentou, apoiando-se em braços que pareciam ter sido atacados por um morcego. Abaixo, as pernas de Vargas continuavam sua macabra dança mortal. Ela disse a si mesma que ele era um homem mau e merecia seu destino. Mas no fundo ainda estava enjoada por tê-lo matado.

Sentindo dores, usou uma árvore para se levantar, depois olhou novamente para o policial, tentando se concentrar no que fazer a seguir. Rodrigo Vargas e seu carro alugado provavelmente estavam onde ficariam para sempre. Sua missão era chegar a Dom Angelo, e a forma mais provável de conseguir fazer isso era na Mercedes do homem.

Onde estariam as chaves?

Subir a encosta não seria fácil, e não valeria a pena caso as chaves estivessem no bolso de Vargas, como parecia provável. A ideia de tirá-las dele a deixava nauseada, mas subir a encosta para procurar por elas, depois descer caso não estivessem no carro e subir novamente não fazia sentido.

Seguindo com cuidado na direção do corpo, Natalie procurou uma pedra pesada que pudesse usar como arma caso estivesse errada quanto a Vargas. Em vez disso, o que achou era muito melhor — a arma dele. Estava caída na lama, na base de uma samambaia enorme, a cerca de seis metros da água. Era um pesado revólver de cano longo com uma coronha de madeira escura — parecido com algo que Jesse James teria usado. *Não surpreende.*

Ela limpou o cano nas calças e se aproximou com cuidado do corpo de Vargas. A bochecha estava colada na lama, o rosto virado para o outro lado, braços esticados. Cautelosamente, ajoelhou-se ao lado dele e hesitou em enfiar a mão no bolso. Em vez disso, colocou o dedo na pele sobre a artéria radial do pulso. Ele tinha batimentos!

Antes que Natalie pudesse reagir à descoberta saiu um grito gutural da garganta de Vargas. Rosnando, ele se virou como uma víbora, agarrando o punho da mão que segurava a arma. Aquele que um dia tinha sido um policial urbano era uma aparição. Seu lábio superior apresentava um ferimento profundo e sangrava muito na máscara de lama que cobria seu rosto. Seus olhos brilhavam com uma fúria insana e seus dentes, cobertos de lama e sangue, estavam à mostra.

Natalie socou violentamente o rosto dele com a mão livre e o chutou repetidamente com toda força, tentando de algum modo atingir sua virilha. Ele pesava pelo menos 25 quilos a

O QUINTO FRASCO

mais que ela, e apesar de todo o seu esforço, conseguiu ficar por cima dela. A mão livre agarrara sua garganta e apertava. Quando achou que perderia a consciência, um de seus chutes acertou, e ele diminuiu o aperto por um instante. Sem pensar, Natalie soltou a mão, apontou a arma na direção aproximada de seu agressor e disparou.

Em um jato de sangue, o corpo de Vargas desmontou imediatamente. O alto do seu crânio, atingido de baixo para cima a menos de 60 centímetros, tinha desaparecido, expondo o que restava do seu cérebro.

Quase em choque, gritando com toda força, os ouvidos zumbindo com o terrível barulho do revólver, Natalie limpou tecido e sangue de suas pálpebras com as costas da mão. Então girou e enfiou o rosto no rio frio e lodoso.

27

Com relação à temperança, à coragem, à grandiosidade e a todas as outras virtudes, não devemos diferenciar cuidadosamente o filho legítimo e o bastardo?

Platão, *A república*, Livro VII

O dr. Sanjay Khanduri, moreno, bonito e muito intenso, esgueirou-se pelas ruas cheias da metrópole de Amritsar, orgulhosamente louvando suas virtudes a Anson, sentado no banco ao lado dele, e também a Elizabeth St. Pierre, no banco de trás.

— Estamos no estado de Punjab, dr. Anson — disse com seu sotaque sincopado indo-britânico. — Amritsar é minha cidade natal, uma das mais belas de nosso país e centro de peregrinação para os siques. Conhece essa religião?

Segundo St. Pierre, Khanduri era um dos maiores especialistas mundiais em transplante de pulmão. Naquele momento, quase dois meses depois de sua operação impressionantemente bem-sucedida, Anson não tinha nenhuma razão para discordar.

— Sei alguma coisa. Muito mística, profundamente espiritual. Um Deus, nenhum ídolo, igualdade de todos, cinco símbolos. Vamos ver se me lembro deles. Não cortar o cabelo, sempre usar quatro talismãs específicos: um pente, um bracelete de aço, uma espécie de roupa íntima especial e... uma espécie de pequena adaga. É isso?

— A adaga simboliza a espada, e as roupas íntimas são de soldados, simbolizando a constante preparação dos siques para lutar por suas crenças. Excelente, doutor, estou muito impressionado.

— Mas você é glabro, então suponho que não seja sique.

— É verdade, doutor. Embora partilhe boa parte da filosofia dos siques, não partilho toda ela.

— Sanjay, ainda estamos muito longe da casa da sra. Narjot? — perguntou St. Pierre.

— Não muito, dra. Elizabeth, mas como pode ver, o trânsito está ruim. Estamos na Court Road, sempre engarrafada. Precisamos pegar a Sultan Road. Cinco quilômetros, diria. Não demoraria muito se estivéssemos nos movendo.

Khanduri riu de seu próprio humor. O céu do meio da tarde era uma expansão absolutamente azul, e o sol estava quente. Com o Toyota do cirurgião praticamente imóvel, pedintes, falando sem parar, eram atraídos para as janelas ao lado do homem caucasiano e da impressionante mulher africana.

— Quero dar algo a cada um deles — disse Anson.

— É um homem muito gentil, doutor. Infelizmente, há muito mais pedintes do que você tem dinheiro para dar a eles.

— Imagino.

— E isso apenas neste bairro. Fico animado de ver que está respirando normalmente. Agora posso avaliar pessoalmente que todos os relatos positivos de Elizabeth eram verdade.

— Você fez um trabalho impressionante.

— Obrigado. Confesso que fiquei muito nervoso com o surto de pneumonia por *Serratia marcescens* em todo o hospital e por termos precisado transferi-lo logo depois da cirurgia.

— Para falar a verdade, eu me lembro de muito pouco daqueles primeiros dias depois da operação. Na verdade, o hospital para o qual vocês me transferiram na Cidade do Cabo é a primeira lembrança que tenho.

— O surto de *Serratia* foi perigoso, Joseph — disse Elizabeth. — Especialmente com você tomando medicamentos contra rejeição, por menor que fosse.

— Eu temi transferi-lo para outro dos hospitais de Amritsar — acrescentou Khanduri. — A *Serratia* já estava se manifestando em alguns dos pacientes deles com as defesas comprometidas, e além disso eles têm sofrido com falta de pessoal.

— Tudo bem quando acaba bem — disse Anson, sentindo naquele momento que na verdade nunca tinha analisado muito bem a citação de Shakespeare, e não estava absolutamente certo de que concordava com ela.

— Tudo bem quando acaba bem — repetiu Khanduri.

O tráfego voltou a andar e os pedintes se afastaram. Anson ficou sentado em silêncio, fascinado com o caleidoscópio que era Amritsar. Um quarteirão rico e arquitetonicamente sofisticado, o seguinte de mau gosto e decrépito. Era um milagre que em meio àquela inacreditável massa de humanidade, vários milhões de pessoas apenas naquela cidade, exatamente no momento necessário, surgisse para ele um presente de vida na forma de um homem com morte cerebral que tinha uma compatibilidade de tecidos praticamente perfeita com ele.

— O Whitestone faz levantamentos literalmente no mundo todo — explicara Elizabeth, quando discutiram sua decadência física. — Estamos determinados a proteger nosso investimento a qualquer custo.

Ela encerrara a afirmação com uma piscadela.

De fato, graças àquele homem encantador e modesto que era seu guia, o investimento do Whitestone tinha sido protegido, de forma maravilhosa. Portanto, assim que ele tivesse acabado de fazer as pazes com a viúva e os filhos de

O QUINTO FRASCO

T.J. Narjot, Anson faria sua parte do acordo entregando os últimos segredos da síntese de Sarah-9.

Khanduri fez um pequeno desvio para que eles passassem pelas paredes douradas, o domo e os altos minaretes do Templo de Ouro.

— As águas em que o Templo de Ouro repousa são chamadas de Lago de Néctar. Os siques continuamente embelezaram e melhoraram a estrutura de várias formas desde o século XV — disse ele.

— Você parece se orgulhar muito dos siques — disse Anson. — Por que não abraçou a religião deles?

— Eu sou hindu — respondeu simplesmente Khanduri. — Acredito fortemente no sistema de castas, e os siques não o defendem publicamente.

Anson ainda estava olhando para o templo, ou teria visto St. Pierre fazer contato visual com Khanduri pelo espelho retrovisor e balançar a cabeça firme e enfaticamente.

Após 45 minutos de viagem, o cirurgião parou em frente a uma residência modesta de dois andares em uma rua de classe média que não era de modo algum agitada como as que a cercavam.

— T.J. Narjot era o chefe de uma equipe que faz consertos para a companhia de eletricidade — explicou ele. — Sua esposa, Narendra, como costuma ser o caso na Índia, ficava em casa com os filhos. Ela não fala inglês, e terei de traduzir para você. Este estado, Punjab, tem sua própria língua, mas ela e eu falamos principalmente híndi. Quer entrar conosco, Elizabeth?

— Sim — disse St. Pierre após hesitar rapidamente. — Sim, acho que sim. Tudo bem para você, Joseph?

— Claro. Dr. Khanduri, por favor, diga à sra. Narjot que não a incomodaremos muito.

Michael Palmer

Eles foram recebidos à porta por uma mulher magra e atraente na casa dos trinta anos de idade, sem joias, vestindo um sari de cores discretas. A cabeça não estava coberta, e seu cabelo da cor de ébano caía nos ombros. Ela não demonstrou recato, apertou as mãos dos três visitantes e manteve contato visual ao falar com eles. A pequena sala era bem mobiliada, com muito poucos objetos de arte nas paredes ou mesas. Havia várias fotos de um homem magro e de boa aparência, com bigodes e um sorriso cativante, que depois Narendra confirmou ser o marido morto. Em algum ponto do andar de cima vinha o som de conversas e risos de crianças.

Após Anson ter dado os pêsames e agradecido à anfitriã por recebê-los, perguntou sobre o marido.

— T.J. e eu fomos casados por doze anos — disse Narendra por intermédio de Khanduri. — Nossos garotos têm nove e seis anos. Sentem muito a falta do pai, e ainda ficam muito chateados de falar sobre o que aconteceu.

— Não irei perturbá-los — disse Anson.

— Isso será bom. Até sua hemorragia, ele tinha ótima saúde. O derrame foi súbito e grande, sangramento de vasos sanguíneos emaranhados que ele tinha desde o nascimento.

— Era uma má-formação arteriovenosa — interveio St. Pierre.

— Imaginei — disse Anson.

— Meu marido e eu tínhamos falado sobre o que iríamos querer caso algo assim acontecesse. Claro que nunca esperávamos que... — disse Narendra, interrompendo-se e começando a chorar. Khanduri indicou que podia esperar e permitiu que ela continuasse. — ...que nenhum de nós precisasse tomar essa decisão.

— Compreendo — disse Anson.

O QUINTO FRASCO

— No final, pulmão, córneas e os dois rins de T.J. foram transplantados. Então ele teve um maravilhoso Shraddha — um funeral, como explicou Khanduri — e seu corpo foi cremado.

— Os Narjot não são siques? — perguntou Anson, percebendo, enquanto perguntava, que T.J. não tinha nem a barba de um sique nem o costumeiro turbante.

— Não. Assim como eu, eles são hindus — disse Khanduri.

— Mas os hindus não acreditam que a doação de órgãos é uma mutilação do corpo, e, portanto, deve ser evitada? — perguntou Anson.

Khanduri não fez a pergunta a Narendra.

— Antigamente era assim, mas hoje um número cada vez maior de hindus compreende que a doação de órgãos é útil aos outros, portanto algo honrado. Felizmente para você e para os outros receptores dos órgãos, é o caso dos Narjot.

No total, a conversa traduzida demorou pouco mais que uma hora, durante a qual Anson perguntou sobre T.J. Narjot — sua personalidade, seus interesses e sua história pessoal.

— Ele parece ter sido um homem muito incomum — disse Anson quando Narendra terminou.

— Ah, ele era. Era muito especial e vou sentir falta dele para sempre. — Foi a resposta traduzida.

Por fim, Narendra guiou seus convidados por uma rápida visita à casa que incluiu um aceno a seus filhos. No saguão Anson tirou um envelope do bolso. Narendra, reconhecendo imediatamente o que era, tentou com veemência recusar, mas Khanduri interferiu e após uma explicação bastante longa a mulher aceitou, ficou nas pontas dos pés e beijou Anson no rosto.

— Cuide-se, dr. Anson. Meu marido vive em você — disse ela.

— Meu corpo será um templo à memória dele, sra. Narjot — respondeu Anson.

— Então, dr. Anson, o encontro com a esposa de seu benfeitor foi o que esperava? — perguntou Khanduri quando estavam voltando de carro para o aeroporto.

— Eu me esforcei para não ter expectativas, mas certamente foi uma experiência enriquecedora. Algo que nunca esquecerei — disse Anson.

Os punhos de Anson, mantidos nas laterais onde nem Khanduri nem St. Pierre podiam ver, estavam tão apertados que suas unhas quase rasgavam a pele das palmas.

Eram três e meia da manhã quando Anson saiu pela janela de trás de seu apartamento. A floresta, lavada por uma chuva noturna, estava perfumada e mística. Abaixado e evitando as câmeras de segurança, Anson deu uma grande volta pela mata densa e então seguiu para a direita, rumo à estrada de acesso ao hospital. A estrada era patrulhada à noite, mas com pequena frequência.

O voo de volta, com duas conexões, demorara quase um dia inteiro. Anson tinha pedido para seu amigo de confiança, Francis Ngale, ajeitar as coisas para ele. Então tomara banho, descansara, vestira roupas escuras limpas e finalmente saíra pela janela. Em vinte minutos ele tinha chegado à estrada, pavimentada pelo governo em gratidão pelo trabalho na clínica. Ele precisou de alguns segundos para se orientar e ver que Ngale estava esperando na direção sul, a pequena distância.

Anson era um homem brilhante e adorava resolver charadas de todo tipo. Mas a charada que o intrigava naquele momento continuava a desafiar sua lógica. Ele sabia que a viagem que faria à aldeia de Akonolimba seria um passo fundamental para a solução. Sabia que havia aqueles que, como Elizabeth, consideravam-no extremamente vigilante e desconfiado. Mas

O QUINTO FRASCO

naquele momento parecia possível que não tivesse sido suficientemente paranoico.

As nuvens de chuva mantinham a estrada não iluminada bastante escura, mas um pouco de luz refletia nela e brilhava no piso molhado.

— Francis — chamou em voz baixa, após fazer uma curva.

— Bem aqui, doutor. Continue vindo — respondeu o guarda de segurança.

O homem enorme, escuro como a noite, estava esperando junto à estrada, segurando a bicicleta de catorze marchas que um dia tinha sido de Anson, mas acabou pertencendo a qualquer um na clínica que quisesse dar uma volta. Para Anson seria a primeira vez em dois anos, embora sua cirurgia tivesse sido tão bem-sucedida, que ele não se preocupava em usá-la.

— Lembra como andar de bicicleta? — perguntou Ngale.

— Espero que seja fácil como andar de bicicleta.

— Muito engraçado. Eu coloquei óleo na corrente e nos eixos, bem como nas marchas e nos freios. Se você cair a culpa será toda sua.

Anson deu um tapinha no ombro do amigo e começou a pedalar. Ngale deu alguns passos preocupados ao lado dele e depois foi para a lateral da estrada.

— Direi olá ao prefeito por você — gritou Anson por sobre o ombro.

— Já fiz isso. Platini está esperando você.

Como sempre, os perfumes e sons da floresta eram hipnóticos, e por duas vezes Anson foi obrigado a voltar as atenções para a estrada. A pedalada de 40 quilômetros até a aldeia de Akonolimba, às margens do rio Nyong, levou apenas meia hora. A estrada de terra que dividia a aldeia estava enlameada demais para pedalar, então Anson caminhou os últimos

400 metros. Muitas das cabanas eram de blocos de cimento e alumínio corrugado, mas algumas ainda eram de junco e palha. A aldeia tinha água corrente e eletricidade, assim como telefonia, mas poucos dos habitantes podiam desfrutar disso, e alguns dos que podiam simplesmente não queriam.

Platini Katjaoha, prefeito da cidade, tinha uma mercearia e vivia na casa mais rica — blocos de cimento e argamassa, dois andares, com garagem, vários cômodos e uma cisterna. Também havia uma antena de satélite em uma das paredes externas. Anson bateu na porta suavemente e ele atendeu descalço, usando bermudas vermelhas e uma camisa havaiana abotoada apertada sobre sua régia barriga. Seu sorriso exibia dentes perfeitos que pareciam quase fosforescentes contra sua pele cor de ébano.

— Senhor prefeito — sussurrou Anson em francês. — Muito obrigado por fazer isso por mim.

— Você é sempre bem-vindo em minha casa, doutor — respondeu Katjaoha, complementando seus cumprimentos com um aperto de mãos e um grande abraço. — As portas lá em cima estão fechadas, portanto você não acordará ninguém. De qualquer modo, minha mulher dorme como uma pedra e as crianças estão exaustas de ficarem correndo o dia inteiro. Posso oferecer vinho, chá, alguma coisa?

— Apenas um telefone.

— Soube que você fez uma ótima operação. Ficamos felizes.

— Obrigado, meu amigo, tenho um pulmão novo.

— De alguém na Índia, pelo que ouvi.

— Na verdade, estou aqui para descobrir isso. Francis disse que eu faria um interurbano?

— Por tudo o que já fez pelo povo de nossa cidade, você poderia ligar para a Lua se quisesse.

O quinto frasco

— Obrigado. Por favor, anote seu número. Vou precisar que meu amigo ligue para cá.
— Sem problema.
— E eu talvez tenha de esperar por essa ligação.
— Também sem problema.
— Você é um homem maravilhoso, Platini Katjaoha.
— Então você é o ídolo de homens maravilhosos. Estarei lá em cima. Chame meu nome se precisar de mim.

Anson agradeceu novamente, sentou-se em uma cadeira gasta junto ao telefone e tirou do bolso um papel dobrado. Havia um fuso de cinco horas entre Camarões e Nova Déli, então ele não tinha certeza se Bipin Gupta estaria em casa ou no escritório. Conhecendo o chefe dos editorialistas do altamente reconhecido jornal *Indian Express* bem como conhecia, Anson discou primeiro o número do trabalho. Como era previsível, Gupta atendeu ao primeiro toque.

— Saudações de Camarões, velho amigo — disse Anson em seu híndi quase fluente.
— Joseph, Joseph, que agradável surpresa. Mas você precisa ligar mais vezes. Seu sotaque sul-africano está ficando mais forte.

Os dois tinham morado juntos dois anos na faculdade na Cidade do Cabo. Embora Gupta fosse fluente em inglês, Anson desde o primeiro dia insistira que só falassem híndi um com o outro. Ele sempre tivera facilidade para línguas, e rapidamente acrescentou o híndi materno de Gupta ao seu inglês, africano, holandês, francês, espanhol e alemão.

Durante a viagem a Amritsar ele ficara surpreso ao se dar conta de que nunca tinha dito a Elizabeth que era fluente em híndi. Inicialmente ficara constrangido de esperar enquanto Sanjay Khanduri traduzia um idioma que ele entendia perfeitamente, mas também divertido, e determinado a não permitir que sua fraude bem-humorada fosse longe demais. Mas isso foi antes de Narendra Narjot, ou quem quer que ela fosse, perguntasse: "Que tal meu desempenho até agora?", e Khanduri respondesse, para seu choque: "Apenas continue a dar respostas simples e diretas, e eu farei o resto".

Depois de algumas cortesias iniciais, Anson disse:

— Bipin, preciso que você verifique uma ou duas coisas para mim. Se for possível, vou esperar sua resposta aqui. A primeira é um homem chamado T.J. Narjot, Sultan Road, Amritsar. Cerca de quarenta anos de idade. Ele supostamente morreu no Hospital Central em algum momento na semana de 18 de julho.

— E a segunda?

— Em algum momento mais ou menos nessa época teria havido uma infecção hospitalar no Hospital Central e em outros de Amritsar por um germe chamado *Serratia marcescens*. Preciso saber se realmente houve essa epidemia.

O jornalista pediu que ele soletrasse o nome da bactéria, e disse:

— Você sabe que é mais difícil determinar que uma pessoa não existe ou que algo não aconteceu do que o contrário.

— O que sei é que meu amigo Bipin Gupta é capaz de tudo.

— Dê o número em que você está, e uma hora — disse Gupta.

28

Se eles escaparem à tragédia, serão os melhores para ela.

Platão, *A república*, Livro V

O Mercedes preto de Rodrigo Vargas era um potente sedã de quatro portas cheirando a charuto. Cansada e atrasada por sua respiração e pela grande contusão no quadril, Natalie tinha dirigido quase 400 metros quando encontrou uma trilha de terra estreita penetrando na floresta densa. Após ter certeza de que o carro não podia ser visto da estrada, ela fez quatro viagens até o veículo que havia alugado para subir o morro com suprimentos. Quando acabara de transferir a pequena barraca, mochila, água e comida para o Mercedes, a tarde já estava no fim. Nesse meio-tempo, nenhum carro passou em nenhuma direção.

Sem sequer ter ideia da distância que estava de Dom Angelo, ela decidiu dirigir, mesmo que lentamente. Em apenas trinta minutos a estrada começou a descer a montanha e penetrar na floresta à direita. Uma placa presa em uma árvore na bifurcação tinha uma seta apontando para a esquerda e a indicação DA 2 KM pintada. Em menos de um quilômetro, encontrou duas trilhas penetrando na mata densa à esquerda. Ela dirigiu o Mercedes até as trilhas desaparecerem na base de uma montanha. Dessa vez, esforçou-se para cobrir a traseira do carro com galhos, e depois enfiou a chave sob a roda dianteira direita.

Enquanto dirigia, ela tinha inventado uma história razoável sobre uma naturalista americana caminhando pela floresta e, naquele momento, procurando uma parente que, segundo as últimas informações, era enfermeira em Dom Angelo. Também faria parte da história uma grave queda montanha abaixo quando a beirada de um precipício cedera.

Sua mochila, com a barraca presa, estava mais pesada do que ela gostaria, mas qualquer coisa menor despertaria suspeitas. A dor no quadril era incômoda, mas não insuportável, e servia para lembrar que sua existência era uma ameaça a alguma pessoa ou algum grupo. Ela só tinha de descobrir um modo de manter a pressão.

A floresta era impressionante no início da noite — rica em oxigênio e uma mistura de mil perfumes. Enquanto andava, ela tentava imaginar como poderia estar ligada àquele lugar, a milhares de quilômetros de casa. A estrada seguia por uma longa colina suave antes de virar à direita. Então, sem aviso, a floresta desaparecia e a estrada descia acentuadamente. À frente e abaixo dela, aninhado em um grande vale, estava o que ela supunha ser o vilarejo de Dom Angelo.

Natalie ficou algum tempo sentada aos pés de uma grande palmeira, estudando o cenário abaixo, que à distância parecia um diorama. Havia uma série de estruturas — parecendo na maioria residências — dispostas em uma malha de ruas de terra. As construções eram toscas, feitas de barro e metal corrugado. Saía fumaça de várias delas. À sua esquerda — o norte, avaliava — ficava o que parecia ser a entrada de uma mina, aberta na base de uma montanha que dominava o vale. Para sua surpresa havia luz elétrica em postes espalhados pelo vilarejo. Crianças brincavam abaixo deles. Natalie achou que havia duzentos habitantes, talvez duzentos e cinquenta.

A cerca de 100 metros da entrada da mina, uma pequena queda d'água com seis metros de altura enchia um pequeno reservatório, que então alimentava uma corrente rápida que

O QUINTO FRASCO

atravessava o vilarejo. Natalie ficou pensando se em algum lugar rio abaixo essa água banhava o corpo dançarino de Rodrigo Vargas. Havia crianças no reservatório, e pelo menos duas mulheres lavando roupa na corrente. Mais abaixo, dois homens usavam bateias primitivas, procurando pedras ou ouro.

Idílico, pensou Natalie, *gracioso e absolutamente pacífico*, mas ainda assim ela tinha sido atacada por causa do lugar, e outra mulher fora morta.

Ela se levantou com um gemido baixo e desceu para o vale. Foi saudada primeiramente por galinhas, e depois por dois vira-latas marrons. A seguir foram três mulheres — índias brasileiras. A mais alta delas tinha menos de 1,50 metro. O trio sorriu para ela descontraidamente e sem nenhuma suspeita.

— *Boa noite* — disse ela.

— *Boa noite* — responderam elas, com sorrisos largos.

Natalie caminhou relaxadamente pelas ruas de terra batida e parou em uma lojinha para comprar carne enlatada, refrigerante e uma espécie de melão pequeno. A proprietária, outra índia, balançou a cabeça quando perguntou sobre uma mulher chamada Dora Cabral. Vários outros moradores deram respostas semelhantes, inclusive dois mineradores que estavam concluindo o dia de trabalho no buraco da montanha.

A altitude e o dia longo estavam começando a esgotar as energias de Natalie. Ela estava pensando em achar um lugar na floresta para armar sua barraca quando viu uma capela — argila caiada com telhado vermelho e uma torre quadrada atarracada com uma cruz simples de 1,80 metro no alto. A lona que servia como metade superior das paredes e de porta estava enrolada e amarrada, revelando duas filas de bancos rústicos. O altar não era decorado, a não ser por um elaborado crucifixo de cerâmica preso na sólida parede dos fundos.

Embora se considerasse espiritualizada no sentido de viver em permanente reverência à vastidão do universo, às maravilhas da natureza e à necessidade de tratar os outros com respeito e alguma forma de amor, Natalie nunca tinha sido religiosa no sentido restrito do termo. Mas sentiu uma enorme serenidade naquela estrutura simples e reagiu a isso se sentando em um dos bancos.

Apesar de suas tentativas de relaxar e clarear a mente, o horror do ataque de Vargas a ela e sua morte violenta, juntamente com o enigma de Dora Cabral, simplesmente não desapareciam. Ela estava na capela havia talvez quinze minutos quando um homem falou atrás dela em um português com sotaque, mas fluente.

— Bem-vinda à nossa igreja.

Sua voz era grave e baixa, mas de algum modo calmante. Antes mesmo de se virar ela sentiu o cheiro familiar de cigarro.

De pé atrás dela estava um padre de batina preta salpicada de lama, colarinho branco e sandálias. Tinha uns cinquenta anos, era magro e levemente pálido, tinha cabelos escuros curtos, uma barba grisalha de um dia ou dois e impressionantes olhos azuis elétricos. Uma pesada cruz de prata balançava na metade do peito, suspensa em uma grossa corrente de prata.

— É um lugar adorável — disse ela.

— Você é americana? — perguntou ele em um inglês perfeito, ou pelo menos tão perfeito quanto era possível para alguém criado no Brooklyn ou no Bronx.

— De Boston — disse Natalie, passando para o inglês e estendendo a mão. — Natalie Reis.

— Reis. Então você é brasileira?

— Minha mãe é cabo-verdiana.

— Sou o padre Francisco Nunes, Frank Nunes, dos Nunes de Brooklyn.

O QUINTO FRASCO

Natalie sorriu quando o homem se sentou no banco em frente ao seu. Ele tinha uma presença magnética que a atraiu imediatamente, mas ao mesmo tempo uma inconfundível aura de melancolia que ela suspeitava estar relacionada ao motivo para ter emigrado para tão longe de Nova York.

— É uma bela paróquia — disse ela.

— Na verdade eu oficio em vários vilarejos na floresta, mas fico principalmente aqui. Pode chamar de penitência.

Natalie declinou da oferta silenciosa de prolongar o assunto. O padre Francisco parecia ansioso para falar.

— E aqui é?

— Dom Angelo, uma comunidade de mineradores, principalmente de esmeraldas, mas também turmalina verde, topázio, opala, âmbar e algumas safiras. Eu me tornei uma espécie de especialista na pureza dessas pedras. E você?

— Sou estudante, tirando uma folga dos estudos para redefinir minhas prioridades na vida e andar na floresta antes que acabe.

— Ela ainda vai durar, mas eu entendo.

— Percebi que a maioria das pessoas aqui é índia.

O padre riu.

— Muitos de nossos moradores são nativos dessa enorme floresta, mas há alguns outros que buscam o anonimato de um lugar como este, onde todas as transações são feitas em dinheiro e as pessoas só têm sobrenomes se quiserem.

— Os índios são os donos da mina?

Outro riso irônico.

— Essas pobres pessoas puras não são donas de nada, e provavelmente é melhor assim. As gemas que elas garimpam são muito lucrativas, e no Brasil lucro frequentemente significa envolvimento com a Polícia Militar. Eles são os donos do lugar

— pelo menos um pequeno grupo deles. Pense neles como os xerifes e em Dom Angelo como a Tombstone no Velho Oeste.

Natalie teve uma visão do rosto hediondo de Rodrigo Vargas se erguendo da lama para atacá-la. Sentiu um arrepio involuntário.

— Eu... eu tenho outro motivo para vir a esta cidade — disse ela após algum tempo. — Uma parente de minha família, uma mulher chamada Dora Cabral, originalmente do Rio, escreveu à minha mãe dizendo que estava trabalhando aqui como enfermeira. Isso seria possível?

— Sim, bastante possível. Temos um hospital aqui perto que emprega enfermeiras vindas do Rio, porém, embora conheça algumas delas, não sei de nenhuma chamada Dora Cabral. Mas vou perguntar na cidade.

— Já perguntei a algumas pessoas, mas não tive sorte. É difícil acreditar que há um hospital aqui.

— Um hospital bastante moderno. Eles realizam cirurgias muito especializadas, embora eu nunca tenha tido o privilégio de saber quais.

— Fascinante. Então seus paroquianos recebem tratamento lá?

— Não cirurgias. As operações são feitas apenas por enfermeiras e médicos trazidos do Rio de avião ou de carro, e apenas nos pacientes *deles*. Se um de nossos moradores precisa de hospitalização, podemos usar uma ambulância.

— Quem dirige o hospital?

— As mesmas pessoas que dirigem Dom Angelo.

— A Polícia Militar?

— Basicamente. Quando precisam de ajuda eles usam moradores como cozinheiros, na limpeza ou algumas vezes até para ajudar na sala de operações. Uma ou duas vezes por

O QUINTO FRASCO

semana a clínica do hospital é aberta e uma enfermeira ou médico cuida das pessoas dos vilarejos.

— Bom da parte deles.

— Diz respeito a controle. Os cuidados que os moradores recebem, não teriam em nenhum outro lugar. A gratidão pode fazer com que pensem duas vezes antes de tentar ficar com uma pedra. Não fazer isso geralmente é uma escolha sábia. A polícia tem uma rede de espiões e informantes e aplica a justiça com uma mão muito rápida e pesada. Se você tiver falado com alguma pessoa da cidade há uma chance de que os policiais que residem atualmente no hospital já saibam que você está aqui.

— Bem, se for assim, eles logo saberão que só estou de passagem.

O padre Francisco tirou um cigarro fumado pela metade de um maço amassado e o acendeu, tragando com gosto.

— Eu decidi que tenho vícios suficientes pelos quais me penitenciar. Preservo o direito de desfrutar deste — disse ele.

— Está certo.

O padre colocou no ombro a mochila de Natalie.

— Venha, vou mostrar um lugar abrigado onde você pode armar sua barraca.

— Muito gentil de sua parte, padre. Fico pensando se teria como ir ao hospital. Eu caí de uma ribanceira e machuquei os quadris.

— Posso limpar seus arranhões e cortes e fazer curativos, e amanhã perguntar como estão as coisas no hospital, mas não posso garantir tratamento.

— Seria muito gentil de sua parte. Me diga, onde fica esse hospital?

— Um quilômetro ao sul. Não mais que isso. Estou certo de que se não tiver nenhuma cirurgia marcada o dr. Santoro ficará feliz em cuidar de você.

Natalie sentiu seu sangue gelar.

— Quem você disse? — perguntou ela, tentando desesperadamente manter uma fachada de despreocupação.

— O dr. Santoro. Dr. Xavier Santoro — disse o padre Francisco.

29

Então logo verá se um homem é justo e gentil ou rude e antissocial; esses são os sinais que distinguem, mesmo na juventude, a natureza filosófica da não filosófica.

Platão, *A república*, Livro VI

Com as montanhas íngremes e a altura das árvores a noite caiu rapidamente. O pequeno local gramado aonde o padre Francisco levara Natalie ficava além e acima da corrente, não longe da queda d'água. Ela educadamente recusara seu oferecimento de ajudar a montar a barraca por medo de que ele estranhasse o fato de que não tinha sido usada. No dia seguinte, se continuasse à vontade com ele, contaria a verdadeira história por trás de sua viagem a Dom Angelo.

Enquanto isso, tinha arrancado do padre o maior número possível de informações sobre o dr. Xavier Santoro. Descobriu pouca coisa. Francisco suspeitava de que, como muitos naquela parte da floresta, Santoro tinha um passado que queria esquecer. Oito anos antes, quando Francisco se instalara em Dom Angelo, o hospital e a pista de pouso já estavam lá, bem como Santoro.

— Um homem gentil, que parece realmente se importar com as pessoas da floresta.

Se é assim, como ele acabou operando meu pulmão?, Natalie queria gritar.

Em meio à escuridão, armar a barraca sofisticada foi uma tarefa que seria cômica se a situação não fosse tão séria. Finalmente, encharcada de suor e de repelente de insetos, mas vitoriosa, ela se sentou dentro de sua nova casa, refletindo sobre sua surpreendente falta de emoção por ter matado um homem de forma tão violenta apenas algumas horas antes. Segundo Francisco, eram quatro os policiais que controlavam a mina e o centro médico, com pelo menos um sempre no hospital. Eram eles que sustentavam a igreja e o subsidiavam parcimoniosamente, mais por sua habilidade como lapidador que por sua capacidade como padre e pregador, suspeitava.

Natalie resolveu que no dia seguinte provavelmente daria a ele a notícia de que o número de policiais militares tinha sido reduzido em 25 por cento. Mas no momento só queria ficar sentada quieta e pensar em como poderia ter ido de um beco em uma favela na periferia do Rio para um hospital no meio do nada.

A vista do seu acampamento incluía uma grande visão da queda d'água e do reservatório, e da cidade abaixo, mas também de algo mais. Ao sul, em um vale que podia ser visto por sobre as copas das árvores, o padre apontara para um grupo de luzes fracas.

O hospital.

— É lá que iremos amanhã tentar conseguir tratamento médico para seu quadril — dissera Francisco. — Acho que verá que o dr. Santoro tem a resposta para seu problema.

Esperemos que sim, pensou Natalie ferozmente.

Já passava das onze horas quando o gole de cachaça fez efeito e Natalie se retirou para o interior uterino de sua barraca. Colocou a arma de Vargas dentro do fino saco de dormir e se permitiu apagar, esperando que a proximidade do dr. Xavier Santoro provocasse outro *flashback*. Em vez disso o que ela ouviu, apenas alguns minutos depois, foi

O QUINTO FRASCO

um barulho baixo vindo de algum ponto perto da barraca. Natalie pegou a arma sem fazer ruído e ficou escutando. Nada.

Chocada com a calma que sentia, apontou o cano para o ponto de onde viera o som.

— Eu ouvi você e estou armada — disse, em português. — Vá embora antes que eu atire.

— Não precisa fazer isso — respondeu um sussurro áspero de um homem. — Se eu quisesse matar você, já estaria morta. É o que faço.

— Quem é você, e o que quer?

— Meu nome é Luis Fernandes. Dora Cabral é minha irmã.

Com a arma de Vargas ainda apontada e uma lanterna forte na outra mão, Natalie se virou e engatinhou para fora da barraca. Luis Fernandes estava sentado com as pernas cruzadas e as palmas das mãos para cima para mostrar que estava desarmado. Era magro, com traços indígenas, mas definitivamente mais alto — muito mais alto — do que os outros homens que tinha visto na cidade. Uma proteção preta, mantida no lugar por um elástico, cobria seu olho esquerdo. No conjunto ele era muito ameaçador.

— Você tem de falar um pouco mais devagar. Meu português é ruim — disse Natalie, baixando a arma e a lanterna.

— Na verdade você fala muito bem. É de Lisboa?

— Americana de Massachusetts, mas minha família é de Cabo Verde. Você é realmente um assassino profissional?

— Faço o que tenho de fazer, e algumas vezes sou pago para fazer isso. Minha irmã é enfermeira no Rio, nesse hospital. É essa a Dora Cabral que você está procurando?

Natalie estudou durante algum tempo o rosto estreito e muito marcado do homem. Ele podia ter qualquer coisa entre trinta e cinquenta anos de idade, embora ela suspeitasse de trinta e poucos. Estava barbeado, usava costeletas que iam até abaixo das orelhas e provavelmente tinha sido bonito antes que a dureza da vida o afetasse. Tinha passado a parecer apenas duro. Natalie sentiu que não havia razão para não ser direta com o homem.

— Temo trazer más notícias para você — disse, finalmente.

Ela decidiu que já era hora de partilhar sua história. No dia seguinte provavelmente seria com o padre Francisco, possivelmente em uma confissão. Naquela noite seria com aquele homem que, ela sentia profundamente, não era uma ameaça a ela. Luis escutou com atenção enquanto ela falava de suas duas viagens ao país e os acontecimentos frenéticos desde que tinha sido abordada pela irmã dele no cruzamento no Rio. Externamente ele parecia calmo, quase desligado, mas mesmo na escuridão Natalie podia ver que os dentes estavam trincados e os lábios apertados.

— Acredite ou não, houve um tempo em que fui professor — disse ele quando ela terminou. — Eu ensinava música em escolas. Então, certa noite, dez ou onze anos atrás, eu me levantei para defender o pai de um de meus alunos que estava sendo agredido pela polícia. Durante a luta um dos policiais caiu, bateu com a cabeça e morreu. Depois de alguns anos fugindo e, sim, matando, acabei aqui. Embora a polícia cuide desta cidade e do hospital, aqui ninguém nunca faz perguntas.

— Entendo — disse Natalie.

— E agora, depois de ter sido um homem procurado durante muito tempo, sou o chefe de segurança do hospital. É minha obrigação levar pessoas da cidade quando há uma operação. Eu soube de algumas enfermeiras quanto elas estavam recebendo, e falei com minha irmã para se entender

O QUINTO FRASCO

com o dr. Santoro. Ela só veio duas vezes, e decidiu não voltar. Nunca me disse por quê.

— Talvez estivesse acontecendo algo no hospital que a incomodasse. Quando ela veio pela última vez?

— Há dois meses, talvez um pouco menos. Tem certeza de que foi Vargas que a matou e Vargas quem você matou?

— Certeza absoluta. Esta arma é dele.

Luis pegou a arma, examinou-a e a avaliou na mão com experiência.

— É do Vargas. Ele era muito duro, com pouco respeito por mim ou qualquer outro que estivesse abaixo dele.

— Sua irmã ficou com muito medo dele.

— Não é fácil largar o trabalho neste hospital, talvez impossível. Tenho uma grande dívida com você por vingar a morte dela.

— Acredito que sua irmã foi morta por ter tentado me ajudar. Ela sabia o que tinham feito comigo neste hospital. Agora preciso saber se realmente estive aqui e, caso tenha estado, o que me aconteceu.

Luis pensou durante algum tempo.

— Nós juramos segredo em relação ao hospital e ao que acontece lá. A cidade depende do hospital.

— Padre Francisco me disse que a mina produz muito e poderia sustentar a cidade.

— Talvez. Ele sabe melhor que eu — disse Luis.

— Diga, Luis. Você sabe o que eles fazem lá, não é?

O matador baixou os olhos. Natalie sabia no que ele estava pensando. Aquelas pessoas exigiam lealdade, e não costumavam dar segundas chances. Caso se virasse contra elas, se soubessem que tinha revelado algum de seus segredos, não haveria volta para ele.

— Eles fazem transplantes, transplantes de partes do corpo — disse em voz baixa. — Muitas vezes os donos dos órgãos transplantados não sobrevivem. Nesses casos temos ordem de queimar os sacos com os corpos.

— Mas... eu fui baleada — disse Natalie. — Como eles podiam transplantar meu pulmão quando ele já estava destruído?

— Não sei. Não costumo ver os pacientes; quando eles estão vivos, quero dizer.

— Luis, sei que você está se arriscando muito ao me contar o que contou. Saiba que sou grata. Você tem família aqui?

— Uma mulher, Rosa. É a única mulher em Dom Angelo mais dura que eu. Ela conhece, ou conhecia, minha irmã, e ficará muito chateada com a notícia de que foi morta. Ela não gostava nem confiava em Rodrigo Vargas. Também estará disposta a te ajudar no que for possível. Você deveria saber que há alguma coisa marcada para acontecer no hospital nos próximos dias. Recebi ordens de montar um esquadrão de oito guardas, dois turnos de quatro, para vigiar o hospital a partir desta manhã.

— Nesse caso, há algum modo de eu entrar lá esta noite? — perguntou Natalie.

Luis Fernandes pensou alguns segundos.

— Na verdade, há — disse.

30

A hora da partida chegou, e temos nossos caminhos – eu, morrer, e vocês, viver. Só Deus sabe qual é melhor.

Platão, *Apologia*

— Você pode levar a lanterna, mas não a acenda até eu dizer que é seguro fazer isso — disse Luis. — A não ser que esteja acontecendo alguma coisa que eu não saiba, apenas o dr. Santoro e o policial Oscar Barbosa estão no hospital agora. Se for uma noite como as outras, ambos estarão com mulheres.

— Vou fazer o que você mandar.

Era noite de Lua nova e a floresta estava tão negra quanto barulhenta. De início, embora não houvesse uma trilha clara e ele usasse apenas um olho, Luis se moveu em meio à vegetação densa com a visão e a discrição de um jaguar. No começo Natalie conseguiu manter o ritmo, mas em pouco tempo a altitude e seus ferimentos fizeram diferença, e ela pediu que ele fosse mais devagar. Ele o fez sem comentários. Ele tinha pelo menos uma arma e uma comprida faca fina presa logo acima do tornozelo direito.

Eles seguiram rumo sul, depois oeste, então novamente sul, sobre um terreno ondulado que basicamente seguia para baixo. O ar era frio e inacreditavelmente puro. *Que ironia perder um pulmão num lugar como este*, pensou Natalie.

Passava de meia-noite quando chegaram ao ponto mais íngreme da viagem. No alto da elevação, com Natalie respirando pesadamente, Luis levou o dedo aos lábios e apontou para a frente. Abaixo deles, muito mais perto do que ela esperava, estava o hospital, iluminado por meia dúzia de lâmpadas instaladas em postes altos. Era uma estrutura térrea de pura argila caiada que se espalhava por um planalto, circundada por uma cerca com quatro fiadas de arame farpado. Havia uma ala comprida que se afastava deles à direita.

— Como você pode ver, o prédio tem forma de L. A cerca não é completa — disse Luis. — Agora eu preciso perguntar uma coisa. O quanto você deseja entrar lá?

— Isso depende de quanto tempo terei quando estiver dentro.

— Vinte minutos. Não mais. Talvez menos. Tente em dezoito.

O hospital não era pequeno. Havia dez janelas na fachada voltada para eles.

— Há quantas salas de cirurgia, Luis? Lembre-se de falar devagar, por favor.

— Duas, bem no centro. Essas janelas que você está vendo ficam em um corredor comprido que liga todos os espaços. Também há dois quartos dentro da terceira janela a contar da direita. Acho que são quartos de recuperação para os operados. Depois, bem onde a ala termina, ficam o refeitório e a cozinha e depois, na própria ala, duas pequenas clínicas e os dormitórios. Talvez dez quartos no total, mas realmente não tenho certeza. A sala de jantar tem alguns sofás e poltronas em uma das extremidades onde as famílias esperam o fim da cirurgia.

— E do outro lado, depois das salas de cirurgia?

— O escritório do dr. Santoro e outro para os cirurgiões que chegam de avião.

— Sabe se os escritórios ficam trancados?

O QUINTO FRASCO

— Não sei. Quando estou lá eles ficam sempre abertos, mas normalmente há médicos por toda parte.

— Só isso?

— Só. Não, espere, há mais uma sala, no canto esquerdo, pelo menos tão grande quanto as salas de cirurgia, cheia de equipamentos eletrônicos. No meio da sala há uma cadeira, uma cadeira sofisticada como a de um consultório dentário. E telas, várias telas de televisão na parede. Eu só estive lá uma ou duas vezes. Eles não gostam que eu ou meu pessoal de segurança fique dentro do hospital a não ser que haja problemas. Eles não têm uniformes para nós, e não somos suficientemente limpos para eles assim.

Natalie estudou a estrutura, tentando imaginar além das janelas e pensar em como, em vinte minutos ou menos, poderia achar alguma informação sobre ela. No dia seguinte chegariam pessoas. Alguém em Dom Angelo poderia contar ao dr. Santoro ou a um policial militar que havia uma mulher na cidade perguntando sobre Dora Cabral. Na noite seguinte seria tarde demais.

— Você perguntou o quanto eu quero entrar lá, Luis.

— Sim?

— Estou disposta a arriscar tudo.

— Por tudo você quer dizer sua vida? Por que Oscar Barbosa é um desgraçado forte, com mais músculos que miolos e que está embriagado com seu poder.

Natalie pensou no que teria feito se não fosse pelo telefonema da seguradora fazendo perguntas sobre o hospital. Na época não parecia, nem parecia naquele momento, que pudesse esperar muito da vida, a não ser respostas.

— Como disse, estou disposta a arriscar tudo.

— Você é uma mulher corajosa, senhorita Natalie, mas já sabia disso. Nos fundos do hospital, a alguma distância do ponto em que a ala residencial e a de refeições se juntam, há uma piscina. Ao lado dela, um galpão de metal. No piso do galpão há uma portinhola escondida por uma esteira. O túnel sob a porta foi construído como uma rota de fuga para a pista de pouso. Não sei por quê. Quando você subir a escada na outra ponta estará em uma despensa da cozinha. Entendeu?

— Entendi.

— Há células fotoelétricas nos fundos do hospital, onde você estará. Sua oportunidade surgirá quando eu atirar na caixa de controle do sistema. Um tiro. No momento do tiro soará um alarme, e seu tempo terá começado. Barbosa e Santoro podem estar com mulheres em seus quartos, ou podem tê-las mandado de volta para a cidade, mas isso não importa. As mulheres ficarão nos quartos enquanto os homens estiverem investigando. Vinte minutos é o máximo que posso mantê-los ocupados. A saída é o mesmo caminho de entrada. A caixa de controle será danificada mais do que permitiria um conserto rápido, então as células fotoelétricas não serão problema. Espere dez metros antes da piscina até ouvir o tiro. Nós nos encontraremos depois aqui. Acha que consegue achar este lugar?

— Sim.

— Vou dar algum tempo para você chegar ao ponto. Siga um caminho afastado do hospital.

— Obrigada, Luis. Obrigada por fazer isto por mim.

— Estou fazendo pela minha irmã — disse ele.

Como orientada, Natalie fez um caminho longo, bem a leste do hospital. A floresta era tão densa que em certos momentos ela perdia inteiramente as luzes. Mas finalmente viu a piscina — um pequeno retângulo escuro cercado de todos os lados por um pátio de concreto e separado do hospital por

O QUINTO FRASCO

cerca de 20 metros. As luzes de várias janelas banhavam o pátio amplo. O galpão de metal corrugado ficava exatamente onde Luis tinha dito.

Estou disposta a arriscar tudo.

A declaração bombástica de Natalie não saía de sua cabeça enquanto se agachava nos arbustos a cerca de 12 metros do galpão. Se fosse apanhada, morreria. Nada era mais certo que isso. Fazia alguma diferença? De qualquer maneira sua vida seria debilitada, provavelmente por causa de seu incomum padrão de antígenos de transplante e sua baixa pontuação de alocação de pulmão, mas para começar, provavelmente, também pelos efeitos colaterais dos remédios potentes que a impediriam de rejeitar um pulmão que não era idealmente compatível. Ela teria alegremente trocado de lugar com Odisseu enfrentando os monstros Cila e Caribdes.

Estou disposta a arriscar tudo.

Ela ficou pensando se realmente se sentia assim. Será que realmente não se importava em ver sua vida se desenrolando — conhecer seu destino?

Antes que ela tivesse uma resposta clara houve um tiro, e um instante depois uma sirene começou a soar perto dali. Sem hesitar, Natalie ligou o cronômetro de seu relógio de pulso, disparou na direção do galpão, entrou e se jogou de joelhos, sem fôlego. Em instantes a sirene foi desligada. A essa altura ela já tinha achado a pesada porta de madeira e a aberto, se esforçando para segurá-la. Acima dela, esperava, Santoro e o policial Barbosa teriam deixado o hospital e, de armas em punho, estariam vasculhando cuidadosamente o terreno e a floresta além dele.

O cheiro forte de temperos e alimentos mostrou a ela que Luis tinha sido absolutamente preciso. Ela desligou a lanterna e penetrou em um espaço bastante grande e abarrotado, de 3,5 por 3,5 metros, com comida e suprimentos do chão ao teto, e mal iluminado por um painel de vidro na porta. Fechando a porta secreta e recolocando no lugar a esteira que a cobria, ela engatinhou rapidamente pelo refeitório e a sala. A sala era confortável, com espaço para vinte e cinco pessoas — mais dez contando com a sala íntima. Naquele momento, todo o espaço estava mal iluminado pelo corredor além da ampla entrada em forma de arco do hospital. Quando chegou a esse arco ela parou apenas o suficiente para escutar, e depois avançou. Pelo que Luis tinha dito, não havia sentido em verificar nenhuma das duas salas de exame à direita, então seguiu pelo corredor principal.

Os dois quartos de recuperação quase idênticos eram pequenos, mas bem equipados com sofisticados e bem instalados monitores e bombas eletrônicas de administração de fluido. Uma olhada no crucifixo acima da porta e no relógio na parede à direita dele no primeiro quarto e Natalie sabia que já tinha estado naquele quarto antes. Como se fosse o hospital. Não havia arquivos em nenhum dos quartos, nem ela esperava que houvesse.

Quatro minutos.

A primeira sala de cirurgia era inacreditavelmente grande e tecnologicamente bem equipada, com uma máquina de *bypass* cardiopulmonar e um elegante microscópio cirúrgico. Entre ela e a sala seguinte ficava a sala de preparação, onde os cirurgiões e enfermeiras cirúrgicas se arrumavam. A segunda sala de cirurgia não tinha máquina de *bypass* e apresentava equipamento menos sofisticado. Natalie tinha certeza de que tinha sido naquela sala que seu pulmão fora retirado. As perguntas ficavam cada vez mais urgentes.

O quinto frasco

Como chegara ali saindo do Rio? Por que seu pulmão danificado tinha sido retirado, e não o bom? E, talvez ainda mais perturbador, por que tinham permitido que ela vivesse?

Sete minutos.

As portas resistentes dos dois escritórios à esquerda da segunda sala de cirurgia tinham sido trancadas. Uma tinha uma placa de bronze indicando DR. XAVIER SANTORO, e a outra, DEPARTAMENTO DE CIRURGIA. Natalie ficou desalentada. Ela tinha mais onze minutos, treze do lado de fora, antes do que Luis temia ser o fim da distração, e os registros que procurava, se é que existiam registros, quase certamente estavam atrás de uma daquelas portas trancadas. Valeria a pena tentar arrombar uma delas. Ela hesitou, sabendo que os segundos estavam correndo. Finalmente, seguiu para a última sala no corredor, a sala de eletrônica, como Luis tinha descrito. A porta, como as dos outros escritórios, estava fechada. A placa de bronze dizia apenas DR. D. CHO.

Dez minutos.

Esperando o pior, e preparada para correr de volta para a despensa, Natalie tentou a maçaneta. A porta se abriu. Ela entrou e fechou-a antes de ligar a lanterna. Um exame rápido mostrou que não havia janelas, então achou um interruptor na parede junto à porta e usou-o. Instantaneamente uma brilhante luz fluorescente inundou a sala, que era diferente de qualquer coisa que já tinha visto caso não ficasse instantânea e absolutamente convencida de que tinha estado ali antes — muitas vezes.

Havia telas, equipamentos eletrônicos e alto-falantes em todas as paredes. Além disso, havia um armário de vidro de medicamentos. O ponto central da sala era a cadeira que Luis tinha descrito — camurça com vários segmentos reguláveis. Pendurado acima do equipamento elaborado, em um pesado braço de aço ajustável, havia um capacete inteiriço grosso e quadrado feito de alguma espécie de metal. Ligado a ele, um visor de plástico preto fumê. Vários cabos pendendo do teto estavam ligados a isso. Natalie se viu claramente sendo transferida de uma maca para a cadeira. Imaginou, não, *lembrou*, do capacete sendo colocado no lugar e o visor abaixado.

Realidade virtual. Natalie tinha certeza disso. A sala tinha sido montada para criar e implantar situações que nunca tinham realmente acontecido. E como sua cicatriz, suas radiografias e sua função pulmonar reduzida eram reais, o cenário que resultara em sua cirurgia tinha de ser a invenção.

Catorze minutos.

Natalie correu para a escrivaninha, que estava coberta de papéis e cartas, todas endereçadas ao dr. Donald M. Cho em uma caixa postal no Rio ou outra em Nova York. Ela pegou várias das que pareciam mais interessantes e as enfiou no bolso. Então uma carta chamou sua atenção. Na verdade era um fax para Cho, escrito em inglês, de Cedric Zhang, Ph.D., psicofarmacologista, implantador audiovisual.

Petrificada, apesar do tempo correndo, Natalie leu o bilhete.

Caro dr. Cho:

Fiquei muito feliz em saber com que sucesso você adaptou meus métodos para a implantação de cenas virtuais nas mentes de seus pacientes. Como você descobriu, o potencial de minhas teorias e equipamentos é ilimitado. Claramente somos gênios, eu e você, e agora estamos de posse de uma técnica que pode literalmente mudar o mundo. Com um rápido tratamento, testemunhas podem ser programadas para declarar que viram ou não qualquer coisa que desejemos. Agentes e soldados podem fraquejar sob tortura e dar nossa

O QUINTO FRASCO

informação implantada, que eles acreditam plenamente ser verdadeira. A modificação que você fez e testou, especialmente a adição de eletrodos que produzem verdadeiras sensações de dor, calor e frio, é brilhante. Sugiro que nos encontremos quando for possível após seu retorno a Nova York.

Com todo o meu respeito,
Cedric Zhang, Ph.D.

Dezessete minutos.

O círculo de confusão estava começando a se fechar. Natalie sabia que nunca tinha sido baleada. A última coisa real que acontecera a ela tinha sido a injeção na base do pescoço. Os pesadelos recorrentes não passavam de falhas no sistema criado pelo dr. Cedric Zhang e modificado pelo dr. Donald Cho. Ela ainda tinha perguntas, muitas delas, mas algumas das mais perturbadoras tinham acabado de ser respondidas. Ela tinha certeza de que em algum lugar da sala havia alguma espécie de DVD ou filme mostrando, do seu ponto de vista, o ataque e, no final, os tiros que a tinham derrubado — tiros que nunca tinham sido disparados, a não ser pela lente de uma câmera.

Dezenove minutos.

Agarrando sua lanterna, os bolsos cheios de papéis mal dobrados e com a arma de Vargas na cintura, ela apagou a luz e saiu para o corredor. Tinha sido tolice permanecer tanto tempo. Se ela fosse apanhada naquele momento quase certamente desmoronaria sob o peso de tortura e drogas, entregando Luis Fernandes a eles. Tinha sido egoísta e tolo de sua parte permanecer.

Agachando-se abaixo das janelas, ela correu pelo corredor para a entrada do refeitório. Tinha acabado de chegar a ele quando a porta principal do hospital se abriu. Sem olhar para trás de modo a confirmar a impressão de que era Santoro, Barbosa ou ambos, ela se jogou à direita na sala íntima e se escondeu atrás de um sofá. A arma estava parcialmente enfiada sob ela, mas não ousava se mover para pegá-la. Momentos depois dois homens entraram na sala. Eles estavam falando rápido — rápido demais para Natalie entender tudo o que diziam.

Sem ar por causa da corrida, e certa de que os homens ouviriam se prestassem atenção, Natalie levou a camisa à boca e respirou dentro dela, obrigando-se a esperar alguns segundos entre cada inspiração. Ela se apertou junto às costas do sofá quando eles passaram, a menos de três metros. Pelo que tinha entendido, eles estavam furiosamente tentando descobrir quem poderia ter dado um tiro na segurança eletrônica do hospital. Em dado momento ela ouviu o nome de Luis, mas não tinha ideia do contexto.

As luzes do refeitório ainda estavam apagadas, mas ela podia ver os dois homens claramente, e sabia que se virassem na sua direção eles também poderiam vê-la.

Por favor, não... Não olhem... Não olhem.

Barbosa era um touro, baixo e troncudo, com uma voz surpreendentemente aguda. Santoro era como ela lembrava — suave, leve, com óculos e uma testa proeminente. Ele apontou a sala de espera para o policial, e, para terror de Natalie, Barbosa se sentou no sofá atrás do qual ela estava escondida. Felizmente sua respiração tinha começado a desacelerar, e a respiração do policial, em função de seu tamanho, era rouca e barulhenta. Natalie apertou a camisa com mais força ainda sobre a boca. Não havia como se mexer para pegar a arma.

— Quem ousaria atirar em nós? — perguntou o touro.

— Provavelmente uísque — respondeu Santoro com mais algumas palavras que Natalie não conseguiu descobrir.

O QUINTO FRASCO

Ela se colocara em posição fetal. As costas de Barbosa, do outro lado do sofá, estavam a menos de 30 centímetros dela. A grande arma em sua cintura machucava o seu quadril já ferido.

Vão! Por favor, vão embora.

Houve mais conversa, que Natalie não conseguiu decifrar completamente. Então, finalmente, depois do que pareceu uma eternidade, os dois homens se levantaram.

— Vai ser divertido amanhã — disse Barbosa. — Gosto quando este lugar está funcionando.

— Vai haver muito disso em breve.

— Diga, Xavier, teve notícias de Vargas? Ele deveria estar aqui hoje.

— Nada.

— Deve ser outra mulher. Solteira, casada, nova, velha, virgem, prostituta, disposta, reticente. Elas ocupam a paisagem dele como bosta de vaca. Vou dizer uma coisa, Santoro, um dia uma dessas mulheres vai ser a perdição dele.

31

Eles só veem as próprias sombras, ou as sombras uns dos outros, que o fogo projeta na outra parede da caverna.

Platão, *A república*, Livro VII

Mexendo-se o mínimo possível, Natalie esperou mais dois insuportáveis minutos antes de se esticar e, com alguma dificuldade, engatinhar na direção da despensa. Em parte esperando ser surpreendida por alguém, ela retornou pelo túnel, passou pela piscina e chegou à floresta, pensando se Luis ainda estaria esperando por ela no alto do morro ao norte do hospital. Da melhor forma que podia, ela voltou sobre seus passos ao redor do prédio e começou a subir uma encosta íngreme. Depois de algum tempo, na metade da subida, ela não resistiu à altitude, ao quadril, à encosta e à tensão da meia hora anterior, e se jogou no chão, ofegante.

Provavelmente Luis tinha retornado à cidade, justificou ela, de repente lamentando muito por si mesma. Todo o negócio do hospital de Dom Angelo não passara de uma fraude — uma operação de roubo de órgãos com um componente de alta tecnologia. Tinha sido azar dela fazer sinal para o táxi errado no aeroporto Tom Jobim. Como de hábito, o mal puro e simples era pura e simplesmente ligado a dinheiro. Um pulmão O positivo? Bem, você está com sorte. Estamos fazendo uma oferta especial deles esta semana. Semana que vem, fígados. O quarteto de policiais militares, transformado em trio, lidava com pedras preciosas e órgãos — esmeraldas e rins, opalas e pulmões. Pague por um, pague pelo outro. Nojento.

O QUINTO FRASCO

Natalie se ergueu e se arrastou para cima sem realmente se importar se encontraria Luis ou acharia Dom Angelo. No alto da montanha, sem sinal de Fernandes, ela se virou e olhou para o hospital abaixo, brilhando sob os refletores e o que era o primeiro sinal do alvorecer.

Quantos pulmões?, pensou ela. *Quantos corações? Quantas mortes?* Isso não era comércio de órgãos, apenas roubo de órgãos — roubar e implantar histórias nas mentes das pobres vítimas. Quando Luis falou sobre queimar os sacos com os corpos dos doadores, ela tinha pensado em por que esse também não tinha sido o seu destino. Ela descobrira. Estava sendo mantida viva como cobaia do produto e da técnica desenvolvidos por Donald Cho e Cedric Zhang, uma nova indústria apoiada pelos empreendedores policiais militares e, no fim, mais dinheiro nos seus cofres. Muito provavelmente alguém a estava acompanhando em Boston, talvez examinando os registros de sua terapeuta.

Tudo se encaixava perfeitamente.

— Você teve problemas?

Assustada, Natalie girou. Apesar da vegetação densa, Luis surgira atrás dela silenciosamente.

— Deus do céu, não me apareça assim, especialmente quando eu estiver com uma arma.

A expressão no rosto de Luis dispensava as palavras. Não havia como ela conseguir dar um tiro.

— Venha, há um lugar melhor para sentar e conversar — disse ele.

Eles caminharam em silêncio rumo noroeste, subindo para uma das florestas mais densas que Natalie já vira. Dessa vez, Luis parecia mais consciente das limitações físicas dela, e chegou a ajudá-la em alguns dos trechos mais difíceis. No alto de uma elevação especialmente íngreme, a floresta de repente se abria, revelando um sólido platô de granito de 24 metros de comprimento e 13 metros de largura, projetando-se de uma encosta. Havia uma visão clara do hospital e da terra além dele a sudeste. A vista espetacular, banhada pelo sol da manhã, mascarava o mal que havia ali.

— Eu quase fui apanhada — disse, após ter recuperado o fôlego.

— Achei que tinha sido, e rezei por você. Precisa descansar?

— Não, estou bem.

Natalie contou rapidamente o encontro no hospital.

— Então fizeram uma lavagem cerebral em você para que pensasse ter sido baleada — disse Luis quando ela terminou.

— As técnicas que eles estão desenvolvendo poderão ser uma grande fonte de renda quando estiverem aperfeiçoadas. Não conheço exatamente os detalhes de como funciona, mas suspeito que eles primeiramente usaram drogas hipnóticas para abrir minha mente à sugestão. Depois, usando um visor que é como uma tevê colocada diretamente sobre meus olhos e uma cena gravada do meu ponto de vista, implantaram uma realidade no meu cérebro. Chegaram mesmo a usar eletrodos para acrescentar a dor aguda nas minhas costas no momento em que as balas me atingem.

— É impressionante.

— É horrível. Fico pensando em quantas pobres almas perderam seus órgãos ali.

— Eles fazem talvez um procedimento a cada duas semanas.

— Assustador.

— Então Vargas está morto e você tem as respostas que procurava. Acho que terminamos.

Natalie ficou algum tempo sentada, abraçando os joelhos, olhando para a vegetação exuberante abaixo e tentando en-

O QUINTO FRASCO

tender seus sentimentos. Luis estava certo. Ela enfrentara sua depressão e seus demônios e tinha ido ao Rio por causa de perguntas sem respostas. Naquele momento não restava mais nada a não ser voltar a Boston, retomar sua reabilitação pulmonar e esperar sua posição na tabela de alocação de pulmão.

Ela tinha estado no lugar errado no momento errado, e como resultado disso a vida como ela conhecia tinha sido destruída. Mas pelo menos naquele momento a ânsia de acabar com a vida tinha sido substituída por um orgulho pelo que tinha conseguido nos poucos dias depois que retornara ao Brasil.

— Luis, o que você acha que aconteceria se eu entrasse em contato com a embaixada americana ou a polícia brasileira e contasse o que está acontecendo? — perguntou.

— A verdade?

— A verdade.

— Há um enorme volume de dinheiro sustentando o hospital. Você pode destruir o prédio mas, a não ser que as pessoas por trás dele estejam mortas, ele simplesmente será reconstruído. Além disso, não sei como vocês fazem as coisas nos Estados Unidos, mas aqui nós precisamos de provas de que um crime foi cometido antes que pessoas possam ser condenadas. Neste momento, as únicas provas que temos são aquele carro que você alugou e o corpo morto de um policial no rio. Ah, sim, acho que você também está com o carro do policial.

Natalie anuiu para mostrar que entendia. Durante um tempo, enquanto a alvorada se transformava em manhã, o único som foi o da floresta. Quando ela falou, as palavras eram as da mulher que tinha enfrentado Cliff Renfro e Tonya Levitskaya.

— Luis, essas pessoas mataram muitas pessoas e arruinaram a vida de muitas outras, inclusive a minha. Não fico satisfeita apenas com respostas, eu quero tomar satisfações. Eu quero vingança. Se eu morrer tentando, que seja. Pode-se dizer que a única coisa boa de tudo pelo que passei é que agora tenho pouco a temer. Quero fazer o que for preciso para fechar este lugar para sempre, transformá-lo em pó. E quero Santoro e Barbosa atrás das grades, ou os quero mortos.

— Sabe, quanto mais eu penso no que fizeram com minha irmã, mais eu penso assim. Se não foi Vargas quem a matou, teria sido Barbosa ou um dos outros.

— Concordo.

— Mas você precisa estar certa de que está disposta a arriscar tudo por causa de sua vingança. Nossa única vantagem será essa certeza.

— Tenho certeza, Luis. Minha melhor perspectiva não é uma vida que eu queira ter.

— Então vamos tentar.

Luis estendeu a mão e Natalie a apertou com força.

— Então, o que podemos fazer? — perguntou ela.

— Talvez nada, talvez tudo — disse Luis, colocando os dedos sob a proteção do olho e esfregando o que quer que houvesse ali. — Primeiramente precisamos de algumas armas, e depois de alguma ajuda.

— Por onde começamos?

— Começamos bem aqui.

Luis caminhou até a encosta atrás deles e tirou alguns arbustos do chão. Por trás deles, com cerca de 2,5 metros de altura e outro tanto de largura, havia a abertura de uma caverna.

— Não tinha percebido isso! — exclamou Natalie.

— Exatamente. Muito poucos sabem disso. Dentro temos armas, explosivos e um esconderijo, caso seja necessário.

— Mas por que você...?

O QUINTO FRASCO

— No meu ramo sempre vale a pena ser cuidadoso e planejar com antecedência.
— Posso olhar aí dentro?
— Pode, mas antes sugiro que você olhe para lá.

Natalie se virou para onde Luis tinha apontado, na direção sudeste, mas não viu nem ouviu nada.

— Aqui — disse Luis, dando a ela binóculos potentes que tinha tirado da abertura da caverna. — Olhe além do hospital, e escute.

Natalie viu imediatamente. Uma longa pista, muito longa, demarcada por luzes azuis e brancas intercaladas, tinha sido aberta na floresta no sentido leste-oeste, um pouco depois do hospital. Quase um minuto depois ela ouviu o que Luis tinha ouvido antes: o rugido de um avião se aproximando. Momentos depois, viu um avião de passageiros surgindo baixo na direção leste.

Luis e Natalie ficaram lado a lado no platô de pedra dividindo os impressionantes binóculos, vendo o avião fazer um pouso perfeito, depois virar em um bolsão sem dúvida criado exatamente para isso e taxiar até um ponto na metade da pista. De algum ponto nas árvores, Barbosa e Santoro, acompanhados por quatro pessoas armadas de metralhadoras semiautomáticas, surgiram para receber os recém-chegados.

Um elevador hidráulico surgiu na barriga do avião, com uma mulher inconsciente em uma maca, acompanhada por um homem e uma mulher em trajes cirúrgicos. Na viagem seguinte o elevador levou três homens, um deles um homem enorme de rabo de cavalo, e uma mulher. Eles foram seguidos por dois tripulantes. À medida que o cortejo se aproximava do hospital, o elevador fez mais uma viagem, levando um homem vestido como comandante, com o chapéu do uniforme, e outro homem em mangas de camisa — talvez o comissário de bordo, decidiu Natalie.

Finalmente Barbosa e dois de seus homens entraram no avião e começaram a descarregar a bagagem e outras cargas.

— Contei oito homens e duas mulheres — disse Luis. — Além de Santoro, Barbosa e quatro guardas de segurança da cidade.

— Aparentemente nossas chances de sucesso diminuíram significativamente.

— Em certa medida.

— Explique, por favor.

— Um dos homens com Barbosa daria a vida por mim, e um dos outros guardas, o de chapéu vermelho, é minha Rosa.

32

O melhor de tudo... é cometer injustiças e não ser punido, e o pior de tudo... é sofrer injustiça sem ter o poder de retaliar.

Platão, A república, Livro II

Ben estava satisfeito consigo mesmo — muito satisfeito. Ele jogara os dados e conseguira um sete. Quase vinte e quatro horas em meio ao inimigo, fingindo ser um homem que não era, realizando um trabalho que não conhecia, e tinha sido bem-sucedido. Na verdade, ele reconhecia que era bastante bom em servir as pessoas alegre e obsequiosamente, e igualmente habilidoso em ficar fora do caminho quando não estava fazendo isso.

O voo foi longo, com uma escala para abastecimento na Venezuela e outra em algum ponto do Brasil, provavelmente para negociar com um funcionário da imigração. Ele em nenhum momento viu um funcionário da alfândega. Era impressionante como as coisas podiam ser macias quando revestidas com uma camada de dinheiro. No fim, olhou pela pequena janela na porta dianteira enquanto o jato deslizava baixo sobre a floresta densa, fazia uma curva suave à direita e então aterrissava em uma pista bem iluminada que parecia ter brotado da vegetação.

O pouso foi impecável.

Os momentos mais perturbadores do voo tinham sido de longe as várias visitas que fizera ao compartimento nos fundos do avião, onde a mulher que tinha sido prisioneira no Adventurer permanecia deitada no que parecia um coma induzido por drogas. Na noite anterior ela gritara que seu nome era Sandy e que era mãe. Naquele momento parecia apenas alguém prestes a morrer. Em um sacrifício bizarro e horrível, ela involuntariamente perderia um órgão vital para que outra pessoa — provavelmente um completo estranho — pudesse viver.

Um homem e uma mulher em trajes cirúrgicos e com estetoscópios cuidavam dela. O homem, moreno e de pescoço grosso, suava e parecia mais um estivador que um médico, mas a mulher, de cabelos grisalhos e provavelmente na casa dos sessenta anos de idade, tinha modos e discurso educados, sugerindo que poderia ser médica. Eles pediram refrigerantes e refeições em duas oportunidades. A mulher na maca tinha máscara de oxigênio no rosto e um frasco intravenoso no braço, além de um monitor cardíaco. Era uma ruiva quarentona bastante bonita, mas Ben estava quase esmagado pela lembrança de seus gritos patéticos.

As chances eram mínimas, mas ele sabia que de algum modo tinha de descobrir um modo de ajudá-la a escapar.

O homem chamado Vincent era alto e tinha os ombros mais largos de que Ben podia lembrar. Desde o momento em que o assassino entrou no avião, Ben procurou algum sinal de ter sido reconhecido, e revisou, da melhor forma possível, cada segundo do encontro em Cincinnati. Estava muito escuro na garagem, e tudo tinha sido muito rápido. Não parecia provável que o homem tivesse olhado bem para ele. Depois de algumas horas a bordo, as preocupações de Ben tinham desaparecido quase inteiramente.

Já Vincent passou boa parte do voo dormindo no ombro da namorada. Connie decididamente não era a garota dos sonhos de Ben. Era uma mulher com cara de doninha, uma

O QUINTO FRASCO

tatuagem de arame farpado no braço e uma camiseta branca apertada que destacava seus seios enormes. Ela fumou durante todo o voo, enquanto os outros dois guardas de segurança jogavam cartas ou dormiam.

— Como está se saindo, Seth? Acabou de limpar tudo?

O comandante, um homem troncudo chamado Stanley Holian, era tão relaxado e inofensivo quanto Vincent e a equipe de segurança eram ameaçadores. Ben estivera na cabine tanto quanto em qualquer outro ponto do avião, e era grato por cada minuto de *Sportscenter* a que assistira. Depois de alguns índices de rebatidas e uma opinião ou duas sobre quem venceria a Liga Nacional, ele tinha se transformado em um dos caras.

— Mais um minutinho, Stan.

Enquanto Holian terminava na cabine, Stan passou uma última vez pelo salão quase deserto e entrou na área dos fundos do avião, separada do salão por uma cortina. Estava procurando alguma coisa, qualquer coisa, que pudesse servir de arma. Não achou nada que pudesse usar, o que provavelmente era bom. Ele não estava lidando com Seth Stepanski. Aquele era um trio de assassinos profissionais. Que ele tivesse se dado bem com Vincent em Cincinnati apenas diminuía a possibilidade de que isso acontecesse novamente. A não ser que encontrasse ajuda na floresta, não passava de um tolo pensamento positivo achar que poderia libertar a ovelha sacrificial comatosa e levá-la em segurança de volta para a civilização.

E então, o que fazer?

Ele ainda tinha a seu favor os elementos de aceitação e de surpresa, mas apenas isso. Teria de avaliar a situação a cada minuto e procurar um quadro — qualquer quadro — em que tivesse a mínima chance de sucesso. Será que estava disposto a abrir caminho e deixar Sandy enfrentar seu destino? Ele admitia que talvez fosse obrigado a isso. Matar a si mesmo não era a solução para tirar aquelas pessoas de circulação. Ele se sentia mal com a perspectiva de preparar o voo de volta para os Estados Unidos sabendo o que tinha acontecido à mulher — sabendo que por causa daquelas pessoas havia um garoto de oito anos de idade que nunca veria sua mãe novamente.

Stan Holian esperava por ele junto ao elevador. Será que haveria uma arma em algum lugar na cabine? Ele olhou pelo corredor. A porta da cabine estava fechada e quase certamente trancada.

— Afinal, onde nós estamos, Stan?

— Brasil.

— Muito engraçado.

— A noroeste do Rio. Cento e vinte, talvez 160 quilômetros.

— Eu nunca estive no Brasil.

— Um belo lugar. Mulheres realmente bonitas. Mas não acho que você poderá passear muito nesta viagem. Nós voltaremos depois de amanhã, ou em mais um dia.

— Há quanto tempo você faz isso?

Holian ignorou solenemente a pergunta e conduziu Ben passando pelos brasileiros malvestidos que transferiam caixas de suprimentos para a plataforma hidráulica. Quando eles desciam da barriga do avião, Ben viu um comprido prédio branco cravado na floresta. Ele então desapareceu por trás das árvores. No chão, só conseguia ver a floresta ao redor deles. O começo da manhã estava fresco, e depois de tantas horas no avião o ar úmido, carregado com os sons de insetos, parecia especialmente doce.

Vincent esperava por eles junto a um largo caminho de terra junto à pista. Então os três — piloto, comissário de bor-

O QUINTO FRASCO

do e assassino — seguiram em silêncio até o caminho dar em uma estrada, esta muito mais larga e coberta de cascalho, com claras marcas de pneus.

— Siga em frente, comandante — disse Vincent ao piloto.

— O mesmo quarto de sempre. Sua mala logo estará lá. Quero resolver uma coisa com Seth aqui.

Holian fez o que ele disse. Quando o homem fez uma curva e desapareceu, Ben, sozinho com Vincent pela primeira vez, começou a sentir um nó no peito de apreensão.

— O hospital fica logo ali — disse Vincent. — É uma senhora operação. Você vai ficar impressionado.

— Aposto que sim — disse Ben, procurando uma pista no tom do assassino.

— Sabe o que vai acontecer com aquela mulher que trouxemos?

O nó aumentou.

— Não.

— Bem, cara, nós vamos tirar o coração dela. E quanto a você, Seth? Sabe o que vamos fazer com você?

— Eu não...

Antes que Ben pudesse dizer outra palavra, uma pistola de cano longo apareceu na mão de Vincent e bateu na lateral do seu rosto, jogando-o no chão.

— Você realmente achou que se daria bem, seu miserável? Eu tive de ir para a sala de cirurgia para tirar aquela maldita tinta dos meus olhos. Você acha que eu não iria me lembrar de você? Você não enganou Janet no escritório nem por um segundo. Ela me levou sua foto antes mesmo que você tivesse aberto a mala — disse, chutando violentamente o rosto de Ben. — Quanto tempo antes que *você* seja um candidato à sala de cirurgia? Acho que vamos descobrir isso — disse, dando outro chute.

Enrolado em posição fetal na estrada de terra batida, Ben não conseguia nem falar. Ele tinha comido pouco, mas o que estava em seu estômago reapareceu repentina e incontrolavelmente por sua boca e seu nariz.

— Levanta — disse Vincent, chutando-o novamente, dessa vez atrás do joelho. — Vou mostrar a você o quarto de hóspedes. Quando tiver terminado você vai invejar a nossa passageira.

33

Mas será você capaz de nos persuadir se nos recusarmos a escutá-lo?

Platão, *A república*, Livro I

— Certo. Vamos novamente. Quem é você?
— Callahan. Benjamin Michael Callahan.
— O que você faz?
— Detetive. Eu... eu sou detetive particular. Deus do céu, por favor...
— De onde?
— I-Idaho. Pocatello, Idaho... Não, por favor, não faça isso de novo. Não...

Vincent tocou com o bastão elétrico na lateral do peito de Ben. O choque, mais intenso que qualquer outra dor que Ben já tinha sentido, explodiu pelo seu braço e pelas costas, provocando espasmos terríveis em todos os músculos pelo caminho.

Ben gritou, e depois gritou novamente.

Ele estava absolutamente indefeso.

Não havia para onde ir, ninguém iria interferir, e ele não tinha como fazer Vincent parar.

Desamparado.

O interrogatório já durava horas, com o bastão elétrico sendo a principal fonte de dor, juntamente com um equipamento que apertava suas unhas. Após ter sido espancado, ele tinha sido arrastado para uma sala no porão do **hospital**, deixado nu e amarrado a uma cadeira de madeira de **espaldar** alto. Doze choques depois, mais algum trabalho em suas mãos, ele tinha se coberto de urina e fezes, e, pelo que podia dizer, também tinha apagado — provavelmente mais de uma vez.

Duas vezes um indígena brasileiro, baixo mas muito forte, arrastara-o para um chuveiro e permitira que ele se lavasse com água fria. Depois tinha sido recolocado na cadeira e a tortura e o interrogatório recomeçaram, com Vincent sempre lembrando a ele do encontro em Cincinnati, deliciando-se com cada grito.

— Como você ficou sabendo do *trailer*?
— A-Alguém em Soda Springs anotou a placa.
— Sem sacanagem comigo!
— Por favor, pare! Estou contando a verdade. Juro que estou.

Mais uma vez o bastão, na face interna da coxa. Novamente a horrenda dor nos nervos e as contrações musculares. Novamente os gritos.

Desde o momento em que Vincent o acertara no rosto, Ben sabia que seria torturado. Ele também sabia que, embora provavelmente fosse seu último ato, tinha de esconder deles o nome de Alice Gustafson. Assim que ela lesse a carta que ele mandara e libertasse Seth Stepanski, haveria muito que poderia fazer para dar um golpe nas operações ilegais com órgãos do Laboratório Whitestone — mas apenas se estivesse viva. Se Vincent e seu pessoal a pegassem, sua própria morte teria sido sem sentido. Enquanto eles o arrastavam para a sala, provavelmente o último lugar que veria, ele se concentrava em inventar uma história que estivesse suficientemente ligada aos fatos e se esforçar o bastante na repetição para que ela fosse aceita como sendo verdade.

— Como você nos achou em Cincinnati?
— Eu sou detetive, já disse. Foi para isso que eles me contrataram. Com o número da placa não foi difícil.

O quinto frasco

— Quem mais sabe disso?
— Ninguém. Ninguém. Só eu. Ninguém sabe de nada além de mim... Não! Chega!

Fosse por estar morrendo de frio ou pelo colapso de seu sistema nervoso, ele não conseguia parar de tremer.

Havia algumas formas de dor que Ben conseguia suportar — de cabeça, torções de tornozelo, vírus, de garganta, até mesmo a surra que recebera de Vincent. Mas desde as lembranças mais antigas da infância, ele odiava e tinha medo de ser furado pelo dentista. Mesmo com novocaína ou o que quer que eles usassem como anestésico, o medo antecipado do mais leve toque no nervo do dente era quase mais do que ele podia suportar. O bastão nas mãos de Vincent era como cem brocas penetrando na polpa, só que não havia anestésicos. Absolutamente nenhum.

O assassino deu mais um choque nele, dessa vez na base do pescoço. Cada músculo em seu corpo pareceu contrair. Seus dentes trincaram violentamente, fazendo com que ele mordesse o lado da língua e quebrasse um pedaço de dente.

— De novo, quem contratou você?
— Os... Durkins. De Soda Springs. O filho deles foi morto por um caminhão na Flórida... O legista disse que alguém tinha roubado sua medula óssea. É a verdade. Juro que é.

— Eu decido o que é verdade e o que não é, e se decidir que você está de sacanagem comigo eu abro você da bunda ao olho com essa coisa. Repete novamente, como você foi parar no Texas?

Ben não tinha dificuldade em fazer parecer que não aguentava mais o bastão de gado. Sua situação era desesperançada, e só o que queria era sair da vida com o mínimo de dor possível, e levar consigo o resto de dignidade de não ter revelado a Guarda de Órgãos e sua dedicada fundadora. Ele contou novamente a história do Laboratório Whitestone em Soda Springs e de ter visto, quase inadvertidamente, o endereço na caixa de frascos de sangue que seriam enviados para Fadiman.

Os choques se tornaram menos frequentes, embora não menos terríveis. Finalmente, depois do que pareceu uma eternidade, Vincent acenou para que o ajudante jogasse Ben novamente no chuveiro. Seu peito e seu abdômen estavam cobertos de bile e saliva. Incapaz de ficar de pé sobre as pernas bambas, ele se sentou nos azulejos sujos e se apoiou na parede quando a água gelada bateu nele. Ele estendeu a chuveirada o máximo que conseguiu, e depois engatinhou de forma instável de volta para a cadeira.

Vincent tinha partido. Ao lado da cama havia uma grande toalha branca limpa e uma pilha de roupas bem dobradas — calças de sarja, uma camiseta cinza, meias brancas finas e um par de botas altas pretas reluzentes. O indígena indicou que ele deveria se vestir.

Ben pensou em como seria eliminado quando sua tortura deixasse de ser divertida. Ele tinha esperado uma bala no cérebro, até mesmo sonhado com isso. Naquele momento ele não sabia o que pensar. Vestir-se era um processo lento e excruciante. Suas pernas estavam arrasadas demais e os músculos exigidos demais para se curvar, havia queimaduras de choques na maior parte do corpo, e seus dedos azuis inchados estavam rígidos demais para dar o laço no cadarço. Após vê-lo tentar por quinze minutos ou mais, o guarda o amarrou na cadeira e deu o laço nas botas. Depois foi até uma pequena geladeira no canto da câmara de tortura, pegou uma garrafa de água e uma grossa barra de chocolate e soltou uma das mãos de Ben. Ben tentou fazer contato com o homem.

O QUINTO FRASCO

— Você me entende? — perguntou ele.

O guarda olhou para ele com olhos vazios.

— Eu perguntei se você me entende.

Não havia como os maxilares feridos de Ben conseguirem deixar uma marca no chocolate gelado. *Tudo bem*, pensou ele. Seu estômago, irritado com o vômito, não estava em condições de aceitar comida alguma. Taciturno, ele tomou a água por entre lábios rachados e sujos de sangue. Seu corpo latejava, a visão ficava borrada, clareava e borrava de novo. Quando ele era jovem e mais filosófico, de tempos em tempos refletia sobre o imponderável pensando em que idade teria e onde estaria no momento da morte. Era estranho e mais assustador do que ele poderia imaginar que aquele momento tivesse realmente chegado.

Mas por que ele tinha sido vestido?

Dez minutos se passaram. Depois mais dez. Ben, seco demais até para suar, se sentiu perdendo e recobrando a consciência, e teria caído se não estivesse preso à cadeira. A porta sendo aberta e depois fechada secamente o despertou. Mesmo tendo suportado uma dor que era maior que a dor, mesmo estando de certo modo preparado para enfrentar a morte, o que ele viu imediatamente lançou um laço de medo em seu peito. O homem que ele conhecia apenas como Vincent, seu torturador, iria se tornar seu carrasco.

A aparição ficou de pé à sua frente, pés afastados, cabeça erguida, parecendo mais alto e forte que uma estátua de praça. Seu rosto estava habilidosamente pintado com tinta de camuflagem, que combinava quase perfeitamente com suas calças e camisa. Seu cabelo louro comprido estava enfiado sob um boné de comandos especiais. Mas o traje não era a fonte do medo de Ben. O matador levava às costas uma aljava com uma dúzia ou mais de longas flechas, e na mão esquerda, pouco acima do chão, um arco de aparência complexa.

— Deixe-me apresentá-lo a você — disse Vincent. — Este é um arco composto Buck Fever com tração de 70 libras e um apoio de flecha PSE. Estas são flechas de carbono Epic de 78 centímetros. Retas e firmes a distância toda. Não temos muito tempo para passear e caçar nessas viagens. Além disso, há escassez de caça boa por aqui. O que um caçador pode fazer?

— Eu... acho que não consigo nem ficar de pé — disse Ben.

— Nesse caso infelizmente vai ser uma caçada muito curta. Agora preste atenção, muita atenção. O Rio está a mais ou menos 130 quilômetros a sudeste daqui. Belo Horizonte fica quase diretamente rumo norte, a 160, talvez 240 quilômetros, mas nessa direção há algumas elevações bem íngremes, poderíamos chamar de montanhas. No meio há várias cidadezinhas e vilarejos onde você poderia encontrar um amigo. Eu pessoalmente não acho que você vá conseguir, mas nunca se sabe. Primeiramente você precisa se afastar de mim, e não acho que ninguém vá me acusar de estar me vangloriando se disser que atiro muito bem com isto.

A mão livre se moveu rapidamente, agarrou Ben pelos cabelos e puxou sua cabeça para trás o máximo possível.

— Eu preciso de um pouco de sangue fresco para manter o faro — disse ele. — Eu prometo, Callahan, se você não transformar isto em um desafio para mim, se não lutar o bastante, eu irei feri-lo em algum lugar que não o mate e o arrastarei para cá para uma rodada séria com o bastão que fará a última sessão parecer o carnaval.

Ele afrouxou o aperto, mas antes que a cabeça de Ben caísse para a frente, Vincent o acertou no rosto, reabrindo o ferimento que o cano da arma tinha feito.

O QUINTO FRASCO

Ben ignorou o golpe, a dor e o sangue que escorria e encharcava sua camisa. Em sua opinião, ele não estava ganhando uma oportunidade de viver, mas de morrer ao ar livre e com um mínimo de dignidade. Ele tinha vencido a guerra contra aquele homem e contra o Whitestone. Alice Gustafson e a Guarda de Órgãos estavam seguros. Não importava mais se ele iria perder a batalha. Ele, havia muito, tinha perdido sua fé na Igreja — em qualquer Igreja —, mas parecia que seus padres da infância e os professores de catecismo estavam certos, e havia um paraíso, e ele pelo menos tinha uma chance de chegar lá. Só esperava poder fazer algum esforço e que o final não doesse demais.

Ave Maria, cheia de graça, o Senhor é convosco. Bendita sois vós entre as mulheres, bendito é o fruto do vosso ventre, Jesus.

— Solte-me. — Ele ouviu sua voz surpreendentemente exigente dizer.

Vincent anuiu para seu assistente, e assim foi. Ben trincou os dentes o melhor que pôde e se levantou. Uma onda de tontura e náusea ameaçou derrubá-lo, mas ele se obrigou a permanecer ereto, e conseguiu até mesmo tomar outro gole da garrafa de água.

Santa Maria, mãe de Deus, rogai por nós, pecadores, agora e na hora de nossa morte.

Com a Ave Maria reverberando em sua mente, Ben deu um passo doloroso e desajeitado na direção da porta. A seguir outro. Ele pensou em como seria ter uma flecha de um arco poderoso penetrando seu corpo. Vincent não estaria disparando contra ele flechas de acampamento. Aquelas eram flechas de caça, com três ou quatro faces de metal se juntando em uma ponta letal.

Outro passo, esse um pouco mais fácil. Ele respirou fundo para se preparar e passou pela porta, encontrando o sol do meio da tarde. Vincent marchou atrás dele.

— Reto em frente — ordenou. — Eu aviso quando parar. Ben se esforçou para permanecer ereto. Ele tinha vencido. Aquele era só o momento de dançar conforme a música. Apenas dois meses antes, se alguém tivesse dito que estaria morrendo por uma causa em que acreditava, ele teria reclinado na cadeira gasta de sua escrivaninha em seu pequeno escritório humilde e rido até chorar. Onde estava madame Sonja quando ele precisava? A coisa toda de ser torturado teria sido mais fácil caso ele soubesse antecipadamente que conseguiria — se pelo menos soubesse antes que preservaria o nome de Alice e a missão até a morte. Ele queria muito ver o rosto de Vincent quando contasse que o jogo tinha acabado e o Whitestone tinha perdido. Mas, claro, isso seria um segredo seu.

Ele se obrigou a erguer o queixo e avançou, um passo doloroso e instável de cada vez. Então parou, tomou um último gole da garrafa de água e a jogou no mato. Eles estavam na estrada de cascalho e não podiam ser vistos do hospital.

Era hora.

— Vamos só esclarecer, se eu matar você posso ir embora? — perguntou Ben, a voz rascante e não tão forte quanto gostaria.

— É isso — disse Vincent, talvez um pouco irritado. — Escape e estará livre. Mate-me e estará livre. Se for acertado, perde.

— Alguém já escapou desse seu joguinho?

— O que você acha?

— Então terei que ser o primeiro.

— Você tem um minuto, babaca. Sessenta segundos e *pronto*! Meus olhos estarão fechados, mas não meus ouvidos. Vá para onde quiser. Você me deve uma por Cincinnati, então só vou ferir no primeiro tiro, e talvez também no segundo, agora que pensei nisso.

— Diga quando — falou Ben.

O QUINTO FRASCO

— Quando.

Quando!

Assim, e a vida de Ben dependia do relógio. Vários segundos preciosos se passaram antes que se movesse. A mata à sua direita parecia um pouco menos densa que à esquerda, então seguiu naquela direção, tentando não se esconder, mas ficar de pé e colocar a maior distância possível entre ele e o homem que estava prestes a matá-lo.

— Quarenta e cinco segundos!

A voz parecia estar a poucos centímetros. Ben afastou galhos e avançou usando os troncos das árvores. O trecho inicial era basicamente ladeira abaixo, mas o terreno era pedregoso e irregular. Se havia alguma trilha ou caminho que pudesse pelo menos disfarçar seu avanço ele não conseguia ver. Várias rochas grandes anunciaram o início de uma subida. Ele pensou que deveria ter ido na outra direção. Nas suas condições, uma subida era uma inimiga. Ah, maldição, que diferença fazia? Aquela não era uma questão de vida ou morte, era uma questão apenas de morte — uma questão de tempo. Ele vivia seus últimos segundos na Terra. Sua vida, que um dia tinha sido tão promissora, estava prestes a terminar dolorosamente, e pensamentos repentinos sobre o que ele tinha perdido, o que nunca tinha acontecido, tomavam conta de sua cabeça.

— Trinta segundos!

A voz de Vincent parecia ligeiramente mais distante. A colina, naquele momento muito mais íngreme, não seria problema se ele não estivesse tão enfraquecido. Do jeito que estava, a tontura e a náusea aumentavam. Talvez ele devesse se esconder — encontrar um lugar de mata densa, se esconder e esperar seu assassino até escurecer. Ridículo! Para começar, ele não tinha se afastado muito, depois, os galhos se quebravam a cada passo, e finalmente ele se deu conta de que no ponto em que estava a vegetação desaparecera. Se ele continuasse de pé, Vincent poderia dar um tiro direto a muitos metros de distância.

Naquele momento, Ben tropeçou e caiu para a frente, batendo com força em uma enorme rocha de granito um metro e meio mais alta que ele. O terreno elevado ao redor do monólito fez Ben pensar que poderia pelo menos chegar ao alto dele. E depois? O melhor que podia pensar era em se jogar sobre o assassino e tentar pegar uma das flechas. A melhor da falta de opções.

— Quinze segundos!

Ben pensou em até onde teria ido. Cem metros? Provavelmente muito menos.

Ele subiu a montanha de quatro, contornando a enorme rocha. Estava tonto e sem fôlego, mas avançava centímetro a centímetro.

— Certo, babaca! Hora de morrer — gritou Vincent.

Ben se espremeu perto do alto da rocha. Ele provavelmente estava em um ângulo do chão no qual não podia ser visto, mas ainda se sentia exposto. Prendeu a respiração e escutou. Só havia o barulho mecânico de milhares de insetos. Olhou ao redor. Havia algumas árvores altas — talvez mogno ou eucalipto — e uma vegetação densa se erguendo a cerca de dois metros do solo, mas ele perdera a oportunidade de correr. Sua única esperança era ficar fora de vista e rezar para que Vincent passasse bem embaixo, ou que de algum modo ele tivesse seguido na direção oposta.

Ben prendeu a respiração mais uma vez. Dessa vez ouviu algo — raspando na vegetação, perto, à esquerda. Vincent estava perto — muito perto. Ben virou a cabeça, mas não a ergueu. Em vez disso, apertou a bochecha contra o granito e olhou na direção do ruído. A vegetação decididamente estava se mexen-

O QUINTO FRASCO

do, e a força que provocava isso ia na sua direção. Se Vincent tinha contornado a rocha até o lado de cima, era isso. Fim da caçada, Ben sabia que deveria ter continuado a correr. Naquele momento sua única chance, e não era muito boa, seria esperar até que o assassino parecesse estar abaixo dele, e se jogar.

O barulho de ramos se partindo e vegetação raspada estava ainda mais perto. Logo à esquerda de onde Ben estava. Permanecendo encolhido, ele contraiu os músculos o máximo que conseguiu. Com o movimento de cima, Vincent viraria o arco para o alto, tentando atirar rapidamente. Ben evitaria a flecha, cairia nele e rapidamente pegaria a aljava.

Silêncio... escute... olhe... Não respire... Não respire... Ave Maria, cheia de graça, o Senhor é convosco... e... AGORA!

Ben ficou de joelhos, preparado para saltar, mas Vincent não estava embaixo dele. Em vez disso, um magro cão do mato, castanho com pernas brancas e um focinho fino e comprido farejava em meio ao mato. Ben sentiu uma onda de esperança. Talvez Vincent tivesse afinal seguido na direção oposta. Talvez ainda houvesse tempo para correr. Então, ele foi atingido pelas costas. A flecha atravessou o músculo na base do pescoço, raspando a clavícula, antes de sair com a ponta e dez centímetros de corpo abaixo de seu maxilar.

Chocado com o impacto e a dor aguda, Ben tombou para a direita, caiu pesadamente sobre a superfície da enorme rocha e então despencou. Caiu de lado, o ar esvaziando seus pulmões. Ele podia ver com o canto do olho, a ponta da flecha saindo de seu corpo.

Santa Maria, mãe de Deus, mãe de Deus, orai por nós, pecadores, agora e na hora de nossa morte...

Mas a morte não veio naquele minuto, nem no seguinte. Ben permaneceu imóvel, sentindo, mais que dor, a terra acre do solo da floresta, os verdes e marrons que o cercavam transformados em um borrão. Finalmente, houve um movimento atrás dele, no limite de seu campo de visão.

— Isso foi por Cincinnati — disse Vincent. — Este é por todos os espertinhos do mundo que acham que estão acima do resto de nós.

Em um último instante de absoluta clareza, a visão de Ben entrou em foco e ele viu a aparição com pintura de camuflagem a 15 metros, sorrindo enquanto erguia o arco e o retesava. De repente, Vincent virou a cabeça para trás e deu um tapa na bochecha como se tivesse sido mordido por um inseto gigantesco.

— Mas que...

Foram as últimas palavras do assassino. De algum ponto da floresta, uma comprida lâmina fina voou das árvores e atravessou o pescoço dele. O sangue jorrava de uma artéria cortada antes mesmo que ele começasse a cair. Olhos arregalados, um grito abafado e uma pirueta deselegante, e o gigante caiu no chão, morto antes mesmo de tocar o solo.

Ben, absolutamente incapaz de compreender o que tinha acontecido, sentiu tudo ficar preto. No último instante, antes da escuridão total, sentiu um toque suave no ombro e ouviu uma voz — uma suave e tranquilizadora voz feminina.

— Vai ficar tudo bem — disse ela.

34

Nossos guardiães, na medida do que homens podem ser, devem ser verdadeiros adoradores dos deuses e como eles.

Platão, *A república*, Livro II

— Dr. Anson, venha logo. É Rennie. Acho que é o fim dele. Ele ainda está acordado, mas perdeu toda a pressão sanguínea.

Anson seguiu a jovem enfermeira até o quarto dez — o quarto de semi-isolamento no ponto mais distante do hospital. Rennie Ono, um entalhador de quarenta e poucos anos, estava se preparando para morrer. Ele tinha lutado contra a aids durante uma década, mas, após anos com qualidade de vida, tinha sido derrotado por uma combinação de infecção e sarcoma. Não havia nada mais que pudesse ser feito — pelo menos pela medicina.

Anson colocou uma cadeira ao lado do leito e se sentou, tomando as mãos magras do homem nas suas.

— Rennie, você consegue me ouvir?

Ono anuiu fracamente, embora não pudesse falar.

— Rennie, você é um homem bom e gentil. Será boa a sua vida depois desta. Você enfrentou corajosamente sua doença. Está com medo?

Ono balançou a cabeça.

— Quer que leia para você, Rennie? Quer que leia? Quer que leia durante a passagem? Bom.

Anson abriu um gasto caderno de folhas soltas — seu caderno. Estava repleto de desenhos, pequenos ensaios,

Michael Palmer

anotações de diário e poemas, e ele fazia algum acréscimo quase todo dia. O que ele estava prestes a ler não tinha título, apenas as palavras, escritas cuidadosamente em letra de forma em uma folha que era mais branca que as outras.

O mundo pode ser duro, cheio de armadilhas,
Cheio de fraudes,
Cheio de injustiça,
Cheio de dor.
Mas há um vazio à espreita, amigo — um grande vazio reluzente,
Macio e perfumado com a essência da paz.
A essência da serenidade.
Você está quase lá, amigo.
O magnífico vazio é o porto eterno de sua alma.
Pegue minha mão, amigo.
Pegue minha mão e dê um passo, apenas mais um passo,
E você está lá.

Anson sentiu o aperto de Rennie se soltar. O leve subir e descer de seu peito desapareceu. Eles ficaram vários minutos silenciosos e imóveis — médico, enfermeira, paciente. Finalmente, Anson se levantou, curvou e gentilmente beijou a testa do homem. Então, sem uma palavra, deixou o quarto.

Estava quase amanhecendo, o momento do dia preferido por Anson. Desde o momento em Amritsar, em que se dera conta da fraude do cirurgião Khanduri e da mulher que dizia ser Narendra Narjot, com a participação tácita de sua querida amiga Elizabeth, ele estava triste e perplexo. Sem conseguir dormir, jogara-se como nunca no trabalho e no cuidado aos pacientes na clínica e no hospital. Ao mesmo tempo, esperava para compreender qual deveria ser sua reação. Naquele momento, depois

O QUINTO FRASCO

de muitas conversas com a enfermeira Claudine, que tinha sido afastada por Elizabeth, ele estava pronto.

Quando Anson chegou ao laboratório, seu amigo Francis Ngale esperava do lado de fora.

— Dr. Joe, o laboratório está preparado — disse o enorme guarda de segurança. — A dra. St. Pierre acabou de chegar ao hospital. Rennie morreu?

— Sim.

— Em paz?

— Em grande paz, Francis.

— Obrigado, doutor. Ele era um homem muito bom.

— Agora temos negócios a fazer. Poderia me dar o controle remoto?

Ngale deu a ele uma pequena caixa retangular.

— Testado e retestado — disse ele. — Espero que não precise usar.

— Se tiver, o farei. A cadeira está no lugar?

— Sim.

— Você é um bom amigo, Francis. Sempre foi.

Os dois homens se abraçaram rapidamente, e depois Anson mandou Ngale de volta ao hospital. O homem voltou um minuto depois, acompanhando Elizabeth. Ela vestia uma saia de algodão branco diáfana, e uma blusa combinando. Nem mesmo sua expressão de perturbação e preocupação conseguia esconder sua beleza. Anson apontou a cadeira para ela, e ficou de pé na sua frente — algumas vezes andando de um lado para o outro como um advogado, algumas vezes parando empertigado.

— Bem — disse ela em inglês —, me convocar aqui às quatro horas da manhã certamente é novidade.

— Sim, é — respondeu Anson. — Como sabe, antes que você preparasse nossa ida à Índia para visitar a viúva do meu

benfeitor, prometi a você partilhar os últimos segredos de minha pesquisa com Sarah-9 com os cientistas do Whitestone.
— Correto.
Sua expressão de confusão se acentuou. Por que ele estaria contando novamente algo que ela sabia tão bem?
— Vocês só não têm a identificação de qual das dez linhagens de leveduras em nossas cubas estamos usando, e também um dos passos no processo de estimular a levedura a produzir a droga.
— Sim?
— Bem, eu decidi não cumprir minha parte no acordo.
— Mas...
— Você mentiu, Elizabeth. Você construiu nossa amizade, e depois abusou dela.

Anson sempre tinha sido um homem pacífico, mas sua raiva, despertada, podia ser intensa. Ele se controlou para não explodir naquele momento. Não com o controle remoto no bolso.

— Não sei do que você está falando — replicou St. Pierre.

Anson falou algumas frases em híndi.

— Suponho que você reconheça a língua, mesmo que seja uma das poucas que você não fala. Eu sou bastante fluente nela, ou pelo menos fluente o bastante para identificar aquela farsa ridícula em Amritsar.

— Não estou entendendo — tentou ela novamente.

— É claro que entende. Quando voltamos, esperando ter entendido errado toda a farsa medonha, eu entrei em contato com um amigo jornalista em Nova Déli. Não há provas de que tenha existido um T.J. Narjot, nem de que tenha acontecido um surto de *Serratia* nos hospitais de Amritsar.

— Espere — pediu St. Pierre, claramente começando a entrar em pânico.

O QUINTO FRASCO

— Mais ainda — disse Anson. — Desde minha operação e recuperação, estive confuso com a conveniência de minha parada respiratória aqui no hospital. Procurei a enfermeira que estava aqui naquele dia, Claudine. Ela inicialmente tentou protegê-la, ou melhor, seu futuro como enfermeira, que você ameaçou. Mas no fim a fidelidade dela a mim venceu, e o que você imagina que ela me contou? Eu soube que minha cara amiga Elizabeth, minha velha cara amiga, quase me matou por interesse pessoal.

— Isso foi feito para seu bem, Joseph. Você precisava do transplante.

— Na verdade *você* precisava que eu fizesse o transplante. Meu trabalho não estava indo rápido o bastante para você. Ou será que você temia que eu morresse antes que seus malditos cientistas limpassem o meu cérebro?

— Joseph, isso não é justo. O Whitestone construiu este hospital. Nós construímos estes laboratórios.

Anson tirou o controle remoto do bolso.

— Você conhece meu amigo Francis, não? — perguntou, indicando Ngale.

— Claro.

— Francis é uma espécie de perito em demolição. A meu pedido ele instalou explosivos em toda esta ala de pesquisa. Elizabeth, você tem exatamente quinze minutos para me convencer de que está falando a verdade, ou este laboratório virará fumaça.

— Não, espere. Você não pode fazer isso!

— Quinze minutos e tudo isto vira pó, incluindo aquelas preciosas cubas de levedura e minhas anotações, que estão empilhadas bem ali no canto.

— Joseph, você não entende. Eu não posso contar nada a você. Eu-eu preciso dar uns telefonemas. Preciso ter permissão para partilhar algumas coisas com você. Minha vida correrá risco se eu não fizer isso. Eu-eu preciso de mais tempo.

Anson conferiu o relógio teatralmente.

— Catorze minutos.

St. Pierre olhou em torno desesperada, como se procurando um salvador.

— Preciso dar um telefonema.

— Desde que demore menos que catorze minutos.

St. Pierre saiu correndo.

— Devo ir com ela? — perguntou Ngale.

— A única opção dela é nos contar a verdade. As pessoas que a empregam são inteligentes, muito inteligentes. Elas entenderão isso.

St. Pierre voltou em poucos minutos.

— Tudo bem, tudo bem — disse, sem fôlego. — Fui autorizada a contar a você alguns fatos, mas sem nomes. Isso é aceitável?

— Você é a mentirosa, Elizabeth. Você é uma fraude. Não farei promessas.

— Tudo bem, então, sente-se e escute.

Anson anuiu para Ngale, que trouxe uma cadeira e depois, olhando mais uma vez para o amigo, deixou a sala.

— Continue — disse Anson. — Mas lembre-se, se eu sentir que você está mentindo, não darei uma segunda chance.

Ele ergueu o controle remoto para enfatizar.

St. Pierre se compôs, olhou para ele desafiadoramente e começou.

— Há alguns anos, talvez quinze, um pequeno número de especialistas em transplantes, médicos e cirurgiões, começou a se reunir em encontros internacionais de transplante para discutir as enormes pressões de nossa especialidade e

O QUINTO FRASCO

nossa insatisfação e frustração com o sistema de doação e alocação de órgãos.
— Continue.
— Por todo o planeta, leis restritivas estavam basicamente nos afastando, afastando os médicos especializados e cirurgiões responsáveis pelos transplantes do processo de tomada de decisões. Os cirurgiões começaram a mentir sobre a gravidade do quadro de seus pacientes para que eles subissem em certas listas. Além disso, a apatia popular e a falta de envolvimento das religiões organizadas privavam as sociedades de um volume razoável de órgãos. E finalmente, e talvez o mais frustrante, repetidamente as pessoas cujo comportamento autodestrutivo em relação a fumo, álcool e alimentação que as levou a precisar de um transplante retomavam esses hábitos, literalmente destruindo o órgão que poderia ter salvo a vida de candidatos mais responsáveis e merecedores.
— Você fazia parte desse grupo?
— Não inicialmente. Eu fui convidada a me juntar aos Guardiães há cerca de onze anos.
— Os Guardiães?
— Como você pode imaginar, as discussões desse grupo inicial de especialistas em transplante eram profundamente filosóficas. O grupo era integrado por alguns dos maiores cérebros da medicina, enfrentando alguns dos maiores dilemas éticos.
— E também tendo alguns dos maiores egos, pelo que soube.
— Esses homens e mulheres, especialmente os cirurgiões de transplante, têm um fardo de incomensurável responsabilidade.
— Os Guardiães?
— Paulatinamente, em busca de uma base filosófica, o grupo passou a se concentrar mais nos textos de Platão, especialmente *A república*. Sua filosofia e sua lógica faziam sentido para todos. A

cada encontro, por intermédio de leituras e debates, foi criada a base para uma sociedade altamente secreta.
— O dr. Khanduri é um dos Guardiães?
— Eu disse que não daria nomes.
— Maldição, ele é? — retrucou Anson.
— Sim, claro. Claro que ele é. Por que pergunta?
— Porque ele falou sobre sua discordância com os siques por eles rejeitarem o sistema de castas. Platão, pelo que me lembro, dividia a sociedade em três castas.
— Ele não usava esse nome, mas sim. Os Produtores, operários, fazendeiros e similares, compõem a mais baixa das três; os Auxiliares, soldados, administradores e líderes secundários, vêm a seguir; e o cume da pirâmide é ocupado...
— Pelos Guardiães, a elite — completou Anson.
St. Pierre anuiu orgulhosamente.
— Intelectual, atlética, artística, criativa, altruísta, científica e política. Pense no que teria acontecido se Einstein ou Nelson Mandela, ou Raymond Damidian, que inventou o aparelho de ressonância magnética, ou... Madre Teresa, precisassem de um órgão para sobreviver e fossem colocados no pé de alguma lista burocrática, ou... ou simplesmente não houvesse órgãos adequados à disposição. Pense em você, Joseph, e tudo o que você está prestes a dar à humanidade porque fomos capazes de obter um pulmão para você... e não apenas um pulmão, mas um pulmão com perfeita compatibilidade. Como especialistas em transplantes, o objetivo dos Guardiães da República é garantir que outros Guardiães ao redor do mundo que precisem de qualquer tipo de órgão o recebam.

O zelo e a intensidade de St. Pierre davam arrepios. Anson mal conseguia respirar. A palavra "obter" cortou como uma faca.

O QUINTO FRASCO

Pela primeira vez, ele começou a pensar na possibilidade de que a fonte de sua nova vida não fosse alguém legalmente morto.

— De onde? — conseguiu, com dificuldade.

— Perdão?

— Onde? De onde vêm esses órgãos?

— Ora, de Produtores e Auxiliares, claro — disse St. Pierre. — Certamente não de outros Guardiães. Isso não faria nenhum sentido. É contra nossa política.

Anson olhou para a mulher que ele achava conhecer bem havia oito anos. Sua absoluta incredulidade não se devia apenas àquilo que St. Pierre estava dizendo, mas ainda mais ao seu absoluto conforto em dizê-lo.

— Quantos Guardiães existem hoje? — perguntou.

— Não muitos. Vinte e cinco, talvez trinta. Somos muito seletivos, e, como você pode imaginar, também muito cuidadosos. Apenas os melhores entre os melhores.

— Claro. Apenas os melhores entre os melhores — murmurou ele. Ele ergueu o controle remoto. — Elizabeth, prometo que se você fizer qualquer tentativa de se mover da cadeira sem responder às minhas perguntas, eu aperto este botão e você morre, juntamente com este laboratório.

— Mas você também morre.

— Minhas prioridades são claras. Agora me fale sobre obter a perfeita compatibilidade.

Elizabeth ficou desconfortável e olhou ao redor como se esperasse que um cavaleiro errante surgisse e a salvasse.

— Bem — disse ela finalmente, sem recuperar inteiramente a compostura —, se um Guardião vai receber um órgão, deve ser uma compatibilidade perfeita ou quase perfeita. Do contrário haveria trauma emocional e questões médicas por causa das altas doses de remédios contra a rejeição que ele teria de tomar. Veja você, Joseph. Você praticamente não toma medicamento algum. Depois de sua operação você voltou quase imediatamente ao seu trabalho fundamental.

— Imagino que muitos dos Guardiães que recebem órgãos podem pagar por eles.

— E o fazem. Esse dinheiro é usado para estimular o trabalho da sociedade.

— Por intermédio da Fundação Whitestone.

— Sim, nós somos a Fundação Whitestone. Fazemos trabalhos filantrópicos em todo o mundo, beneficiando artistas, profissionais de saúde, políticos e cientistas como você. Somos donos dos laboratórios Whitestone, a farmacêutica Whitestone e logo, se você for um homem de palavra, também de Sarah-9.

— Não ouse me falar sobre ser um homem de palavra. Toda aquela viagem à Índia foi uma fraude, uma completa farsa.

— Isso porque você não desistiria de conhecer a família de seu doador, e o conselho dos Guardiães da República sentiu que pelo menos no momento isso não era nem prático nem desejável.

— Minha operação não foi realizada na Índia?

— Eu cooperei com você de todas as formas, Joseph. Agora, por favor, abaixe essa coisa.

— Onde minha cirurgia foi realizada? Sem mentiras — disse, brandindo o controle para enfatizar.

— Brasil. Foi realizada em uma instalação do Whitestone no Brasil. Você foi mantido sedado e depois transferido de lá para um cirurgião Guardião na Cidade do Cabo assim que possível.

Anson respirou fundo.

— Certo, agora me diga, Elizabeth, quem era ele?

— Perdão?

— O doador. Quem era ele, e de onde?

O QUINTO FRASCO

Mais uma vez St. Pierre olhou inutilmente ao redor em busca de alguém que interferisse. Seus dentes estavam trincados de frustração. Ela finalmente disse:

— Na verdade foi uma mulher, uma mulher de Boston, nos Estados Unidos.

— Seu nome?

— Eu disse a você, nada...

— Maldição, Elizabeth, me dê o nome dela ou prepare-se para morrer neste exato instante! Estou falando sério e você sabe disso!

— Reis. Natalie Reis.

— Certo. Agora, passo a passo, você vai me contar tudo que sabe sobre essa Natalie Reis e como ela foi escolhida para me dar seu pulmão.

35

Quando um homem pensa que está prestes a morrer, penetram em sua mente medos e temores que ele nunca antes tivera.

Platão, *A república*, Livro I

    Ben recuperou a consciência com um aroma forte, mas não desagradável, e uma voz feminina cantando em uma língua que ele não entendia. A flecha tinha desaparecido. A dor terrível em seu ombro e o sofrimento dilacerante por todo seu corpo permaneciam, mas estranhamente embotadas. Ele reconhecia que não era a primeira vez que acordava, nem que ouvia a mulher cantar. Estava nu da cintura para cima, de costas, sobre uma pilha de cobertores e trapos no que parecia ser uma caverna. A luz do sol vinha da entrada, a cerca de três metros.
    Aos poucos sua visão entrou em foco, assim como sua memória, começando com o momento da morte horrenda de Vincent — uma espécie de dardo no lado do rosto, e depois uma faca atravessando o pescoço. A flecha fatal que Ben esperava nunca foi disparada. Em vez disso, ele se lembrava de uma mulher ajoelhada ao lado dele, falando em inglês e garantindo que tudo ficaria bem. Uma pele morena suave; olhos escuros vivos e preocupados. Juntamente com um homem usando uma proteção no olho, ela o colocara de pé e se esforçara para que andasse. O resto era um borrão, a não ser o rosto dela. Era um rosto adorável, intenso, interessante.
    Lutando contra a dor, ele tentou se sentar. A mulher que cantava perto, mais sem idade do que envelhecida, não tentou

O QUINTO FRASCO

impedi-lo. Ela era uma indígena. Embora profundamente vincado, seu rosto não era muito diferente do homem que ajudara Vincent a torturá-lo. Atrás dela, Ben viu a fonte do cheiro que enchia a caverna — uma panela, fervendo em uma pequena fogueira, soltando fumaça cinza.

Ele conseguiu se erguer e permanecer assim alguns segundos antes que uma onda de tontura o obrigasse a recuar. A mulher o pegou com a mão e o baixou ao chão. Depois colocou uma pequena concha em seus lábios e segurou sua cabeça enquanto ele bebia o líquido grosso e perfumado que havia nela. Em minutos a dor tinha desaparecido inteiramente, substituída por uma avalanche de pensamentos e imagens impressionantemente agradáveis. Pouco depois, quando ela estava trocando o cataplasma seco em seu ombro por outro úmido, a luz da abertura da caverna começou a se apagar. A cascata de imagens desacelerou e desapareceu.

Minutos ou horas depois, quando recuperou a consciência, a mulher da floresta estava ajoelhada a seu lado. Seu rosto o fez sorrir.

— Oi, meu nome é Natalie Reis — disse. — Você me entende? Bom. Aqui tem água. Você precisa beber.

Ben anuiu e tomou goles cautelosos da caneca de barro. Atrás de Natalie, a outra mulher trabalhava na fogueira e na panela.

— Ben — conseguiu dizer depois que seus lábios estavam úmidos o bastante. — Ben Callahan, de Chicago. Você é brasileira?

— Americana. Sou estudante de medicina em Boston.

— Obrigado por me salvar.

— Meu amigo Luis o salvou, não eu. As pessoas que administram o hospital assassinaram a irmã dele por tentar me ajudar. Amigos dele lá debaixo disseram que você estava

sendo torturado. Estávamos olhando para lá quando aquele homem com o arco seguiu você para fora do hospital e pela estrada. Luis sabia o que ia acontecer, e decidiu salvar você.
— Fico contente por isso — atenuou Ben. — Nunca pensei...
— Calma — disse Natalie. — Há tempo.
Ben mais uma vez se obrigou a sentar. Dessa vez, a tontura foi mínima. Seu ombro estava cuidadosamente envolvido por uma gaze que parecia ter sido usada antes. Com os pensamentos se tornando mais claros, sua expressão ficou sombria.
— Não, não há muito tempo — disse ele, excitado. — Há uma mulher no hospital. O nome dela é Sandy. Ela vai ser morta, operada e depois morta. Acho que eles vão tirar o coração dela. Eles...
Natalie o acalmou colocando um dedo em seus lábios.
— Você está muito desidratado. Precisa de água. Se não conseguirmos colocar fluidos suficientes em você, não será capaz de ajudar ninguém.
— Aquela mulher atrás de você está me dando alguma droga inacreditável.
— Ela é uma xamã, amiga de Luis. Seu nome é Tokima, ou algo assim. Ela fala uma mistura de português, que entendo bastante bem, com algum tipo de dialeto tribal que absolutamente não compreendo, mas Luis sim.
— Bem, pergunte a Luis se ela quer um emprego permanente me fazendo sentir assim.
— A cor sumiu do seu rosto, Ben Callahan. É sua pressão sanguínea despencando. Em mais alguns segundos você vai começar a se sentir fraco, muito fraco. Acho que seria melhor você se deitar.
— Você consegue prever o que vai acontecer?
Natalie verificou o pulso dele, que estava acelerado e rápido.
— Seu sistema cardiovascular está estressado. Você precisa de descanso e muito fluido.

O QUINTO FRASCO

— E um pouco mais daquele remédio. — Ben disse, antes de apagar.

Ben acordou mais duas vezes. Em todas elas Natalie estava perto, olhando para ele com grande preocupação e interesse.

— Eu vi você na pedra lá embaixo quando aquele monstro caçava você — disse ela em certo momento. — Você estava muito fraco, mas foi muito corajoso. Agora que sei o que o trouxe aqui, acho que é ainda mais corajoso.

Ela deu água a ele, e a mulher do remédio, Tokima, tratou dele com algumas de suas misturas. A cada momento ele se sentia melhor, e ficou mais tempo sentado. Peça a peça, eles conseguiram partilhar os relatos de como tinham ido parar em Dom Angelo.

Quando Ben abriu os olhos pela terceira vez, Natalie ainda estava lá como antes, mas o homem que salvara sua vida estava agachado junto a ela.

— Luis — disse Ben, rolando de lado e estendendo a mão.

— Ben — disse Luis, com um aperto inacreditavelmente forte.

— Luis não fala inglês, mas ele é gentil o bastante para falar português devagar, de modo que posso traduzir o que for preciso — disse Natalie.

— Diga que lamento pela irmã dele — disse Ben.

— Doçura de sua parte pensar nisso — respondeu Natalie. — Corajoso e doce. Gosto dessa combinação.

Ela teve uma conversa rápida com Luis, que olhou para Ben e anuiu. Ben viu a intensidade de um guerreiro no olho bom do homem.

— A mulher com a qual você está preocupado ainda está inconsciente no hospital, em um respirador artificial — disse Natalie.

— Ela está drogada — falou Ben. — Foi sequestrada e agora está drogada. Ainda no Texas ela gritava sobre o filho. Ela berrou que estava sendo mantida em uma jaula. Então alguém, provavelmente Vincent, calou-a. Há algo que possamos fazer? — perguntou, sentando-se sem ajuda.

— Diga exatamente quem veio com você no avião.

— Três na cabine, quatro no salão, agora três, graças a Luis. Uma é, ou *era*, a namorada de Vincent. Também havia dois cuidando da paciente. Uma delas é uma mulher mais velha, acho que pode ser anestesiologista.

Natalie traduziu para Luis, e recebeu algumas informações.

— No hospital temos Barbosa, que é um policial desonesto; Santoro, um médico desonesto; o assistente de Vincent, que você provavelmente conheceu, mais pessoal de cozinha, limpeza e cuidado aos pacientes.

— Chances ruins — disse Ben.

— E vão piorar. Outro grupo, com enfermeiras do Rio e os que cercam o receptor do coração daquela pobre mulher, chegará em breve.

— Temos de dar um jeito de tirá-la de lá — disse Ben.

— O que quer dizer com *temos*? Você não está em condições de lutar — disse Natalie.

— Vou fazer o que puder. Eu não vim tão longe para nada. Vamos, me dê uma mãozinha.

Ben se esticou e foi colocado de pé sem esforço por Luis. Por alguns segundos a caverna girou, mas ele se apoiou em uma das paredes e permaneceu em pé.

— Doce, corajoso *e* durão — disse Natalie. — Legal. Certo. Somos nós dois, mais Luis, sua namorada, Rosa, e um outro cara da cidade com quem Luis diz que podemos contar. Você é bom em estratégia de guerra?

O QUINTO FRASCO

— Tirei A na faculdade. Tenho tempo de pegar minhas anotações?

— Luis — disse Natalie, apontando para Ben —, acho que somos cinco.

Luis não respondeu. Em vez disso, foi até onde Tokima estava trabalhando e falou com ela. Ela anuiu, pegou um pequeno balde plástico e foi para a floresta.

— Tokima cura as pessoas há muitos anos. Talvez oitenta — disse ele.

Natalie traduziu para Ben, que sorriu, anuiu e comentou que embora ela já tivesse feito um milagre para ele, esperava que a mulher pudesse dar algo mais duradouro para as horas seguintes.

— Será que ela sabe que meu seguro provavelmente não cobre esse tratamento? — perguntou ele.

Natalie traduziu para Luis, que riu. Eles então conversaram durante algum tempo antes que ela se virasse para Ben.

— Como você provavelmente sabe, há muitas drogas psicoativas nas plantas lá fora — disse ela. — Tokima foi pegar a mais forte de todas elas, uma raiz. Luis só conhece o nome indígena dela, que é alguma coisa como *khosage*. Seca, moída e fumada, é um alucinógeno muito poderoso, mas consumida em excesso, resta pouco tempo para desfrutar dos efeitos mais agradáveis e interessantes. Vômito e diarreia violentos, juntamente com severas dores abdominais, desorientação e até mesmo morte se sucedem. Supondo-se que Tokima consiga encontrar um número suficiente de raízes, Luis acha que pode colocá-la na comida que está sendo preparada para o almoço ou conseguir que alguém da cozinha o ajude com isso. Com um pouco de sorte, algumas das pessoas do hospital com armas podem

ser tiradas de combate, bem como aqueles escalados para ajudar na cirurgia.
— Parece um plano — disse Ben. — E quanto a Sandy?
— Supondo-se que você consiga, nós dois iremos pela floresta até o ponto em que deixei a Mercedes do policial que matei. Então pegaremos a estrada de acesso até o hospital. Quando chegarmos deve estar um absoluto caos. Então, de alguma forma, teremos de empurrar Sandy para fora e colocá-la no carro. Depois Luis e seu pessoal só terão de se enfiar na floresta.
— Ele está disposto a fazer isso?
— Ele gostava muito da irmã.

Ben deu um tapinha no braço do homem. Então, não querendo permitir que os outros soubessem que sua tontura estava voltando e que os joelhos e a base das costas latejavam, ele tomou uma caneca de água, saiu para o platô de granito em frente à caverna e se sentou com as costas apoiadas na rocha. Abaixo dele, e na direção sul, ficava o hospital, brilhando ao sol do final da manhã. *Hospital*. Ben riu com pesar. A não ser na Alemanha nazista, a palavra provavelmente nunca tinha sido tão mal-empregada.

Estamos indo, pensou ele com raiva. *Estamos indo*.

Pouco tempo depois, Tokima voltou, seu balde plástico vermelho abarrotado de grossas raízes retorcidas com tom de ferrugem, brilhando por terem acabado de ser lavadas. Sem dar uma palavra, ela começou a preparar o veneno. Luis, movendo-se como o predador que era, desceu a encosta. Natalie saiu da caverna, sentou-se junto a Ben e pegou sua mão.

— Detetive particular, né? Você tem uma arma? — perguntou ela.

O QUINTO FRASCO

— Claro.
— Já precisou usar?
— Claro. Boot Hill, em Chicago, está cheio de homens que eu coloquei lá. Mulheres, crianças e animais de estimação também.

Ele atirou no hospital com o dedo e soprou a fumaça do cano.

— Aterrorizante — disse ela, dobrando o dedo dele gentilmente.
— Eles não vão ter nenhuma chance.
— Você acha que nós temos?
— Claro.
— De qualquer modo, nós estamos vivendo na prorrogação.

Após quinze minutos, sem ser ouvido ou visto, Luis apareceu de repente ao lado da abertura da caverna.

— As pessoas estão nervosas com o desaparecimento de Vincent — disse. — Estão supondo que Ben o matou. Eu teoricamente estou procurando o corpo dele neste instante.

Ele entrou na caverna e voltou com uma pesada tigela de barro com o preparado de raízes, coberto de folhas.

— Você está pronto, Ben Callahan? — perguntou ela, ajudando-o a levantar.

Ben apertou os punhos e fez força para a tontura passar.

— Pronto — conseguiu dizer.

— O pessoal da cozinha está preparando o almoço — disse Luis, dando a Natalie tempo para transmitir a informação a Ben. — Tenho de levar o último ingrediente para eles. Os médicos estão com a paciente, esperando a chegada daquele que receberá o coração dela. A tripulação do voo está pegando sol na piscina. Santoro está por toda parte, preparando-se para as duas operações. Barbosa e os outros guardas estão esperando problemas. A hora é esta.

— A hora é esta — repetiu Natalie.

— Venham — disse Luis. — Eu mostro a direção em que está seu carro. Organize-se para estar com ele do lado de fora do hospital em uma hora. Com alguma sorte, levaremos sua paciente para dar uma volta.

36

Aqui não há caminho... a floresta é escura e desorientadora. Mas temos de prosseguir.

Platão, *A república*, Livro IV

A viagem pela floresta densa até o Mercedes foi um sofrimento. O calor e a umidade eram grandes, e o caminho era quase todo em subida. Usando o sol como referência, Natalie e Ben mantiveram-se a grande distância da cidade e seguiram rumo norte. Ela estava convencida de que se permanecessem nessa direção em algum momento chegariam à estrada de Dom Angelo. Depois, virando à direita, ela estava certa de encontrar o caminho sem saída em que tinha escondido o carro de Vargas.

Ela e Luis tinham combinado esperar uma hora e meia para que ele colocasse o alucinógeno na comida que estivesse sendo preparada, para que ela fosse distribuída por todo o hospital e para ela e Ben recuperarem o Mercedes e seguirem para a entrada dos fundos. Como Ben dissera, era um plano, mas muito fraco. Com pouco tempo e o hospital em alerta vermelho por causa do desaparecimento de Vincent, eram muitas as chances de que as coisas dessem errado.

Natalie tinha uma ideia vaga da distância a que a estrada realmente ficava e de como o terreno era difícil, então seguiu em frente mais agressivamente do que teria gostado. Naquele momento, após meia hora, a altitude e a **subida** constante estavam afetando seu vigor já comprometido. Mas ela via que Ben, embora acompanhasse o ritmo e se recusasse a pedir uma pausa, estava sofrendo ainda mais.

— Vamos dar uma parada — disse ela, ofegante, passando a ele o cantil.

— Está aguentando?

— Dou um jeito. Agora não deve faltar muito.

Ela não se preocupou em fazer a mesma pergunta a ele. Ele diria que estava bem, mas Natalie sabia que não estava. A palidez retornara à área ao redor dos lábios, e ele tinha um olhar perturbador. Ela não conseguia conceber o que ele deveria ter suportado antes de ser mandado para a floresta para ser caçado. Havia horrendas queimaduras elétricas espalhadas por boa parte do corpo, seus dedos estavam inchados e sem cor, e, apesar dos cataplasmas de Tokima, os ferimentos de entrada e saída no ombro apresentavam os primeiros sinais de infecção. Ela ficou pensando se aguentaria muito mais. Lembrou a si mesma que felizmente eles só precisavam chegar ao carro. A partir dali ele seria passageiro.

— Pronto?

— Vá na frente. Eu consigo.

— Tome um pouco mais de água.

— Se você diz eu faço, embora tenha a sensação de que toda essa água que estou bebendo não vem exatamente de uma engarrafadora da Crystal Springs. O dr. Banks, meu médico em Chicago, vai ter uma trabalheira tentando identificar todos os ferimentos, parasitas e outras doenças que vou levar para ele desta viagem. É melhor se apressar e terminar a faculdade de medicina para ajudá-lo a cuidar de mim.

— Sem problema. Como muitas mulheres, sofro da maldição de ter a necessidade de pegar homens feridos e arrasados e dar um jeito neles.

O QUINTO FRASCO

Eles pararam mais uma vez para repouso e água, e no momento em que Natalie se perguntava se teriam saído de rota, chegaram ao que ela tinha certeza ser a estrada de Dom Angelo. Ben passara a se arrastar, e não conseguia mais disfarçar sua fraqueza. Mas desde que não tivessem dificuldade para achar o Mercedes eles estavam se saindo razoavelmente bem.

— Aguente mais um pouco, Ben Callahan. Estamos quase lá — disse ela.

Uma curva para a direita na direção do que ela esperava que fosse a cidade e mais cinco minutos de caminhada e ela achou o grande desvio. Ben tinha ficado tão para trás que, em certo momento, após fazer uma curva, ela o perdeu inteiramente de vista. Ela esperou até que ele a alcançasse e então o levou ao carro. No momento em que viu os galhos que tinha usado como camuflagem jogados no chão soube que havia problemas.

O Mercedes de Rodrigo Vargas estava exatamente onde ela o deixara, mas não seria dirigido — nem naquele momento nem provavelmente nunca mais. Os quatro pneus estavam vazios. O capô tinha sido arrombado, e boa parte do motor destruída. A janela do motorista tinha sido quebrada. Tão murcha quanto os pneus, Natalie procurou sob o banco do motorista a munição reserva que tinha deixado ali. Desaparecida.

— Problemas no paraíso — disse Ben, apoiando-se na mala do carro. — Esses danos parecem ter sido feitos de forma completa e meticulosa demais para ser vandalismo gratuito.

— Estava pensando a mesma coisa — respondeu Natalie, verificando o relógio. — Ben, eu consigo chegar ao hospital, mas não acho que você consiga.

— Não sei. Acho...

— Por favor. Você parece prestes a desmaiar. Ou espere aqui com a água ou tente chegar à cidade. Eu contei sobre o padre Francisco. Você o encontrará lá. Diga o que está ocorrendo e o que aconteceu com você. Ele cuidará de você. Tenho certeza disso. Talvez até tenha acesso a um carro para levá-lo ao hospital.

— Mas...

— Ben, por favor. Luis está arriscando tudo para nos ajudar. Eu preciso chegar lá. É basicamente uma descida, e posso ir pela estrada. Eu sou atleta. Posso fazer isso.

— Ce-certo.

— Fique com a água, não vou precisar dela.

— Não se esqueça de vir me pegar — disse ele.

— Certo. Vou acrescentar isso à minha lista de afazeres: pegar Ben. Vejo você logo, meu amigo. Prometo. Mande minhas lembranças ao padre Francisco.

Ela o beijou no rosto, se virou, e pela primeira vez desde o incêndio em Dorchester, Massachusetts, 8 mil quilômetros e várias vidas atrás, ela correu.

Em seus maiores desafios na pista Natalie nunca tinha exigido tanto do seu corpo quanto nos vinte minutos seguintes. Ela estava correndo com um único pulmão danificado, carregando uma mochila contendo a pesada arma de Vargas, fita adesiva, corda e um canivete suíço. A descida forçava seus tornozelos e joelhos, assim como seu equilíbrio. Quanto mais sem fôlego ficava, mais perdia o equilíbrio. Ela tropeçou duas vezes, caiu uma, esfolando as palmas das mãos. Seu peito queimava. Ela nunca conseguia ar suficiente. Diminuiu a velocidade, e depois um pouco mais. Ainda assim, ficou exausta. Finalmente, incapaz de respirar direito, parou, apoiando-se em um tronco de árvore, ofegante. Trinta segundos e ela tinha partido novamente, cambaleando pelo declive como um bêbado.

O QUINTO FRASCO

Após mais uma breve parada, lutando para respirar e tentando ignorar as violentas batidas de seu coração, Natalie se viu em terreno plano. Uma longa curva à direita na estrada e ela estava em frente à mesma entrada do hospital pela qual, no dia anterior, Ben tinha saído para encontrar o que parecia a morte certa. Com as mãos nos joelhos, ela se permitiu respirar fundo até finalmente uma doce lufada de ar conseguir chegar ao fundo de seu pulmão.

Olhando ao redor, ela tirou a arma da mochila e começou a contornar cuidadosamente a área residencial, refazendo em linhas gerais a rota que usara para escapar após sua última visita. Ela ficou em meio às árvores e contornou a extremidade da ala a uma boa distância.

Quando se aproximou do pátio amplo e da piscina, viu quase instantaneamente que Luis tinha sido bem-sucedido em pelo menos uma fase de sua missão. Três homens estavam ao redor da piscina, em trajes de banho, rindo. Nas mesas perto deles havia tigelas com alguma espécie de refogado.

— Então ela traz a bandeja, cheia de presunto e pedaços de porco, tropeça e joga a coisa toda no colo do rabino.

Aquele que contava a história, um ruivo com vinte e tantos anos, caiu na gargalhada com a própria piada, derramando sua bebida no colo e não se preocupando em limpar.

A tripulação do avião, deduziu Natalie rapidamente.

Um dos homens — parecendo ser mais maduro que os outros dois e provavelmente o comandante — estava de quatro, vomitando violentamente em um arbusto baixo, ao mesmo tempo rindo.

— Eu não me sinto bem — repetia o terceiro homem. — Eu não me sinto bem.

Não havia como Natalie ir até o galpão de ferramentas e à passagem para o hospital sem ser vista pelo trio. Ela pousou a mochila no chão e apontou o revólver de cano longo para o ruivo.

— Certo, no chão. Todos vocês — gritou ela.

Os homens, incluindo o comandante, olharam para ela, apontaram e uivaram. Natalie pensou rapidamente em simplesmente acertar cada um deles na perna, mas sabia que não seria capaz disso a não ser que não tivesse escolha. Então foi rapidamente na direção do ruivo e bateu em sua nuca com a coronha, instantaneamente abrindo um ferimento de quatro centímetros. O homem gritou ao cair de cara no concreto, mas então começou a rir novamente, murmurando:

— Cara, por que você fez isso?

Natalie olhou um a um, pensando no que fazer a seguir. Será que eles tinham armas nos quartos? Por quanto tempo ela poderia confiar no preparado de Tokima? Não havia como Luis controlar o volume de droga ingerida por cada um. Será que todos morreriam por causa dela?

Enquanto ela olhava para eles, o homem que não estava se sentindo bem rolou de sua espreguiçadeira e vomitou na piscina. Natalie tinha decidido que era seguro deixá-los onde estavam quando uma mulher vestindo um uniforme militar verde-oliva saiu do galpão, sua metralhadora semiautomática pronta. Ela tinha no máximo 1,5 metro, um amistoso rosto avermelhado e quadris largos. Ela avaliou a cena rapidamente.

— Você é Natalie? — perguntou em um português rústico.

— Rosa?

A namorada de Luis sorriu e anuiu.

— Temos de amarrar todos eles — disse, apontando para a corda e a fita. — Luis disse que todo mundo tem de ser amarrado.

O QUINTO FRASCO

Sem temer resistência por parte dos homens, as duas rapidamente amarraram os tornozelos e penderam os pulsos nas costas com fita. O pátio e a piscina estavam cobertos do que quer que tivesse entrado nos estômagos deles. As mulheres limparam as mãos em elegantes toalhas de praia e correram para o galpão e pelo corredor. No refeitório encontraram o pessoal da cozinha amarrado e amordaçado de modo similar à tripulação do avião. Atada a pouca distância dos brasileiros, com um olhar que parecia querer abrir um buraco no peito de Natalie, estava uma mulher branca de cintura estreita e cabelos louros curtos e sujos e uma tatuagem de arame farpado ao redor do braço. Natalie apontou para ela, silenciosamente perguntando quem era, mas Rosa apenas deu de ombros.

Poderia ser pior, Natalie queria dizer à mulher furiosa. *Você poderia ter almoçado.*

— Você sabe onde Luis está? — perguntou Natalie enquanto se moviam com cuidado, armas sacadas, saindo do refeitório e passando pela sala onde ela tinha se escondido atrás do sofá tão perto de Santoro e Barbosa.

— Ele esteve aqui — sussurrou Rosa, arriscando dar uma olhada dentro do primeiro quarto de recuperação e depois apontando para lá.

Natalie colou à parede em frente a Rosa e olhou para dentro do quarto. No chão, de olhos arregalados e amarrados de um modo que teria sido um desafio para Houdini, havia um homem grande e uma mulher de cabelo grisalho em trajes cirúrgicos. Eles estavam obviamente aflitos, em grande medida por casa do vômito que saía por seus narizes e ao redor da fita adesiva colocada sobre suas bocas. Na cama do hospital ao lado deles, abençoadamente inconsciente e respirando com a ajuda de um ventilador de última geração, estava uma mulher ruiva e bonita — *Sandy*.

— Acho que deveríamos deixá-la assim por ora. Concorda? — perguntou Natalie.

Rosa anuiu e seguiu pelo corredor. Natalie, ansiosa para se livrar do ar fétido do quarto, fez alguns pequenos ajustes no ventilador e a acompanhou. Três da cozinha, três do avião, a mulher que provavelmente era a namorada de Vincent e os dois membros da equipe médica — nove no total, mas nenhum deles uma grande fonte de perigo. Aquelas pessoas ainda estavam em algum lugar. Natalie alcançou Rosa junto à entrada principal. O corredor que levava à macabra sala de tratamento do dr. Cho estava vazio. O fato de o mestre da realidade virtual e da psicofarmacologia não ter sido trazido para este caso era um sinal assustador do destino de Sandy. Não seria necessária uma lavagem cerebral por DVD para fazê-la acreditar que havia um motivo para sua cirurgia.

Rosa ficou do lado das pesadas portas duplas de vidro, levou um dedo aos lábios e apontou para fora. Lá, de barriga para baixo, havia um homem de pele avermelhada usando um uniforme semelhante ao de Rosa. Não havia sangue nem ferimentos visíveis, mas se ele não estava morto, estava fazendo uma interpretação digna de um prêmio.

— Salazar Bevelaqua — sussurrou Rosa. — Ele bate na mulher. Luis nunca gostou dele.

— Não precisa me lembrar de ser amiga de Luis — respondeu Natalie.

As chances estavam melhorando. Pelo que Natalie sabia, eram Rosa e ela, mais Luis e um aliado dele. Quatro. Contra eles havia Santoro, Barbosa e dois seguranças restantes do avião. De repente, o ar parado da tarde foi cortado por rajadas

O QUINTO FRASCO

de tiros. Um homem gritou de dor. Então, tão de repente quanto tinha começado, a batalha terminou. Eles ouviram gemidos vindos da direita e um homem praguejando em inglês.

Com a arma preparada, Natalie seguiu Rosa naquela direção. No limite do prédio, caído de costas, crivado de balas, estava o homem de Dom Angelo. Rosa correu até ele, tomou sua cabeça nas mãos e rapidamente se voltou para Natalie, balançando a cabeça com expressão séria. Perto dele havia outro homem se contorcendo no chão, agarrando o abdômen e com sua camiseta de gola branca encharcada de sangue — um dos seguranças do avião, pensou Natalie.

— Ai, meu Deus! Maldição! Por favor, me ajude! — gemia ele.

Sem hesitar, Rosa se levantou e, a 1,5 metro de distância, atirou na testa do homem. Natalie já não se espantava com seu alheamento e sua falta de emoção. O mundo dos laboratórios Whitestone era um mundo de muito dinheiro, violência e morte. Ela fora involuntariamente arrastada para ele, e se ajustara.

Partilhando a preocupação não verbalizada com o paradeiro de Luis e se estaria ferido, as duas mulheres recuaram lentamente para o hospital e se viraram para o lado do grande corredor que terminava no laboratório de Cho. Natalie parou na frente do escritório de Santoro e testou a maçaneta. Ficou surpresa ao descobrir que não estava trancada, e tinha dado um passo para dentro quando a porta foi batida com violência e o antebraço forte de Barbosa deslizou por cima de seu ombro e apertou sua garganta. Ele era mais alto que ela quase por uma cabeça, com uma barriga proeminente e sólida que apertava suas costas. Os pelos em seu braço eram como lixa contra sua pele.

— Larga! — sussurrou ele. — Larga a arma!

Engasgando com a pressão na traqueia e na laringe, Natalie obedeceu imediatamente. Barbosa abriu a porta lentamente e, usando-a como escudo, saiu para o corredor e gritou:

— Larga, Rosa. Larga, ou eu quebro o pescoço dela e mato você ao mesmo tempo... Você sabe que posso fazer isso e que farei. Bom. Agora, deita no chão. De barriga para baixo! Rápido.

Com os lábios se esticando em um rosnado de tigre, Rosa lentamente fez o que o policial disse. No instante em que terminou, a porta de entrada se abriu e Luis entrou mancando. Era uma aparição desgrenhada, ferido pelo menos duas vezes, uma no ombro esquerdo e uma no lado direito do peito. Sangue, provavelmente dele e de outros, estava espalhado por seu rosto e nas pernas de suas calças de sarja. A mão direita, segurando uma pistola, balançava, impotente, ao seu lado. Natalie sentiu Barbosa sorrindo.

— Então, traidor, acabou para você — disse ele, mantendo o antebraço no mesmo lugar. — Solta a arma e deita do lado da sua mulher e eu verei se um dos nossos cirurgiões pode salvar sua vida.

— Isso seria muito gentil de sua parte, Oscar — disse Luis.

— Sei que posso confiar que você vai manter sua palavra.

O braço do guerreiro se ergueu como uma cobra dando o bote — tão rápido que Natalie não conseguiu entender o que estava acontecendo até ter terminado. Um fogo alaranjado saiu do cano da arma. No mesmo instante o aperto de Barbosa em seu pescoço desapareceu. Ela se jogou sobre um joelho e girou a tempo de ver o policial tropeçando para trás. Sua mão, com sangue escorrendo por entre os dedos, estava apertada sobre onde antes havia um olho direito. Seu corpo enorme bateu pesadamente na parede junto à porta do escritório de Santoro,

O QUINTO FRASCO

deslizou para o chão e ficou em uma macabra posição sentada por seu grande ventre.

— Eu disse a você que era bom em matar — grunhiu Luis, antes de cair no chão.

37

Riqueza e pobreza; uma é mãe da luxúria e da indolência, e a outra, da maldade e da crueldade, e ambas da insatisfação.

Platão, *A república*, Livro IV

Durante algum tempo, Ben ficou sentado no chão, recostado no Mercedes, bebendo o resto da água do cantil. Ele se sentia febril e fraco. Seu ombro latejava e uma dor de cabeça aumentava bem atrás dos olhos. Natalie acertara em deixá-lo. Ele ficou pensando em qual seria a reação de Alice Gustafson à sua provação. Ela arriscara a vida várias vezes para denunciar traficantes de órgãos, então talvez não pensasse muito sobre ele ter colocado *sua* vida em risco no momento em que atravessara o portão do complexo do Whitestone no Texas. Mas provavelmente pensaria.

Por causa de quem quer que tivesse destruído o carro, o plano que ele, Natalie e Luis tinham concebido fracassara antes mesmo de ser colocado em prática. Ainda parecia possível que Luis conseguisse colocar a droga de Tokima na comida do hospital. Parecia possível que os guardas e assassinos profissionais que defendiam o lugar fossem superados. Parecia possível que Natalie conseguisse chegar ao hospital a tempo de ajudar, e que conseguisse de algum modo tirar Sandy do respirador e subir a montanha no carro de alguém para ir resgatá-lo.

Tudo parecia possível, mas não muito provável.

Ben se levantou e lutou contra a consequente tontura e a náusea. Ele tinha ido longe demais para simplesmente ficar

O QUINTO FRASCO

sentado ali esperando. Natalie dissera que ele poderia ser útil se conseguisse chegar à cidade e entrasse em contato com o padre. Se tentasse e acabasse desabando ao lado da estrada, pelo menos morreria sabendo que tinha tentado. Pelo menos teria feito valer a pena seu retorno à Terra.

Enquanto dava um passo para se afastar do carro, sua mão raspou no bolso e no pequeno revólver que Luis dera a ele. Tinha até se esquecido que estava ali. Era um .38 — um especial de cano curto, semelhante à arma que ainda estava no compartimento do estepe do Chrysler de Stepanski em Fadiman.

Ele deu mais alguns passos, lutou para se manter ereto e retornou à estrada. As duas mulheres de classe de sua vida, Alice e agora Natalie, ficariam orgulhosas de sua garra. Assim como Sandy, se ela um dia soubesse. Era estranho pensar nela deitada ali, deixada inconsciente no hospital cercada de tanta agitação, dizendo respeito a ela. Ele foi na direção oposta àquela da qual ele e Natalie tinham vindo e se encaminhou para a cidade. Um passo, depois outro. Cabeça erguida, ombros para trás, ele tentou ignorar a dor que tomava seu corpo.

Continue andando... continue andando.
Senhor, perdoe-nos pelo que temos de fazer
O senhor nos perdoa, nós o perdoamos
Santa Maria, mãe de Deus...
Vamos perdoar um ao outro até tudo acabar
Orai por nós, pecadores...

O sol da tarde era forte, e por causa da hora a estrada na floresta tinha pouca sombra. Primeiro John Prine, depois Ave Maria, depois John novamente... linha a linha, verso a verso, Ben continuou andando, tropeçando de tempos em tempos, mas sem nunca cair. Ele podia ter andado dois quilômetros ou apenas algumas centenas de metros. Não tinha como dizer, e isso realmente não importava. A água acabara, e sua esperança de chegar a algum lugar estava murchando. Então, uma ligeira mudança na estrada fez com que ele levantasse a cabeça, e logo ali abaixo dele estava a cidade — um cartão-postal de estruturas liliputianas aninhadas em um vale luxuriante. Ele estava quase louco de dor e de tontura, mas tinha conseguido. Seus lábios rachados se esticaram em um sorriso simples e desafiador.

Ele ainda se arrastava mais do que andava quando chegou à periferia da cidadezinha. Olhos curiosos o acompanharam enquanto seguia para o centro da cidade.

— *Água, por favor* — disse, usando seu espanhol ruim e esperando que fosse suficientemente parecido com o português.

— *Donde está padre Frank... a... padre Francisco?*

A mulher idosa não ofereceu água, mas apontou para uma pequena capela na rua. Em várias ruas Ben viu veículos de um tipo ou outro. Se alguém podia emprestar, alugar ou mesmo dirigir um deles, seria o padre da cidade. Qualquer sombra que houvesse na estrada tinha desaparecido, e o calor emanava como uma fornalha da terra batida. Ele se arrastou para a frente, sentindo que podia cair a qualquer momento. Tudo ao redor dele ficou escuro, e quando se aproximou da igreja sentiu as penas fraquejarem.

Ave Maria, cheia de graça, o Senhor...

Pouco a pouco a vida entrou em foco. A primeira grande lembrança que Ben teve do mundo foi de estar em uma cama. Lençóis limpos, um travesseiro, não, dois. O cheiro de café sendo coado ajudou a despertar sua consciência.

— Então meu paciente americano despertou — disse uma voz masculina em inglês.

O quinto frasco

— Como você sabe? — perguntou Ben.
— Você delirou um pouco por quase meia hora. O que disse não fazia sentido algum, mas sendo do Brooklyn eu reconheço americanos quando os ouço. Frank Nunes, padre Frank se preferir, padre Francisco caso prefira soar mais exótico. Você tomou um pouco de água há pouco, dois copos. Quer mais um pouco? Café?

A consciência de Ben retornou com força. Ele se ergueu rapidamente e colocou os pés para fora da cama, ignorando os tiros de canhão entre seus olhos.

— Por favor, padre, preste atenção. Eu fui mandado por Natalie Reis, ela disse que...

— Ah, a andarilha desaparecida. Eu a ajudei a acampar, e quando fui procurar por ela na manhã seguinte ela tinha desaparecido.

— Ela está no hospital — disse Ben sem fôlego. — Há problemas lá. Grandes problemas. Preciso de sua ajuda.

— Minha ajuda.

— Uma mulher foi trazida para cá de avião. Eu estava no avião. Se não chegarmos lá com um carro ela morrerá, não, não apenas morrerá, ela será morta. Eu preciso conseguir um carro e tenho de ir para lá imediatamente.

— A senhorita Reis está bem?

— Não sei, padre, ela... veja, eu realmente não tenho tempo para explicar. Esta é uma emergência. Natalie está em perigo, assim como algumas pessoas aqui da cidade. Luis...

— Luis Fernandes?

— Não sei o sobrenome, mas ele está tentando nos ajudar.

— Nós?

— Natalie Reis e... por favor, o senhor tem de acreditar em mim. Pessoas vão morrer lá. Talvez muitas pessoas. Se apenas

conseguir um carro eu posso explicar no caminho. Talvez o senhor possa interferir. Talvez possa fazer alguma coisa para...
Ele olhou para a mesa da cozinha do outro lado do aposento e identificou chaves de carro. O padre Frank acompanhou seu olhar.

— Meu carro não é muito confiável — disse ele.

Ben estava começando a ficar exasperado.

— Pelo menos vamos tentar — pediu. — Ou... talvez um dos outros na cidade. Certamente o senhor...

— Lamento.

Ben se levantou.

— Tudo bem, se não pode me ajudar eu encontro alguém que possa.

— Sente-se — disse Frank secamente.

— Não! Eu preciso do seu carro.

Ben enfiou a mão no bolso, mas ele estava vazio.

— Aquele pequeno .38 era perigoso — disse o padre. — O cano estava imundo. Não havia como ter certeza de para onde a bala iria. Mas uma Glock é algo completamente diferente.

Ele tirou uma pistola reluzente de baixo da batina e virou o cano na direção de Ben.

— Eu limpo este .45 todo domingo, logo depois da missa. Trechos da floresta podem ser muito selvagens e perigosos. Mesmo para um padre há momentos em que o escudo de Deus pode não ser proteção suficiente.

— Você não é padre! — soltou Ben.

Furioso e desesperado o suficiente para não pensar nas consequências de seus atos, ele se lançou na direção do homem. Padre Frank conteve seu ataque com pouco esforço, jogando Ben de volta na cama.

— Calma — disse o padre. — Não desejo machucá-lo, já que realmente sou um homem de Deus, menos religioso que alguns, mas garanto que muito mais religioso que outros. Eu simplesmente acredito que não há grande dignidade ou santidade em ser pobre. É uma das poucas crenças que não tenho em comum com o santo livro. As pessoas que administram aquele hospital garantem que nossa igreja tenha dinheiro e eu mantenha a maior dignidade possível.

— E tudo o que você tem a fazer é manter essas pessoas na linha.

— Isso e fazer com que os poderosos do hospital saibam quando estranhos barulhentos dirigindo carros que não são deles chegam caminhando à cidade com botas impecáveis fingindo estar fazendo trilha na floresta.

— Foi você que estragou o carro, não foi?

— Fiz o que mandaram. De qualquer modo, Mercedes não duram muito aqui na floresta.

— Então temos aqui um padre que anda armado, destrói carros, prega para pessoas que ele considera carentes de dignidade e sustenta sua igreja e a si mesmo recebendo dinheiro de assassinos. Você é demais. Realmente me deixa orgulhoso de ser católico.

— Xavier Santoro não é um assassino. Nem nenhum dos outros ligados ao hospital. Sr. Callahan, o chamado tráfico de órgãos acontece no mundo todo. Dinheiro troca de mãos e rins e outros órgãos trocam de corpos. O que há de errado nisso? Uma pessoa lucra de um jeito e outra lucra de outro. Na verdade, em minha opinião, não há motivo para essas trocas serem ilegais ou para considerá-las imorais.

Chocado, Ben olhou para o padre, tentando descobrir se o homem realmente acreditava no que tinha dito. Então se lembrou de ter dito algo semelhante a Alice pouco tempo antes.

— Frank, você sabe quem é aquela mulher, Natalie, e por que ela está aqui? — perguntou ele, recuperando um pouco do controle.

— Afora o fato de que ela procura um parente e finge ser alguém que não é, não, não sei nada sobre ela.

— Abaixe a arma, padre. Não vou tentar fugir... obrigado. Agora só tenho mais uma pergunta, e depois farei o que você quiser, e contarei qualquer coisa que queira saber.

— E qual é essa pergunta, sr. Callahan?

— Padre Francisco, o senhor sabe o que realmente acontece naquele hospital?

38

De que forma surge a tirania? É evidente que ela tem uma origem democrática.

Platão, *A república*, Livro VIII

O refeitório parecia uma unidade M.A.S.H. Rosa e Natalie tinham empurrado as mesas e cadeiras para um dos lados e arrastado seus prisioneiros para a sala de repouso, onde um cercado improvisado com sofás, poltronas e mesas de jantar viradas de lado deixava todos à vista. Por ora, a tripulação do avião tinha sido deixada junto à piscina, mas o restante dos funcionários do hospital e o que restava do pessoal de segurança estava presente e contado.

Luis, embora gravemente ferido, tinha conseguido mandar Natalie para o laboratório de realidade virtual no final do corredor, onde encontrou Xavier Santoro e um dos guardas do avião. O garboso e civilizado Santoro tinha passado muito mal, e estava encolhido em um canto, suando com os frutos de suas alucinações. Mas tinha períodos de lucidez nos quais continuava a dizer a Natalie que ela estava cometendo um terrível engano.

Perto do cirurgião havia um jovem forte com uma arma na mão, desorientado demais para agir. Natalie tirou a arma dele sem luta e o ajudou a se arrastar pelo corredor até Rosa, antes de pegar uma cadeira de rodas para transportar Santoro. A namorada mal-humorada de Chuck, que inicialmente parecia a única a não ter sido afetada pelo refogado, começou a passar mal de repente e também a apresentar outros sinais de intoxicação. Luis e sua curandeira tinham feito um bom trabalho.

Apesar de sua vitória, Natalie e Rosa estavam carrancudas. Luis, deitado em um dos sofás, tinha problemas. Natalie cuidara de seus ferimentos o melhor que podia e dera soro intravenoso para impedir que sua pressão sanguínea caísse para níveis críticos, mas não havia dúvidas de que ele tinha uma hemorragia interna — possivelmente por um ferimento no fígado. No momento, a missão era deixá-lo estável o mais rapidamente possível, acordar Sandy e levar os dois para um hospital, parando no caminho para pegar Ben. Natalie tinha visto dois carros — compactos — estacionados nos fundos do hospital. Eles precisariam de ambos para transportar todos os cinco, e precisavam deles logo. Em algum lugar lá fora havia pessoas a caminho — no mínimo enfermeiras do Rio, um ou mais cirurgiões e um paciente precisando do coração de Sandy.

— Luis — disse Natalie depois de constatar que a pressão sanguínea estava pouco acima de 80 —, por ora eu tenho de levá-lo para a sala onde fica o monitor cardíaco.

O guerreiro balançou a cabeça e ergueu a pistola que tinha enfiado debaixo de seu corpo.

— Estão vindo outros — disse. — Precisamos sair ou então nos preparar.

— Já chegamos até aqui, Luis. Vamos conseguir, mas apenas se você estiver aqui para salvar nossa vida se tivermos mais problemas. Você é meu herói, e estive tão ocupada com tudo que não agradeci a você.

Ela se virou para Rosa, apontou para seus lábios e depois para Luis. A mulher deu um sorriso e anuiu.

— Obrigada, Luis — sussurrou Natalie, beijando-o de leve no rosto e depois nos lábios. — Obrigada por salvar a minha vida.

Luis conseguiu dar um sorriso fraco.

O QUINTO FRASCO

— De nada — disse. — Em situações perigosas como esta muitas vezes só há uma chance. Eu tive de aproveitar.

— O tiro que acabou com Barbosa foi impressionante. Você não pareceu nem ter mirado. Acho que senti o vento da bala passando junto à minha cabeça.

— Foi sorte — retrucou ele. — Se tivesse acertado você só teria de puxar o gatilho de novo — disse, marcando a observação com uma piscadela.

Deixando Rosa tomando conta dos prisioneiros, Natalie foi acordar Sandy. Na verdade a solução de morfina tinha acabado, e a mulher, já muito mais consciente, estava lutando contra o ventilador.

— Sandy, tenha calma — pediu Natalie suavemente, acariciando sua testa. — Tenha calma. Sandy, aperte minha mão se estiver me entendendo... Vamos lá, aperte minha mão... Bom. Isso. Isso. Sandy, meu nome é Natalie. Sou estudante de medicina de Boston e estou aqui para ajudar você. Está tudo bem. Aperte se estiver entendendo.

Só foram necessários alguns minutos para Sandy Macfarlane acordar o suficiente para que o frasco do respirador fosse removido. Ela estava rouca, desorientada e quase histérica, falando sobre seu filho no Tennessee e também sobre alguém chamado Rudy, mas conseguiu escutar as explicações de Natalie e paulatinamente cooperar e passar para uma maca.

Natalie a empurrou até o refeitório. Pouco tinha mudado com os envenenados. A maioria deles ainda tentava lidar com os efeitos colaterais do alucinógeno. Um deles, o homem grande com trajes cirúrgicos, anestesiologista ou talvez assistente de cirurgia, estava deitado de lado em posição fetal, sem se mover e, quando examinado, sem respirar. Exausta e desesperada para fazer algo em relação ao transporte, Natalie não conseguiu sentir mais do que uma pequena dor pelo homem.

Ela correu e se ajoelhou junto a Santoro, que tinha uma horrenda cor cinza-esverdeada.

— Santoro, preciso de um carro ou um *trailer*. O que vocês têm?

— Não tenho nada para você. Você está cometendo um erro, um erro terrível.

Sem tempo para discutir, Natalie apertou a ponta do cano da pesada arma de Vargas contra a virilha do cirurgião.

— Talvez você não se lembre de mim, mas espero que sim — disse ela em inglês. — Há dois meses você e seu amigo dr. Cho ajudaram a roubar um de meus pulmões. Você me causou grande dor, destruiu minha vida e não terei nenhuma dificuldade em fazer o mesmo com você. Eu vou contar até cinco. Se você não me disser onde eu posso achar as chaves de pelo menos dois carros ou um *trailer*, vou puxar este gatilho e fazer em pedaços o que por acaso houver entre suas pernas. E quer saber? Vou ficar feliz com isso. Talvez você possa ser o primeiro a ter suas intimidades substituídas por um transplante.

— Não, espere! Me ajude, eu estou doente, eu...

— Cinco... quatro... três... dois...

— Espere, minha mesa, na minha mesa. As chaves do *trailer* do hospital estão na primeira gaveta da minha mesa.

— *Trailer*? Eu não vi *trailer* nenhum, só dois pequenos...

— Está do outro lado do hospital. Seguindo por ali. Agora me ajude, estou enjoando de novo.

Ignorando o homem, Natalie correu para o escritório e

O QUINTO FRASCO

achou as chaves, depois correu de volta para onde Luis estava. Sua pressão ainda estava perto de 80 e sua cor era ruim. Estava certa de que ele sentia dor nos ferimentos — tinha de sentir. Mas não dava nenhum sinal disso.

— Luis, estamos prontos para ir. Estou com as chaves do *trailer* de Santoro. Há espaço para todos os cinco.

— Acho que não — disse ele. — Eu e Rosa ficamos. Temos amigos na cidade. Podemos cuidar de nós mesmos.

— De jeito nenhum. Temos de levar você para um hospital. E Ben também.

Luis não respondeu. Em vez disso, levou o dedo aos lábios e apontou na direção da pista de pouso.

— Um helicóptero. Acabou de pousar — disse ele.

— Não ouvi nada.

— Provavelmente veio contra o vento.

Natalie acenou para Rosa.

— Rosa — sussurrou ela. — Luis disse que um helicóptero pousou. Você ouviu alguma coisa?

— Não — disse Rosa. — Mas acredite, se ele ouviu alguma coisa, então está aí.

— Talvez possamos obrigar o piloto a nos ajudar a levar Luis e Ben para o Rio.

— Eu vou verificar — disse Rosa, trocando o pente de munição de sua arma. — Vou sair pelos fundos, passando pela piscina, e então entrar na floresta.

— Tome cuidado.

Rosa não teve tempo para seguir o conselho de Natalie. Com a arma erguida, ela abriu com cuidado a porta para a piscina e o pátio. Antes de ter dado um passo para fora houve uma rajada de metralhadora que quase a cortou ao meio e a jogou alguns metros dentro do refeitório antes de cair no chão sem vida.

Natalie só dera dois passos na direção dela quando dois homens grandes com trajes militares e lenços árabes na cabeça invadiram a sala, seguidos por dois outros. Em segundos, movimentando-se com absoluta precisão, eles se espalharam estrategicamente pela sala, armas prontas. Um deles virou sua arma automática na direção de Natalie e deu uma ordem ríspida em árabe. Natalie abriu a mão e deixou sua arma cair. Depois ergueu as duas mãos e as manteve no alto.

Os soldados examinaram a sala, procurando alguma ameaça, passando pelo corpo amontoado e ensanguentado de Rosa como se não estivesse ali. Então um deles saiu pela porta. Meio minuto depois retornou conduzindo um homem vestindo uma túnica elegante e um lenço na cabeça.

Seria aquele o paciente marcado para receber o coração de Sandy?

Natalie se sentiu tão enjoada quanto todos aqueles que tinham ingerido a toxina de Tokima. Os quatro — Ben, Rosa, Luis e ela — tinham tentado o impossível, e momentos antes parecia que iriam conseguir. Mas Rosa estava morta, Ben doente, Luis gravemente ferido, e ela estava de pé, indefesa, frente a uma equipe de soldados profissionais. Eles tinham tentado, e perdido.

— Por favor, por favor, me escute! Você sabe o que está acontecendo aqui? — gritou ela do outro lado da sala para o recém-chegado. O homem, mais alto que os outros e mais arrogante em seus modos e postura, olhou para ela com olhos vazios. Ela insistiu. — Você fala inglês? Português? Quero alguém que fale inglês ou português.

O QUINTO FRASCO

— Então você está com sorte, srta. Reis, porque sou fluente em ambos.

Com essas palavras, seu mentor, Doug Berenger, passou rapidamente pela porta e entrou na sala.

39

Quando consegue o poder, ele imediatamente se torna o mais injusto que pode ser.

Platão, *A república*, Livro II

No momento em que Natalie viu Berenger, as peças que faltavam em sua vida começaram a se encaixar. Instantaneamente consumida por um ódio mais poderoso que qualquer paixão que já tinha sentido, ela lentamente baixou as mãos e ficou de pé, braços cruzados, olhando enquanto ele inspecionava, impassível, a carnificina e o mal-estar que o cercavam. Depois se virou para ela.

— Nosso amigo na cidade, o padre Francisco, passou um rádio para nosso amigo sargento Barbosa aqui no hospital dizendo que uma bela e sensual abraçadora de árvores com botas novas e limpas tinha chegado a Dom Angelo. Quando ouvi de Barbosa a descrição da mulher, tive uma engraçada sensação de que poderia ser você. Você vai ganhar uma comenda por ter chegado a este ponto.

— Vá para o inferno, Doug — disse ela, mal conseguindo evitar se lançar sobre ele e arrancar seus olhos antes que os soldados árabes a derrubassem. — Você é um maldito assassino, um matador.

Sua cabeça estava girando. Com o passar dos anos juntos como mentor e pupila, e depois como amigos, ela tinha desenvolvido uma forte opinião sobre o homem. Naquele momento, lutava para encaixar o que sabia dele com sua ligação com aquele lugar. Ela pensou que havia poucas chances de sobreviver — não, corrigiu logo, não havia nenhuma chance. Mas de algum modo tinha de chegar a ele. De algum jeito, tinha de tirar vantagem de sua arrogância, seu amor ao poder e seu enorme ego. Tinha de provocá-lo de algum modo — ridicularizá-lo e levá-lo a cometer um erro. Não importava como, ela não morreria passivamente.

— George Washington matou por uma causa — dizia ele.
— Assim como Eisenhower, Truman, Moisés, Mandela e Simón Bolívar. E Lincoln sancionou as mortes de centenas de milhares por uma causa que considerava certa.

— Por favor, poupe-me de suas justificativas ridículas para ser um monstro amoral.

Os olhos do cirurgião brilharam, e ela soube que tinha acertado. Ela jurou que não seria a última vez.

Berenger se virou para o diretor do hospital.

— Santoro, onde está Oscar?
— Meu estômago. Estou passando mal... muito mal.

O cirurgião começou a tossir e cuspir bile e ácido.

— Maldição, Xavier, onde ele está?
— Não... sei.
— Está morto. Eu atirei nele. Bem aqui — disse Natalie serenamente, apontando para o olho. — Ele era um porco e um assassino, exatamente como você.

— E você, minha querida dama, é um irritante e inútil insetinho, um mosquitinho, para ser preciso, que certamente não merece o status de Guardiã.

— Não merece *o quê?*
— Diga com o que você envenenou **essas pessoas**.
— Não sei. Um pequeno xamã que **conheci na floresta** preparou algo especial para mim — disse ela, **olhando** ao redor.

— Mas ele devia ter me escutado. Eu falei para fazer muito mais forte.

Berenger foi até onde a mulher de cabelos grisalhos estava gemendo e apertando a barriga. Olhou com desagrado para o corpo caído ao lado dela e o contornou com cuidado.

— Dorothy — disse ele sem uma palavra de simpatia para sua condição. — Você pode trabalhar?

— Eu... eu continuo enjoada — tentou ela. — É como se meu estômago fosse se rasgar em dois. Foi alguma coisa no almoço. Tenho certeza disso. Também tive alucinações. O coitado do Tony também não parava de vomitar. Como ele está?

— Não tão bem. Dorothy, preciso de você. Estava contando com você para a anestesia nos dois casos. É aquela mulher ali?

Quando Berenger apontou em sua direção, Sandy começou a gritar histericamente.

— Não! Por favor, não! Eu tenho um garotinho. Ele precisa de mim. Por favor! Eu imploro. Não me machuquem!

— Ah, isso é tão doce, Doug — disse Natalie. — Ela tem um garotinho. Está orgulhoso de si mesmo?

— Cala a boca.

Berenger sussurrou alguma coisa para o homem com o manto luxuoso, que anuiu na direção de dois de seus homens e deu uma ordem rápida. Com Sandy ainda gritando lamentavelmente, os soldados a empurraram até a sala de cirurgia mais distante. Em instantes havia silêncio.

Com a ajuda de Berenger, a anestesiologista conseguiu ficar de pé. Não havia como impedi-la de ver o cadáver de Tony.

— Ai, querido — disse ela, engasgando. — Pobre homem.

— Preste atenção, Dorothy, vamos cuidar da família de Tony — disse Berenger. — Cuidar bem. Agora você precisa se preparar. O príncipe estará aqui a qualquer momento.

O quinto frasco

Ele teve uma parada cardíaca congestiva e pode estar em choque cardíaco inicial. Temos que ser rápidos, e para isso precisamos de você. Quando isso tiver acabado, quando tivermos devolvido a vida a um dos mais iluminados e poderosos governantes do mundo, você nunca precisará trabalhar novamente se não quiser. Você terá uma vida de luxo até o fim. Você consegue?

— Eu... eu posso tentar.

Enquanto a mulher saía da sala desequilibrada, segurando o estômago e sacudindo a cabeça como se para tentar clareá-la, Natalie percebeu que Luis, branco como papel, mudara de posição e movia a mão sob o corpo para pegar sua arma. Ela balançou a cabeça para alertar, mas ele não percebeu ou não se importou.

— Então — disse, ansiosa para distrair seu mentor —, o trabalho que eu deveria apresentar, o encontro internacional de transplante, tudo foi calculado para me colocar aqui.

— Se não houvesse um encontro aqui eu modestamente admito que teria encontrado outro caminho. Veja, não foi por mero acaso e uma paixão por estrelas das pistas de pernas compridas que me liguei a você quando estava em Harvard. Foi...

— Deixe-me adivinhar. Foi um teste de sangue coletado em um laboratório Whitestone. Um frasco de tampa verde, para ser específica.

Berenger pareceu verdadeiramente surpreso.

— Aparentemente quando os procedimentos aqui estiverem concluídos eu e você precisaremos ter uma conversinha sobre quem sabe o quê acerca de frascos com tampas verdes.

— Eu sei que você é um assassino, um assassino em série, em nada melhor que qualquer outro.

— Pense o que quiser — disse Berenger. — Nós preferimos nos ver como médicos dedicados corrigindo uma grave falha no sistema.

— Por favor.

— Você tinha uma compatibilidade de tecidos de doze em doze com a pessoa que sabíamos que um dia precisaria de um novo pulmão, uma pessoa cujo trabalho está prestes a revolucionar a medicina como a conhecemos. Doze em doze, Natalie. Isso significa quase nenhuma droga contra rejeição para prejudicá-lo. Toda a humanidade será enriquecida com seu trabalho. Sem seu pulmão, ele poderia ter morrido.

— Então você me levou para almoçar e agiu como se realmente se interessasse por mim.

— Tínhamos de mantê-la por perto. Eu pergunto, quem merece mais seu pulmão, você ou ele?

— A decisão não é sua, Doug.

— Não é? Sabe, até pouco tempo eu realmente tentei preservá-la. Havia outro candidato, um operário, com uma compatibilidade de onze em doze com nosso homem. Mas quando você mostrou como era obtusa e arrogante tentando esfaquear o dr. Renfro pelas costas e depois foi chutada da faculdade e da sua residência, ficou claro que você se denegrira e ficara bem abaixo de qualquer Guardião.

— Guardião? Guardião de quê? De que droga você está falando?

— Não espero que você saiba.

— Que tipo de guardião? Ei, espere um minuto, você está falando de guardiães como os guardiães de Platão? Os reis filósofos? Certamente não acha que você... Ah, você acha, não é? Você se considera um rei filósofo — disse Natalie, sabendo que tinha conseguido uma arma para sua campanha

O QUINTO FRASCO

de perturbar e provocar o homem. — Vocês são quantos, Doug? Quantos reis filósofos assassinos? Você é parte de uma espécie de sociedade secreta, um clube platônico?

A expressão de Berenger não deixava dúvida de que ele tinha sido atingido.

— Você não está em posição de debochar — disse ele.

— Os Guardiães da República estão entre os maiores, mais talentosos e mais iluminados homens e mulheres da Terra. Assumindo a tomada de decisões relativa à alocação de órgãos, temos feito mais bem para a humanidade do que você pode imaginar.

— Guardiães da República? Ah, isso é demais! Vocês têm um hino, Doug? Uma senha? Um anel decodificador? E quanto a apertos de mão secretos e insígnias de mérito?

— Basta!

Berenger deu um passo à frente e um tapa no rosto de Natalie com toda a força, jogando-a de joelhos.

Natalie, os olhos lacrimejando, passou a língua pelo canto da boca e sentiu gosto de sangue.

— Isso foi corajoso, Doug — disse ela, erguendo-se. — Espero que tenha quebrado a mão.

— Você não teria tanta sorte.

— Que pena. Então, me diga, que mal aquela pobre mulher ali fez a alguém para levar seus preciosos Guardiães a sacrificarem-na?

— Você nunca entenderia.

— Tente.

— Ela é uma Produtora, o grupo social mais inferior. Compare o valor da vida dela ao do grande homem que está prestes a salvar. Ou ela morre, ou ele. Simples assim. E eu digo que não há comparação. Órgãos devem ser alocados para salvar a vida daqueles que podem e irão servir melhor à humanidade.

— Você esqueceu da parte sobre também poder embolsar zilhões de dólares.

— Errado! Muitos dos Guardiães que salvamos não têm esse dinheiro.

— Quanta caridade. E eu que fiquei tão surpresa e orgulhosa quando você colocou Tonya em seu lugar e tratou com tanta humanidade aquele pobre camarada que não conseguia deixar de fumar.

— Se você não estivesse ali eu teria beijado Tonya por ter sido tão precisa. Eu quis matar aquele maldito Culver por desperdiçar aquele coração. Queria matá-lo ali mesmo. Queria abrir o peito dele com uma lâmina cega, retirar aquele precioso coração que o sistema tinha me obrigado a colocar ali e dá-lo a alguém que o merecesse mais e fosse cuidar melhor dele.

Com o canto do olho, Natalie viu que Luis tinha alcançado sua arma e estava lentamente deslocando-a para onde pudesse puxá-la de sob a perna. Se era possível, a cor dele tinha piorado, e seus olhos pareciam quase sem vida. *Quase.*

— Então, Douglas, o Grande, qual a razão para você não ter me matado e enterrado aqui? — perguntou Natalie. — Não, espere, não se dê ao trabalho de responder, senhor rei filósofo. Eu sei. Estou viva apenas para o caso de, se por azar meu pulmão for rejeitado ou deixar de funcionar por algum motivo, eu estar incubando o outro.

— Quanto tempo vai durar esse veneno? — cobrou Berenger.

— Eu mandaria você para o inferno, mas como tenho uma grande esperança de ser elevada ao exaltado nível de Guardiã mais uma vez, não quero dizer algo tão grosseiro que prejudique minhas chances.

O quinto frasco

Natalie podia ver que o canto do olho de Berenger começara a tremer. Outro golpe. Dando as costas, ele ordenou que Santoro se levantasse.

— Vamos, Xavier, preciso de você na sala de cirurgia.

Santoro tentou se erguer, escorregou no produto de seu próprio enjoo, caiu e começou a tremer e gemer ao mesmo tempo. Naquele momento, um helicóptero passou voando baixo acima do hospital, seguindo para a pista de pouso. Um dos soldados foi mandado para receber os recém-chegados.

— Maldição, Santoro! — berrou Berenger. — Levante, tome um banho, vista-se e esteja pronto para me assistir na sala de cirurgia!

Ele agarrou o homem pela parte de trás da camisa e o ergueu com violência. O banho nunca iria acontecer. Luis ergueu sua arma e, antes que qualquer dos dois soldados pudesse reagir, disparou a seis metros de distância. A bala atingiu Santoro no meio do peito, jogando-o em uma poltrona, com um estranho sorriso nos lábios.

— Não! — gritou Natalie quando os dois soldados crivaram Luis com tiros automáticos de suas metralhadoras, fazendo com que seu corpo sacudisse como uma marionete. — Não!

Natalie queria correr até ele, mas na verdade não havia nada que pudesse fazer, e os soldados árabes estavam extremamente nervosos. Em vez disso, foi para o lado e se consolou com o fato de que seu herói estava finalmente em paz, assim como ela mesma sem dúvida estaria sem muita demora.

Berenger claramente estava perdendo o controle. Ele correu para onde estava caída a namorada de Vincent, violentamente estapeando a cabeça e dando chutes por causa de alguma alucinação.

— Quem é você? O que está fazendo aqui?

A mulher ergueu os olhos para ele e começou a rir histericamente. Então, sem aviso, vomitou, sujando os sapatos dele. Com desprezo, ele os limpou nas calças dela e se virou para a entrada do pátio, onde três soldados entravam apressados empurrando uma maca com um homem jovem, de pele morena e bigodes, com um monitor-desfibrilador portátil e uma máscara de oxigênio. A respiração dele era difícil. Atrás dele veio um médico árabe em trajes cirúrgicos e jaleco branco, e um negro jovem e magro empurrando uma pequena valise com rodas e frente de vidro com algumas unidades de sangue.

— Você trabalhará na sala de cirurgia como de hábito, Randall — disse Berenger ao homem. — A bomba de *bypass* está como você a deixou. Você sabe onde está todo o resto. Tenha cuidado para se preparar, mas seja rápido.

Ele deu um tapinha no ombro do técnico responsável pela bomba, foi apressado na direção do príncipe e auscultou coração e pulmões.

— Não gosto disso — disse ao médico em inglês. — Não gosto nada disso. Onde estão Khanduri e as enfermeiras?

— Nós passamos por eles. Estão em dois carros, a uns oito quilômetros daqui, naquela estrada sinuosa, talvez meia hora. Não mais que isso.

— Você devia ter colocado todos no jato e vindo direto.

— Você ouviu o piloto no Rio. Ele disse que os *flaps* não estavam funcionando bem e que era perigoso demais.

— Deus do céu. Quando o príncipe começou a piorar?

— No aeroporto, no momento em que estava sendo transferido para o helicóptero.

— Certo, certo, ainda podemos dar um jeito nisso. Pode me ajudar na sala de cirurgia?

O QUINTO FRASCO

— Não ouso deixar o príncipe, especialmente com ele nessas condições.

— Certo. Leve-o para o quarto de recuperação e veja o que pode fazer para estabilizá-lo até Khanduri chegar aqui. Espere, qual é o nome do ministro?

— Ministro al-Thani.

— Vou perguntar se ele pode me ajudar na sala de cirurgia.

— Não acho que seja adequado, não importa quanto — disse o médico. — Ele é...

— Eu preciso de ajuda, maldição! Preciso de outras duas mãos, mesmo que a pessoa a quem elas pertençam não saiba nada sobre... Não, não, espere. Deixe para lá. Apenas coloque o príncipe no monitor no quarto de recuperação e o estabilize. Vou começar, coletar o coração e estar pronto para quando Khanduri e as enfermeiras chegarem.

— Mas quem vai ajudar você?

Berenger pode até ter sorrido.

— Ela — disse, apontando para Natalie.

40

Um inimigo... deve a um inimigo o que é devido ou adequado a ele – ou seja, o mal.

Platão, *A república*, Livro I

— Você está louco! — gritou Natalie. — Não vou ajudar você na sala de cirurgia. Nem agora nem nunca. Prefiro morrer.

Berenger, quase sempre contido, suave e no controle, claramente estava perturbado pela piora súbita de seu paciente, a morte violenta de Xavier Santoro e as provocações constantes de Natalie. Ela ficou satisfeita de ver que o tique no canto do olho dele tinha aumentado.

— Na verdade, Natalie, não é você quem vai morrer, pelo menos não por enquanto — disse ele, os dentes trincados, curvando-se e pegando a arma de Vargas. — São eles.

Ele apontou para a equipe de cozinha e limpeza.

— Se você não estiver vestindo trajes de cirurgia limpos e lavando suas mãos em vinte minutos, eu vou começar pelo final da fila e matar um deles a cada minuto até você obedecer.

— Mas...

— E tem mais. Se você não me ajudar, terei de usar Dorothy, minha anestesiologista. E antes de fazer isso terei de amarrar a paciente e permitir que ela acorde. Então iremos coletar seu coração.

— Deus do céu, Doug, o que você é?

— Neste exato instante, eu sou um homem que precisa fazer as coisas rapidamente. Está dentro?

O QUINTO FRASCO

E apontou a arma despreocupadamente para uma das faxineiras, uma bela mulher indígena que não podia ter mais de dezesseis anos de idade.

— O rei filósofo — murmurou Natalie, virando-se e seguindo para a sala de cirurgia.

Berenger a seguiu.

— Há trajes para nós naquele gabinete — disse. — Podemos nos trocar no quarto de recuperação dois. Eu não olho se você não olhar.

— Olhe o quanto quiser.

— Meu segundo cirurgião e as enfermeiras estarão aqui a qualquer momento. Então terei toda a ajuda de que necessito e você poderá voltar para os outros sabendo que salvou muitas vidas.

Depois que colocaram as máscaras e os gorros cirúrgicos, ele conduziu Natalie até a estreita sala de preparação, entre as duas salas de cirurgia, e indicou a ela a segunda das pias de aço inoxidável. Enquanto eles se limpavam com esponjas impregnadas de antisséptico, ela se dedicava a pensar em um modo de matá-lo. Rodrigo Vargas e provavelmente também Luis matavam por causa de sua natureza, mas aquele animal e seus Guardiães fanáticos matavam por escolha. Se ela conseguisse uma arma, não teria nenhuma dificuldade de apontá-la para seu antigo mentor e modelo e puxar o gatilho.

— Então — dizia ele —, no cerne dos Guardiães está o conceito das Formas de Platão, sua determinação de que a perfeição é congênita nos Guardiães. Ele usou esse conceito para concluir que a alma daqueles como nós tem de ser imortal, porque, de outro modo, como poderia a noção dessa perfeição estar presente no nascimento?

— Já se passou algum tempo desde que tive filosofia em Harvard — retrucou Natalie —, mas pelo que posso me lembrar, não acho que você tenha entendido bem. A única coisa perfeita que vocês Guardiães estão fazendo é ser perfeitamente imorais.

Natalie podia ver pelo espelho a tensão e a dureza nos olhos de Berenger.

Continue acertando, disse a si mesma. *O que quer que faça, continue acertando.*

— As Formas me dizem algo diferente — retrucou ele. — Nossa organização prosperou e beneficiou milhões e milhões de cidadãos do mundo a um custo muito pequeno. As pessoas nunca saberão qual música está sendo levada aos seus ouvidos por causa disso, ou quais prédios com os quais eles se encantam nunca teriam sido concebidos. Elas nunca saberão que a droga salvadora que estão tomando foi desenvolvida porque pudemos dar a seu criador um órgão perfeito no momento exato. Está vendo, minha querida Natalie, os Guardiães têm tudo a ver com perfeição e as Formas. Agora vamos coletar nosso coração e colocá-lo no lugar que ele merece e onde pode produzir maior bem.

— E se em vez disso coletássemos o seu?

Naquele momento a porta da sala de preparação se abriu, e Randall, o técnico da bomba de *bypass*, entrou apressado.

— A bomba está pronta, doutor.

— Algum sinal do dr. Khanduri ou das enfermeiras?

— Nenhum. O dr. al-Rabia pediu para dizer ao senhor que está perdendo o príncipe.

— Maldição. Mande um helicóptero descobrir onde os outros estão, e depois se prepare. Se necessário, colocaremos o príncipe no *bypass* agora e o deixaremos assim. Enquanto isso, vou começar na outra porta. Venha, assistente, vamos entrar.

O QUINTO FRASCO

Berenger seguiu Natalie para a sala de cirurgia onde a anestesiologista, tendo colocado sua paciente para dormir e a entubado, os ajudou com aventais e luvas. Vendo Sandy Macfarlane tão serena, Natalie sentiu um toque de alívio penetrar em sua profunda tristeza.

Ela se lembrava de, pouco antes de sua cirurgia no tendão de Aquiles, ter perguntado ao anestesiologista, apenas parcialmente de brincadeira: "Como vou saber se não acordar?" O homem se limitara a sorrir, dar um tapinha em seu ombro e injetar as substâncias pré-operatórias. Era terrível ter essa informação sobre Sandy e não ser capaz de fazer nada quanto a isso.

Ei, doutor, me diga. Como vou saber se não acordar da minha cirurgia?

— Dorothy, está tudo pronto? — perguntou Berenger. — Temos que começar.

— Tudo pronto.

— Está com o gelo pronto? Haverá um intervalo entre a coleta e o transplante.

Natalie olhou novamente para os olhos de Berenger. Ele estava claramente desgastado, mas por vinte anos ou mais ele tinha sido O homem a entrar e sair da sala de cirurgia, e lidara com sucesso com inumeráveis crises médicas.

Sem enfermeira para ajudar, a anestesiologista tinha colocado duas grandes bandejas de instrumentos sobre a mesa de cirurgia, para que cirurgião e assistente pudessem ter acesso. Doug Berenger não era apenas um dos cirurgiões mais elegantes e brilhantes que Natalie já tinha visto, mas também um dos mais rápidos. Sem pedir sua ajuda, ele começou a espalhar rapidamente antisséptico betadina da cor de ferrugem no peito de Sandy.

— Vou falar pela última vez, Natalie. Se você fizer algum gesto estranho ou incomum, qualquer um, vou mandar Dorothy desligar a anestesia antes de continuarmos. Fui claro?
— Claro.
— Então cale-se e faça o que eu mandar. Fique com esponjas e hemostáticos prontos caso seja necessário. Dorothy, vamos abrir.

Enquanto Natalie pegava o que Berenger tinha pedido, percebeu três bisturis lado a lado na beirada mais distante da bandeja de instrumentos. Ela não tinha como alcançá-los sem ser vista, mas também não havia mais nada que se parecesse com uma arma. Uma situação desesperada pedia medidas desesperadas e, de qualquer maneira, ela também sabia que, como aquela pobre mulher na mesa, não acordaria de sua operação.

Sem mais uma palavra, Berenger pegou um dos bisturis da bandeja e fez um corte de 30 centímetros de alto a baixo sobre o esterno de Sandy. O sangue começou a correr instantaneamente de uma dúzia de pequenos vasos ou mais, mas a não ser que um deles tivesse uma hemorragia rapidamente, Berenger não se preocuparia em controlar.

Não era necessário.

— A serra ortopédica está logo ali, Natalie. E também os afastadores.

Natalie ficou enjoada enquanto procurava por ele.

A porta da sala de cirurgia foi aberta. Berenger se virou e viu o médico árabe, al-Rabia.

— Dr. Berenger — disse ele em tom de urgência —, a pressão do príncipe caiu a zero. Não consigo elevá-la.

Os poucos segundos de distração de Berenger foram suficientes. Natalie esticou sua mão enluvada na direção dos dois bisturis remanescentes e a recolheu com um deles escondido na manga

O QUINTO FRASCO

de seu avental cirúrgico. Então olhou para a anestesiologista para garantir que também ela estava concentrada em al-Rabia.

Sua missão era clara — dar algum jeito de chegar perto de Berenger e então, por Rosa, Luis e Ben, e por ela mesma e todas as outras vítimas dos Guardiães, ser destemida.

Berenger claramente estava no limite — o malabarista que acabara de chegar ao seu máximo quando mais uma bola era colocada na roda.

Mas ele ainda era O homem.

— Certo, doutor — disse ele —, vamos levá-lo rapidamente para a sala de cirurgia e colocá-lo na bomba. Dorothy, deixe o gás aí e venha conosco. Natalie, vamos, temos trabalho a fazer.

Berenger deu um passo na direção da porta, depois outro. Natalie, vindo do outro lado da mesa, estava um passo atrás dele.

Frequentemente só há uma chance.

Com as palavras de Luis ainda ecoando em sua cabeça, ela deslizou o bisturi para a mão.

— Doug!

Assustado, Berenger virou na direção dela, expondo o maxilar e a lateral do pescoço.

Destemida!

Com toda a sua força, Natalie girou a lâmina a partir do seu quadril e cortou violentamente a garganta de Berenger. Instantaneamente a abertura de sua traqueia cortada apareceu onde antes havia sua laringe. Um momento depois o brilhante sangue arterial carmim começou a jorrar de uma laceração em sua artéria carótida, atingindo Natalie e cobrindo o chão.

Incapaz de falar, levando a mão inutilmente ao pescoço, o homem chamado Sócrates, um dos fundadores dos Guardiães da República, vacilou para trás e caiu pesadamente, mergulhado na essência de seu ser que se esvaía rapidamente. Seus últimos momentos foram gastos olhando para Natalie em silenciosa, absoluta e arregalada incredulidade.

— Venha, dr. Berenger! — gritou al-Rabia da sala de cirurgia seguinte. — O coração do príncipe parou! Venha rápido.

Natalie arrancou o avental e correu para ajudar, mas sabia que a não ser que o músculo inoperante que tinha provocado o colapso cardíaco do príncipe fosse substituído, não havia nada que drogas ou massagens cardíacas pudessem fazer.

— Ah, querido Alá! — murmurava al-Rabia. — Querido Alá, ajude-nos!

Natalie prosseguiu com a ressuscitação cardíaca, mas o monitor continuou absolutamente desencorajador. Ela pensou em colocá-lo na máquina de *bypass* com a ajuda do técnico, mas seu conhecimento e suas habilidades cirúrgicas terminavam muito antes disso. Al-Rabia, claramente um médico capaz, tentou vários choques com o desfibrilador, embora soubesse que o problema de seu senhor não era fibrilação — um ritmo cardíaco letal potencialmente reversível —, mas uma completa parada cardíaca, uma linha reta praticamente não tratável. Certamente não havia esperança.

O ministro al-Thani estava de pé do lado de fora da porta, a pequena distância do corpo encharcado de sangue de Berenger. Seus olhos estavam apertados e taciturnos, os braços cruzados firmemente sobre o peito. Ele claramente sabia que o destino de seu príncipe estava selado.

Natalie, seguindo as ordens de al-Rabia com toda a sua capacidade, esperava que ele parasse a ressuscitação, mas o homem continuava desesperadamente com ela. De repente, um dos pilotos de helicóptero apareceu junto a al-Thani, inicialmente tentando falar em português, depois apelando para um inglês muito capenga.

O QUINTO FRASCO

— Senhor. Dois carros na estrada. Parados. Pessoas deitadas no chão. Homens e mulheres com armas ao redor delas. *Ben!*

O ministro impassível suspirou. Então, deu uma ordem em árabe ao médico, virou-se e partiu.

Momentos depois a ressuscitação do príncipe foi encerrada. Al-Rabia, os olhos brilhando, olhou desalentado para Natalie e balançou a cabeça.

— Alá cuidará dele, mas ele foi um homem muito bom, e teria sido um ótimo governante para nosso povo.

— Lamento muito — retrucou ela. — Se isso vale alguma coisa, acho que você fez um ótimo trabalho. Ele tinha uma infecção cardíaca incurável.

— Talvez um dia haja tratamento.

— Talvez um dia — repetiu ela.

— Natalie, esse é seu nome?

— Natalie Reis, sim.

— Bem, Natalie Reis, pode não significar nada agora, mas quero que saiba que nos disseram que o doador do coração para nosso príncipe tinha morte cerebral. Até chegarmos aqui, era nisso que acreditávamos. Com o dr. Berenger encarregado, as coisas simplesmente saíram do controle.

— Agradeço que tenha me contado. O dr. Berenger e sua organização foram corrompidos por seus egos e sua cobiça. Eles não suportavam que pessoas que consideravam inferiores dissessem a eles como deveriam usar suas inacreditáveis habilidades.

— Compreendo. Se o ministro permitir que eu deixe o príncipe assim, talvez com a anestesiologista o observando, gostaria de entrar e ajudá-la a suturar o peito daquela pobre mulher.

— Gostaria disso, dr. al-Rabia. Gostaria muito disso — disse Natalie.

Os dois, o médico árabe e a estudante de medicina americana, retornaram à sala de cirurgia, onde Sandy Macfarlane repousava serenamente sob a cortina cirúrgica, respirando com a ajuda de um ventilador e mantida inconsciente por um gás anestésico cuidadosamente dosado. A incisão no peito sobre o esterno estava sangrando, mas certamente não era uma ameaça. Natalie cauterizou eletricamente os maiores vasos que sangravam e depois, com al-Rabia mantendo as beiradas da pele unidas, costurou meticulosamente a incisão.

Enquanto trabalhava, Natalie recordou da emergência do Metropolitan Hospital apenas algumas horas antes de Berenger arbitrariamente descartá-la como Guardiã por ter sido suspensa da faculdade de medicina. De pé, perto dela, estava a enfermeira, Beverly Richardson, e na mesa à sua frente o garoto, Darren Jones, a última pessoa que ela suturara... até aquele momento.

Sob a máscara, Natalie sorriu.

41

Você é preguiçoso e mau por nos negar todo um capítulo, que é uma parte muito importante da história.

Platão, *A república*, Livro V

Com a anestesiologista deixada para trás para despertar Sandy Macfarlane, Natalie seguiu, excitada, para o refeitório. O ministro al-Thani estava lá, mas todos os soldados tinham partido, exceto um.
— Posso sair? — perguntou a al-Rabia, ansiosa. — Há alguém lá fora, um amigo. Preciso ter certeza de que ele não está ferido.
— Foi a pessoa que impediu a chegada do cirurgião e dos outros?
— Acredito que sim.
Al-Rabia balançou a cabeça absolutamente frustrado e verificou silenciosamente com o ministro, que claramente tinha entendido o pedido de Natalie.
— Sim, sim, vá em frente. Eles não serão feridos — disse.
Antes que Natalie pudesse sair, Ben e o padre Francisco entraram no refeitório com as mãos erguidas, seguidos por três soldados árabes e o homem que Natalie tinha certeza de ser o segundo cirurgião de Berenger.
Al-Thani rosnou uma ordem seca e os soldados baixaram as armas e recuaram.
— Onde está Berenger? — perguntou o cirurgião.
Al-Rabia apontou com o polegar.

— No corredor — disse, sem se dar ao trabalho de explicar mais.

Natalie atravessou a sala correndo e jogou os braços ao redor de Ben, fazendo-o cambalear um passo para trás.

— Belo lugar esse que você tem aqui — disse ele, olhando ao redor da sala. Seu olhar parou no corpo crivado de balas de Luis. — Ah, não.

— Ele foi um guerreiro até o fim — disse Natalie. — Ele sempre pareceu preparado para morrer. Antes de ser morto fez o que era necessário para acabar com este lugar.

— Talvez sua irmã possa descansar em paz.

— Eu não consegui acreditar quando o piloto do helicóptero disse que alguém tinha parado as enfermeiras e o cirurgião e os mandado deitar no chão. Eu sabia que era você. Depois que Berenger me disse que o padre Francisco estava na sua folha de pagamentos eu me senti mal por ter mandado você pedir ajuda a ele. O que aconteceu?

— Acredite ou não — respondeu Francisco —, até o sr. Callahan aqui me convencer do contrário, eu não tinha ideia de que os doadores que chegavam ao hospital tinham sido todos sequestrados. Ele me contou a história dessa professora de Chicago e de um garoto do interior de Idaho. Ele fez a analogia entre obrigar os pobres e desamparados a cair na prostituição e na escravidão e os obrigar a vender partes do corpo, ou, neste caso, a dá-las.

— Nat, o padre Francisco aqui realmente agiu quando foi importante. Ele só precisou de cinco minutos para reunir dez dos homens — *e* mulheres — mais durões que eu já vi. Tivemos sorte de chegar à estrada para o hospital juntamente com os carros. Aquele homem ali é um cirurgião. Ele começou a nos dar ordens e dizer como era importante que chegassem ao hospital. No momento seguinte eles estavam no chão. Então

O QUINTO FRASCO

estes soldados saíram das árvores e de repente nós também estávamos no chão.

Natalie se virou para al-Rabia.

— O que vai acontecer conosco e com essas pessoas? — perguntou.

O médico recebeu uma resposta silenciosa de seu ministro antes de responder.

— Ao contrário do que você possa acreditar, violência sem sentido não é nosso estilo. O ministro al-Thani está triste e com raiva, mas não de vocês. O corpo do príncipe será colocado em um dos helicópteros e levado de volta ao aeroporto. Depois que retornarmos ao nosso país, ele será enterrado como o herói que foi.

Todos esperaram solenemente enquanto os soldados empurravam o príncipe pelo pátio, seguidos por al-Rabia e o ministro.

Finalmente, Natalie se virou para o padre Francisco.

— Assim que a tripulação do avião estiver bem, vamos pegar uma carona com eles até o Rio e levar Sandy a um hospital. Depois entrarei em contato com a embaixada americana e marcarei uma reunião com eles e esse detetive de polícia que conheci em Botafogo. Ele não me tratou com grande interesse, mas senti que ele tinha orgulho de seu trabalho e sua posição. Além disso, Rodrigo Vargas não gostava dele, e essa é uma recomendação suficiente para mim. Seu nome é Pereira.

— Vou verificar com alguns amigos se ele é alguém em quem você possa confiar.

— Obrigada, padre Francisco. Hoje o senhor se comportou verdadeiramente como um homem de Deus.

O padre apertou a mão dela, depois a abraçou e agradeceu por ajudar a libertar sua cidade.

— Sabe, este homem tem jeito com as palavras — disse ele.

— Ele me consumiu, esgotou-me como ondas quebrando na costa. Sabe o que eu penso, sr. Callahan? Acho que o senhor poderia pensar em se tornar advogado, ou até mesmo um padre.

— Sem chance, padre — disse Ben, colocando o braço nos ombros de Natalie para se apoiar. — Vou estar muito ocupado escrevendo meu primeiro romance policial.

Epílogo

A alma do homem é imortal e imperecível.

Platão, *A república*, Livro X

— Dá para entender por que você gosta tanto do outono da Nova Inglaterra — disse Ben. — Estou realmente feliz de estar aqui de novo.

Natalie apertou sua mão e sorriu para ele. Quatro semanas haviam se passado desde Dom Angelo, e aquela era a segunda viagem de Ben com ela. Sua ligação embrionária, inicialmente forjada na floresta, tornava-se mais forte e apaixonada, embora nenhum dos dois estivesse ansioso para apressar as coisas.

— Tenho algo para contar a você, mas primeiro me fale sobre o Texas — disse Natalie enquanto eles passavam pela Esplanada onde apenas alguns meses antes ela tinha ido com amigos ver a orquestra Boston Pops celebrando o 4 de Julho.

— Foi uma viagem surreal — disse ele. — Os guardas sabiam quem eu era e não me cobraram nada por rebocar e guardar meu carro. Então eu saí da cidade, mas antes mesmo de perceber estava indo para a autoestrada John Hamman para ver o lugar pela última vez. O portão estava fechado com corrente e cadeado, e o Oásis dentro parecia absolutamente deserto. Eu saí e fiquei do lado de fora algum tempo, apenas olhando.

— Deve ter sido uma coisa forte.

— Foi. Eu fiquei ali pensando em quantos. Quantos clientes desavisados tinham seus tecidos classificados ali?

O QUINTO FRASCO

Milhões, acho. Quantas compatibilidades perfeitas eles tinham escolhido? Quantos tinham morrido por causa disso?

— Ben, você ajudou a acabar com tudo isso.

— Espero que sim. E como você se sente por ter tirado uma licença da faculdade?

— É a coisa certa a fazer. Não estou em condições físicas nem mentais para retornar, mas voltarei se puder. Talvez no ano que vem. Enquanto isso, vou passar algum tempo com minha sobrinha, Jenny. Com a paralisia cerebral e a morte de minha irmã, ela realmente apanhou muito da vida, e quero ter certeza de que tenha o máximo que a vida puder oferecer a ela. Ademais, eu realmente estou gostando do tempo que passamos juntas.

— E sua residência?

— Uma coisa de cada vez, Ben.

— Entendo. É que ainda estou com raiva e frustrado por sua causa, só isso.

— Não tenho nada a esperar em relação à minha saúde, mas pelo menos não passo os dias pensando em resolver meus problemas com um punhado de comprimidos e um saco plástico.

— Certamente espero que não — disse Ben, antes de, ignorando os corredores e patinadores que passavam, levantar o queixo dela e a beijar delicadamente. — Quer sentar um pouco?

— Por que, estou respirando estranho de novo?

— Ei, ei, sem suscetibilidades. Lembre-se do nosso trato. Você relaxa em relação ao seu pulmão e eu relaxo em relação a não ter uma carreira, nenhum interesse além de você e do tráfico de órgãos, nem perspectivas imediatas de trabalho. Com ou sem trabalho, pulmão bom ou ruim, ainda temos o que todos têm, o hoje. O que você queria me contar?

Natalie não respondeu imediatamente. Em vez disso, apoiou a cabeça no ombro dele, tentando espantar pensamentos ruins da cabeça. Finalmente, enfiou a mão no bolso e tirou uma carta.

— Isto chegou ontem. Você olha os barcos e eu leio para você — disse ela, sem conseguir esconder a melancolia da voz.

— Lamento parecer deprimida. Ainda sinto falta de um fecho para essa coisa toda, e de tempos em tempos sou assolada por pensamentos sobre o futuro.

— Ei, leia e não se preocupe. Minhas cicatrizes quase desapareceram. As suas são um pouquinho mais duradouras — disse, passando as pontas dos dedos pelo lado direito do corpo dela. — Qualquer coisa que antecipe o encerramento, faça.

Natalie levou a mão dele aos lábios.

A carta estava dobrada duas vezes e bem amassada.

— É do detetive Pereira — disse ela, abrindo-a.

Cara senhorita Reis,

Esta carta, a minha primeira, foi vertida por um amigo americano que é professor de inglês e absolutamente discreto. Quero dizer a você que o advogado que contratou aqui tem sido muito atuante e parece muito competente aos olhos de todos nós. Acredito que no final não serão feitas acusações formais a você por qualquer das questões relacionadas a Dom Angelo.

Também gostaria de agradecer a você e ao sr. Callahan por terem me indicado à sua amiga Alice Gustafson. Eu a achei uma mulher encantadora e inteligente, que ontem jantou em minha casa. Eu e ela fomos juntos a Dom Angelo (minha terceira viagem) para tirar algumas fotos e para que ela examinasse o hospital e a cidade. Com informações de alguém na cidade, foram exumados vários corpos. Pode ser difícil ou mesmo impossível identificá-los, mas a professora Gustafson acredita que as respostas para esse mistério estão em Londres, e irá para lá quando sair daqui. A Scotland

O QUINTO FRASCO

Yard está investigando a ramificação inglesa do caso, e espera ansiosamente a chegada dela. Embora vá demorar algum tempo para identificar todos os envolvidos, ela acredita que algumas prisões são iminentes. A professora Gustafson é uma mulher muito determinada, como imagino que saibam.

Nós no Rio de Janeiro temos um grande respeito por sua coragem e pelos serviços que você e o sr. Callahan prestaram a nosso país. Espero que nossa postura agressiva no caso e as prisões que fizemos, incluindo dois de nossos homens, tenham mudado a sua opinião sobre a Polícia Militar brasileira.

Se e quando quiser retornar a nosso país, por favor, aceite meu convite para ser um de seus anfitriões.

— O poder corrompe — disse Ben.

A resposta de Natalie foi interrompida pelo seu telefone celular, recebendo uma ligação com acordes de Vivaldi. Sem ter de se preocupar em incomodar alguém por perto, ela deixou a melodia tocar duas vezes antes de atender.

— Alô?

— É Natalie Reis? — perguntou uma voz feminina.

— Você está vendo alguma coisa? Porque...

— Por favor, escute um momento e eu explico tudo.

— Tudo bem, sou Natalie. O que é? Quem é você?

— Natalie, sei que você pegou Ben Callahan no aeroporto hoje mais cedo. Ele está com você agora?

— Olha, ou você me diz o que é isto ou eu vou...

— Tudo bem, tudo bem. Tem a ver com o Brasil.

A irritação de Natalie desapareceu instantaneamente.

— O que tem o Brasil?

— Natalie, se você não estiver sentada, é melhor fazer isso.

— Estamos sentados.

— Ótimo. Pode colocar o telefone onde ambos possam ouvir? Natalie puxou Ben mais para perto e fez o que ela pediu.

— Certo, os dois estamos ouvindo — disse ela.

— Natalie, meu nome é Beth Mann. Sou detetive particular aqui de Boston. A pedido de um cliente eu tenho investigado você desde que voltou do Brasil. Sem voyeurismo, garanto.

— Uma detetive ética — sussurrou Ben, recuando um pouco. — Tem de ser armação.

— Continue — disse Natalie.

— Como parte da investigação eu tive algumas conversas com a dra. Rachel French...

— Minha pneumologista — sussurrou Natalie para Ben.

— ...e também com seu amigo Terry Millwood. Ele está no White Memorial Hospital agora, esperando sua ligação. Esses dois médicos falaram com a direção do hospital, e os preparativos necessários já foram feitos.

— Preparativos necessários para quê? — perguntou Natalie, absolutamente perplexa.

— Natalie, o nome do dr. Joseph Anson significa algo para você?

— Não. Deveria?

— Na verdade, não. O dr. Anson é da África ocidental, Camarões, para ser mais precisa. É um médico esforçado e um brilhante pesquisador na área da neovascularização.

— Criação de novos vasos sanguíneos — sussurrou Natalie para Ben. — Continue.

— Neste momento, dr. Anson está em Boston ou nas vizinhanças. Não tenho ideia de onde. Ele tomou uma decisão da qual não tem intenção de recuar. A decisão foi tomada depois que contei a ele sobre o incêndio na casa de sua mãe e os danos causados ao seu pulmão quando você salvou sua sobrinha e ela.

O QUINTO FRASCO

— Mas como você...

— Sr. Callahan, poderia dizer a esta mulher o que nós detetives fazemos?

— Nós detectamos — disse Ben.

— Continue, por favor — disse Natalie, sentindo, mesmo sem acreditar, o que estava por vir.

— Às nove horas desta noite, daqui a apenas sete horas, o dr. Anson vai serenamente tirar a própria vida. Eu receberei um telefonema de um advogado me dando o endereço de onde o corpo do dr. Anson poderá ser encontrado. Depois receberei um telefonema do dr. Anson. Eu colocarei uma ambulância de sobreaviso, e esperarei exatamente 37 minutos antes de mandá-la para o endereço. No momento em que eles chegarem, o coração do dr. Anson ainda estará batendo, mas ele terá morte cerebral. Acredite em mim, Natalie, o dr. Anson é um gênio, e é perfeitamente capaz de fazer isso acontecer. Assim que um neurologista confirmar a morte cerebral, o dr. Millwood e sua equipe estarão prontos para transplantar o pulmão do dr. Anson para seu corpo.

— Mas... Por quê? Por que não simplesmente doar um pulmão para mim e manter um para ele mesmo?

— Porque, Natalie, Joseph Anson só tem um pulmão funcionando, o seu.

Natalie sentiu o corpo mole e pensou que desmaiaria pela primeira vez na vida. Ben apertou sua mão com tanta força que chegou a doer.

— Deus do céu — disse ela. — Já houve mortes demais. Eu teria como conversar com esse homem?

— Acredite em mim, Natalie, eu falei com ele algumas vezes, e fiz uma investigação completa sobre ele. O dr. Anson está em paz com o que está fazendo. Agora só precisamos de sua colaboração.

Ben anuiu vigorosamente para ela.
— Então... Acho que você a terá. — Ela se ouviu dizer.
— Neste caso, o dr. Millwood está esperando seu telefonema. Ele explicará o que acontecerá a seguir. Fico muito feliz por você. Por favor, vá ao meu escritório quando se recuperar.
— Mas e se...
Beth Mann tinha desligado.
Natalie, sem se esforçar para conter as lágrimas, pegou as mãos de Ben nas dela.
— Lembra do que eu tinha falado sobre um desfecho? — perguntou.

A hora é esta, pensava Anson. *A hora é esta.*
Ele estava em uma pequena garagem alugada, a 1,5 quilômetro do apartamento de Natalie Reis, sentado em um carro compacto na escuridão total. A janela do carona tinha uma abertura de menos de três centímetros. A abertura estava lacrada com trapos. A ponta de uma mangueira de jardim penetrava pelos trapos. A outra extremidade dela estava bem fixada no cano de descarga. O forte sedativo que ele tinha tomado em um momento cuidadosamente determinado começava a fazer efeito.
Ele tinha lido e relido o relatório de duzentas páginas de Beth Mann sobre Natalie Reis, sua família e até mesmo o novo homem em sua vida. Estudara as muitas matérias, remontando aos dias de Natalie como atleta universitária em Harvard. Assistira a vídeos de várias de suas corridas. E finalmente andara ao lado dela, perto o bastante para raspar na manga de sua camisa.

O QUINTO FRASCO

Ah, sim, a hora era perfeita.

Natalie Reis, e possivelmente também Ben Callahan, eram perfeitos para supervisionar a instalação de uma nova administração para o hospital e controlar o destino de Sarah-9. Depois que ela se recuperasse da cirurgia, ela — e Callahan, se quisesse — seriam convocados ao escritório de seu advogado para receber suas anotações e um DVD detalhado que ele gravara para ela.

Ela não teria nenhuma obrigação de permanecer indefinidamente em Camarões, mas ele suspeitava que assim que respirasse o ar maravilhoso da floresta e conhecesse as pessoas, poderia querer. Ela e Callahan eram tudo que os pretensos reis filósofos da lamentável organização de Elizabeth e Douglas Berenger não eram. Eles eram verdadeiros Guardiães.

Anson acendeu a luz interna e verificou a hora. Então abriu o caderno em seu colo e leu em voz alta.

O mundo pode ser duro, cheio de armadilhas,
Cheio de fraudes,
Cheio de injustiça,
Cheio de dor.
Mas há um vazio à espreita, amigo — um grande vazio reluzente,
Macio e perfumado com a essência da paz.
A essência da serenidade.
Você está quase lá, amigo.
O magnífico vazio é o porto eterno de sua alma.
Pegue minha mão, amigo.
Pegue minha mão e dê um passo, apenas mais um passo,
E você está lá.

Michael Palmer

Anson ergueu o telefone celular e teclou um número.

— Srta. Mann, pode começar a contar agora — disse ele.

Sem esperar resposta, ele colocou o telefone de lado, apagou a luz, ligou o motor e colocou seu caderno sobre um exemplar gasto de *A república* de Platão.

Nota do autor

Meu objetivo quando escrevo suspense é primeiramente e acima de tudo entreter meus leitores e transportá-los, mesmo que de forma passageira, dos estresses e das preocupações da vida para o mundo altamente estilizado do romance. Minhas metas secundárias são informar e apresentar, sem soluções, questões de importância social e ética.

Eu sinceramente espero que vocês tenham achado *O quinto frasco* uma distração emocionante e provocante. Agora agradeço por reservarem um tempo para ler este posfácio e discutir o conteúdo com seus entes queridos. Como devem suspeitar, ele lida com doação de órgãos e a importância de sua participação em um ato que considero que define humildade e correção — tornar seus órgãos disponíveis para outros, no caso de terem sua morte cerebral cientificamente diagnosticada, documentada e *re*documentada.

Pode não ser divertido pensar no assunto, mas é fundamental.

Quase todos faríamos um transplante para salvar nossa vida ou a de um ente querido. Reconhecendo esse fato, é quase impossível acreditar que a imensa maioria de nós não se identifica como doadora no caso de uma doença ou trauma nos deixar clinicamente mortos — ou seja, com morte cerebral irreversível segundo os testes neurológicos mais sofisticados à disposição dos médicos. Atualmente, milhares de possíveis receptores esperam por um órgão. Muitos deles morrerão antes que haja um disponível. Nesse tempo, incontáveis órgãos serão perdidos para caixões ou chamas simplesmente por causa da falta de disposições antecipadas.

O quinto frasco

Os órgãos e tecidos doados por apenas uma pessoa podem melhorar ou salvar a vida de até cinquenta outras.

Cinquenta!

Não custa nada ser doador e poder dar sentido e grandeza a algo que fora isso é uma inevitabilidade triste, perturbadora e trágica.

Para ser um doador potencial de órgãos, basta indicar isso em sua carteira de motorista, ter um cartão de doação de órgãos, registrar-se em um serviço de doação ou simplesmente discutir seu desejo com seus parentes.

Eis algumas respostas rápidas a perguntas frequentes:

Como ser um doador de órgãos?

Pessoas de todas as idades e históricos médicos podem se considerar doadores em potencial.

Quais órgãos e tecidos posso doar?

Entre os órgãos que podem ser doados estão coração, rins, pâncreas, pulmões, fígado e intestino delgado. Entre os tecidos que podem ser doados estão córneas, pele, válvulas cardíacas, tendões e veias.

Eu posso vender meus órgãos?

Não. A venda de órgãos e tecidos é ilegal, já que a compra e a venda pode levar à desigualdade no acesso a eles, com os ricos dispondo de vantagens injustas.

A família do doador tem de pagar uma parcela do custo da doação de órgãos ou tecidos?

Não há nenhum custo para a família ou o espólio do doador de órgãos e tecidos.

Michael Palmer

Se eu for doador isso afetará a qualidade dos cuidados médicos dispensados a mim?
Se você estiver doente ou ferido e for levado a um hospital a prioridade será salvar sua vida. A doação de órgãos e tecidos só pode ser considerada após sua morte.

A doação de órgãos desfigurará meu corpo?
A doação não desfigura o corpo e não interfere no funeral, mesmo com o caixão aberto.

Posso ser doador de órgãos com doenças preexistentes?
Seu quadro de saúde no momento da morte será avaliado por profissionais de medicina para determinar quais órgãos e tecidos podem ser doados.

A internet é uma ferramenta valiosa para obter respostas mais aprofundadas sobre essas e outras perguntas, e para distinguir mitos de realidades em relação à doação de órgãos e aos transplantes. Relacionei a seguir alguns sites na internet úteis nesse aspecto. Após suas respostas terem sido respondidas e suas desconfianças eliminadas, espero que esteja pronto a fazer a coisa certa.

Com meus agradecimentos e votos calorosos,
Michael

United Network for Organ Sharing, www.unos.org.

U.S. Department of Health and Human Services, Organ Donation Initiative, www.organdonor.gov.

National Marrow Donor Program, www.marrow.org

National Minority Organ Tissue Transplant Education Program, www.nationalmottep.org

New England Organ Bank, www.neob.org

Coalition on Donation, www.shareyourlife.org

American Kidney Fund, www.afkinc.org

American Lung Association, www.lungusa.com

American Liver Foundation, www.liverfoundation.org

American Organ Transplant Association, www.a-o-t-a.org

Michael Palmer

E finalmente...

A Guarda de Órgãos, a agência de vigilância da professora Alice Gustafson retratada neste romance, foi inspirada na Organs Watch, um projeto independente de pesquisa e direitos humanos médicos de base universitária concebido para vigiar a justiça e a igualdade na coleta e na distribuição de órgãos. A Organs Watch documenta o tráfico mundial de órgãos e de tecidos humanos, identifica violações dos direitos humanos médicos e abusos em coleta e transplante de órgãos e tecidos, e trabalha com instituições médicas, governamentais e internacionais preocupadas com a ética e a segurança na coleta e no transplante de órgãos. Para mais informações sobre como participar e/ou apoiar o projeto, por favor, entre em contato com:

Nancy Scheper-Hughes, Ph.D.
Diretora da Organs Watch
Programa de Antropologia Médica
Universidade da Califórnia, em Berkeley
232 Kroeber Hall
Berkeley, CA 94720
nsh@berkeley.edu
sunsite.berkeley.edu/biotech/organswatch/

Este livro foi impresso pela Prol Editora Gráfica
para a Editora Prumo Ltda.